MANESSE BIBLIOTHEK DER WELTLITERATUR

Marie von Ebner-Eschenbach

MARIE VON EBNER-ESCHENBACH

MEISTERERZÄHLUNGEN

Mit einem Anhang:

Aphorismen und Erinnerungen

Herausgegeben von

Albert Bettex

MANESSE VERLAG

ISBN 3-7175-1104-1 (Leinen)
ISBN 3-7175-1105-X (Leder)

 · Druck: Conzett & Huber, Zürich

Imprimé en Suisse · Printed in Switzerland

INHALT

DER SÄGER

Es war am Spätherbstabend nach einer sehr ermüdenden Treibjagd. Man saß schon lange gemächlich im Rauchsalon beim schwarzen Kaffee; den jungen Damen entschwand mehr und mehr die Hoffnung, daß es noch zu einem Tänzchen kommen werde. In schleppendem Tempo drehte sich die Unterhaltung um lauter rasche Dinge: Luftfahrzeuge, Autos, Rennpferde, und geriet endlich – wieso, hätte niemand sagen können – ins Gebiet des Übernatürlichen. Ahnungen, eingetroffene Prophezeiungen kamen an die Reihe; zuletzt tauchten sogar Gespenster auf.

Die Hausfrau zwang sich, ernst dreinzusehen: «Ach die! Von dem Glauben an die Gespenster hat mich schon meine alte Kinderfrau geheilt. Denn, sagte sie, nackt gehen sie nicht, und wer möchte ihnen Kleider machen?»

Einige lachten, andere meinten, das sei eben ein Kinderfrauenscherz, und damit ließe sich «so etwas» nicht abtun.

Ein langer, dürrer Staatsbeamter mit dem Profil einer Krähe faßte die Hausfrau, die bürgerlicher Abkunft war, scharf ins Auge und sprach belehrend: «Gespenstische Erscheinungen sind nichts mehr und nichts weniger als eine Tatsache. Familientraditionen uralter, erlauchter Geschlechter verbürgen sie.»

Die liebenswürdige und geistreiche Frau verstand die Belehrung und erwiderte: «Ja, wenn ich nicht so skeptisch wäre! Vielleicht ließe ich dann gelten, daß Familientraditionen gute Bürgen sind. Übrigens – und das ist nun mein Ernst – wenn ein Mensch, Mann oder Frau, ein gebildeter, mutiger, wahrheitsliebender Mensch, der sehr gesund, der weder nervös noch ein Dichter ist, mir sagt: ‚Ich habe mit diesen meinen eigenen Augen ein Gespenst gesehen' – dann glaube ich an Gespenster.»

Mit eigenen Augen – nein, dessen konnte sich niemand rühmen; aber der eine berief sich auf das unwidersprechliche Zeugnis eines weltberühmten Gelehrten, der andere hatte einen Freund, die Zuverlässigkeit selbst, der ihm ein Erlebnis mitgeteilt ...

«Gilt nicht! Gilt nicht!» unterbrach ihn die Hausfrau. «Ich habe meine Bedingung gestellt, und die muß aufs Jota erfüllt werden.»

Da erhob sich eine sonore Stimme. Sie gehörte dem Gutsbesitzer Josef von Justin, einem vierzigjährigen, kräftigen Manne mit dichtem Haar- und

Bartwuchs, mit vollen, bräunlichroten Wangen. Wenn er eifrig sprach, schimmerten unter dem weichen Schnurrbart zwei Reihen makelloser Zähne wie hochpoliertes Elfenbein hervor, und von seinen Augen behauptete eine moderne Dichterin, ihr blaues Lachen sei entzückend.

«Gnädige Frau», sagte er, «muß man das Gespenst durchaus mit eigenen Augen gesehen, darf man es nicht mit eigenen Ohren gehört haben?»

«Man darf. Ich hätte dagegen nichts einzuwenden.»

«Dann will also ich die Gespenstersache führen.»

«Sie, Herr von Justin? Sie ein Gespensterhörer?»

Nun lachten alle, nur er blieb ernst. «Ich, wie ich dasitze und wie Sie mich alle kennen – wahrheitsliebend bis zur Grobheit, nicht feige, nicht nervös, nicht ganz ungebildet ...»

Einige höflich berichtigende «Oho!» ertönten; er ließ sich nicht unterbrechen.

«Und wirklich auch kein Dichter. Vater von fünf Kindern, so gesund, prosaisch und phantasielos wie ich selbst. Erscheine ich Ihnen glaubwürdig?»

«Unbedingt», war die allgemeine Meinung, und man wünschte seine Gespenstergeschichte zu hören.

«Nun denn», begann er, «ich war zwanzig Jahre alt ...»

«Zwanzig Jahre? O je!» sprach ein junges Fräulein.

«Es ist lange her, meinen Sie, und Sie haben recht. Dennoch entsinne ich mich so genau, als hätte die Sache sich gestern begeben, jeder Einzelheit.»

«Er wird Ihnen auch keine ersparen», fiel seine kleine, behäbige Frau ein, die es schon überflüssig gefunden, daß er seine Kinder prosaisch und phantasielos genannt hatte. «Mein Mann ist kein Schwätzer; wenn er aber diese Geschichte zu erzählen anfängt, wird er sehr, sehr ausführlich, und da gibt es kein i, das um sein Tüpfelchen zu bitten brauchte.»

«Um so besser», sagte die Hausfrau, «die Ausführlichkeit wird das Unheimliche etwas mildern.»

«Wie schon gesagt», nahm Justin wieder das Wort, «ich war zwanzig Jahre alt und hatte meine Maturitätsprüfung gut bestanden. Es gelingt manchem Mittelmäßigen nur deshalb, weil ihn kein himmelstürmendes Talent, das nach Ausübung lechzt, im Lernen behindert. Im Herbste sollte ich – mein Vormund befahl's, und ich wünschte es – die Universität Bonn beziehen, vorher jedoch acht Tage auf dem Gute meiner Großtante im nördlichen Mähren zubringen. Die Ferienzeit verrann mit entsetzlicher Schnelligkeit; ich hatte sie auf großen und kleinen Bergtouren in unseren Alpenländern verbummelt. Es war dort so schön, und ich konnte mich nicht losreißen und verschob, verschob die Heimkehr immer wieder, bis für meinen Besuch bei der Tante nur drei Tage übrigblieben. Vorwürfe über meine Unpünktlichkeit brauchte ich von ihr nicht zu besorgen. Sie war ein grandioses altes Fräulein, gescheit, mutig und klar, jeder Art Sentimentalität abhold und vollkommen anspruchslos. Ich verdankte ihr viel, hatte, früh verwaist, meine Kindheit unter ihrer Obhut verlebt, nie besondere Zärtlichkeit, aber immer treue Sorgfalt von ihr erfahren. Nie hat ein Wort aus ihrem Munde mich zur Dankbarkeit gegen sie ermahnt; sie hat mich nie zu einer Rücksichtnahme aufgefordert und Entschuldigungen nahezu gehaßt. Dessen konnte ich gewiß sein, wenn ich geschrieben hätte: ‚Verzeihe, daß ich nicht pünktlich komme', würde sie geantwortet haben: ‚Mache keine Geschichten und komm, wenn und wann du willst.' So traf ich denn mit dem glorreichsten Gewissen, aber nicht eben rosig gelaunt, aus dem märchenhaft schönen Hochgebirge in der unwirtlichen Gegend meines engsten Vaterlandes ein.

Das burgartige Schlößchen der Großtante lag auf dem Plateau einer steilen Anhöhe, die im Volksmunde der Zuckerhut hieß, von der letzten Eisenbahnstation fünfzehn Kilometer entfernt. Eine armselige Station, auf der ich vom Bahnbeamten erstaunt empfangen wurde. Was – was? Da sei ich nun doch! Man erwarte mich wohl nicht mehr auf dem Schlößchen. Alle die Tage hatten sie von dort einen Wagen geschickt, um mich abzuholen. Heute zum ersten Male keinen.

Da hieß es denn im nächsten Dorfe ein Fuhrwerk auftreiben, das mich und meine Reiseeffekten zum Transport übernähme, und das war nicht leicht, gelang aber endlich doch. Fragt mich nur nicht wie! Die Pferde meines Wagenlenkers erwiesen sich als eingefleischte Schrittgeher. Wir kamen auf den elenden Wegen kaum vom Flecke. Um so mehr beeilte sich die Dunkelheit, an dem verwünschten naßkalten Abend hereinzubrechen. Ich geriet in höchst gereizte Stimmung und ärgerte mich über alles, was mir gerade einfiel. Zum Beispiel, daß ich mich, statt zwischen elenden Sturzfeldern* einherzukutschieren, im Ampezzotal befinden könnte oder daß es eigentlich nichts so Tyrannisches gebe wie die anspruchslosen Großtanten mit dem moralischen Zwang, den sie auf feinfühlende Großneffen ausüben. Widerstrebend nur gab ich zu, daß meiner daheim doch auch manches Angenehme warte: der Einzug in meine lieben, trauten Zimmer, das Wiedersehen mit einstigen Spielgefährten aus dem Dorfe, mit den alten Dienern, in erster Reihe unter ihnen mit Rudosch, dem seltsamen, dem armen Rudosch!

Wir langten bei Nacht und Nebel am Fuße des Zuckerhutes an, und wenn mein Koffer nicht gewesen wäre, so hätte ich den Fuhrmann jetzt schon

* Felder mit schweren Erdschollen.

verabschiedet und den Aufstieg per pedes unternommen. Aber ich rief die heilige Geduld an und blieb sitzen. Erst als wir das Plateau erreicht hatten, auf dem, von einer Mauer umgeben, das Schlößchen steht, sprang ich aus dem Wagen, lief auf das Tor zu und vollführte einen Höllenlärm mit dem eisernen Klopfer.

Nach wenigen Minuten kam der dicke Türhüter laut brummend aus seiner Klause angestapft, wußte trotz der Finsternis sogleich, mit wem er's zu tun hatte, und öffnete. Auch der noch dickere Schloßwärter (alle Diener in diesem Hause wurden dick) kam herangerollt, leuchtete mir mit seiner Laterne ins Gesicht und mißbilligte, daß ich mich mit solchem Spektakel und so spät einfände. Das ganze Haus schlafe schon. Natürlich, die alte Turmuhr zeigte eben mit mühsam holpernden Schlägen zehneinhalb Uhr an, und um zehn hatte jedermann die Ruhe zu suchen; ob er sie fand oder nicht, war seine Sache.

Die beiden Damen nahmen meine Bagage in Empfang; ich verabschiedete den verschlafenen Kutscher und die schlafenden Pferde, und der Burgfrieden umfing mich. Wir überschritten den geräumigen Hof, stiegen die Stufen, die zur Torhalle führen, hinauf. Der Schloßwärter zündete die Ampel an und schickte den Pförtner in die Küche, um ein Abendessen für mich zu besorgen. Die Halle ist ein länglicher, gewölbter Raum, von dem aus eine Treppe in das obere Geschoß emporsteigt. Rechts und links führt je eine Tür in die Zimmer des Hochparterres. Die meinen lagen rechts, und vor dem Eingang zu ihnen blieb ich stehen. Der Schloßwärter hatte aber die gegenüberliegende Tür geöffnet und forderte mich auf, in eines der Fremdenzimmer einzutreten.

‚Warum dahin? Warum denn nicht in meine alten Zimmer?'

Ja, das ginge nicht – ja!

Ob jemand anders drin wohne, ob sie ausgeräumt wären?

‚Gott behüte – das nicht – ja!'

‚Warum also, warum?' fragte ich nochmals. Und er näherte sich und erwiderte zögernd:

‚Sie hätten keine Ruhe – ja!'

‚Vor wem oder vor was keine Ruhe? Habt Ihr am Ende Ungeziefer drin?'

Nun hatte ich's verschüttet mit dem guten Kiwala, ihn tief gekränkt in seiner Schloßwärterehre. Er setzte seine trotzige Miene auf und fragte herausfordernd:

‚Ungeziefer? Wie meinen?'

‚Ich meine, daß ich in meine Zimmer will', sagte ich, ging auf die Tür zu, fand sie verschlossen, ärgerte mich und rief: ‚Sperren Sie auf! Sperren Sie sogleich auf!'

Er, ohne Widerrede, plötzlich verstummt, wie immer, wenn er sich bis aufs Blut beleidigt fühlte, holte das Schlüsselbund herbei und hatte eben meinen Befehl ausgeführt, als der Pförtner mit dem Abendessen aus der Küche kam. Mitten in der Halle blieb er stehen und fragte ganz erschrokken: ‚Herr Jesus, wohin denn?‘

Der auch? Hatten mich die Herren definitiv ausquartiert? Da mußte ich doch sehen, was es gäbe, zog mein Feuerzeug hervor, machte Licht und trat ins Zimmer. Ich fand die Leuchter an ihrem gewohnten Platz auf dem Schreibtisch neben der Tür, setzte eine der Kerzen nach der anderen in Brand, sah mich um, ging in das anstoßende Schlafgemach, fand alles unverändert und überall die Spuren von Kiwalas bewährtem Reinlichkeitssinn.

Die Diener waren mir gefolgt, der eine schweigend und grollend, der andere bleich und verstört. Auf dem Servierbrett in seinen zitternden Händen klirrten Glas und Geschirr.

Nun machten sie sich an die Arbeit, brachten meine Sachen herein, bestellten den Waschtisch und das Bett. Ich hätte den gekränkten Kiwala gern wieder gut gemacht und suchte ihn in ein Gespräch zu ziehen, während er meinen Koffer auspackte, erkundigte mich nach dem Befinden seiner Frau, seiner Kinder, bekam aber nur einsilbige Antworten; und als ich endlich fragte: ‚Wie geht's meinem Rudosch? War er fleißig, hat er wieder eine Überraschung für mich bereit?‘, verzog Kiwala nur den Mund und wechselte mit dem Pförtner einen bedeutungsvollen Blick.

‚Wie geht's meinem Rudosch?' wiederholte ich.

Abermaliges Achselzucken; dann kam es zögernd heraus: ‚Ja, wer weiß, wie's dem geht.'

‚Wieso? Reden Sie doch! Warum weiß man's nicht?'

‚Ja – weil er tot ist, ja.'

‚Tot? ... Mein lieber Rudosch gestorben! ... Wann gestorben?'

‚Im Dezember wird's ein Jahr.'

‚Woran gestorben? Wie gestorben?'

‚Im Rausch. Erfroren auf dem Wege aus dem Wirtshaus. Ja. Im Wald, ja.'

‚Wo im Wald?'

‚Unter den Buchen, wo's zu den Fichten geht, haben sie ihn gefunden.'

‚Und ich wußte nichts, und man hat es mir nicht geschrieben?'

Dem Herrn Vormund hatte man's geschrieben, und er, in seiner unüberwindlichen Scheu vor der Mitteilung einer unangenehmen Nachricht, verschwieg es mir.

Die beiden Diener hatten ihres Amtes gewaltet, ich entließ sie, und sie empfahlen sich.

Hinter der Tür hielten sie noch eine Beratung ab. Ich unterschied deutlich die Worte des einen: ‚Ihm doch sagen', und des anderen: ‚Ist verboten'. Schon wollte ich sie zurückrufen und sie zur Rede stellen, ließ es aber gut sein. Ich hatte einen Wolfshunger und einen Bärendurst; der Wein und die kalte Küche, die sie mir aufgetragen hatten, schmeckten mir vortrefflich; ich aß und trank, ohne dabei auch nur einen Augenblick mein tiefes Leidwesen um den armen Rudosch weniger schmerzlich zu spüren. – Den Armen, ja den *sehr* Armen! ... Er hatte nichts, nicht einmal einen Familiennamen, nicht einmal die Erinnerung an seine Eltern, wußte nur, daß er zu den Seiltänzern, mit denen er herumzog, solang er dachte, nicht von Geburt an gehöre. Bei einer Vorstellung in unserm Dorfe verunglückte er, und die Truppe wollte ihn beim Abzuge in ihrem Karren mitschleppen, elend, wie er war, mit gebrochenen Gliedern. Meine Großtante nahm sich seiner an, und die fahrenden Künstler überließen ihr gern die Sorge um das unnütz gewordene Mitglied. Rudosch wurde ins Schlößchen gebracht und gesundgepflegt.

Seitdem blieb er da; ich habe das Haus nicht ohne ihn gekannt. Er war das Ideal eines Dieners der Diener und eine sehr beliebte Persönlichkeit. Daß *er* jemand geliebt hätte, außer vielleicht mich, habe ich nie bemerkt. Die Frauen waren ihm so wenig gefährlich, wie er es ihnen, begreiflicherweise, war; er hatte ja mehr Ähnlichkeit mit einem Gorilla als mit einem Apoll. Unvergeßlich bleiben mir seine kleine, breitschulterige Gestalt, sein bleiches, eingefallenes Gesicht mit den schwarzen Bartstoppeln, die behaarten Hände, die Haare, die glanzlos wie Pech ihm tief in die niedrige Stirn wuchsen. Wenn man ihn ansprach, glotzte er einem erstaunt und fragend ins Gesicht, als ob er kaum glauben könne, daß man sich mit ihm beschäftige oder etwas von ihm wolle. Und jeder wollte doch etwas von ihm, hieß ihn tun, was der Betreffende selbst hätte tun sollen, oder nahm seine Geschicklichkeit in Anspruch; denn er war ein Naturgenie für mechanische Arbeiten. Mein schönstes Spielzeug, eine famose Armbrust, einen schlanken, großen Bogen, feine, buntbefiederte Pfeile verdankte ich seiner Kunstfertigkeit. Nie war eine Arbeit ihm zuviel, er verhielt sich bei jeder gleich emsig, gleich ernst und vertieft. Nur wenn er aufgefordert wurde, einen dürren Ast auf einem hohen Baume in Wipfelnähe abzusägen, ging das Herz ihm auf. Ein Freudenglanz blitzte aus seinen schwermütigen Augen. Er schwang sich behende von Ast zu Ast, baumelte tollkühn an einem Zweige. Und wenn ich starr vor Angst unten stand und zu ihm hinauf rief: ‚Gib acht, um Gottes willen, gib acht!‘, führte er in der Höhe ein Seiltänzerkunststückchen nach dem andern auf.

Seine eigentliche und auch seine liebste Beschäftigung bestand im Sägen des Brennholzes für den Hausbedarf. Es wurde aus dem Walde zugeführt, und Tag für Tag konnte man Rudosch, im

Winter durch lange, im Sommer durch kürzere Zeit, unter dem vorspringenden Dache des Schuppens bei der Arbeit sehen. Er verrichtete sie mit der Unermüdlichkeit und Gleichmäßigkeit einer im besten Stande befindlichen Maschine, immer rastlos, immer schweigend, besonders um die Zeit, in der sein böser Dämon ihn zu ergreifen drohte. Sie kam viermal im Jahre; mein armer Rudosch war ein Quartalsäufer. Das klägliche Ereignis kündigte sich durch sichere Vorboten an: aufs äußerste getriebenen Fleiß, tiefere Traurigkeit. Er sprach nicht, aß kaum, starrte und starrte ins Leere, stand vor mir und sah mich nicht, ging umher wie einer, der einen schweren Fluch nachschleppt – und war plötzlich verschwunden. Jetzt wußte man, er sitzt in irgendeinem Wirtshause, möge ihn suchen gehen, wer Lust hat, und trinkt und trinkt. Nach einigen Tagen kam er wieder, mehr oder weniger verwundet nach einem schweren Fall, den er unterwegs getan. Einmal hatte er ein Loch im Kopf; die mit Blut getränkten Haare klebten drüber wie eine Kruste. Ich schrie auf, als ich es bemerkte: ‚Rudosch, wer hat dir das getan?' Er schüttelte den Kopf, sah zu Boden und sägte und sägte. Ich ging oft fort von ihm, weil ich seine Todestraurigkeit nicht mit ansehen konnte, versteckte mich in einem Winkel und weinte über ihn.

Was irgend geschehen konnte, um ihn zu heilen, geschah, in Güte wie in Strenge, durch meine

Großtante, durch den Arzt, den geistlichen Herrn. Umsonst. Man nahm endlich den Quartalrausch des armen Rudosch wie ein Elementarereignis hin.

Du Armer! Du Armer! Man soll dir deine Ruhe gönnen, soll dich nicht zurückwünschen in ein Leben, das dir nichts Gutes zu bieten hatte. –

In den Zimmern war es wohlig warm geworden. Die Diener hatten viele Kerzen angesteckt; hell und freundlich sah meine alte Umgebung mich an. Die Möbel mit den spindeldünnen Füßen und den bunten Überzügen, der Glasschrank mit den Büchern, die mich einstens entzückten, der kleine Werktisch, an dem ich mich so fleißig mit Tischlerarbeit mühte, alle die alten Bekannten heimelten mich an. Auch das Schlafzimmer war gut gehalten, und alles befand sich darin auf dem alten Fleck. Es lag gegen Westen in einer stumpfen Ecke des unregelmäßig gebauten Schlößchens, war lang und schief und hatte durch ein hohes, schmales Fenster, das in einer tiefen Mauernische lag, die Aussicht auf den Zwinger. Einige schöne alte Bäume, unter denen eine Fichte die Königin war, schmückten ihn. Mein Bett stand in der Nähe des Fensters, mit dem Kopfende an der Wand, und mein erster Blick beim Erwachen fiel auf die immergrüne Majestät. Die Spitze ihres Wipfels glänzte wie ein Stern, wenn drüben die Sonne aufging. Langsam glitt das Licht an ihren Zweigen herab und vergoldete allmählich den ganzen

Baum. Ein paar kleine Wirtschaftsgebäude, darunter die Werkstatt des armen Rudosch, bildeten seine Umgebung.

Ich trat ans Fenster, wollte einen Blick nach dem Schauplatz seines unermüdlichen Fleißes werfen, doch war in der tiefen Dunkelheit durchaus nichts zu unterscheiden. So ging ich denn zu Bette und schlief sogleich ein. Ich konnte aber nicht lange geschlafen haben, als ich plötzlich geweckt wurde. Wodurch, hätte ich nicht sagen können. Durch das heftige Zuschlagen einer Tür, durch den Fall eines schweren Gegenstandes? Ein knisterndes Geräusch folgte, ein regelmäßiges Hin und Her, das von einer in Bewegung gesetzten Säge zu kommen schien. Merkwürdig, daß sie jetzt Holz sägen in der Nacht, dachte ich, wenn man das denken nennen kann, was einem in der Schlaftrunkenheit durch den Kopf schwebt ... Ach was, ach was! – nicht draußen, in meinen Ohren sägt's –, bin Wein zu trinken nicht gewöhnt, habe vielleicht ein Räuschlein ... Ein Räuschlein, das mir eine besonders gute Nacht verschaffen wird. Und ich legte mich aufs Ohr und schlief weiter, erquickend und tief, und als ich am Morgen erwachte, war, wie ich sah, Kiwala schon da gewesen. Meine Kleider hingen sauber ausgebürstet am Rechen, der Waschtisch und die Wanne waren mit Wasser versorgt. Bevor ich noch mit meiner Morgentoilette fertig geworden, fand der Schloßwärter sich wieder ein, sah mich scheu mit neugierigen Augen an, fragte, wie ich geschlafen habe, und nahm mein ‚Gut, vortrefflich!' erstaunt und ungläubig auf.

Die Großtante empfing mich freundlich wie immer, aber um einen Grad weniger kühl als sonst. Auch *ihre* erste Frage war, wie ich geschlafen habe; meine befriedigende Antwort machte ihr sichtlich Vergnügen. Sie hatte einspannen lassen, und nach dem Frühstück fuhren wir in den Wald. Er war zum großen Teil unter ihrer langen Regierung angelegt worden und mit gutem Rechte ihr Stolz. Sie verstand sich auf die Forstwirtschaft trotz eines Professors der Waldbaulehre. Ihre ‚Baumkinder', wie sie sagte, belohnten die Pflege, die sie erfuhren, und strotzten von Gesundheit und Kraft. Wir hatten den Wagen verlassen und schritten unter alten, graustämmigen Buchen einem prächtigen Nadelholzbestande, der Lieblingsschöpfung der Großtante, zu. Auf diesem Wege fiel mir der Tod des armen Rudosch wieder ein, und ich fragte, ob wir nicht in der Nähe der Stelle wären, an der man seine Leiche gefunden hatte. Die Großtante antwortete kurz, es sei möglich, und lenkte sofort das Gespräch ab. Offenbar wollte sie an die traurige Begebenheit nicht erinnert werden, und ich hütete mich, ihrer nochmals zu erwähnen.

Wir kamen knapp vor dem Mittagessen von unserer Ausfahrt zurück und fanden im Speisezimmer eine junge Dame, in die ich mich sogleich verliebte. Sie hieß Ellen Merton und fungierte seit einem Jahre bei meiner Großtante als Vorleserin. Ein entzückendes Geschöpf, frisch und heiter wie ein Maimorgen, geistreich und verständig. Ich unterhielt mich so gut mit ihr, daß es mich verdroß, als am Nachmittag Besuch erschien, noch dazu mir zu Ehren geladene Gäste aus der Nachbarschaft, denen ich Zeit und Aufmerksamkeit widmen mußte. Zur Entschädigung las Miß Merton am Abend schöne Gedichte von Longfellow reizend vor. Der Tag war zu rasch verflogen; ich wollte protestieren, als die Großtante um zehn Uhr aufstand und mich verabschiedete. Aber von einem Sündigen gegen die Hausordnung wollte sie nichts hören, es blieb dabei; sie reichte mir die Hand, riet mir, so bald und so rasch einzuschlafen wie gestern, und verließ den Salon, begleitet von ihrer allerliebsten Vorleserin.

Nun tröstete ich mich: morgen ist auch noch ein Tag! und wußte nichts Besseres, als die Stunden, die mich von ihm trennten, in angenehmer Bewußtlosigkeit zu verbringen. So begab ich mich denn in bester Laune zur Ruhe und befolgte aufs Haar den Rat der Großtante. Eine gute Weile mochte ich wohl im ersten, tiefsten Schlafe gelegen haben, als ich aus ihm aufgeschreckt wurde wie gestern. Ich fuhr in die Höhe und horchte gespannt und war mir im ersten Augenblick bewußt:

nicht das Zuschlagen einer Tür, nicht der Sturz eines schweren Gegenstandes hatten mich geweckt, sondern das kräftige Geschleudertwerden eines solchen auf eine harte, aber bewegliche Masse, die unter dem Anprall knisterte ... Einen Augenblick Stille, und dann ein sägendes Geräusch – es kam von außen, das war mir heute sofort ausgemacht; es kam von der Stelle her, wo die Werkstatt meines armen Rudosch sich befand.

Dort hatte einer eine Säge in Bewegung gesetzt. Sie glitt gleichförmig und behend hin und her und hatte eine eigentümlich scharfe, hohe, boshafte Stimme und sagte ganz deutlich: ‚Mit Fleiß! mit Fleiß!' – und das lebendige Holz stöhnte unter ihr: ‚'s tut weh! 's tut weh!'... Nun kam ein Knack, ein Wurf, die Scheite flogen auf den Holzstoß, er knisterte – dann folgte die Pause ... Er spannt ein neues Scheit ein. Er – wer? Wem fällt es ein, Holz zu sägen mitten in der tiefschwarzen Nacht?

Wie lange er's schon treibt? – Wie lange er's noch treiben will? – Mir klopft das Herz vor Ungeduld und noch einem anderen Gefühl, das ich mir nicht eingestehen will ... Und der Unermüdliche sägt und sägt, es knackt, die Scheite fliegen, der Holzstoß knistert ... alles still. Jetzt, jetzt! Ich atme auf, zähle die Sekunden – jetzt wird Ruhe sein ... Noch nicht! Das verdammte Sägen fängt von neuem an. Wieder eine Pause, wieder Hoffnung auf Ruhe, durch zehn, durch zwölf Sekunden – wieder die Enttäuschung. Sie tanzt einem auf den Nerven, diese Abwechslung zwischen erlösender Ruhe und dem aber- und abermals erhobenen Gekreische der eisernen Zähne. Sie singen ihr schrilles Lied: ‚Mit Fleiß! mit Fleiß!' – und das lebendige Holz stöhnt: ‚'s tut weh! 's tut weh!' Ich machte Licht, stand auf, trat ans Fenster und sah hinaus. Es war, wie wenn ich in ein verschlossenes Rohr hinein gesehen hätte. Der drüben, der Säger, hatte keine Laterne angesteckt, verrichtete seine Arbeit im Dunkel. Was das heißt? – Was das nur heißt?... Ich hatte einen närrischen Einfall, über den ich selbst lachen mußte. Lachen – nun, im ganzen war mir nicht danach. – Rieselnde Schauer durchfröstelten mich. Ein Ende! Ein Ende! Der Wahnwitz muß ein Ende haben ...

Ich riß das Fenster auf. Ein eisiger Luftstrom blies mir entgegen, löschte das Licht. Ich beugte mich hinaus – keine Veränderung. Das sägende Geräusch blieb sich gleich, hörte sich bei offenem Fenster nicht anders an als bei verschlossenem. Konnte das sein? Mein Verstand war noch rege genug, um zu denken: Es kann nicht sein ... Aber ich höre, *höre* ja, daß es so ist. Es kann nicht sein, und es ist ... Endlich überkam es mich: So sei es denn! Nimm das Unerklärliche hin – was kümmert's dich? Geh schlafen und laß den Spuk sägen, soviel er mag. Ja – was es mich kümmerte? – Daß es mich nicht losließ, sich anklammerte an jeden Lebensnerv, an jede Faser meiner Wesenheit, mich mit übermenschlicher Stärke festhielt und mich zwang: Hör zu! Hör zu! Höre die Säge hin und her schleifen, gleichförmig, rastlos, unermüdlich, so wie nur *einer* sie gehandhabt hat, höre die Scheite knacken und auf den Holzstoß fliegen … In mir bäumte sich alles auf gegen den gebieterischen Zwang; ein Grimm, ein wildes Wollen zu drohen, zu überwältigen erfaßte mich in meiner Todesangst … Ich raffte mich zusammen und stieß mit aller Kraft meiner Lungen den Schrei hinaus: ‚Rudosch!'

Aber – mein Schrei erstarb auf meinen zuckenden Lippen, weckte keinen Ton; die schwarze, gespenstische Nacht verschlang ihn, verschlang jeden Laut außer dem einen, geheimnisvoll grauenhaften. Den trug sie, der schwebte heran auf eisernen gezahnten Flügeln, kälter als kalt, leiser als der Flug der Fledermaus, der strich über die Wurzeln meiner Haare, strich mir über Stirn und Augen, nahm meinem Mund den Atem, meinem Herzen den Schlag. –

Und nun – nun alles still, um mich, in mir, totenstill, und mein Bewußtsein entschwunden …

Aus tiefer Ohnmacht – ob bald, ob spät, könnte ich nicht sagen – erwachend, noch halb betäubt, erhob ich mich vom Boden, auf den ich gesunken war, und schleppte mich in mein Bett.

Der schönste Herbstmorgen begrüßte mein Erwachen. Vor einer Weile schon mußte die Sonne am Horizonte erschienen sein; denn Königin Fichte prangte in Gold und Purpur vom Wipfel bis zum Saume ihres ringsum und weithin auf dem Boden ausgebreiteten Nadelkleides. Mir gegenüber war indessen der Vollmond rot aufgegangen; da stand Kiwala, betrachtete mich mitleidsvoll und sagte etliche Male: ‚Ja, ja!‘

Als ich bei meiner Morgentoilette in den Spiegel sah, erschrak ich über meinen Anblick; es war der eines Menschen, der eine schwere Krankheit überstanden hat.

Von der Großtante wurde ich mit einem Blick begrüßt, in dem der Ausdruck von Enttäuschung lag. Sie fragte heute nicht, wie ich geschlafen habe. Nach dem Frühstück schlug sie mir vor, mit ihr einen Besuch bei Verwandten zu machen, die in der Nähe wohnten, meine zwei letzten Ferientage dort zuzubringen und dann direkt nach Wien zu fahren.

‚Und Miß Merton?‘ fragte ich.

‚Fährt mit uns, und sogar recht gern. Sie hat sich, mußt du wissen, vor kurzem halb und halb mit deinem Vetter Eduard verlobt.‘

Es war ein kleiner Schmerz, den ich aber bald überwand. Miß Merton heißt seit neunzehn Jahren Ellen Justin und ist unsere sehr liebe Kusine.

Im Winter ließ meine Großtante mir durch meinen Vormund mitteilen (sie selbst war eine Feindin des Briefschreibens), daß sie das Schlößchen verkauft und sich in Südtirol, in der Nähe von Rovereto, angesiedelt habe. Dort besuchte ich sie noch manches Mal. Sie war immer gleich heiter, lebhaft, angeregt; aber von ihrem ehemaligen Gute, von ihrem geliebten Walde durfte man nicht sprechen. Nur der alte Kiwala, dessen Gesicht immer runder, dessen Leibesfülle immer ansehnlicher wurde, teilte mir einmal flüsternd mit, das Schlößchen habe oft den Besitzer gewechselt, sei aber jetzt in festen Händen.»

«Damit wollen Sie andeuten», sprach die Hausfrau, «der spukhafte Säger sei der Arbeit doch endlich müde geworden?»

«Ich deute nichts an, gnädige Frau, ich berichte Tatsachen.»

«Und Ihre Großtante hat nie mit Ihnen von diesen ‚Tatsachen' gesprochen?»

«Nie.»

«Warum nur?»

«Vielleicht aus demselben Grunde, aus dem es in Westfalen verboten war, vom ‚zweiten Gesicht' zu reden.»

Eine Pause entstand, dann fragte die Hausfrau ernst und eindringlich: «Also *wirklich*, Herr von Justin, Sie wollen diese Sägerei *wirklich* gehört haben?»

«Ich habe sie wirklich gehört», erwiderte Justin.

UNVERBESSERLICH

Sie waren Zwillingsgeschwister, Fräulein Monika und Pfarrer Emanuel, hatten jüngst ihr sechzigstes Jahr erreicht und gehörten zur kleinen Gemeinde der einsamen Menschen. Was verliebt sein heißt, hatte Monika nie erfahren, obwohl sie einstens sehr nahe daran war, sich zu verheiraten. Aber nur aus Hochachtung. Was in ihrem Bruder vorgegangen, ob er Kämpfe zu bestehen gehabt hatte, ob die Entsagung ihm so leicht geworden wie ihr, davon wußte sie nichts. Nur einmal, als sie etwas gedankenlos sich und ihn als Muster einer lautersten Lebensführung hinstellte, sprach er lächelnd:

«Vielleicht die Folge einer Mangelhaftigkeit unserer Naturen. Es kommt vor. Cicero soll nie geliebt haben.»

Die Ähnlichkeit zwischen den beiden war eine sogar bei Zwillingen auffallende. Sie waren groß und hager, hatten feine Gesichter von durchsichtiger Blässe mit Adlernasen und schmalen, geraden Lippen, die nie geküßt und nie ein gemeines Wort gesprochen hatten. Ihre Haare blieben noch im Alter reich und bewahrten ihr mattes altgoldfarbiges Blond, so wie die Augen ihr helles Himmelblau. Aus denen Monikas blitzten oft schon bei geringem Anlaß Zornesfunken hervor, oder es sprach aus ihnen aus bloßer Freude am Dasein in Gottes schöner Welt eine Heiterkeit, die äußerst erquickend wirkte.

Emanuel hingegen war immer im Gleichgewicht, war des Zornes unfähig, sogar des – und darüber machte er sich Vorwürfe –, sogar des heiligen Zornes. Er liebte seinen Beruf, seine Gemeinde, seine gelehrten theologischen Studien und die Klassiker, besonders die alten, und haßte, so gut er hassen konnte, die Politik. «Denn», meinte er, «in der Politik können die Leute das Niederträchtige tun, ohne sich für niederträchtig zu halten und ohne dafür zu gelten.»

Nach dem kleinen Pfarrsprengel im östlichen Mähren, in dem er nun seit vielen Jahren lebte, war er strafweise versetzt worden, weil er den Wunsch seiner obersten Behörde, in seinen Predigten scharfe Töne gegen gewisse Parteiungen anzuschlagen, unbeachtet gelassen hatte. Seine Schwester geriet damals außer Rand und Band. Sie sah die Welt in zwei Teile gespalten, in ein Heer von Übeltätern und einen Märtyrer, und beschloß, diesem von nun an ihr ganzes Dasein zu weihen.

Rasch und unwiderruflich machte sie ihre Verlobung rückgängig, nahm aber mit großer Zartheit dieser Tat den Stachel. Es gelang ihr, den Bräutigam zu überzeugen, daß jede der vielen, unter denen er jetzt die Wahl hatte, besser zu ihm passen würde als sie und geeigneter sei; ihn zu beglücken.

Die Geschwister begaben sich an den neuen Wohnort und erfuhren bei ihrer Ankunft manche angenehme Überraschung. Sie fanden eine ehrwürdige, gut gehaltene Kirche, ein kleines Pfarrhaus, das an freilich argen, aber nicht unheilbaren Schäden litt. Klaglos und ohne Überstürzung ging man daran, sie zu beheben. Der Regen mußte sich's abgewöhnen, durch das Dach und durch die Fenster hereinzusickern; die ausgebrochenen steinernen Stufen, die zur Eingangstür führten, wurden durch neue ersetzt und bekamen ein hübsches eisernes Geländer. Dem verwilderten Gärtchen vor dem Hause widmete Monika von allem Anfang an ihre liebevollste Pflege.

Eingerichtet war man bald, und die Einteilung der Zimmer ergab sich von selbst. Rechts die des Bruders, links, ihnen gegenüber, die der Schwester; doch betrachtete sie nur das zweite, kleinere Gelaß als ihr ausschließliches Eigentum. Das erste, größere diente auch als Lese- und Musikzimmer. Durch den Gang, der nicht sehr breit war und die Gemächer voneinander trennte, gelangte man, an der Küche und den Wirtschaftsräumen vorbei, in den Obstgarten. Aus ihm führte ein gepflasterter Weg zur Pforte der Sakristei, und bei dieser Pflasterung war auf die Wahl flacher Steine kein Wert gelegt worden. – Man geht dahin wie auf einem Reibeisen, dachte Monika; aber er wird es nicht merken. Er würde es kaum merken, wenn er barfuß zum Gottesdienst ginge. Er bemerkt überhaupt so schwer etwas Unangenehmes, wie rasch und freudig jedoch das kleinste Gute!

Der neue Aufenthalt hatte aber wirklich gegen den früheren manchen Vorzug. Monika lächelte beinahe zustimmend, als der Pfarrer einmal sagte: «Sollte meine Versetzung eine als Strafe verkleidete Belohnung gewesen sein?»

Die Geschwister fühlten sich wie in die Heimat zurückgekehrt. Sie hatten auf einem benachbarten Gute, dessen Verwalter ihr Vater gewesen, ihre frühe Kindheit zugebracht. Längst abgebrochene Beziehungen wurden wieder angeknüpft; alte Leute kamen und erzählten: «Wir haben Ihren Herrn Vater, Ihre Frau Mutter gekannt», und die Mitteilung eines kernigen Ausspruches, den er, einer guten Tat, die sie getan, folgte. Das Verhältnis der Gemeinde zu ihrem milden Hirten und zu seiner Schwester, die so leicht böse, aber auch so leicht wieder gut gemacht werden konnte, war im ganzen vortrefflich. Daß der Herr Pfarrer alle Ausgaben für sein Haus und auch manche für die Kirche aus eigenen bescheidenen Mitteln bestritt, wurde mit Befriedigung hingenommen. Mit Befriedigung, nicht mit Dankbarkeit – wo hat es je eine dankbare Dorfgemeinde gegeben? – «Wenn er's nicht hätte, würde er's nicht tun», hieß es. Aber es war doch angenehm, daß er's hatte.

Fünfundzwanzig Jahre lebten die Geschwister nun in dem stillen Dorfe, und sie waren ihnen vergangen wie ebenso viele Monate. Kam ihnen einmal ein Tag lang vor, so war es einer, an dem gar zu dauerhafte Besuche aus der nahen oder fernen Nachbarschaft sich eingefunden hatten. Trotzdem wurden die Gäste immer freundlich willkommen geheißen, und manche waren es auch wirklich. Am glücklichsten fühlten sich die Geschwister aber doch, wenn man sie den Feierabend in selbst gewählter Gesellschaft zubringen ließ; das war die denkbar beste, da wurde ein Buch aus dem Schrank genommen, in dem die Blüten klassischer Ehrwürdigkeiten ihr ewiges Leben führten, und der Bruder las vor. Oder vier alte Hände bewegten sich mit noch ziemlich elastischen Fingern auf den Tasten des guten, alten Klaviers, und die Geister Bachs, Beethovens, Haydns schwebten durch den Raum und riefen in den zwei Einsamen Ahnungen eines durchdringenden Allwissens, Allverstehens und Miterlebens wach. Alle Lieblichkeit und alles Grauen des Lebens tat sich vor ihnen auf, sie erschöpften seine schmerzvollsten Wonnen und seligsten Leiden und sahen im Tod den Vollender eines reichen Daseins.

Und beim Gutenachtwünschen dachten sie: Wir sind glückliche Menschen.

Ungetrübt floß das Leben freilich nicht hin; es kamen auch trübe Zeiten, besonders seitdem die Schule anfing, Politik zu treiben, und viele bisher Zufriedene hörten, daß sie eigentlich Unzufriedene zu sein hätten. Das schwerste Leid aber verursachten dem geistlichen Herrn seine unverbesserlichen Beichtkinder, die alten Sünder, über die er schon so oft das Kreuz – das Kreuz der Vergebung – gemacht hatte, die jungen, die schwerer belastet wieder kamen, als sie vor der letzten Lossprechung gewesen waren. Ach, die Jungen! Bei denen es nicht nur um die arge Gegenwart, sondern um die arge Zukunft ging. Menschenkinder, Sorgenkinder! Die Seele eines jeden einzelnen ist ein ihm anvertrautes Gut, er hat die Verantwortung dafür zu tragen bis zum letzten Atemzug. Und deshalb, so hoffnungslos er auch manchmal war: wie einer, der die Hoffnung aufgegeben hat, handelte er nie, ließ sich lieber seine Langmut vorwerfen und alle Übel prophezeien, die ihm aus ihr erwachsen würden.

War's nicht ein Mißgeschick, daß an der Spitze der Nichtsnutzigen im Dorfe gerade Monikas ehemaliger Ziehsohn, der Edinek, stehen mußte?

«Nein», versicherte sie dem Bruder, der sie ungläubig anlächelte, «nein, sag ich dir, nicht eingefallen wäre mir's, mich seiner anzunehmen, wenn ich geahnt hätte, was für ein Unband aus ihm werden sollte.»

Vor achtzehn Jahren war seine Mutter, die in der Stadt einen anstößigen Lebenswandel geführt, plötzlich in ihren Heimatsort gekommen, hatte sich bei Verwandten einquartiert und Geld ausgestreut wie Heu.

Die schiefen Blicke, die man ihr zuwarf, die spöttischen Begrüßungen, die man ihr zurief, schienen ihr Spaß zu machen. Sie lachte vor sich hin, wenn die jungen Frauen und Mädchen das Wippen der Federn auf ihrem Hute, das Rauschen ihres seidenen Unterrockes mit mißgünstiger Bewunderung anstaunten.

Das Wickelkind, das sie mitgebracht hatte, war das schönste, das man sehen konnte. Es hatte rabenschwarze, große Augen, eine Gesichts- und Hautfarbe wie hellbrauner Samt und – unglaublich! – den Kopf schon ganz bewachsen mit dunklen Löckchen. Es befand sich auch im Besitz einer reichen Ausstattung an Wäsche und Decken, an Bändern und Spitzen sogar. Daß es auf den Namen Eduard getauft worden, hatte man gleich gehört. Neugierige wollten aber noch mehr erfahren und fragten: «Na, und wer ist denn der Vater?»

«Was weiß ich?» erhielten sie zur Antwort.

«Vielleicht der Teufel», sprach eine Alte.

«Vielleicht», kam's lachend zurück, und die Übermütige küßte und herzte ihr Kind.

Als sie aber eines Morgens so plötzlich verschwand, wie sie erschienen war, vergaß sie es mitzunehmen. Man hörte nie mehr etwas von ihr. Der fremd klingende Name, den sie ihrem Söhnchen gegeben, verwandelte sich im Munde der Leute in ein kosendes «Edinek».

Aber ein anderer Name, mit dem er später verhöhnt oder gegeißelt werden sollte, lautete «Teufelsbrut» und blieb sein einziges mütterliches Erbe.

Um dem Gesetz Genüge zu tun, ließ sich ein Bäuerlein zum Vormund des Verlassenen ernennen. Die Rechte und Pflichten auszuüben, die er damit übernahm, lag ihm aber ferne. Sie waren, als wenn es gar nicht anders sein könne, vom ersten Augenblick an in die stets offenen und hilfsbereiten Hände Monikas geglitten.

Das Fräulein hatte den Schützling bei einem kinderlosen Ehepaare untergebracht, braven Leuten, deren letzte ruhige Stunde schlug, als der Knabe heranwuchs und ein phänomenaler Leichtsinn ihn zum Gegenstand ihrer beständigen Qual und Entrüstung machte. Monika versäumte nie, ihm auch in erziehlicher Hinsicht ihre Sorgfalt zu widmen; sie ermahnte, bestrafte, ja, sie züchtigte ihn mit eigener jungfräulicher Hand, brachte aber nichts anderes zuwege, als ihm große Scheu einzuflößen, eine ganz besondere vor ihren Ermahnungen. Die machten auf ihn den Eindruck eines peinlich unangenehmen Geräusches, dem er um jeden Preis zu entrinnen suchte. Er verkroch sich, wenn er seine Wohltäterin dräuend nahen sah, lief oft, vor ihr Hilfe suchend, geradeaus zum Herrn Pfarrer, rief ihn an, war voll ehrlicher Reue, gelobte Besserung und faßte die besten Vorsätze. Dann hielt er sich eine Weile ordentlich, und in ungetrübtem Lichte erschienen seine guten Eigenschaften, seine Gutmütigkeit, seine Ehrlichkeit, seine Aufrichtigkeit. Sie blieben ihm auch im Jünglingsalter getreu. Monika ließ sie aber nur partiell gelten und fragte mit Recht: Wo bleiben sie den Frauen gegenüber? Zögert er je, die Hand nach einer auszustrecken, die ihm gefällt? Und was kümmern ihn dann das Unglück und die Schmach der armen Betörten?

Eine Entschuldigung hätte er vorbringen dürfen. Die Dorffräulein kannten ihn; warum liefen sie ihm nach? Warum? Vermutlich wußten sie selbst es nicht. Weil er so schön ist, so ganz eigentümlich schön, weil er besser als der Lehrer, der ihm nur ein paar Stunden gegeben hat, auf der

Geige spielen kann? Weil ihm alleweil etwas Lustiges einfällt und man sich halbtot lacht, wenn er es erzählt?

Nein, aus diesen Gründen nicht – viel eher, weil er, achselzuckend sagten sie's, «halt so» war; weil er etwas Eigenes hatte, etwas Unbeschreibliches, das die einen unwiderstehlich anzog, andere wieder mächtig abstieß und dem Glauben an seinen teuflischen Ursprung Nahrung gab.

Ebenso verderblich wie für die weibliche Jugend war sein Einfluß auf die männliche. Das Beispiel der Auflehnung gegen Autoritäten, die ihm mißliebig waren, wurde von seinen Nachahmern gegen jegliche Autorität angewandt. Und die Streiche der Jünger fielen ärger aus als die des Meisters, weil den Jüngern die angeborene Gutmütigkeit fehlte, die ihm Zügel anlegte. Aber als der geistige Urheber all des Schlimmen, das sie taten, wurde doch er angesehen, und die Eltern erzählten einander, was für hoffnungsvolle Geschöpfe ihre Söhne gewesen, bevor sie in Grund und Boden verdorben wurden durch den Umgang mit dem Teufelsbraten. Jetzt hatte er sie in den Krallen; wie die Schafe ließen sie sich von ihm leiten, wurden in seiner Gefolgschaft zu Säufern, Spielern, Schürzenjägern. Ein Unheil fürs Dorf war er, wenn er auch zur Kirche und zur Beichte lief und im nüchternen Zustand aussah, als ob er nicht auf fünf zählen könne. Im Rausche, bei den Prügeleien im Wirtshaus, die dem Pietienak, dem Gendarm, so viel zu schaffen gaben, da mußte man ihn sehen! Da kam der wilde Satan, der in ihm steckte, zum Vorschein.

So zusammengesetzt aus Widersprüchen er aber auch war, in einem blieb er immer gleich, in seiner Anhänglichkeit an den Herrn Pfarrer. Sie kam bei jeder Gelegenheit zutage, und schon als kleiner Junge hatte er sie bewährt. In der Volksschule nie durch etwas anderes ausgezeichnet als durch seine Faulheit und seine Frechheit, hielt er sich beim Religionsunterricht aus Liebe zum Herrn Pfarrer, und um ihm eine Freude zu machen, stets unter den Besten. Einen Ministranten, wie er als Knabe war, konnte der geistliche Herr sich nie wieder erziehen, und ein gewissenhafter Besucher der Kirche blieb er bis heute. Er trat auch alljährlich mit solcher Andacht in den Beichtstuhl und an den Tisch des Herrn, daß Pater Emanuel ihn immer wieder hervorholte aus der Reihe der Unverbesserlichen, in die er ihn notgedrungen so oft gestellt hatte.

Ergötzlich und beinahe rührend – Monika selbst mußte das zugeben – war die Obsorge, die der nichtsnutzige Bursch allem widmete, was zum Eigentum der Pfarrei gehörte. Wenn sich jemand an ihm vergriff im Garten oder auf dem Felde, gab es für Edinek keine ruhige Stunde, bevor er den

Täter erwischt und durchgeprügelt hatte. Eine widerrechtliche Handlung, für die aber Monika nicht ganz ohne sympathisches Verständnis war, denn in diesem Unrecht bekundete sich ein entschiedener Sinn für das Recht.

Eine Gelegenheit aber gab es, bei der der makelvolle Jüngling nie versäumte, sich im reinsten Lichte zu zeigen. Um die Erntezeit, wenn der große Mangel an Arbeitern eintrat, wenn man um keinen Preis Leute auftreiben konnte, die das Heu, die Feldfrucht hereingebracht hätten, kam er daher und stellte seine Dienste zur Verfügung. Und war es auch nach einigen im Wirtshaus durchtollten Nächten und war auch sein hübsches Gesicht rot und gedunsen, waren auch seine Augen verglast, er kam, holte das Arbeitszeug herbei und verrichtete freudig und unverdrossen sein Tagewerk.

Es war ein ästhetisches Vergnügen, ihm dabei zuzusehen, und die Geschwister gönnten sich's, standen in einiger Entfernung und bewunderten ihn im stillen. Er fühlte recht gut, daß sie es taten; ein beglückender Stolz erhöhte seinen Eifer, er warf den Kopf zurück und übersah das Gebiet seiner Tätigkeit mit einem Feldherrnblick. Seine schlanke Gestalt reckte sich; mit weit ausholender, gleichmäßiger Gebärde schwang er die Sense und legte das goldene Getreide in mächtigen Schwaden vor sich hin.

«Sieht er nicht aus wie ein junger Perseus mit dem Sichelschwert, der Schlingel?» fragte Emanuel.

«Soweit ein Perseus wie ein Schlingel aussehen kann», erwiderte Monika und ging nach Hause, um dem Perseus-Schlingel eine tüchtige Mahlzeit bereiten und aufs Feld schicken zu lassen.

Am nächsten Tage spendete sie ihm etwas weniger Willkommenes - eine Ermahnung. Sie stellte ihm vor, wie schön und in jeder Hinsicht ersprießlich es wäre, wenn er immer brav und arbeitsam sein wollte. Alles war vortrefflich gesagt, und die guten, klugen Worte mit Herzlichkeit vorgebracht.

Im Kopfe Edineks jedoch stellte sich ein Zusammenhang her zwischen diesen Ermahnungen und dem Zustande immerwährenden Bravseins, und sie verbanden sich zu der Vorstellung einer unermeßlichen Langeweile.

Das Fräulein hatte kaum den Rücken gekehrt, als er auch schon dem Genuß eines so unmäßigen Gähnens frönte, daß er in Gefahr geriet, sich die Kinnlade zu verrenken.

Fräulein Monika war auf der Suche nach einer neuen Dienerin. Ihre, wie sie sagte, «langjährige Kathi» stand im Begriff, sie zu verlassen. Es hatte sich ein Liebhaber ihres wohlkonditionierten Sparkassenbuches gefunden, den sie für einen

Liebhaber ihrer dürftigen Reize hielt: ein vagierender Schreiber von anrüchigem Charakter und um neun Jahre jünger als sie.

Mit ebensoviel Scharfsinn als Delikatesse stellte ihr das Fräulein die Gefährlichkeit des Schrittes vor, den sie unternehmen wollte. «Ich habe einmal gelesen», sprach sie, «sterben ist nichts, heiraten – das ist etwas.»

«So?» Kathi, deren Gesicht viel Ähnlichkeit mit dem eines Meerschweinchens hatte, lächelte ernsthaft.

«Sie sollten nicht lächeln, liebe Kathi. Der Tod, sehen Sie, ist das Ende eines jeden Kampfes, während mit dem Eingehen einer Ehe der Kampf beginnt.»

«So?» Kathis Lächeln wurde ironisch.

«Es handelt sich oft um Angriff und Verteidigung.» Monika ging vom allgemeinen zum konkreten Fall über. «Sie zum Beispiel werden Ihr Sparkassenbuch zu verteidigen haben.»

Das Meerschweinchengesicht nahm einen bösartigen Ausdruck an. Kathi mußte sehr bitten. Wenn das Fräuln glaubte, er, der Schreiber, beabsichtige, eine Geldheirat zu machen, irrte die Fräuln. Und sie entwarf in knappen, abgebrochenen Sätzen ein derart geschmeicheltes Bild von ihrem Verlobten, daß Monika nicht umhin konnte, in scharfem Tone auszurufen:

«Sie sind verliebt!»

Das war in ihren Augen ein so harter Tadel, daß sie meinte, ihrer Köchin damit den Dolch ins Herz gestoßen zu haben, und über die eigenen Worte sehr erschrak.

Aber Kathi zuckte nur die mageren Achseln und antwortete schnippisch:

«Warum soll ich nicht verliebt sein?»

Auszusprechen, was sie dachte: «Sie haben nicht mehr das Recht dazu, sehen Sie doch in den Spiegel!», war Monika nicht grausam genug, und so hatte das Gespräch ein Ende.

Monika freute sich, daß sie ihren Ärger überwunden und die harten Worte, die er ihr eingab, nicht ausgesprochen hatte. Ihr Gewissen war gut und leicht, aber im Magen spürte sie einen leichten Druck.

Als sie zu ihrem Bruder ging, um ihm ihr jüngstes Erlebnis mitzuteilen, fand sie ihn nicht allein.

Ein junger, hübscher Mensch in Dragoneruniform stand in militärischer Haltung vor ihm und salutierte nun das Fräulein bei seinem Eintreten auf das ehrerbietigste.

«Um Gottes willen», rief Monika, «was ist Euch, Sylvin, Ihr weint ja!»

Sylvin bestätigte mit einem Schluchzen, daß er weine, und der Druck im Magen Monikas verstärkte sich. Der Anblick eines weinenden Soldaten war ihr alles eher als angenehm.

«Er rückt morgen nach seinem Urlaub wieder ein», sagte der Pfarrer, «und bekommt keinen Urlaub mehr, bevor er ausgedient hat. Die Trennung von seiner Braut, der Anna – du weißt, der Tochter des Zimmermanns –, wird ihm sauer.»

«Wohl und gut; aber ein Mann weint doch nicht, weil ihm etwas sauer wird.»

Sylvin widerlegte diese Behauptung tatsächlich; der kräftige Mann, der aussah wie das blühende Leben, vergoß Ströme von Tränen.

«Ein Jahr, ein ganzes Jahr ... gnädiges Fräulein ... und die Anna, meine Anna ...»

«Wird sich schon noch gedulden, lieber Sylvin, wird auf ihn warten.»

«Sie möcht wohl, sie meint wohl – und was sie is – o da ... da bin ich sicher ... aber die Bursche, gnädiges Fräulein – und eine so schöne Person, eine so schöne, schöne Person! ...»

Weiter konnte er vorläufig nicht, ein leidenschaftliches Schluchzen erstickte seine Stimme.

«Wenn er seiner Anna sicher ist», sprach Monika trocken, «was kümmern ihn da die Bursche?»

«Die sind so keck! Die geraten jetzt alle der Teufelsbrut nach, dem Edinek. Wie soll ein armes Mädel sich erwehren, wenn die Mutter tot ist und der Vater oft die ganze Woche fort, in der Arbeit ... O gnädiges Fräulein! O wenn sich ihrer annehmen wollten! Die Leut sagen, daß die Kathi heiratet – o wenn das gnädige Fräulein die Anna nehmen möchte statt der Kathi, die Anna möchte ihr alles absehen an den Augen ...»

Das Wort «Augen» mußte eine besonders rührende Wirkung auf ihn ausüben; es war kaum ausgesprochen, als seine Stimme abermals brach.

Monika fühlte sich äußerst abgestoßen und äußerst gedrängt, ihre Empfindungen auszusprechen. So viele gute, kräftige Ermahnungen fielen ihr ein – wahre Schlager. Sie litt die Qualen eines Demosthenes, der nicht zu Worte kommen darf, aber sie schluckte, schluckte! Und es war, als ob in ihrem Innern kleine Hände kämpfend rängen, als ob es lautlos schrie: Wenn's nur nicht auf einmal übergeht!

Aber – unglückseliges Naturell! – es ging über.

Als Sylvin in seiner Pein sehr unschön aufschrie, war's mit ihrer Selbstbeherrschung vorbei. Sie sprach. Leider keines der vortrefflichen Worte, die ihr früher in den Sinn geraten waren, sondern unüberlegte, unwillkürlich hervorgebrachte:

«Flenn er nicht! Hör er auf! Ihn stößt ja schon der Bock. Wenn ich die Anna wäre, ich nähme lieber den Edinek als einen Mann, der flennt!»

Nun war ihr Magen frei; aber in welchem Zustand befand sich ihr Gewissen! Sie stand auf und verließ das Zimmer.

Sylvin fühlte sich eisig angeweht. Wie eingefroren versiegte der Quell seiner Tränen.

Bei dem Aus- und Aufbruch seiner Schwester

hatte Pater Emanuel die Augenbrauen hoch emporgezogen. Auf seiner Stirn bildeten sich Falten, alle voll reinsten Wohlwollens, heiterer Freundlichkeit, und seinen Mund umkräuselte das bekannte, ein wenig überlegene und sehr gütevolle Lächeln. Er näherte sich dem rührseligen Kriegsmann, klopfte ihm auf die Schulter und sagte: «Sei ruhig, Sylvin, sei du ganz ruhig. Glaub mir, Sylvin, bevor die Woche um ist, steht deine Braut unter dem Schutze des Pfarrhofes.»

Nun war der Pfarrherr allein und geriet alsbald in eine der wundervoll rosigen Stimmungen, die sein Alter so jung und so schön machten. Durch keinen äußeren Grund waren sie veranlaßt, so konnte auch kein äußerer Grund ihnen so leicht etwas anhaben. In herrlicher Unabhängigkeit, von jeder Erdenschwere frei, kamen sie und erfüllten ihn mit ihrem stillen, sanften, unsagbar warmen Lichte. In jungen Jahren hatte er diese Stimmungen nicht gekannt; sie waren Früchte des späten Alters, und um kein Jugendglück hätte er sie getauscht. Heute freute ihn einmal wieder alles. An ihm erfüllte sich die Verheißung: «Wer seine Zelle liebt, wird in ihr den Frieden finden.» Er liebte seine niedrige, aber geräumige «Zelle» und jeden Gegenstand, den sie enthielt: die Einrichtung – Urväterhausrat, aber gediegen und erprobt. Jeder Schrank, jede Truhe, jeder Sessel sah ihn mit treuen Augen an und fragte: Bin ich dir nicht ein braver Diener gewesen? Habe ich je auch nur mit einem Fuße gewankt? Kannst du mir einen übermütigen Sprung nachweisen? Fest wie Stein ist mein edles Holzwerk mit der Zeit geworden und metallisch sein milder Glanz. Wir haben deine Eltern überlebt, wir werden auch dich überleben. Was dann?

Was dann? Ja, Erben, die sie ihm zuliebe in Ehren halten würden, hatte er nicht; aber die neue Zeit weiß das Alter zu schätzen, besonders an Möbeln, und er prophezeite den seinen den glorreichsten Aufenthalt in einer berühmten Sammlung. «Ihr sollt es gut haben», sprach er munter und strich leicht mit der Hand an der Konsole hin, über der die Bilder seiner Eltern hingen, Werke einer altmodischen, schlichten, aber sehr echten Kunst. – Einen Gruß zu ihnen empor; dann trat er ans Fenster, öffnete beide Flügel und ließ die Herbstabendluft hereinfluten.

Sie kam in breitem Strome, kühl und sehr erquickend, und trug den Duft der späten Rosen herein, die noch im Vorgarten blühten. Edinek pflegte sie; er hatte eine gute Hand für Blumen, dieser Mensch.

Am Himmel verglomm ein blasser Purpurstreifen, die lange Reihe der fernen Berge begann sich im Dämmer zu verlieren. Bald sachte ansteigend, bald sich leise senkend, wellte die Landschaft zu ihnen hin. Etwas Großartiges hatte sie nicht, diese gute mährische Landschaft, aber für den alten Mann am Fenster einen liebkosenden Heimatszauber. Vom jetzt wasserreichen Flusse herbeigesandt, begannen graue Nebel sich in die Niederungen zu breiten und mählich jede Linie und jede Form zu verwischen, jede Farbe auszulöschen. Mildes, leises, vom geheimnisvollen Hauch des Sterbens umwehtes Hingleiten in die Nacht ... Und sie wieder nur ein Übergang zum lichten Morgen, und der Schlaf, auch der tiefste, der letzte, nur ein Übergang zu neuem Tage. Traumloses oder vielleicht traumumsponnenes Einschlafen, dem seligen Erwachen in Gottes himmlischer Nähe entgegen ...

Pater Emanuel hatte manche Anzeichen dafür, daß er vor seiner Schwester sterben sollte, und überzeugt hielt er sich, daß sie ihn nicht lange überleben werde. So stark sie war, das ginge über ihre Kraft. Aber an seinem offenen Grabe sah er sie aufrecht stehen und angesichts des Trauergeleites wahrscheinlich tränenlos. Seine starke, seine schwache, seine liebe, alte Schwester!

Als sie ihn zum Abendessen rufen ließ, fand er sie genau so, wie er erwartet hatte. Mit etwas geröteten Wangen und unruhigen Augen. Auch ungewöhnlich gesprächig und lebhaft von Dingen redend, die ihr recht gleichgültig waren. Nach der Mahlzeit ging sie zum Klavier, blieb eine Weile unentschlossen, ob es heute eine Beethoven-

oder eine Haydnfeier geben sollte, durchstöberte die Noten und sagte, über sie gebeugt, leichthin: «Unter anderm! Ich war recht grob mit dem sentimentalen Myrmidonen*.»

«Das warst du, liebe Schwester.»

«Ich will meine Heftigkeit durchaus nicht entschuldigen; aber du weißt, daß Sentimentalität und alles, was ihr gleichsieht, mich anwidert, mich aufwühlt. Eine gewisse Art Männlichkeit fordere ich sogar von den weiblichsten Frauen. Übrigens läßt sich die Sache mit der Anna, die ja ein braves Mädchen ist, erwägen ...» Sie neigte den Kopf tiefer – sie machte einen strengen Unterschied zwischen dem Bruder, ihrem vertrauten Freunde, und dem geweihten Priester, ihrem Seelsorger: «Morgen komme ich zur heiligen Beichte, Hochwürden.»

Er jubilierte im stillen, ihm lachte das Herz. – Schlaf ruhig, kummervoller Sylvin, deine Anna ist geborgen, dachte er. Das hast du der Reue über einen unbezähmten Ausbruch der Ungeduld zu danken. Ja, ja, gar manches große Gute entsprang schon der Reue über ein kleines Unrecht – und da leugnen sie, da mißkennt sogar Goethe ihren Wert**

* Myrmidone: Achilleus, der gefeierte griechische Held

** Nichts taugt Ungeduld,
Noch weniger Reue;
Jene vermehrt die Schuld,
Diese schafft neue — *Goethe: «Sprichwörtlich»*

Die Hochzeit Kathis wurde prunkvoll gefeiert. In Seide starrend, stand die Braut vor dem Altare und trug mit Stolz und mit Recht den Myrtenkranz. Aber wieviel besser hatte ihr doch das immer blütenweiß garnierte Diensthäubchen gestanden! Trotz Schleier und Kranz nahm sie sich neben dem jugendlichen Bräutigam aus wie eine wohlhabende Großtante an der Seite ihres lachenden Erben.

Der Herr Pfarrer und Monika nahmen als Ehrengäste am Hochzeitsschmause teil. Für die Tafelmusik sorgte Edinek, gab auf seiner Geige Volkslieder und Tanzweisen zum besten und brachte dazwischen die tollsten Witze und Späße vor. Einen großen Teil der männlichen Jugend riß er zu schallendem Gelächter hin, die Mädchen kicherten, und viele von ihnen sahen ihn mit blitzenden, andere mit vorwurfsvollen Augen an. Der Neuvermählte trank ihm zu und schmunzelte verständnisvoll bei jeder Anspielung auf das Glück, eine schöne, reiche Frau heimzuführen. Aber die Alten und Mittelalterlichen stellten sich taub, kehrten ihm den Rücken zu. Zu schlecht angeschrieben war er bei ihnen, um mit seiner Unterhaltungsgabe und mit seiner Musik etwas anderes als ihren Ärger und ihr Mißfallen zu erregen.

Neulich erst hatte der Vorsteher* selbst erklärt, es würde im Dorfe solide Burschen und brave

* Dorfvorsteher

Mädchen erst wieder geben, wenn der Teufel seinen zur Hölle längst reifen Sohn geholt hätte.

Auf dem Heimwege erging Monika sich in Betrachtungen. Erziehung! – einmal ist sie alles, einmal ist sie nichts. Dieser Edinek – wäre etwas anderes aus ihm geworden, wenn ihn Pestalozzi selbst in die Hand genommen hätte?

Ihr Bruder wußte es nicht, gestand auch, daß er sich keine Gedanken darüber mache.

Es sei allerdings fruchtlos, meinte sie, aber interessant. Und schad ist es um den Buben, sehr, sehr schad. Er hat künstlerische Anlagen, der Bub, könnte Musiker werden, Sänger, Schauspieler. Das weibliche Publikum hätte er für sich. Wie sie ihn alle anstaunten, die Dorfprinzessinnen! Sogar die ernste Anna, die doch keinen Augenblick vergessen sollte, dem tränenreichen Bräutigam nachzutrauern, hatte mehr als einmal laut mitgelacht. Das Fräulein beschloß, ihr bei nächster Gelegenheit eine Bemerkung darüber zu machen.

Anna nahm seit einiger Zeit die Stelle Kathis im Pfarrhause ein. Sie hatte sich, durch ihre Vorgängerin in den Dienst eingeführt, deren Unterweisungen zunutze gemacht. Geschickt, still und freudig verrichtete sie ihre Arbeit, gab nie Grund zum Tadel und nahm jedes Lob wie ein Gnadengeschenk hin. An Respekt für ihre Gebieter leistete sie das Äußerste. Sie betrat das Zimmer des Fräuleins so ehrfürchtig, als ob sie eine Kapelle beträte, besorgte das Waschen und Plätten der Kirchenwäsche ernst und hingebend wie eine heilige Handlung. Wenn sie dem Herrn Pfarrer begegnete, blieb sie stehen, machte Front, knickste und rührte sich noch eine ganze Weile nicht, nachdem er schon vorüber war.

Einmal sagte Monika: «Du hast Respekt vor dem Herrn Pfarrer, das ist recht. Was denkst du denn, wenn du ihn siehst?»

Ein großer Schreck bemächtigte sich Annas bei dieser Frage. Sie zerknüllte den Zipfel ihrer weißen Küchenschürze, führte ihn tief geneigten Hauptes an die blühenden, zuckenden Lippen und blickte das Fräulein von unten herauf bestürzt und ratlos an.

«Antworte! Du mußt immer antworten, wenn ich dich frage.»

«Herr Jesus, gnädiges Fräulein, was ich denk? – Wenn ich ihn seh, denk ich, wie mir sein möcht, wenn er vor uns stehen möcht, vor mir und dem Sylvin, und uns trauen möcht ... gnädiges Fräuln. Und wenn ich das denk, steigt mir's immer so rot in den Kopf, und ich möcht mich vor ihm niederknien.»

Nun, dachte Monika, vorläufig hat der plärrende Othello noch keinen Grund, ihr ans Leben zu gehen.

Zu wachen hörte sie trotzdem nicht auf. Es war

geboten, denn man sah den unternehmenden Edinek das Haus jetzt besonders oft umstreichen. Freilich, die Zeit der Kartoffelernte war da; er schickte sich an, sie hereinzubringen, und hatte im Keller zu tun. Ins Haus selbst durfte er nicht, seitdem es ein so schönes Vögelchen beherbergte.

Am Tage nach dem Rosenkranzfeste wurde dieses Verbot von ihm gebrochen. Da kam er einhergestürmt, nahm in zwei Sprüngen die Stufen zur Eingangstür und rannte schreiend auf Monika zu, die eben am Ende des Ganges aus der Küche trat. «Fräuln, Fräuln, denken sich, die Pagasch, die niederträchtige ...»

Monika trat ihm mit gebieterisch erhobener Hand einen Schritt entgegen: «Beherrsche er sich. Solche Ausdrücke sind ...»

Sie mußte innehalten, Edinek war nicht zu bändigen.

«Drei Säck!» schrie er noch lauter als vorhin, «just die neuen, die die Fräuln erst gekauft hat, fort – gestohlen!»

«Was? Kartoffelsäcke?»

«Ich hab noch oben auf dem Feld zu tun, leg sie hin auf den Rain, wo der Weg ins Dorf geht, meinen Rock dazu ... komm nach einer Viertelstund wieder, und da liegt auch noch der Rock ... den haben's liegenlassen, der hätt sie verraten können. Aber, meine Säck! Meine neuen Säck, die hat mir das Gesindel ...»

Monika unterbrach ihn: «Ich habe ihm schon gesagt, daß er nicht zu schimpfen braucht. Aber recht schön, recht schön, daß es ihm nah geht. Übrigens hätte er auch besser achtgeben und die Säcke nicht an den Rain legen sollen, wie hergerichtet zum Forttragen ... Das Diebshandwerk ist eben wieder recht in Aufschwung gekommen im Dorfe ...» Ihre Stimme wurde immer milder, die Empörung des Nichtsnutzes über eine widerrechtliche Handlung berührte verwandte Saiten in ihr, und sie schloß beinahe vertraulich: «Mir fehlen ja auch seit einigen Tagen zwei meiner schwarzen Hühner.»

Edinek stieß von neuem sein Lieblingsschimpfwort aus:

«Pagasch, niederträchtige! Gleich drei Säck und zwei Hendeln und Gott weiß was alles noch! Aber ... ich kenn die Pagasch, und wenn ich sie erwisch – und ich ...»

Er schwor darauf, daß er sie erwischen und «treschaken»* werde, fluchte und wetterte, überstürzte sich und warf in seinen Reden alles derart durcheinander, daß man nicht mehr wußte, ob er von den Säcken, der Pagasch, dem Fräulein oder von den Hendeln sprach.

Plötzlich aber, wie auf den Mund geschlagen, schwieg er, riß die Augen auf, starrte. – Anna war aus der Küche getreten, rosig und blond, im Glanz

* verprügeln

ihrer lieblichen Schönheit. Der Anblick wirkte auf den Jüngling, wie wenn er zum erstenmal in ihm schwelgte, berückend und entzückend. Es gab keine Erdäpfelsäcke und keine Hendeln mehr, das Fräulein war in einen Abgrund versunken, auf der ganzen Welt lebte nur die Anna. Der Gedanke: Du mußt mein werden! durchblitzte ihn, und er murmelte, zu früh triumphierend: «Sackerlot!»

Monika riß ihn aus seiner Berauschung, indem sie ihm die Tür wies. Dann wandte sie sich mit strenger Miene ihrer Dienerin zu.

Das junge Mädchen bog sich wie eine Gerte, steckte den Kopf zwischen die emporgezogenen Schultern, rang die Hände über den Knien, pustete, schluckte und brach endlich in ein unaufhaltsames Gelächter aus.

«Worüber lacht sie?» fragte Monika. «Sie sollte nicht lachen, sie sollte lieber gut überlegen, wie sehr sie sich vor dem Nichtsnutz, dem Eduard, in acht zu nehmen hat.»

«Verzeihn, gnädiges Fräuln, verzeihn», sprach Anna zwischen neuen Lachanfällen, «der ist ja ein Narr, und er» – das hieß bei ihr immer: der Sylvin – «ist auch ein Narr, daß er sich vor dem fürchtet.»

Einige Tage später saß Monika in ihrem Zimmer am Tische vor der hell brennenden Lampe und erwartete Anna, die im nächsten Augenblick kommen sollte, um den Kaffee zu servieren. Ihr leichter und rascher Schritt wurde eben vom Gange her vernehmbar, als ein Schrei ergellte, der dem Fräulein durch Mark und Bein ging. Ihre Magd hatte ihn ausgestoßen, und zugleich klang und klirrte das Getöse zu Boden gestürzten, zerschmetterten Geschirres.

Monika eilte zur Tür, riß sie auf und stand ihrem Bruder gegenüber, der auf die Schwelle seines Zimmers getreten war. Aus dem seinen wie aus dem ihren fiel ein heller Lichtschein auf den halbdunkeln Gang.

Das Fräulein stieß einen Schreckensruf hervor, der Pfarrer fragte gelassen:

«Was gibt es denn?»

Erstens also für heute keinen Kaffee. Das gute Getränk duftete ihm zwar entgegen, aber von den Fliesen herauf, wo es sich ausbreitete, aromatisch und dunkelhell. In seiner Nähe bildete die Sahne einen kleinen See und streckte nach ihm schmale Kanäle gleich sehnenden Ärmchen aus. Und drinnen und daneben lag in Trümmern das großelterliche Erbstück, das Altwiener Porzellanservice. Die Kanne mit dem gutmütigen Bäuchlein und der schlanken Taille, mit der Birne auf dem kuppelförmigen Hütlein, und die Zuckerdose und die Tassen, alles in Scherben.

Und an dieser Stätte des Unheils zwei Bilder menschlichen Elends. Dem Fräulein gegenüber preßte sich Edinek in Zerknirschung so dicht mit dem Rücken an die Wand, daß er plattgedrückt aussah wie eine Blume in einem Herbarium. Wieder starrte er zur Anna hin, jetzt aber in Todesangst. Und sie befand sich in sinnloser Verzweiflung. Aus diesem jungen Geschöpfe kam eine Wildheit zutage, deren man es nie für fähig gehalten hätte.

Fluchend hob sie die geballten Fäuste, ihre Augen glühten wie Feuerbrände, und wie das Herz ihr klopfte, sah man am Auf- und Niederwogen ihres Busentuches. Den Kopf zurückwerfend, stieß sie in schrillen Tönen abgebrochen hervor: «Teufel – vermaledeiter! ... In die Hölle mit ihm! ... Nicht hier herumlaufen – nicht Menschen unglücklich machen, Teufel!»

«Was hat er Ihnen getan?» fragte der Pfarrer.

«Ge–ge–geküßt», kam die Antwort unter Schluchzen und Stöhnen heraus. «Er hat mich ge–geküßt!»

«Abscheulich!» rief das Fräulein. «Abscheulich! Miserabilität! Er weiß doch, der Mensch, daß sie eine Braut ist.»

«Und ‚er' hat gesagt, wenn ich mich ein einziges Mal von einem andern küssen laß ...» Ein neuer Zornes- und Schmerzensausbruch mußte sich Luft machen, ehe sie schließen konnte: «mag er mich nicht mehr ... und jetzt ... und jetzt ... wird er mich nicht mehr mögen ...»

«Na, na», suchte das Fräulein zu beruhigen, hätte aber selbst nötig gehabt, beruhigt zu werden, und der Pfarrer sprach:

«Sie haben sich ja nicht küssen lassen; Sie wurden überrascht, und wie Sie darüber erschraken und wie Sie sich wehrten, bezeugen dieser verschüttete Kaffee und dieses zerbrochene Porzellan.»

Die Geschwister sahen einander wehmütig an; dann durchmaß Monika den Edinek mit einem Richterblick vom Wirbel bis zur Sohle.

«Dich», wandte sie sich zu ihrer Dienerin, «wird niemand zur Rechenschaft ziehen für die Untat eines ...»

Während sie einen Ausdruck suchte, der ihrer nicht unwürdig und für den Verbrecher bezeichnend gewesen wäre, fiel Emanuel sanft ein:

«Nimm sie mit auf dein Zimmer, und Sie, Eduard,» – wenn er «Sie» und «Eduard» sagte, war er sehr böse – «räumen hier auf und kommen dann zu mir.»

Einen besonders schweren Stand hatte der geistliche Herr dieses Mal mit dem immer rückfälligen Sünder. Daß er die Anna mit Gewalt geküßt hatte, gab er zu; aber als einen Willensakt konnte er diese Tat nicht gelten lassen. Er ahnte selbst nicht, wie es geschehen konnte. Es hatte ihn, als er am Pfarrhof vorbei kam, mit Gewalt hinein- und in den halbdunklen Gang gezogen, und im Gang war ihm die Anna entgegengekommen, und da hatte es ihn zu ihr und seinen Mund auf den ihren gestoßen.

«Was soll das heißen – ‚Es‘ hat dich gezogen, ‚es‘ hat dich gestoßen? Es gibt kein ‚Es‘, das zieht und stößt. Der Mensch hat einen freien Willen, Eduard.»

«Ja, hochwürdiger Herr Pfarrer, den hab ich, o den hab ich! Ich tu immer wollen, und immer das Beste; aber was nachher herauskommt, dafür kann ich nichts.»

«Schäm dich, einen solchen Unsinn zu reden», zürnte Emanuel. «Aber du bist gar nicht mehr fähig, dich zu schämen, du bist unverbesserlich, und den Unverbesserlichen geb ich auf.»

Edinek erschrak. In dieser Weise hatte der geistliche Herr noch nie zu ihm gesprochen. Schlecht stand es mit ihm, wenn der Uebergütige also zu ihm sprach. Immer bereit, ins Äußerste zu stürzen, als wär's das Nächste, erwiderte er stockend, schluckend und in naiver, ehrlicher Verzweiflung:

«Wird schon so sein, werden schon recht haben, die Leut, die mich Teufelsbrut schimpfen ... Wird schon so sein, das Verfluchte, das mich zwingt, wird schon der Teufel sein.»

«Laß dich nicht zwingen, laß dich nicht unterkriegen, widersteh der Versuchung!»

«Wenn ich nur nicht eine so teuflische Natur hätt, hochwürdiger Herr.»

«Natur! Verschone mich mit deiner Natur. Weißt du, wozu sie da ist, deine Natur? – Um überwunden zu werden, dazu!»

«Wenn man nur könnt ...»

«Man kann! Nicht nur der Mensch, sogar das Tier kann seine Natur überwinden. Hast du nie einen braven Jagdhund gesehen? Wozu treibt ihn seine Natur, und was tut er, weil sein Wille stärker geworden ist als seine Natur?... Ja, sogar von einem Wolf weiß ich, der seine Natur bezähmte, einem wilden Wolf.»

Edinek schien sehr ungläubig. «Haben ihn gesehen, den Wolf?»

«Das nicht. Er lebte vor ein paar hundert Jahren.»

«Ein paar hundert Jahren – ja so.»

Pater Emanuel hatte in einem Lehnstuhl Platz genommen; Edinek stand vor ihm, seine Haltung, die anfangs geknickt gewesen, war schon sicherer geworden:

«Hier war er? Hier bei uns?»

«Nein, in der Nähe einer italienischen Stadt, die Gubbio hieß, und der Schrecken der ganzen Gegend.»

«Ein einziger Wolf? O den hätt ich ...»

«Nichts hättest du. Er war so stark, daß er alle, die gegen ihn auszogen, und wenn ihrer noch so viele waren, und wenn sie sich noch so gut bewaffnet hatten, überwand und auffraß. Zuletzt traute sich niemand mehr aus der Stadt, die Menschen waren hinter ihren Mauern eingeschlossen wie die Belagerten. Sie wären verhungert, wenn ein großer Heiliger sich ihrer nicht erbarmt hätte.

Dieser Heilige war Franziskus von Assisi … Du weißt von ihm.»

Edinek bejahte.

«Der beschloß, sie mit Gottes Hilfe von dem Feinde zu befreien, machte sich auf und ging ihm entgegen.»

«Das war schön! Er allein, ganz allein!»

«Zuletzt ja; anfangs hatte eine ganze Schar Leute ihn begleitet, als sie aber den Wolf erblickten, der heulend mit aufgerissenem Rachen auf sie zu stürzte, wichen alle zurück.»

«Nur der Heilige nicht!» fiel Edinek begeistert ein.

«Nur der Heilige nicht. Allein stand er da und erwartete den bösen Feind, der in wilden Sprüngen auf ihn zu kam …»

«Und hat nichts gehabt, kein Gewehr, keinen Säbel?…»

«Eine mächtigere Waffe hat er gehabt als Säbel und Gewehr. Die geweihte Hand hat er erhoben und das heilige Zeichen des Kreuzes gemacht.»

«Über den Wolf?»

«Du sagst es. Und das böse, ingrimmige Tier stand still, schloß den Rachen, senkte den Kopf und rührte sich nicht. Der Heilige aber sprach: ‚Komm näher, Bruder Wolf!'»

«Bruder?»

«So ist es uns überliefert. Und weiter sprach der Heilige: ‚Höre, Bruder Wolf, ich verbiete dir, einem Menschen, einem Geschöpfe Gottes, weh zu tun. Versteht mich mein Bruder?' Da konnte man sehen, daß ihn der Wolf verstanden hatte, denn er nickte mit seinem Kopfe, kam ganz nahe heran und legte sich demütig dem Heiligen zu Füßen. ‚Wolf', sagte nun Franziskus von Assisi, ‚du hast schon viel Schaden angerichtet, viel Unglück in die Welt gebracht; der ganze Ort ist dir feindlich gesinnt.'»

Bei diesen Worten sah der Priester den schuldbeladenen Edinek fest und bedeutungsvoll an, und dieser blickte, vor Verlegenheit schielend, zur Seite und murmelte: «Nur die Männer.»

«‚Aber ich will Frieden stiften zwischen ihnen und dir. Sie sollen dir alles Üble, das du ihnen zufügtest, verzeihen, und du sollst ihnen nichts Übles mehr zufügen.' Wieder nickte der Wolf, so zustimmend er nur konnte, und der Heilige hielt ihm die Rechte hin: ‚Wenn du's zufrieden bist, Bruder, dann versprich mir's in die Hand.' Und der Wolf hob die Pfote und legte sie in die Rechte des Heiligen, zutraulich und fromm und mit einem Nachdruck, wie ein solches Tier es nur irgend tun kann. So hat der Wolf sein Wort gegeben, und als der Heilige in die Stadt zurück ging, folgte ihm der Wolf wie ein guter Hund. Und hat sein Wort gehalten, hat seine wilde Natur bezwungen und hat sein Wort gehalten. Er ist ein Freund der Bewohner von Gubbio geworden, aus und ein gegangen in ihren Häusern, nirgends mehr gefürchtet und überall willkommen.»

Edinek war immer röter und verlegener geworden. «Wohl, jawohl», versetzte er zagend. «Es war halt ein Wunder.»

«Es ist eine Legende, und ich denke mir die Stadt wie das Himmelreich und den Wolf wie den reuigen Sünder, den der Heilige dahin zurückführt.»

«Es war halt doch ein Wunder», wiederholte Edinek; «ein Heiliger hat ein Wunder getan.»

Aber es sprachen nur seine Lippen, ganz anders sprach sein Herz. Das schwoll und klopfte in starken Schlägen:

Ist der Mann, vor dem du stehst, nicht auch ein Heiliger? Lebt er nicht wie in einem gläsernen Hause? Wissen die Bewohner des Dorfes nicht alles von ihm? Hat er je etwas getan, das eines Heiligen unwürdig gewesen wäre? Nie, niemals! ...

Er ist ein Heiliger, und wie zu einem Heiligen kann man zu ihm beten!

Überzeugt und ergriffen trat er näher an den Geistlichen heran, kniete nieder, hob die Augen tränenfeucht zu ihm empor und fragte:

«Möchten mir nicht die Hand reichen, damit ich meine Pfote hineinlegen kann?»

«Und mir Besserung versprechen?» Den Mund Emanuels umspielte das gewohnte, mild überlegene Lächeln.

«Ja! ja! ja! O nicht nur versprechen, Wort halten, wahr und gewiß, wenn nur Hochwürden die Gnade hätte, die große, unendliche Gnade – ein Wunder zu tun!»

«Hoffnungslos!» murmelte Pater Emanuel und befahl ihm, aufzustehen. «Das Wunder kannst nur du selbst an dir vollbringen», sagte er, «und sollst damit gleich anfangen, indem du dich einer Strafe unterwirfst. Ohne die kommst du mir dieses Mal nicht durch.»

«N–icht?» Edinek fand, daß er in dem Fall schlimmer dran sei als der Wolf, machte aber keine Einwendung, sondern verbeugte sich still und ergeben.

«Ich befehle dir, von morgen an bis zu Allerheiligen statt des Mesners, der krank war und dem es noch schwer wird, seinen ganzen Dienst zu tun, die Kirche täglich am Morgen aufzusperren und zu säubern. Um vier Uhr an Werktagen, um fünf Uhr an Sonn- und Feiertagen. Morgen, Sonntag, also um fünf. Um acht Uhr ist Hochamt; vorher werde ich die Beichte hören.»

Abermals verbeugte sich Edinek und versprach, daß der hochwürdige Herr alles in bester Ordnung finden werde.

Ja, im Versprechen und im Fassen von Vorsätzen ist der Mensch ein Meister. Pater Emanuel musterte die dürftige Kleidung, die er trug, der

Mensch, und mochte nicht fragen, wohin der neue Anzug gekommen sei, den Monika ihm erst kürzlich hatte machen lassen. Er wußte ja: verspielt im Wirtshaus, beim Handelsmann eingetauscht gegen ein Kopftuch, ein Ringlein für die Geliebte, die eben an der Reihe war. Aber gleichviel, so kläglich ausgestattet konnte man ihn den Kirchendienst in der vorgeschrittenen Jahreszeit unmöglich versehen lassen.

Was tun? Ein Blick in die Brieftasche hatte den Geistlichen überzeugt, daß da nichts zu holen sei. So begab er sich denn zum Kleiderschrank und entnahm ihm eine warme Soutane, die er dem eben zur Strafe und Buße Verurteilten reichte.

«Der Schneider soll dir daraus einen Winterrock machen und mir die Rechnung schicken.»

Nein, das war zuviel der Gnade, und so tief ergriffen und gerührt hatte sich Edinek noch nie gefühlt. Seine Beredsamkeit ließ ihn im Stiche, sogar sein Atem war beklommen. Er zog die Hand Emanuels an die Lippen und bedeckte sie mit Küssen, von denen jeder einen feurigen guten Vorsatz bedeutete.

Seine Wohnung befand sich am Ende des Dorfes in dem halb verfallenen Häuschen einer alten Witwe. Auf dem Wege dahin traf er einige Bekannte. Sie luden ihn ins Wirtshaus zum Kartenspiel und wollten ihn, als er ablehnte, mit Gewalt fortreißen. Es setzte eine regelrechte Prügelei, die erfrischend auf ihn wirkte. Als Sieger über die Versucher und die Versuchung betrat er seine kleine Stube. Da war es schon recht finster; er entfachte das Petroleumlämpchen, entfaltete und betrachtete die Soutane. Wirklich, sie sah dem hochwürdigen Herrn ähnlich, sie war so gediegen, ernst und weich wie er selbst; kein anderer als er konnte sie getragen haben. Edinek legte sie, als er in seine mit Stroh gefüllte Bettlade zur Ruhe ging, dicht neben sich und atmete wohlig den leisen Weihrauchduft ein, den sie ausströmte. Den Kirchenschlüssel hatte er, damit alles Heilige beisammenblieb, in ihre Tasche gesteckt. Er betete andachtsvoll, schlief gut, erwachte rechtzeitig.

Als er beim Schein seiner Laterne ins Freie trat, heulte der Sturmwind ihm eisig entgegen; einzelne große Schneeflocken wirbelten in der Luft herum, zerschmolzen ihm auf dem Gesichte. Den Herbstmorgen durchschauerte eine Anwandlung von winterlichem Froste; es war der richtige Moment, einen Bußgang anzutreten.

Zehn Schritt vom Hause blieb der reuige Sünder plötzlich stehen und schlug sich vor den Kopf. Er hatte den Kirchenschlüssel liegenlassen …

Eiligst umkehren denn, ihn hervorholen aus der Tasche der Soutane …

Und nun hielt er sie in Händen, bewunderte sie und gedachte der gütigen Absicht, in der der Pfarrer sie ihm geschenkt hatte. Ihr jetzt schon Ehre zu machen, konnte das eine Sünde sein? Er überlegte, beantwortete die Frage verneinend und – zog den Priesterrock über seine Kleider.

So angetan begab er sich wieder auf den Weg. O wie war ihm jetzt! Wie breiteten die langen Ärmel sich schützend über seine Hände! Wie angenehm wärmend umschlenkerte das lange Gewand ihm die Beine!

Und wie man sich in so einer Soutane fühlt, als ein ganz anderer, ein Vornehmer, als ein Kirchendiener und mehr – beinah als ein Kaplan.

Die Turmuhr schlug fünf, als er anfing, mit Besen und Wischtuch in der Kirche zu hantieren. Es geschah beim Schein einiger Lichtstümpfchen, die er da und dort aufsteckte. Aber bald herrschte eine große Sauberkeit. So nett hatte es in der Kirche schon lange nicht mehr ausgesehen. Freilich, der Mesner ist alt; es wäre Zeit, daß er sich zur Ruhe setzte. Edinek könnte seine Stelle erhalten und dann auch einen Dienst im Pfarrhofe, als Wirtschafter, als Gärtner; das Fräulein sagte erst neulich wieder: «Eine gute Hand für Blumen, die hat der Nichtsnutz!»

Ja, wenn er in die Pfarrei kommen könnte – später, wenn die Anna verheiratet sein wird, denn früher nehmen sie ihn nicht ... Leider! Sie geht ihm nicht aus dem Sinn, die Anna; er muß sehr oft an sie denken und an den ihr geraubten Kuß, aber auch an den Wolf, an dem er sich ein Beispiel nehmen soll – und wird!

Er war mit der Arbeit fertig, hatte zuletzt noch den Beichtstuhl abgestaubt und ließ sich nun darin nieder, um seinen Gedanken bequemer nachzuhängen. Doch vergingen sie ihm im leichten Schlummer, in den er verfiel. Das Geräusch schlürfender Schritte weckte ihn; mehrere Personen waren durch die geöffnete Kirchentür eingetreten. Die Beichtkinder, die der Herr Pfarrer erwartete ... Wäre eine schöne Geschichte, wenn ihn die sähen im Priesterkleide. Jetzt heißt es sich davonmachen im Schutz der Dunkelheit, längs der Wand, am Altar vorüber, in die Sakristei ... Er steht auf – aber Himmel! da kniet schon jemand im Beichtstuhl vor dem Gitter ...

Edinek, ganz erschrocken, hält die Hand vors Gesicht und murmelt mit leiser, verstellter Stimme: «Mach sie oder er, wer's ist, daß er oder sie fortkommt, jetzt wird noch nicht Beicht gehört.»

Seine Worte blieben unverstanden und wurden gänzlich mißdeutet. Er hatte sie kaum ausgesprochen, als das Beichtkind sein Bekenntnis abzulegen begann. Und nun spitzte er die Ohren. Wer da vor ihm kniete, war niemand anders als die Cibulka, die alte Diebin, die sich schon so oft an pfarrherrlichem Eigentum vergriffen, die er nie hatte «stellen» können und die sich ihm nun selbst in die

Hände lieferte. Sie hat sich im Beginn, gleichsam einleitend, allerlei kleiner Vergehen ohne Stocken angeklagt; aber jetzt kommt es zögernd und stotternd heraus, daß sie gestohlen hat.

Edinek konnte ein «Aha!» nicht unterdrücken, dämpfte aber dessen triumphierenden Ton durch ein kräftiges Räuspern.

«Also gestohlen – und was denn?»

«Dem Schullehrer aus dem Garten zwei Gurken.»

«Nur zwei?»

«Nur zwei große.»

«Die kleinen hat sie nicht gezählt, waren ihrer zu viele. Was weiter?»

«Dem Herrn Vorsteher ein Bündel Reisig aus der Holzlage*.»

«Für die Scheite könnt Ihr nichts, die sind von selbst mitgegangen. Was weiter?»

«Dem Kaufmann aus dem Laden eine Handvoll Reis.»

«Wird eine tüchtige Hand gewesen sein, die Ihr Euch an dem Tag habt wachsen lassen. Was weiter?»

Jetzt kam's! Jetzt endlich war es da: «Vom Feld des hochwürdigen Herrn Pfarrers drei Säck.»

Gibt es einen jubelvollen Grimm? Ja, denn Edinek empfand ihn. «Pagasch!» sprach er, aber so leise, daß die Cibulka es unmöglich gehört haben konnte, und er setzte befehlend hinzu: «Zu-

* Holzstoß

rücktragen die Säck, gleich zurücktragen! Verstanden?»

«Herr Jesus! Allerheiligste Muttergottes, ich hab sie nicht mehr.»

«So, so! Was angefangen damit?»

«Dem Juden verkauft.»

«Und das Geld vertan, verpraßt! ...»

«Gott im Himmel, verpraßt – ich arme Witwe mit drei Kindern.»

«Saubere Kinder! geraten alle ihr nach. Lassen keine Kirsche rot werden am Baum, fressen alle schon grün auf. Diebsgesindel!»

«Herr Jesus!» Die Cibulka war in sich zusammengesunken zu einem Häufchen, aus dem heraus es wimmerte: «So streng sind der hochwürdige Herr nie mit mir gewesen!»

Die Mahnung kam sehr zurecht, bei einem Haar hätte der Pseudobeichtvater sich verraten. Er nahm sich zusammen und moderierte die Ausdrücke seiner Entrüstung. An Salbung fehlte es ihnen aber durchaus, und die Anzahl der Bußgebete, die er der armen Sünderin aufgab, war außerordentlich. Dann murmelte er etwas, das einer Lossprechung gleichen sollte, und befahl:

«Fort! zurück zum Seitenaltar dort. Ihre Buß abbeten!»

Sie schlich unter tiefen Verbeugungen davon, und zum Entsetzen Edineks schlug die Uhr drei Viertel auf sechs. Auch begann es heller zu werden. Hohe Zeit zum Rückzug; er erhob sich. Aber Himmel! da kniete schon eine zweite im Beichtstuhl, und die erkannte er sogleich. Es war die Rusalkova, deretwegen ihm das Fräulein eine scharfe Zurechtweisung erteilt hatte. Über die mußte er ins reine kommen, die Versuchung war zu groß. Seinen Platz wieder einnehmend, begann er rasch und leise:

«Dominus sit in corde tuo ...» und bebte dabei vor Aufregung und schwerer Besorgnis.

Die Rusalkova bekannte redlich ihre unredlichen Taten, und er zählte die Minuten, fieberte vor Ungeduld, fiel ihr alle Augenblicke ins Wort: «Weiß schon! Geklatscht, verleumdet, den Mann ausgeschimpft, weiß schon... Und sich an fremdem Eigentum vergriffen – was? Nicht auch gestohlen – nein? Ein paar Hendeln zum Beispiel?»

Die Rusalkova stutzte; so offenbar zornig waren Hochwürden nie gewesen, und sie, verwöhnt durch seine Güte und frech von Natur, bäumte sich auf und sagte trotzig:

«Ein paar armselige Hendeln.»

«Armselig? Hendeln aus der Pfarrei – geistliche Hendeln armselig? Zurücktragen! Hört Ihr? Um Verzeihung bitten – zurücktragen – augenblicklich!»

«Wüßt nicht wie», erwiderte das Weib, in Tränen, aber mehr des Grolles als der Reue, ausbrechend; «wir waren hungrig, wir haben sie gegessen.»

«Pag ...», die zweite Silbe blieb ihm in der Kehle stecken ... Dreiviertel vorbei! schlug's in seinem Kopfe, klopfte wie mit Hämmern. Dreiviertel vorbei! ... Ihm war, als sträubten sich seine Haare vor Angst und Bangigkeit. Jeden Augenblick konnte der Herr Pfarrer da sein, ihn antreffen bei Ausübung eines frevelhaft angemaßten Amtes... Kalten Schweiß auf der Stirn, mit so viel Atem wie ein Gewürgter, brummte er in Hast einige Worte, die mehr einer Beschimpfung als einer Ermahnung glichen, und entließ die Diebin mit der Weisung, ihre Bußgebete: fünfzehn Vaterunser, fünfzehn Ave Maria, den Rosenkranz, am selben Altar abzubeten wie die Cibulka.

«Die richtige Buße kommt nach, du Diebin, die erteil ich dir eigenhändig», setzte er unverständlich murmelnd hinzu, und die Rusalkova, die sich für absolviert hielt, verließ den Beichtstuhl. Eine dritte Bußfertige nahm sogleich ihre Stelle ein. Aber Edinek war schon aufgestanden. «Warten!» flüsterte er, ohne auch nur einen Blick durchs Gitter zu tun. Zur Seite gedreht, den Anwesenden – es waren ihrer noch wenige – den Rücken zukehrend, schleifte er quer durch die halbe Kirche, umging nach tiefer Kniebeugung den Altar und befand sich in der Sakristei.

Es war gerade noch Zeit, hinter den großen

Schrank mit den Meßgewändern zu schlüpfen, den man der Feuchtigkeit wegen etwas weggeschoben hatte von der Mauer.

Die Turmuhr hob aus zum sechsten Schlag, der geistliche Herr trat ein und ging geradenwegs in die Kirche. Nun entledigte Edinek sich der Soutane und verbarg sie, sorgsam zusammengelegt, hinter dem Schranke. Dann ging er ins Freie. Die Luft war feucht und schwer, der Himmel trostlos grau.

Der alte Mesner hatte sich schon eingefunden und die Glocke, die zur Kirche rief, in Bewegung gesetzt. Von verschiedenen Seiten kamen Leute herbei, nicht lange und das Gotteshaus wird gefüllt sein.

Dem Edinek ist ganz kurios zumute. Eigentlich ist ihm, als ob er davonlaufen sollte. Aber statt dessen kehrt er zurück in die Kirche, bleibt unfern vom Eingange stehen und späht nach seinen Beichtkindern aus. Sie knien, noch eifrig betend, vor dem Seitenaltare. Er lächelt boshaft und denkt: Kanaillen!

Der Herr Pfarrer hat den Beichtstuhl verlassen; bald kommt er wieder, und die Predigt beginnt.

Neben Edinek entstand eine kleine Bewegung, die Leute rückten zusammen, machten Platz; die imposante Gestalt des Fräuleins schritt durch die Menge, der Bank ganz vorne neben dem Altare zu.

Mit geneigtem Kopf, mit gesenkten Augen folgte ihr Anna. Die jungen Burschen stießen und zwinkerten einander an, sahen dem schönen Mädchen nach. Gar zu gern hätte ihnen Edinek zugeraunt: «Zwinkert nur – ich, ich habe sie geküßt!... Das war, das war, ihr Tröpfe, als wenn ich meinen glücklichen Mund auf eine rote, volle, frische Rosenknospe gedrückt hätte!»

Wenige Minuten nur, und der hochwürdige Herr stand auf der Kanzel, begann seine Predigt mit der Auslegung der Epistel und des Evangeliums am einundzwanzigsten Sonntag nach Pfingsten, erklärte, was gemeint sei mit den Worten der Schrift: «Denn wir haben nicht nur zu kämpfen wider Fleisch und Blut, sondern wider die Oberherrschaft und Mächte, wider die Geister der Bosheit in der Luft ...»

Den Worten vermochte Edinek nicht zu folgen, er erwog sie kaum; was ihn tief und mächtig ergriff, war der Anblick des Heiligen dort oben auf der Kanzel, der war's! Er! Er! In seinem priesterlichen Ernst, durchleuchtet vom Geist seiner gütevollen Weisheit und einer Liebe, die, einem unerschöpflichen Borne entquollen, niedertaute über das mühsal- und schuldbeladene Menschenvolk zu seinen Füßen. Göttlich erschien er ihm und verdammenswert das Verbrechen, in eines seiner Rechte einzugreifen.

Und von ihm war es begangen worden in frevelhaftem Übermut – von ihm, dem Sünder, dem Wolf!

Das Bewußtsein seiner Schuld fiel ihm klar und fürchterlich aufs Herz. Und mit einem Male kamen auch die Gedanken an ihre Folgen angestürmt. Maßlos vergrößert durch Angst und Gewissensbisse, erhoben sie sich dräuend vor ihm, jagten ihn fort, fort, trieben ihn zur Flucht.

Scheu und hastig stahl er sich hinweg, schritt längs der Kirche, längs des Pfarrhofgartens dem Dorfe zu ... Aber nun fiel ihm ein, daß er die Soutane in der Sakristei liegengelassen hatte, in einem feuchten Winkel, wo sie verschimmeln würde. Ihn jammerte des letzten Geschenkes, das er vom hochwürdigen Herrn empfangen hatte, des schönen, lieben! ... Weit und breit war niemand zu sehen; er durfte wagen, zurückzueilen und die Soutane hervorzuholen aus ihrem Versteck. Fest an seine Brust gepreßt, trug er sie durch den immer unverschlossenen Garten der Pfarrei, durch den Gang, dessen Halbdunkel ihm so verhängnisvoll geworden war, und legte sie auf die Schwelle der Zimmertür Seiner Hochwürden. Hochwürden sollte sicher sein können, daß kein Mißbrauch mehr mit ihr getrieben werde.

Und nun eiligen Schrittes durchs Dorf, verfolgt von quälenden Vorstellungen ... Eine Viertelstunde noch, und der Herr Pfarrer tritt an den Altar, eine halbe Stunde, und die Wandlung kommt und die heilige Kommunion, und vor dem Geistlichen knien fünf Kommunikantinnen, und nur dreien hat er die Absolution erteilt. Es wird gefragt, geantwortet – da ist's geschehen. Die Sünderinnen sind fortgewiesen vom Tische des Herrn, ungespeist, zu Tode beschämt... Sie werden ihm fluchen, die Weiber, der ganze Ort wird ihn bitterer hassen, als die Bewohner der Stadt, deren Namen er vergessen hat, den Wolf gehaßt haben... Seine Phantasie, sonst eine eingefleischte Schönfärberin, führt ihm heute nur düstere Bilder vor. Verklagen werden sie ihn. Religionsstörung wird es heißen – und darauf steht der Kerker...

Im Dorfe ist es still und leer. Nur hie und da guckt aus einem Fensterchen ein altes, runzeliges Gesicht. Müde, Gebrechliche, die sich nicht mehr zur Kirche schleppen können. Aus einer Haustür kommt eine geballte Faust zum Vorschein, und eine zittrige Stimme kreischt:

«Is die heilige Mess' schon vorbei? Oder haben's den Teufel ausgetrieben?»

Es folgt keine der kecken und lustigen Antworten, die man gewohnt ist, von Edinek zu hören. Er hastet stumm seiner Wohnung entgegen, langt bei der Hütte an, die ihn heute zum letzten Male beherbergte und die ihn zum ersten Male zutraulich anmutet.

Seine wenigen Habseligkeiten waren bald zu einem Bündel zusammengeschnürt. Obenauf schnallte er die Violine und wanderte fort mit seiner leichten Bürde auf dem Rücken.

Sein Zukunftsplan reifte, während er ihn auszuführen begann. Über die Grenze ging es nach Ungarn. Der Weg war ihm bekannt; er hatte in manchen der umliegenden Ortschaften Abenteuer der verschiedensten Art erlebt. In Ungarn fanden die Verfolger, die sie ihm gewiß nachschicken würden, ihn nicht so leicht. Da mochte er ihm nachlaufen, der Gendarm Pietienak, der den großen Haß auf ihn hat wegen seines Lümmels von Sohn, über den sich keiner traute und den Edinek neulich so arg verprügelte.

Der Sturm gab sich Ruhe, der Himmel war reingefegt, sah beinahe freundlich aus und schien geneigt, der Mutter Sonne einen Blick auf ihr geliebtes Kind Erde zu gönnen.

Nach einigen Stunden rüstigen Vorwärtsschreitens war Edinek auf eine Anhöhe gelangt, von der aus man fern ins Land sehen konnte. Adje, stolzer Javornik*! Adje, blaue Berge, die in weitem Halbkreis die Heimat umsäumen. In Ungarn, sagen die Leute, gibt's keine Berge, nur Steppen, Felder, unabsehbar groß, und reiche, reiche Magnaten. Bei so einem – das ist sein Plan – will er in Dienst

* Bergkette in den Westkarpaten zwischen Mähren und der Slowakei

treten, als Gartengehilfe, oder als Knecht, oder vielleicht kommt er in den Stall als Pferdewärter. Und bald werden sie staunen, was für ein Arbeiter er sein kann, wenn er will. Und wenn er sich recht ausgezeichnet haben wird, dann geht er zurück zum Herrn Pfarrer und sagt: «Sehen Hochwürden, es ist doch etwas aus mir geworden, und jetzt bitt ich um Verzeihung und bitt um meine Soutane.»

Seine guten Gedanken erfrischten ihn, gaben ihm Kräfte zu fröhlichem Weiterwandern trotz des quälenden Hungers, der sich schon vor einer Weile eingestellt hatte.

Am Nachmittag kam er in ein großes Dorf. Mittendrin, auf dem Platze, erhob sich sehr stattlich das Wirtshaus. In reifer Schönheit prangend, stand die Wirtin vor der Tür, das Schlüsselbund am Gürtel, einen Zipfel der schneeweißen Schürze aufgerafft.

Edinek trat auf sie zu, grüßte höflich und behielt den Hut in der Hand. «Frau Wirtin, ich habe großen Hunger und nicht das kleinste Geld.»

Sie maß den Wanderjüngling im dünnen rostfarbigen Röcklein: «Man sieht ihm beides an, und daß er ein Fallot* ist, obendrein.»

«Da irrt sich die Frau Wirtin, das bin ich nicht.» Er funkelte sie strafend an mit seinen Feueraugen;

* Gauner

seine Lippen verzogen sich wie die eines schmollenden Kindes, und er wollte fort ohne Gruß.

Die Wirtin hielt ihn zurück: «Mach er keine Geschichten. Ein Stück Brot werde ich für ihn noch übrig haben.»

Sogleich kam sein Groll zu Falle, und der Übermut stieg auf: «Trockenes? Da drin», er deutete auf seine Kehle, «ist's auch nicht sehr feucht.»

Sie lachte und trat ins Haus. Edinek folgte ihr und saß bald darauf in der geräumigen Wirtsstube vor einer Schüssel mit Suppe, in der zwei gewaltige Knödel schwammen.

In dem Raume, der ihm angewiesen worden, zeigten sich Vorbereitungen zu einem Feste. Der Boden war frisch gescheuert, an den Wänden und über den Türen waren Girlanden aus Reisig und Papierblumen angebracht. Der ungebetene Gast war mit seiner Mahlzeit noch nicht fertig, als die Frau Wirtin erschien, mit einem Pack Leinenzeug unter dem Arme.

Edinek sprang auf: «Kann ich helfen?»

«Bleib er sitzen, schau er, daß er fertig wird, und dann troll er sich. Wir haben viel zu tun.»

«So, was gibt's denn?»

«Einen Hochzeitsschmaus. Zwei Reiche heiraten.»

«Na ja! Wo Tauben sind ... Ich krieg keine Reiche, Frau Wirtin.»

Wenn sich nicht eine in deine hübschen Augen

vergafft, du Spitzbub, dachte sie, und er, mit seiner unfehlbaren Kunst, Weibergedanken zu lesen, wurde schleunigst galant.

«Das kann ich nicht sehen, daß sich die Gnädige so abschleppt!» rief er und nahm ihr trotz ihres Sträubens das Tischzeug ab.

«Wohin damit?»

«Erst müssen die Tische zusammengerückt werden. Warte er, mach sich nicht wichtig und esse weiter.»

Er setzte sich wieder vor seine Suppe hin, und die Frau verließ das Zimmer, um einen Stoß Teller zu holen, den sie bald darauf hereinbrachte.

Edinek hatte eben den letzten Bissen mit dem selben Vergnügen wie den ersten verzehrt. «Das war gut!» rief er, «und ich danke auch schön!» Und eh die Wirtin sich's versah, war er auf sie zugelaufen und hatte ihr einen derben Kuß auf den Mund versetzt. Sie tat sehr entrüstet; von den vielen Tellern, die sie trug, fiel aber keiner auf den Boden. Mit sicheren Händen hielt sie alle fest, stellte sie auf die Anrichte und sprach:

«Er ist ein unverschämter Kerl. Ich möchte nur wissen, woher er kommt; muß eine kuriose Gegend sein, wo's in der Mod is, den Leuten nur so um den Hals zu fallen.»

«Es ist eine schöne Mod und eine schöne Gegend, Frau Wirtin, und ein Heiliger lebt dort.» Den letzten Satz sprach er ganz wehmütig.

«Der Heilige wird sich wohl nicht viel mit ihm abgegeben haben?»

«Doch, doch ...! Aber jetzt an die Arbeit! Wie soll ich die Tische stellen?»

Sie gab an, half mit; alles ging rasch vonstatten. Eine große Tafel in Hufeisenform war bald sauber gedeckt. Die Mägde hatten Glas und Eßzeug gebracht, die Wirtin und Edinek legten alles an den rechten Platz; er sprach und scherzte in einem fort, fragte auch:

«Unter anderm: Gibt's denn hier keinen Wirt?»

«'s gibt ihn schon, nur daß er jetzt in Ungarn is und Vieh einkauft.»

«In Ungarn? So, so, dahin bin ich grad auf dem Weg. Vielleicht treff ich ihn und kann ihm einen Gruß ausrichten von der Frau Wirtin.»

«Richtig, er is der Bote, auf den ich gewartet hab! Also mach er, daß er fortkommt.»

«Noch nicht; mir gefällt's da bei ihr; und meinen Dank muß ich auch noch abtragen für das gute Frühstück.»

«Den schenk ich ihm, den kann er für sich behalten, seinen Dank. Hört er?»

«Warum will die Frau Wirtin mir die Kränkung antun?» fragte er mit so kläglicher Miene und in so jämmerlichem Tone, daß sie laut auflachen mußte.

Nun hatte er gewonnenes Spiel, ließ seinem Übermut die Zügel schießen und brachte Späße der verschiedensten Qualität in Hülle und Fülle vor. Es sprühte nicht nur, es qualmte auch.

Die Wirtin, keineswegs zimperlich, lachte um so herzhafter, je derber seine Witze wurden, und er, geschmeichelt durch diesen Erfolg, schenkte ihr bald sein ganzes Vertrauen. Sie erfuhr, daß er auf dem Wege nach Ungarn sei, wo er Gärtner bei einem Magnaten werden wolle, oder – eben überlegte er sich's –, oder vielleicht Primas einer Zigeunerbande*. Auch daß er sein Dorf vorsichtshalber verlassen habe, teilte er ihr mit und gab die Szene im Beichtstuhl zum besten. Er dramatisierte sie sogar. Er stellte, in komischer Abwechslung sich sitzend, die Diebinnen kniend, die eine zerknirscht, die andere frech dar, er stöhnte, winselte, widerbellte mit ihren alten Stimmen, machte die Gesichter, die sie schnitten, und ihre Gebärden nach. Die Wirtin war ein dankbares Publikum, hielt sich die Seiten, wand sich vor Lachen und stieß unter Schreien und Kreischen hervor:

«Hör er auf! – Hör er gleich auf – ich platze!»

Aber je mehr sie kreischte, je toller trieb er's, und zuletzt gab es solchen Lärm, daß ein Knecht und zwei Mägde kamen, um zu fragen, was denn los sei bei der Frau Wirtin.

Sie versicherte, daß ihr nichts fehle, sie habe nur unbändig lachen müssen über den Narren da; und

* Zigeunerkapelle

sie versetzte ihm unter neuen Kontorsionen einen fast zärtlichen Backenstreich.

Edineks Eitelkeit war geschmeichelt; er brannte darauf, neue Lorbeeren einzuheimsen. Ja, die Leute zum Lachen zu bringen verstehe er, habe seine Kunst erst neulich bei einem Hochzeitsschmause ausgeübt, er würde sie auch hier gern zeigen, wenn es der Frau Wirtin recht wäre.

Es war ihr recht, und er flüsterte ihr zu: «Mesner und Beichtvater in der Früh, am Abend Lustigmacher, das ist ein Leben! Das paßt mir!»

Eine Wandertruppe, die vor längerer Zeit im Dorfhotel Station gemacht, hatte an Zahlungsstatt einige alte Anzüge dagelassen. Er durfte darunter wählen, was ihm für die Gelegenheit passend schien, und entschied sich für einen blauen Frack mit Messingknöpfen, eine weiße Hose und eine hohe Krawatte mit Vatermördern. Sein bloßer Anblick erweckte Heiterkeit. Die Kleider waren zu weit für ihn und umschlotterten seine schlanke Jünglingsgestalt, die langen Frackschöße flogen wie Fahnen hinter ihm her, und wie zwischen zwei Lanzen blühte sein feines, rosiges Gesicht zwischen den spitzigen Vatermördern hervor, seine Geige hielt er unbeholfen im Arme und schien ratlos, was mit einem solchen Ding anzufangen sei.

Die Gesellschaft hatte den hergelaufenen Possenreißer mißtrauisch und verächtlich begrüßt; aber die bärbeißigen Gesichter verwandelten sich in heitere, als er damit begann, einen desperaten Musikanten darzustellen, der einen Hochzeitsmarsch aufspielen soll und, eingeschüchtert durch den Anblick der imponierenden Gesellschaft, seinem Instrumente schrille Gickser und katzenjämmerliches Miauen entlockte. Plötzlich aber setzte er die Fiedel fester an, schwang den Bogen und strich mit wilder Sicherheit über die Saiten. Der Musikant hatte seine Kunst wiedergefunden und ließ eine jauchzende, hinreißend fröhliche Weise erklingen. Als Gegenwirkung der Angst und Pein, die er am Morgen ausgestanden hatte, überkam ihn eine elementare, eine tolle Lustigkeit und weckte bald lauten Widerhall. Die nie versagende Dankbarkeit für den Komiker stellte sich ein, er durfte am Tische Platz nehmen, mitessen und mittrinken. Als der Tanz anging, erlitt er den Genuß, die Frau Wirtin einige Male durch das Lokal zu rollen, und erholte sich von der Auszeichnung bei der Polka mit jungen, hübschen Mädchen.

Der Tag graute, das Fest war noch nicht zu Ende, aber die Hausherrin mahnte ihn fürsorglich:

«Jetzt mach er sich aus dem Staub, er hat noch gute zwei Stunden zu laufen bis zur Grenze.»

Sie steckte ihm einige Nahrungsmittel zu, gab ihm etwas Geld und hätte ihm auch den Raub eines zweiten Kusses verziehen, wenn ihm darum zu tun gewesen wäre. Er aber war kein Freund von Wiederholungen und stattete seinen Dank platonisch ab.

Nachdem er sich am Brunnen gewaschen und nachdem er seine eigenen Kleider wieder angezogen hatte, trat er die Wanderung ins Ausland Ungarn an. Eine herrliche Zuversicht erfüllte ihn, ein köstlicher Glaube an sein gutes Glück, seinen guten Stern. Wie war es ihm jetzt wieder ergangen! Konnte er sich's besser wünschen? Als hungriger Habenichts zu wildfremden Menschen kommen, ihnen etwas vorfiedeln, ein bißchen lustig sein und nach ein paar Stunden satt, belobt und beschenkt weiterziehen – versuch ein anderer, ob ihm das gelingt!

Juchhe! Also vorwärts, hinaus in die Welt! Ihm kann's nicht fehlen, er musiziert sich durch bis zu dem Magnaten, auf den er fahndet. Der wird sich wundern, was für einen tüchtigen Arbeiter er an ihm gewonnen hat, und ihn auch reich belohnen; sie sind großmütig, so heißt es, die Magnaten.

Nur daß ihm der Teufel das Spiel nicht verderbe ... Hüte dich, Teufel! Edinek faßte von neuem die besten Vorsätze und wehrte sich eine Zeitlang tapfer gegen den Schlaf, der ihn bei dieser Beschäftigung überfiel.

Der Weg führte ihn an einem Kruzifix vorbei, das am Rain zwischen vier Pappeln auf steinerner Stufe stand. Dort kniete er nieder zum Morgengebet. Aber bald verschwammen seine Gedanken, und an das Holz des Kreuzes gelehnt, unter den ausgebreiteten Armen einer göttlichen Liebe, schlief er ein.

Das war wonnig; es kamen alsbald auch Träume in holden Scharen, fein wie feinste Düfte, durchsichtig wie dünnste Schleier. Er stand mitten unter Blumenbeeten; unabsehbar breiteten sie sich, und alle hatte er bepflanzt, gepflegt, gezogen. Er war stolz auf sein Werk, und der Magnat war so entzückt, daß er ihn bat, sein Schwiegersohn zu werden … Der gute Magnat … Jetzt faßte er ihn an der Hand – und rüttelte ihn … o! o! warum so derb? Das geht über den Traum und verjagt ihn. Edinek erwacht. Das bärtige Gesicht, das sich über das seine beugt, ist nicht das des guten Magnaten, sondern das seines gefürchteten grimmigen Verfolgers, des Gendarmen Pietienak.

Edinek glotzte ihn an mit den erschrockenen Augen eines plötzlich aus dem Schlafe geweckten Kindes. Bei einem Haar wäre er in heiße Tränen ausgebrochen. So aus dem schönsten Traum gerissen zu werden! Aus den Armen einer Magnatentochter durch die rauhen Fäuste eines Stöckelknechtes*! … Wie schadenfroh der grinste, wie er die Gelegenheit begrüßte, Rache zu nehmen für den zerdroschenen Sohn! Edineks Rührung verwandelte sich in Wut; er sprang auf, führte

* Der die Körperstrafen vollziehende Gerichtsdiener

einen kräftigen Faustschlag ins Gesicht des Gendarmen und wandte sich zur Flucht. Doch war er eingeholt, ehe er sich's versah, und trotz der wildesten Gegenwehr von dem viel stärkeren Manne niedergerungen.

Aus dem beiderseits in Grimm und Haß geführten Kampfe ging die obrigkeitliche Person mit geschwollener Nase und zerrissener Uniform hervor, Edinek zwar unverletzt, aber als ein Gefangener.

Die letzte Untat der Teufelsbrut brachte im Dorf eine unerhörte Aufregung hervor. Nun lag's am Tage: Hexerei trieb der Sohn des Satans. Manche Mutter hatte längst behauptet: ohne Teufelskünste hätte er meine unschuldige Tochter nicht verführt; manche Väter schwiegen schon dazu, wenn ihre Frauen behaupteten, ohne Hilfe übernatürlicher, böser Mächte hätte der Verführer nimmer vermocht, ihre braven, soliden Söhne in Taugenichtse zu verwandeln. – Und jetzt erklärten sich die Cibulka und die Rusalkova bereit, vor Gericht aufs Kruzifix zu schwören, daß die Teufelsbrut ihnen in Gestalt des hochwürdigen Herrn Pfarrers erschienen sei und auch seine Stimme angenommen habe. Freilich, was er mit dieser Stimme gesprochen, war nicht im Einklang mit der apostolischen Milde des gütigen Priesters, sondern viel eher eine Eingebung des Teufels.

Ein Schrei, nach Rache mehr noch als nach Strafe, übertönte die Beschwichtigungen der Gemäßigten, das leise Lachen der Humoristen. Dem Herrn Pfarrer wurde es übel vermerkt, daß er einigen allzu sinnlosen Verleumdungen voll Entrüstung entgegentrat. Er büßte damit sogar einen Teil seiner Popularität in der Gemeinde ein.

Mit leidenschaftlicher Spannung wurde der Urteilsspruch über den Verbrecher erwartet. Er befand sich in Untersuchungshaft in der Kreishauptstadt. Wer sich dahin begab in Prozeßangelegenheiten zu einem Rechtsfreund, suchte ihn auszuholen und wenigstens einen Zipfel des Schleiers zu heben, der Edineks Zukunft noch verhüllte. Die Übelwollenden meinten, das Schlechteste hoffen zu dürfen. Für den üblen Leumund des Sträflings hatten die Zeugenaussagen gesorgt, und seine Vergehungen gehörten, Gott sei Dank, zu denen, die von der weltlichen Gerechtigkeit als schwere angesehen und bestraft werden. An den Fingern zählten sie nach. Er hatte, als Priester verkleidet, zweien Weibern die Beichte abgenommen und ihnen die Absolution erteilt, somit das Verbrechen der Religionsstörung begangen. Er hatte sich mit gewaltsamen Handlungen seiner Arretierung durch den Gendarm widersetzt, also auch das Verbrechen der öffentlichen Gewalttätigkeit auf sich geladen. Er war überdies – und das sollte ihm besonders eingetränkt werden – schon vorbestraft, hatte einige Tage «gesessen» nach der großen Rauferei mit dem Sohne Pietienak.

«Fünf Jahre kriegt er!» meinten die Gescheiten. «Zehn!» hofften die Phantasievollen, und einige alte Weiber erzählten einander von den leider entschwundenen heiligen Zeiten, in denen alles Hexerei treibende Gesindel auf den Scheiterhaufen kam und verbrannt wurde.

Als endlich das Urteil bekannt wurde: «Zwei Jahre schweren Kerkers, verschärft durch einen Fasttag in jedem Monat», gab es allgemeine Enttäuschung.

Nur zwei Jahre für so viel Untaten und Delikte! Das war ja, als ob man dem schlechten Kerl ein Patent auf Nichtsnutzigkeiten ausstellen wollte. Aber die Richter von heutzutage! Den Namen führen sie noch, sind keine mehr, lassen jeden laufen. Das hat man grad jetzt wieder erlebt.

«Was wollt ihr erlebt haben?» fragte Monika, wenn solche Reden in ihrer Gegenwart geführt wurden. «Wenn man einem zwei Jahre schweren Kerker zuerkannt, nennt man das ihn laufen lassen?»

Der unbestraft heimkehrende Edinek würde sie unerbittlich streng gefunden haben. Den Verurteilten nahm sie in Schutz und billigte das Verfahren des Gerichtshofes. Sein Urteil war milde, weil der Angeklagte reuig und bußfertig war. Er verlangte keinen Verteidiger, legte ein offenes Geständnis ab, verhüllte und beschönigte nichts. Er war auch damit einverstanden, daß der Vormund auf Rechtsmittel gegen das Urteil verzichte, fand seine Strafe gerecht und trat sie gutwillig an.

Am Schlusse dieser trockenen Ausführungen, die Monika mehr als einmal einem kleinen Auditorium vortrug, wurde sie immer sehr gegen ihren Willen bewegt, und ihre Lider röteten sich. Da teilte sie den Bericht eines Augenzeugen bei den Verhandlungen mit. Nie, sagte der, werde er den Eindruck vergessen, den der Angeklagte auf ihn hervorbrachte, als er unter den Zeugen den Herrn Pfarrer erblickte. Bis jetzt hatte er eine große Sorglosigkeit an den Tag gelegt, die gravierendsten Aussagen mit etwas spöttischem Gleichmut über sich ergehen lassen und das Aussehen eines kecken, wenn auch durchaus nicht unsympathischen Wildlings gehabt.

Das wurde anders mit einem Schlage, als sein Seelenhirt erschien und sich seiner annahm, ihm auch ein bißchen Gutes nachzusagen wußte. Er nannte seinen bisher leider unverbesserlichen Leichtsinn die Quelle aller seiner Vergehungen und auch seiner letzten, allerdings sehr strafbaren Handlung. Daß ihr eine böswillige und gotteslästerische Absicht nicht zugrunde lag, dafür wollte der priesterliche Zeuge, der ihn von Kind auf kenne, einstehen.

Der Schuldige horchte diesen Worten, als ob Engelszungen sie sprächen, und nicht nur Milde schien ihm aus ihnen entgegenzuklingen, er zuckte auch unter ihnen zusammen, als streuten sie auf sein Haupt die glühenden Kohlen, von denen das Evangelium redet. Der ganze Mensch zitterte und bebte; er blickte wie zu einer überwältigenden himmlischen Vision zu dem Priester empor. Das Auditorium, die Richter, der Staatsanwalt, alle waren ergriffen, als er mit gefalteten Händen, wortlos und schluchzend, vor ihm auf die Knie stürzte.

Ein Jahr und drei Monate später; ein Februarmorgen. In den Bäumen regt sich's leise und geheimnisvoll. Ein kundiges Auge sieht es den scheinbar unveränderten Stämmen an, daß sie ein Erwachendes bergen. Die starren Säfte in ihrem Innern erweichen, bald wird ein Lebensstrom durch das Geäste und Gezweige quellen. Die umschleierte Sonne zweifelt herab auf den grau gewordenen Schnee: Beliebt dir's hinwegzuschmelzen? ja oder nein? Die Antwort wird nicht lang auf sich warten lassen; schon wird stellenweise die braune Erde sichtbar, das matte Grün der Wintersaat wagt sich ans Licht; die Straße, die vom Dorfe her sachte ansteigt zum Pfarrhaus, ist schon ganz schneefrei, in dem Graben neben ihr rieselt munter ein schmales, schmutziges Bächlein. Durch die winterliche, leicht bewegte Luft kommen einzelne laue Wellen gezogen, wonnig einzuatmen, voll köstlicher Verheißung.

Der Pfarrer und seine Schwester waren eben aus dem Hause getreten, Monika im Mantel und Capuchon, Pater Emanuel im weiten Winterrock, einen weichen, breitkrempigen Hut auf dem Kopfe. Er hatte sehr gealtert in der letzten Zeit, sein Gesicht war noch schmaler, die Haare waren ganz weiß geworden, die Augen schienen größer und leuchtender. Etwas seltsam Fremdartiges und Rührendes schwebte über seiner ehrwürdigen Erscheinung, unsichtbar und unausgesprochen wie ein Hauch und doch deutlich und ebenfalls eine Verheißung. Nur eine andere, eine höhere, als sie sich aussprach in der aufatmenden Natur, kein Beginnen, ein leises, auf sanft schwingenden Flügeln nahendes Vollenden.

Im Augenblick, in dem sich die Geschwister dem Eingang zum Vorgärtchen näherten, drang ein Jauchzen ihnen entgegen.

«Hochwürden! Fräulein!» und Edinek stürzte auf sie zu und bot einen heiteren, einen überraschenden Anblick; fast elegant sah er aus. Ganz prächtig stand ihm sein funkelnagelneuer Winteranzug: kurzer Rock mit kleinem Pelzkragen, braune Sammethose, hohe, schmucke Stiefel. In der linken Hand trug er ein Felleisen, auf dem seine Geige aufgeschnallt war; mit der Rechten schwenkte er die Mütze jubelnd empor:

«Entlassen, Hochwürden, gnädiges Fräulein, ich bin entlassen, bin da!» Er faßte ihre Hände, küßte und küßte sie, sie konnten es ihm nicht wehren.

Der Pfarrer klopfte ihm auf die Schulter: «Schau er! schau er – aus dem Kerker entlassen?»

«Weil ich mich so gut gehalten habe, Hochwürden», verkündigte er triumphierend. «Wissen ja, Hochwürden, haben sich nach mir erkundigen lassen, ich hab's gehört. Und lauter Gutes über mich erfahren.»

«Wohl, wohl, es ist wahr, viel Gutes, beinahe nur Gutes.»

«Sehen Hochwürden! und so habe ich das Glück gehabt, daß sie mich vorgeschlagen haben zum Strafnachlaß, und da hat mir der Kaiser ein ganzes dreiviertel Jahr geschenkt.»

«Wenn diese Nachsicht ihm nur auch so heilsam ist, wie die strenge Zucht es war», sagte Monika, «die hat ihm prächtig angeschlagen. Er sieht so ordentlich aus wie noch nie. Eine Erbschaft muß er im Kerker auch gemacht haben, wo kämen sonst die schönen Kleider her?»

«Gekauft, gnädiges Fräulein, gestern in der Stadt. Geld genug gehabt, mir Geld verdient» – das sprach er stolz – «mit meiner Arbeit.»

«Und alles gleich auf einmal ausgegeben? Alles in fünfviertel Jahren verdiente, auf einmal für einen Anzug?»

Nicht alles, Gott behüt! Es war noch genug da, um sich und andern Begnadigten, die nicht so reich waren wie er, einen guten Tag zu machen – was für einen! Famos, nur sehr kurz, denn das Geld, das liebe, hat Füße und Flügel bekommen, war gleich weg ... Aber laufe du! fliege du! Er braucht keines mehr, ist ja da, ist zu Hause, ist geborgen!

Die Geschwister hatten kein Wort gewechselt, keinen Blick, doch wußte jedes, was in der Seele des anderen vorging.

«Hast die Rechnung ohne den Wirt gemacht, armer Junge», sagte Monika ungewöhnlich weich und traurig und ging in die Küche, um eine Mahlzeit für den Ankömmling zusammenzustellen.

Edinek durfte den geistlichen Herrn in seine Stube begleiten.

O Himmel, wie ihm da zumute war! Er lief von einem Fenster zum andern, sah umher mit freudestrahlenden Blicken. «Da, Hochwürden, da sind gesessen und haben mir vom Wolf erzählt.»

«Mit wenig Nutzen, Edinek.»

«Mit vielem, vielem! ... Nur daß er nicht gleich gekommen ist, erst später ... Als Hochwürden sich meiner angenommen haben vor Gericht, da hat's in mich eingeschlagen wie der Blitz, und ich hab mir vorgenommen: ich will's den Leuten zeigen, wer recht hat, der Hochwürden oder sie ... Und hab's ihnen gezeigt, da steht's. Hab mir Wort für

Wort aufgeschrieben, wie's geheißen hat.» Er hatte einen Zettel aus seiner Tasche gezogen und las langsam und nachdrücklich: «Hat sich die Sympathie der Funktionäre der Strafanstalt gewonnen durch Fleiß, Disziplin und Reue.»

Das letzte Wort betonte er besonders stark, und der Pfarrer dachte: O ihr Reuekünstler!

Edinek aber begann freudig und rasch die Zukunftspläne darzulegen, die er sich in der Strafanstalt bis ins kleinste so schön ausgemalt. Dem Wohle des Pfarrhauses würde er sein ganzes Können widmen, die kleine Wirtschaft gut führen, auch dem armen Fräulein, das der Arbeit nicht mehr recht gewachsen sei, die Plage mit dem Obst, dem Gemüse, den Blumen abnehmen ...

«Es wird dem gnädigen Fräulein doch recht sein?» unterbrach er sich, ganz erstaunt, daß Emanuel ihm kein Zeichen der Zustimmung gab.

«Ihr und mir wäre es recht, wenn es sein könnte», erwiderte der Priester, «doch kann es eben nicht sein.»

«Wieso? – Warum? Warum soll es nicht sein können, Hochwürden?»

Die Tür öffnete sich, Kathi trat ein und setzte eine Platte mit Speisen und Wein auf den Tisch.

«Die Kathi!» begrüßte Edinek sie voll Erstaunen. «Wie kommt denn die Kathi her? Wo hat sie den Ehemann gelassen? – Na also: Grüß Gott, grüß Gott tausendmal!»

Er war mit ausgestreckten Händen auf sie zu geeilt – sie schlug die ihren auf dem Rücken zusammen. Haß und Scheu verzerrten ihr Gesicht: «Untersteh dich, Zuchthäusler!» zischte sie ihn an und schoß mit fluchtartiger Geschwindigkeit davon.

«Was fehlt ihr? Was hab ich ihr getan?» fragte Edinek betroffen. «Und was hat sie hier zu suchen? Wird ihr schlecht gegangen sein in der Ehe, kann mir's denken.»

«Es ist ihr nicht gut gegangen.»

«Ganz natürlich.»

«Sie hat wieder einen Dienst suchen müssen, und meine Schwester hat sie gern aufgenommen.»

«Und – die Anna?...» Edinek wandte die Augen dem Fenster zu und strich mit den Fingern über den schwarzen Flaum, der ihm im Gefängnis auf der Oberlippe gewachsen war.

«Die Anna ist verheiratet, ist fort mit ihrem Mann nach seinem Dorf, wo sie dem Vater die Wirtschaft führen.»

«Und der, der Anna, geht's gut?»

«Sehr gut, ja, ja.»

«Sehr gut, und ihm erst! – Kann mir's denken. Der Dumme hat's Glück, da kann man nichts machen», seufzte Edinek. «Sie ist halt dort, und ich bin hier in meinem Dorf, meinem Zuhaus, und ich wieder, ich führe dem Herrn Pfarrer die Wirtschaft. Werden zufrieden sein. Also Hochwürden, also», drängte und ermunterte er: «Behalten mich!»

«Unmöglich, leider; du kannst hier nicht bleiben.»

Edinek staunte den geistlichen Herrn unaussprechlich bestürzt an: «Nicht bleiben?... Warum denn nicht?»

«Du hast zu großes Ärgernis erregt; sie würden dich hier nicht dulden.»

«Wer?»

«Wie du nur fragen kannst! – die Leute doch.»

«Was haben die zu sagen, wenn mir der Kaiser verziehen hat? Was können die Leute mir tun? Können sie mich wieder einsperren lassen?»

«Das nicht, aber dich ausstoßen, ausschließen, dir das Leben verbittern, dich in jeder Weise mißhandeln können sie.»

«Sie sollen nur – was liegt mir dran? Ich prügle mich schon durch.»

«Das wäre das Rechte! Der Wirtschafter des Pfarrers prügelt sich durch die Gemeinde.»

«Wenn sie mich zwingen ... Warum wollen sie mich zwingen? Sie sollen gut mit mir sein. Befehlen ihnen Hochwürden, daß sie gut mit mir sind.»

«Befehlen läßt sich das nicht. Hast du gesehen, wie sich die Kathi vor meinen Augen gegen dich benommen hat?»

«O, die Kathi!» Er lachte hell auf mit seinem alten, tollen Übermut, «in zwei Tagen wickel ich die um den Finger.»

Du kommst als der wieder, als der du gegangen bist, dachte Emanuel und sprach:

«Niemand wickelst du um den Finger, sie sind alle deine Feinde.»

«Da ist es ja dem Wolf besser gegangen als mir! In seiner Stadt waren bessere Leute!» rief Edinek voll schmerzlichen Trotzes aus.

«Auch die unseren werden verzeihen, aber Zeit mußt du ihnen lassen. Geh, mein Kind, und komm nicht zurück, bevor die Haare, die jetzt noch braun sind, weiß geworden sind.»

«Nein, nein, nein! Da wären ja Hochwürden schon tot, sind ja schon so alt!»

Jetzt erst fiel ihm ein, *wie* alt der Hochwürden aussah. – So alt, und heiliger denn je. Und hilflos stand dieser Heilige in der Welt, vermochte nichts über die bösen Leute, vermochte nicht einmal sein Eigentum vor ihnen zu hüten. Er brauchte die Stütze einer jungen, hingebungsvollen Kraft, brauchte *ihn* und durfte ihn nicht von sich weisen.

Mit wilder Entschlossenheit wiederholte er sein dreimaliges «Nein!» und schrie beinah: «Dürfen mich nicht wegschicken, müssen mich behalten.»

Aber er begegnete einem ruhigen, sanften, unerschütterlichen Widerstand: «Es ist gesagt. Du kannst hier nicht bleiben, überhaupt nicht, am wenigsten bei mir, du hast die Heimat für lange Zeit verwirkt. – Du gehst und suchst dir einen Platz an einem fremden Orte, wo sie dich nicht kennen, nichts von dir wissen. Von dort aus schreibst du mir, und ein Dienstbuch wird dir nachgeschickt. Und jetzt: Setz dich, iß und trink!»

Edinek würgte mühsam an den guten Bissen, die Monika ihm hatte vorsetzen lassen, legte das Eßzeug fort und stand wieder auf: «Ich kann nicht, Hochwürden, ich bring's nicht hinunter... Erst wieder herkommen, wenn Hochwürden tot sind und die hübschen braunen Mädeln alte Weiber ... und dort sitzen in der Fremde ...»

«Deine Militärzeit mußt du auch noch abdienen.»

«Militärzeit? Ja, das wäre noch das Beste. Da geh ich zur Kavallerie, möcht bald Wachtmeister werden und käm dann her in der Uniform. Da möchten Hochwürden schauen ... Ja so» – unterbrach er sich, und der freudige Schein, der sein Gesicht überflogen hatte, erlosch –, «ja so, ich darf ja nicht kommen.»

Der Pfarrer entnahm der unversperrten Tischlade ein Beutelchen, prüfte seinen Inhalt und legte es dem Edinek in die Hand: «Es ist nicht viel, aber es reicht für die erste Zeit, wenn du nicht schon im nächsten Wirtshaus alles vertust.»

Edinek wollte danken; aber wie früher die Bissen, so quollen ihm jetzt die Worte im Munde. Er verneigte sich stumm und schritt zur Tür, blieb dort stehen und wandte sich um.

«Geh mit Gott, mein Sohn», sprach Emanuel.

Der Bursche konnte sich nicht entschließen. Von einem trockenen Schluchzen erschüttert, arbeitete seine Brust heftig. Er streckte dem Geistlichen die Arme, die verschränkten Hände entgegen, und, wie ein Kind, das um etwas Unmögliches bittet und bettelt, ahnt, daß es nicht erhört werden wird, und dennoch bittet und bettelt, stieß er heraus:

«Hochwürden! Hochwürden! sagen mir nicht Kind, nicht Sohn, sagen mir Bruder Wolf und behalten mich!»

Emanuel vermied es, ihn anzusehen, ging zur Tür, öffnete sie und sagte: «Komm!»

Draußen auf der Schwelle wiederholte er sein «Geh mit Gott» und segnete ihn.

Nun erschien auch Monika. Sie gab dem ehemaligen Schützling die Hand ohne Ermahnung, und als sie ihm Lebewohl sagte, kam in ihr imposantes Sibyllenangesicht ein milder, mütterlicher Zug.

Die Geschwister geleiteten ihn bis zur Gittertür, blieben dort stehen und sahen ihm nach. Monika warf verstohlen einen Blick auf ihren Bruder, senkte aber alsbald die Augen; sie hätte nicht bemerken sollen, daß in den seinen Tränen glänzten.

KRAMBAMBULI

Vorliebe empfindet der Mensch für allerlei Dinge und Wesen. *Liebe*, die echte, unvergängliche, die lernt er – wenn überhaupt – nur einmal kennen. So wenigstens meint der Herr Revierjäger Hopp. Wie viele Hunde hat er schon gehabt, und auch gern gehabt; aber lieb, was man sagt lieb und unvergeßlich, ist ihm nur einer gewesen – der Krambambuli. Er hatte ihn im Wirtshause zum Löwen in Wischau von einem vazierenden* Forstgehilfen gekauft oder eigentlich eingetauscht. Gleich beim ersten Anblick des Hundes war er von der Zuneigung ergriffen worden, die dauern sollte bis zu seinem letzten Atemzuge. Dem Herrn des schönen Tieres, der am Tische vor einem geleerten Branntweingläschen saß und über den Wirt schimpfte, weil dieser kein zweites umsonst hergeben wollte, sah der Lump aus den Augen. Ein kleiner Kerl, noch jung und doch so fahl wie ein abgestorbener Baum, mit gelbem Haar und spärlichem gelbem

* arbeitslosen

Barte. Der Jägerrock, vermutlich ein Überrest aus der vergangenen Herrlichkeit des letzten Dienstes, trug die Spuren einer im nassen Straßengraben zugebrachten Nacht. Obwohl sich Hopp ungern in schlechte Gesellschaft begab, nahm er trotzdem Platz neben dem Burschen und begann sogleich ein Gespräch mit ihm. Da bekam er es denn bald heraus, daß der Nichtsnutz den Stutzen und die Jagdtasche dem Wirt bereits als Pfänder ausgeliefert hatte und daß er jetzt auch den Hund als solches hergeben möchte; der Wirt jedoch, der schmutzige Leuteschinder, wollte von einem Pfand, das gefüttert werden muß, nichts hören.

Herr Hopp sagte vorerst kein Wort von dem Wohlgefallen, das er an dem Hunde gefunden hatte, ließ aber eine Flasche von dem guten Danziger Kirschbranntwein* bringen, den der Löwenwirt damals führte, und schenkte dem Vazierenden fleißig ein. – Nun, in einer Stunde war alles in Ordnung. Der Jäger gab zwölf Flaschen von demselben Getränke, bei dem der Handel geschlossen worden – der Vagabund gab den Hund. Zu seiner Ehre muß man gestehen: nicht leicht. Die Hände zitterten ihm so sehr, als er dem Tiere die Leine um den Hals legte, daß es schien, er werde mit dieser Manipulation nimmermehr zurechtkommen. Hopp wartete geduldig und bewunderte im stillen den trotz der schlechten Kondition, in der er sich

* genannt Krambambuli

befand, wundervollen Hund. Höchstens zwei Jahre mochte er alt sein, und in der Farbe glich er dem Lumpen, der ihn hergab; doch war die seine um ein paar Schattierungen dunkler. Auf der Stirn hatte er ein Abzeichen, einen weißen Strich, der rechts und links in kleine Linien auslief, in der Art wie die Nadeln an einem Tannenreis. Die Augen waren groß, schwarz, leuchtend, von tauklaren, lichtgelben Reiflein umsäumt, die Ohren hoch angesetzt, lang, makellos. Und makellos war alles an dem ganzen Hunde von der Klaue bis zu der feinen Witternase: die kräftige, geschmeidige Gestalt, das über jedes Lob erhabene Piedestal. Vier lebende Säulen, die auch den Körper eines Hirsches getragen hätten und nicht viel dicker waren als die Läufe eines Hasen. Beim heiligen Hubertus! dieses Geschöpf mußte einen Stammbaum haben, so alt und rein wie der eines deutschen Ordensritters.

Dem Jäger lachte das Herz im Leibe über den prächtigen Handel, den er gemacht hatte. Er stand nun auf, ergriff die Leine, die zu verknoten dem Vazierenden endlich gelungen war, und fragte: «Wie heißt er denn?» – «Er heißt wie das, wofür Ihr ihn kriegt: Krambambuli», lautete die Antwort. – «Gut, gut, Krambambuli! So komm! Wirst gehen? Vorwärts!» – Ja, er konnte lang rufen, pfeifen, zerren – der Hund gehorchte ihm nicht, wandte den Kopf dem zu, den er noch für seinen Herrn hielt, heulte, als dieser ihm zuschrie: «Marsch!» und den Befehl mit einem tüchtigen Fußtritt begleitete, suchte aber sich immer wieder an ihn heran zu drängen. Erst nach einem heißen Kampfe gelang es Herrn Hopp, die Besitzergreifung des Hundes zu vollziehen. Gebunden und geknebelt, mußte er zuletzt in einem Sacke auf die Schulter geladen und so bis in das mehrere Wegstunden entfernte Jägerhaus getragen werden.

Zwei volle Monate brauchte es, bevor Krambambuli, halb totgeprügelt, nach jedem Fluchtversuche mit dem Stachelhalsband an die Kette gelegt, endlich begriff, wohin er jetzt gehöre. Dann aber, als seine Unterwerfung vollständig geworden war, was für ein Hund wurde er da! Keine Zunge schildert, kein Wort ermißt die Höhe der Vollendung, die er erreichte, nicht nur in der Ausübung seines Berufes, sondern auch im täglichen Leben als eifriger Diener, guter Kamerad und treuer Freund und Hüter. «Dem fehlt nur die Sprache», heißt es von andern intelligenten Hunden – dem Krambambuli fehlte sie nicht; sein Herr zum mindesten pflog lange Unterredungen mit ihm. Die Frau des Revierjägers wurde ordentlich eifersüchtig auf den «Buli», wie sie ihn geringschätzig nannte. Manchmal machte sie ihrem Manne Vorwürfe. Sie hatte den ganzen Tag, in jeder Stunde, in der sie nicht aufräumte, wusch oder kochte, schweigend gestrickt. Am Abend, nach dem Essen, wenn sie wieder zu stricken begann, hätte sie gern eins dazu geplaudert.

«Weißt denn immer nur dem Buli was zu erzählen, Hopp, und mir nie? Du verlernst vor lauter Sprechen mit dem Vieh das Sprechen mit den Menschen.»

Der Revierjäger gestand sich, daß etwas Wahres an der Sache sei; aber zu helfen wußte er nicht. Wovon hätte er mit seiner Alten reden sollen? Kinder hatten sie nie gehabt, eine Kuh durften sie nicht halten, und das zahme Geflügel interessiert einen Jäger im lebendigen Zustande gar nicht und im gebratenen nicht sehr. Für Kulturen aber und für Jagdgeschichten hatte wieder die Frau keinen Sinn. Hopp fand zuletzt einen Ausweg aus diesem Dilemma; statt *mit* dem Krambambuli sprach er *von* dem Krambambuli, von den Triumphen, die er allenthalben mit ihm feierte, von dem Neide, den sein Besitz erregte, von den lächerlich hohen Summen, die ihm für den Hund geboten wurden und die er verächtlich von der Hand wies.

Zwei Jahre waren vergangen, da erschien eines Tages die Gräfin, die Frau seines Brotherrn, im Hause des Jägers. Er wußte gleich, was der Besuch zu bedeuten hatte, und als die gute, schöne Dame begann: «Morgen, lieber Hopp, ist der Geburtstag des Grafen ...», setzte er ruhig und schmunzelnd fort: «Und da möchten hochgräfliche Gnaden dem Herrn Grafen ein Geschenk machen und sind überzeugt, mit nichts anderm soviel Ehre einlegen zu können wie mit dem Krambambuli.» – «Ja, ja, lieber Hopp.» Die Gräfin errötete vor Vergnügen über dieses freundliche Entgegenkommen und sprach gleich von Dankbarkeit und bat, den Preis nur zu nennen, der für den Hund zu entrichten wäre. Der alte Fuchs von einem Revierjäger kicherte, tat sehr demütig und rückte auf einmal mit der Erklärung heraus: «Hochgräfliche Gnaden! Wenn der Hund im Schlosse *bleibt*, nicht jede Leine zerbeißt, nicht jede Kette zerreißt, oder wenn er sie nicht zerreißen *kann*, sich bei den Versuchen, es zu tun, erwürgt, dann behalten ihn hochgräfliche Gnaden umsonst – dann ist er *mir* nichts mehr wert.»

Die Probe wurde gemacht, aber zum Erwürgen kam es nicht; denn der Graf verlor früher die Freude an dem eigensinnigen Tiere. Vergeblich hatte man es durch Liebe zu gewinnen, mit Strenge zu bändigen gesucht. Er biß jeden, der sich ihm näherte, versagte das Futter und – viel hat der Hund eines Jägers ohnehin nicht zuzusetzen – kam ganz herunter. Nach einigen Wochen erhielt Hopp die Botschaft, er könne sich seinen Köter abholen. Als er eilends von der Erlaubnis Gebrauch machte und den Hund in seinem Zwinger aufsuchte, da gab's ein Wiedersehen unermeßlichen Jubels voll. Krambambuli erhob ein wahnsinniges Geheul, sprang an seinem Herrn empor, stemmte die Vorderpfoten auf dessen Brust und leckte die Freudentränen ab, die dem Alten über die Wangen liefen.

Am Abend dieses glücklichen Tages wanderten sie zusammen ins Wirtshaus. Der Jäger spielte Tarok mit dem Doktor und mit dem Verwalter, Krambambuli lag in der Ecke hinter seinem Herrn. Manchmal sah dieser sich nach ihm um, und der Hund, so tief er auch zu schlafen schien, begann augenblicklich mit dem Schwanze auf den Boden zu klopfen, als wollt er melden: «Präsent!» Und wenn Hopp, sich vergessend, recht wie einen Triumphgesang das Liedchen anstimmte: «Was macht denn mein Krambambuli?», richtete der Hund sich würde- und respektvoll auf, und seine hellen Augen antworteten:

«Es geht ihm gut!»

Um dieselbe Zeit trieb, nicht nur in den gräflichen Forsten, sondern in der ganzen Umgebung, eine Bande Wildschützen auf wahrhaft tolldreiste Art ihr Wesen. Der Anführer sollte ein verlottertes Subjekt sein. Den «Gelben» nannten ihn die Holzknechte, die ihn in irgendeiner übelberüchtigten Spelunke beim Branntwein trafen, die Heger*, die ihm hie und da schon auf der Spur gewesen waren, ihm aber nie hatten beikommen können, und endlich die Kundschafter, deren er unter dem schlechten Gesindel in jedem Dorfe mehrere besaß.

* Waldaufseher

Er war wohl der frechste Gesell, der jemals ehrlichen Jägersmännern etwas aufzulösen gab, mußte auch selbst vom Handwerk gewesen sein, sonst hätte er das Wild nicht mit solcher Sicherheit aufspüren und nicht so geschickt jeder Falle, die ihm gestellt wurde, ausweichen können.

Die Wild- und Waldschäden erreichten eine unerhörte Höhe, das Forstpersonal befand sich in grimmigster Aufregung. Da begab es sich nur zu oft, daß die kleinen Leute, die bei irgendeinem unbedeutenden Waldfrevel ertappt wurden, eine härtere Behandlung erlitten, als zu andrer Zeit geschehen wäre und als gerade zu rechtfertigen war. Große Erbitterung herrschte darüber in allen Ortschaften. Dem Oberförster, gegen den der Haß sich zunächst wandte, kamen gutgemeinte Warnungen in Menge zu. Die Raubschützen, hieß es, hätten einen Eid darauf geschworen, bei der ersten Gelegenheit exemplarische Rache an ihm zu nehmen. Er, ein rascher, kühner Mann, schlug das Gerede in den Wind und sorgte mehr denn je dafür, daß weit und breit kund werde, wie er seinen Untergebenen die rücksichtsloseste Strenge anbefohlen und für etwaige schlimme Folgen die Verantwortung selbst übernommen habe. Am häufigsten rief der Oberförster dem Revierjäger Hopp die scharfe Handhabung seiner Amtspflicht ins Gedächtnis und warf ihm zuweilen Mangel an «Schneid» vor, wozu freilich der Alte nur lächelte.

Der Krambambuli aber, den er bei solcher Gelegenheit von oben herunter anblinzelte, gähnte laut und wegwerfend. Übel nahmen er und sein Herr dem Oberförster nichts. Der Oberförster war ja der Sohn des Unvergeßlichen, bei dem Hopp das edle Weidwerk erlernt, und Hopp hatte wieder ihn als kleinen Jungen in die Rudimente des Berufs eingeweiht. Die Plage, die er einst mit ihm gehabt, hielt er heute noch für eine Freude, war stolz auf den ehemaligen Zögling und liebte ihn trotz der rauhen Behandlung, die er so gut wie jeder andre von ihm erfuhr.

Eines Junimorgens traf er ihn eben wieder bei einer Exekution.

Es war im Lindenrondell, am Ende des herrschaftlichen Parks, der an den «Grafenwald» grenzte, und in der Nähe der Kulturen, die der Oberförster am liebsten mit Pulverminen umgeben hätte. Die Linden standen just in schönster Blüte, und über diese hatte ein Dutzend kleiner Jungen sich hergemacht. Wie Eichkätzchen krochen sie auf den Ästen der herrlichen Bäume herum, brachen alle Zweige, die sie erwischen konnten, ab und warfen sie zur Erde. Zwei Weiber lasen die Zweige hastig auf und stopften sie in Körbe, die schon mehr als zur Hälfte mit dem duftenden Raub gefüllt waren. Der Oberförster raste in unermeßlicher Wut. Er ließ durch seine Heger die Buben nur so von den Bäumen schütteln, unbekümmert um die Höhe, aus der sie fielen. Während sie wimmernd und schreiend um seine Füße krochen, der eine mit zerschundenem Gesicht, der andere mit ausgerenktem Arm, ein dritter mit gebrochenem Bein, zerbläute er eigenhändig die beiden Weiber. In einer von ihnen erkannte Hopp die leichtfertige Dirne, die das Gerücht als die Geliebte des «Gelben» bezeichnete. Und als die Körbe und Tücher der Weiber und die Hüte der Buben in Pfand genommen wurden und Hopp den Auftrag bekam, sie aufs Gericht zu bringen, konnte er sich eines schlimmen Vorgefühls nicht erwehren.

Der Befehl, den ihm damals der Oberförster zurief, wild wie ein Teufel in der Hölle und wie ein solcher umringt von jammernden und gepeinigten Sündern, ist der letzte gewesen, den der Revierjäger im Leben von ihm erhalten hat. Eine Woche später traf er ihn wieder im Lindénrondell – tot. Aus dem Zustande, in dem die Leiche sich befand, war zu ersehen, daß sie hierher, und zwar durch Sumpf und Gerölle, geschleppt worden war, um an dieser Stelle aufgebahrt zu werden. Der Oberförster lag auf abgehauenen Zweigen, die Stirn mit einem dichten Kranz aus Lindenblüten umflochten, einen ebensolchen als Bandelier um die Brust gewunden. Sein Hut stand neben ihm, mit Lindenblüten gefüllt. Auch die Jagdtasche hatte der Mörder ihm gelassen, nur die Patronen herausgenommen und statt ihrer Lindenblüten hineingesteckt. Der schöne Hinterlader des Oberförsters fehlte und war durch einen elenden Schießprügel ersetzt. Als man später die Kugel, die seinen Tod verursacht hatte, in der Brust des Ermordeten fand, zeigte es sich, daß sie genau in den Lauf dieses Schießprügels paßte, der dem Förster gleichsam zum Hohne über die Schulter gelegt worden war. Hopp stand beim Anblick der entstellten Leiche regungslos vor Entsetzen. Er hätte keinen Finger heben können, und auch das Gehirn war ihm wie gelähmt; er starrte nur und starrte und dachte anfangs gar nichts, und erst nach einer Weile brachte er es zu einer Beobachtung, einer stummen Frage: – «Was hat denn der Hund?»

Krambambuli beschnüffelt den toten Mann, läuft wie nicht gescheit um ihn herum, die Nase immer am Boden. Einmal winselt er, einmal stößt er einen schrillen Freudenschrei aus, macht ein paar Sätze, bellt, und es ist gerade so, als erwache in ihm eine längst erstorbene Erinnerung ...

«Herein», ruft Hopp, «da herein!» Und Krambambuli gehorcht, sieht aber seinen Herrn in allerhöchster Aufregung an und – wie der Jäger sich auszudrücken pflegte – *sagt* ihm: «Ich bitte dich um alles in der Welt, siehst du denn nichts? Riechst du denn nichts?... O lieber Herr, schau doch! riech doch! O Herr, komm! Daher komm! ...» Und tupft mit der Schnauze an des Jägers Knie und schleicht, sich oft umsehend, als frage er: «Folgst du mir?», zu der Leiche zurück und fängt an, das schwere Gewehr zu heben und zu schieben und ins Maul zu fassen, in der offenbaren Absicht, es zu apportieren.

Dem Jäger läuft ein Schauer über den Rücken, und allerlei Vermutungen dämmern in ihm auf. Weil das Spintisieren aber nicht seine Sache ist, es ihm auch nicht zukommt, der Obrigkeit Lichter aufzustecken, sondern vielmehr den gräßlichen Fund, den er getan hat, unberührt zu lassen und seiner Wege – das heißt in dem Fall recte zu Gericht – zu gehen, so tut er denn einfach, was ihm zukommt.

Nachdem es geschehen und alle Förmlichkeiten, die das Gesetz bei solchen Katastrophen vorschreibt, erfüllt, der ganze Tag und auch ein Stück der Nacht darüber hingegangen sind, nimmt Hopp, ehe er schlafen geht, noch seinen Hund vor.

«Mein Hund», spricht er, «jetzt ist die Gendarmerie auf den Beinen, jetzt gibt's Streifereien ohne Ende. Wollen wir es andern überlassen, den Schuft, der unsern Oberförster erschossen hat, wegzuputzen aus der Welt? – Mein Hund kennt den niederträchtigen Strolch, kennt ihn, ja, ja! Aber das braucht niemand zu wissen, das habe ich nicht ausgesagt ... Ich, hoho! ... Ich werd meinen Hund hineinbringen in die Geschichte ... Das könnt mir einfallen!» Er beugte sich über Krambambuli, der zwischen seinen ausgespreizten Knien saß, drückte die Wange an den Kopf des Tieres und nahm seine dankbaren Liebkosungen in Empfang. Dabei summte er: «Was macht denn mein Krambambuli?», bis der Schlaf ihn übermannte.

Seelenkundige haben den geheimnisvollen Drang zu erklären gesucht, der manchen Verbrecher stets wieder an den Schauplatz seiner Untat zurückjagt. Hopp wußte von diesen gelehrten Ausführungen nichts, strich aber dennoch ruh- und rastlos mit seinem Hunde in der Nähe des Lindenrondells herum.

Am zehnten Tage nach dem Tode des Oberförsters hatte er zum erstenmal ein paar Stunden lang an etwas andres gedacht als an seine Rache und sich im «Grafenwald» mit dem Bezeichnen der Bäume beschäftigt, die beim nächsten Schlag ausgenommen werden sollten.

Wie er nun mit seiner Arbeit fertig ist, hängt er die Flinte wieder um und schlägt den kürzesten Weg ein, quer durch den Wald gegen die Kulturen in der Nähe des Lindenrondells. Im Augenblick, in dem er auf den Fußsteig treten will, der längs des Buchenzaunes läuft, ist ihm, als höre er etwas im Laube rascheln. Gleich darauf herrscht jedoch tiefe Stille, tiefe, anhaltende Stille. Fast hätte er gemeint, es sei nichts Bemerkenswertes gewesen, wenn nicht der Hund so merkwürdig dreingeschaut hätte. Der stand mit gesträubtem Haar, den Hals vorgestreckt, den Schwanz aufrecht, und glotzte eine Stelle des Zaunes an. Oho! dachte Hopp, wart, Kerl, wenn du's bist! Trat hinter einen Baum und spannte den Hahn seiner Flinte. Wie rasend pochte ihm das Herz, und der ohnehin kurze Atem wollte ihm völlig versagen, als jetzt plötzlich – Gottes Wunder! – durch den Zaun der «Gelbe» auf den Fußsteig trat. Zwei junge Hasen hingen an seiner Weidtasche, und auf seiner Schulter, am wohlbekannten Juchtenriemen, der Hinterlader des Oberförsters. Nun wär's eine Passion gewesen, den Racker niederzubrennen aus sicherem Hinterhalt.

Aber nicht einmal auf den schlechtesten Kerl schießt der Jäger Hopp, ohne ihn angerufen zu haben. Mit einem Satze springt er hinter dem Baum hervor und auf den Fußsteig und schreit: «Gib dich, Vermaledeiter!» Und als der Wildschütz zur Antwort den Hinterlader von der Schulter reißt, gibt der Jäger Feuer ... All ihr Heiligen – ein sauberes Feuer! Die Flinte knackst, anstatt zu knallen. Sie hat zu lang mit aufgesetzter Kapsel im feuchten Wald am Baum gelehnt – sie versagt.

Gute Nacht, so sieht das Sterben aus, denkt der Alte. Doch nein – er ist heil, sein Hut nur fliegt, von Schroten durchlöchert, ins Gras.

Der andre hat auch kein Glück; das war der letzte Schuß in seinem Gewehr, und zum nächsten zieht er eben erst die Patrone aus der Tasche ...

«Pack an!» ruft Hopp seinem Hunde heiser zu: «Pack an!» Und:

«Herein, zu mir! Herein, Krambambuli!» lockt es drüben mit zärtlicher, liebevoller – ach, mit altbekannter Stimme …

Der Hund aber –

Was sich nun begab, begab sich viel rascher, als man es erzählen kann.

Krambambuli hatte seinen ersten Herrn erkannt und rannte auf ihn zu, bis – in die Mitte des Weges. Da pfeift Hopp, und der Hund macht kehrt, der «Gelbe» pfeift, und der Hund macht wieder kehrt und windet sich in Verzweiflung auf einem Fleck, in gleicher Distanz von dem Jäger wie von dem Wildschützen, zugleich hingerissen und gebannt …

Zuletzt hat das arme Tier den trostlos unnötigen Kampf aufgegeben und seinen Zweifeln ein Ende gemacht, aber nicht seiner Qual. Bellend, heulend, den Bauch am Boden, den Körper gespannt wie eine Sehne, den Kopf emporgehoben, als riefe es den Himmel zum Zeugen seines Seelenschmerzes an, kriecht es – seinem ersten Herrn zu.

Bei dem Anblick wird Hopp von Blutdurst gepackt. Mit zitternden Fingern hat er die neue Kapsel aufgesetzt – mit ruhiger Sicherheit legt er an. Auch der «Gelbe» hat den Lauf wieder auf ihn gerichtet. Diesmal gilt's! Das wissen die beiden, die einander auf dem Korn haben, und was auch in ihnen vorgehen möge, sie zielen so ruhig wie ein paar gemalte Schützen.

Zwei Schüsse fallen. Der Jäger trifft, der Wildschütze fehlt.

Warum? Weil er – vom Hunde mit stürmischer Liebkosung angesprungen – gezuckt hat im Augenblick des Losdrückens. «Bestie!» zischt er noch, stürzt rücklings hin und rührt sich nicht mehr.

Der ihn gerichtet, kommt langsam herangeschritten. Du hast genug, denkt er, um jedes Schrotkorn wär's schad bei dir. Trotzdem stellt er die Flinte auf den Boden und lädt von neuem. Der Hund sitzt aufrecht vor ihm, läßt die Zunge heraushängen, keucht kurz und laut und sieht ihm zu. Und als der Jäger fertig ist und die Flinte wieder zur Hand nimmt, halten sie ein Gespräch, von dem kein Zeuge ein Wort vernommen hätte, wenn es auch statt eines toten ein lebendiger gewesen wäre.

«Weißt du, für wen *das* Blei gehört?»

«Ich kann es mir denken.»

«Deserteur, Kalfakter*, pflicht- und treuvergessene Kanaille!»

«Ja, Herr, jawohl.»

«Du warst meine Freude. Jetzt ist's vorbei. Ich habe keine Freude mehr an dir.»

«Begreiflich, Herr», und Krambambuli legte sich hin, drückte den Kopf auf die ausgestreckten Vorderpfoten und sah den Jäger an.

* Schmeichler

Ja, hätte das verdammte Vieh ihn nur nicht angesehen! Da würde er ein rasches Ende gemacht und sich und dem Hunde viel Pein erspart haben. Aber so geht's nicht! Wer könnte ein Geschöpf niederknallen, das einen so ansieht? Herr Hopp murmelt ein halbes Dutzend Flüche zwischen den Zähnen, einer gotteslästerlicher als der andre, hängt die Flinte wieder um, nimmt dem Raubschützen noch die jungen Hasen ab und geht.

Der Hund folgte ihm mit den Augen, bis er zwischen den Bäumen verschwunden war, stand dann auf, und sein mark- und beinerschütterndes Wehgeheul durchdrang den Wald. Ein paarmal drehte er sich im Kreise und setzte sich wieder aufrecht neben den Toten hin. So fand ihn die gerichtliche Kommission, die, von Hopp geleitet, bei sinkender Nacht erschien, um die Leiche des Raubschützen in Augenschein zu nehmen und fortschaffen zu lassen. Krambambuli wich einige Schritte zurück, als die Herren herantraten. Einer von ihnen sagte zu dem Jäger: «Das ist ja Ihr Hund.» – «Ich habe ihn hier als Schildwache zurückgelassen», antwortete Hopp, der sich schämte, die Wahrheit zu gestehen. – Was half's? Sie kam doch heraus, denn als die Leiche auf den Wagen geladen war und fortgeführt wurde, trottete Krambambuli gesenkten Kopfes und mit eingezogenem Schwanze hinterher. Unweit der Totenkammer, in der der «Gelbe» lag, sah ihn der Gerichtsdiener noch am folgenden Tage herumstreichen. Er gab ihm einen Tritt und rief ihm zu: «Geh nach Hause!» – Krambambuli fletschte die Zähne gegen ihn und lief davon, wie der Mann meinte, in der Richtung des Jägerhauses. Aber dorthin kam er nicht, sondern führte ein elendes Vagabundenleben.

Verwildert, zum Skelett abgemagert, umschlich er einmal die armen Wohnungen der Häusler* am Ende des Dorfes. Plötzlich stürzte er auf ein Kind los, das vor der letzten Hütte stand, und entriß ihm gierig das Stück harten Brotes, an dem es nagte. Das Kind blieb starr vor Schrecken, aber ein kleiner Spitz sprang aus dem Hause und bellte den Räuber an. Dieser ließ sogleich seine Beute fahren und entfloh.

Am selben Abend stand Hopp vor dem Schlafengehen am Fenster und blickte in die schimmernde Sommernacht hinaus. Da war ihm, als sähe er jenseits der Wiese am Waldessaum den Hund sitzen, die Stätte seines ehemaligen Glückes unverwandt und sehnsüchtig betrachtend – der Treueste der Treuen, herrenlos!

Der Jäger schlug den Laden zu und ging zu Bett. Aber nach einer Weile stand er auf, trat wieder ans Fenster – der Hund war nicht mehr da. Und wieder wollte er sich zur Ruhe begeben und wieder fand er sie nicht.

Er hielt es nicht mehr aus. Sei es, wie es sei ...

* armer Kleinbauer

Er hielt es nicht mehr aus ohne den Hund. – Ich hol ihn heim, dachte er, und fühlte sich wie neugeboren nach diesem Entschluß.

Beim ersten Morgengrauen war er angekleidet, befahl seiner Alten, mit dem Mittagessen nicht auf ihn zu warten, und sputete sich hinweg. Wie er aber aus dem Hause trat, stieß sein Fuß an denjenigen, den er in der Ferne zu suchen ausging. Krambambuli lag verendet vor ihm, den Kopf an die Schwelle gepreßt, die zu überschreiten er nicht mehr gewagt hatte.

Der Jäger verschmerzte ihn nie. Die Augenblicke waren seine besten, in denen er vergaß, daß er ihn verloren hatte. In freundliche Gedanken versunken, intonierte er dann sein berühmtes: «Was macht denn mein Krambam ...» Aber mitten in dem Worte hielt er bestürzt inne, schüttelte das Haupt und sprach mit einem tiefen Seufzer: «Schad um den Hund.»

ER LASST DIE HAND KÜSSEN

So reden Sie denn in Gottes Namen», sprach die Gräfin, «ich werde Ihnen zuhören; glauben aber nicht ein Wort.»

Der Graf lehnte sich behaglich zurück in seinen großen Lehnsessel: «Und warum nicht?» fragte er.

Sie zuckte leise mit den Achseln: «Vermutlich erfinden Sie nicht überzeugend genug.»

«Ich erfinde gar nicht, ich erinnere mich. Das Gedächtnis ist meine Muse.»

«Eine einseitige, wohldienerische Muse! Sie erinnert sich nur der Dinge, die Ihnen in den Kram passen. Und doch gibt es auf Erden noch manches Interessante und Schöne außer dem – Nihilismus.» Sie hatte ihre Häkelnadel erhoben und das letzte Wort wie einen Schuß gegen ihren alten Verehrer abgefeuert.

Er vernahm es ohne Zucken, strich behaglich seinen weißen Bart und sah die Gräfin beinahe dankbar aus seinen klugen Augen an. «Ich wollte Ihnen etwas von meiner Großmutter erzählen», sprach er. «Auf dem Wege hierher, mitten im Walde, ist es mir eingefallen.»

Die Gräfin beugte den Kopf über ihre Arbeit und murmelte: «Wird eine Räubergeschichte sein.»

«Oh, nichts weniger! So friedlich wie das Wesen, durch dessen Anblick jene Erinnerung in mir wachgerufen wurde, Mischka IV. nämlich, ein Urenkel des ersten Mischka, der meiner Großmutter Anlaß zu einer kleinen Übereilung gab, die ihr später leid getan haben soll», sagte der Graf mit etwas affektierter Nachlässigkeit und fuhr dann wieder eifrig fort: «Ein sauberer Heger, mein Mischka, das muß man ihm lassen! Er kriegte aber auch keinen geringen Schrecken, als ich ihm unvermutet in den Weg trat – hatte ihn vorher schon eine Weile beobachtet... Wie ein Käfersammler schlich er umher, die Augen auf den Boden geheftet, und was hatte er im Laufe seines Gewehres stecken? Denken Sie: – ein Büschel Erdbeeren!«

«Sehr hübsch!» versetzte die Gräfin. «Machen Sie sich darauf gefaßt – in Bälde wandern Sie zu mir herüber durch die Steppe, weil man Ihnen den Wald fortgetragen haben wird.»

«Der Mischka wenigstens verhindert's nicht.»

«Und Sie sehen zu?»

«Und ich sehe zu. Ja, ja es ist schrecklich. Die Schwäche liegt mir im Blut – von meinen Vorfahren her.» Er seufzte ironisch und sah die Gräfin mit einer gewissen Tücke von der Seite an.

Sie verschluckte ihre Ungeduld, zwang sich zu lächeln und suchte ihrer Stimme einen möglichst gleichgültigen Ton zu geben, indem sie sprach: «Wie wär's, wenn Sie noch eine Tasse Tee trinken und die Schatten Ihrer Ahnen heute einmal unbeschworen lassen würden? Ich hätte mit Ihnen vor meiner Abreise noch etwas zu besprechen.»

«Ihren Prozeß mit der Gemeinde? – Sie werden ihn gewinnen.»

«Weil ich recht habe.»

«Weil Sie vollkommen recht haben.»

«Machen Sie das den Bauern begreiflich. Raten Sie ihnen, die Klage zurückzuziehen.»

«Das tun sie nicht.»

«Verbluten sich lieber, tragen lieber den letzten Gulden zum Advokaten. Und zu welchem Advokaten, guter Gott! ... ein ruchloser Rabulist. Dem glauben sie, mir nicht, und wie mir scheint, Ihnen auch nicht, trotz all Ihrer Popularitätshascherei!»

Die Gräfin richtete die hohe Gestalt empor und holte tief Atem. «Gestehen Sie, daß es für diese Leute, die so töricht vertrauen und mißtrauen, besser wäre, wenn ihnen die Wahl ihrer Ratgeber nicht freistände.»

«Besser wär's natürlich! Ein bestellter Ratgeber und – auch bestellt – der Glaube an ihn.»

«Torheit!» zürnte die Gräfin.

«Wieso? Sie meinen vielleicht, der Glaube lasse sich nicht bestellen?... Ich sage Ihnen, wenn ich vor vierzig Jahren meinem Diener eine Anweisung auf ein Dutzend Stockprügel gab und dann den Rat, aufs Amt zu gehen, um sie einzukassieren, nicht einmal im Rausch wäre es ihm eingefallen, daß er etwas Besseres tun könnte, als diesen meinen Rat befolgen.»

«Ach, Ihre alten Schnurren! – Und ich, die gehofft hatte, Sie heute ausnahmsweise zu einem vernünftigen Gespräch zu bringen!»

Der alte Herr ergötzte sich eine Weile an ihrem Ärger und sprach dann: «Verzeihen Sie, liebe Freundin. Ich bekenne, Unsinn geschwatzt zu haben. Nein, der Glaube läßt sich nicht bestellen, aber leider der Gehorsam ohne Glauben. Das eben war das Unglück des armen Mischka und so mancher anderer, und deshalb bestehen heutzutage die Leute darauf, wenigstens auf ihre eigene Fasson ins Elend zu kommen.»

Die Gräfin erhob ihre nachtschwarzen, noch immer schönen Augen gegen den Himmel, bevor sie dieselben wieder auf ihre Arbeit senkte und mit einem Seufzer der Resignation sagte: «Die Geschichte Mischkas also!»

«Ich will sie so kurz machen als möglich», versetzte der Graf, «und mit dem Augenblick beginnen, in dem meine Großmutter zum erstenmal auf ihn aufmerksam wurde. Ein hübscher Bursche muß er gewesen sein; ich besinne mich eines Bildes von ihm, das ein Künstler, der sich einst im Schlosse aufhielt, gezeichnet hatte. Zu meinem Bedauern fand ich es nicht im Nachlaß meines Vaters und weiß doch, daß er es lange aufbewahrt hat, zum Andenken an die Zeiten, in denen wir noch das jus gladii* ausübten.»

«O Gott!» unterbrach ihn die Gräfin, «spielt das jus gladii eine Rolle in Ihrer Geschichte?»

Der Erzähler machte eine Bewegung der höflichen Abwehr und fuhr fort: «Es war bei einem Erntefest und Mischka einer der Kranzträger, und er überreichte den seinen schweigend, aber nicht mit gesenkten Augen, sah vielmehr die hohe Gebieterin ernsthaft und unbefangen an, während ein Aufseher im Namen der Feldarbeiter die übliche Ansprache herunterleierte.

Meine Großmutter erkundigte sich nach dem Jungen und hörte, er sei ein Häuslersohn, zwanzig Jahre alt, ziemlich brav, ziemlich fleißig und so still, daß er als Kind für stumm gegolten hatte, für dummlich galt er noch jetzt. – Warum? wollte die Herrin wissen; warum galt er für dummlich?... Die befragten Dorfweisen senkten die Köpfe, blinzelten einander verstohlen zu, und mehr als: ‚So – ja eben so', und: ‚je nun, wie's schon ist', war aus ihnen nicht herauszubringen.

Nun hatte meine Großmutter einen Kammer-

* Recht über Leben und Tod

diener, eine wahre Perle von einem Menschen. Wenn er mit einem Vornehmen sprach, verklärte sich sein Gesicht dergestalt vor Freude, daß er beinahe leuchtete. Den schickte meine Großmutter anderen Tages zu den Eltern Mischkas mit der Botschaft, ihr Sohn sei vom Feldarbeiter zum Gartenarbeiter avanciert und habe morgen den neuen Dienst anzutreten.

Der eifrigste von allen Dienern flog hin und her und stand bald wieder vor seiner Gebieterin. ‚Nun', fragte diese, ‚was sagen die Alten?' Der Kammerdiener schob das rechte, auswärtsgedrehte Bein weit vor ...»

«Waren Sie dabei?» fiel die Gräfin ihrem Gaste ins Wort.

«Bei dieser Referenz gerade nicht, aber bei späteren des edlen Fritz», erwiderte der Graf, ohne sich irremachen zu lassen. «Er schob das Bein vor, sank aus Ehrfurcht völlig in sich zusammen und meldete, die Alten schwämmen in Tränen der Dankbarkeit.

‚Und der Mischka?'

‚Oh, der' – lautete die devote Antwort, und nun rutschte das linke Bein mit anmutigem Schwunge vor –, ‚oh, der – der laßt die Hand küssen.'

Daß es einer Tracht väterlicher Prügel bedurft hatte, um den Burschen zu diesem Handkuß im Gedanken zu bewegen, verschwieg Fritz. Die Darlegung der Gründe, die Mischka hatte, die Arbeit im freien Felde der im Garten vorzuziehen, würde sich für Damenohren nicht geschickt haben. – Genug, Mischka trat die neue Beschäftigung an und versah sie schlecht und recht. ‚Wenn er fleißiger wäre, könnt's nicht schaden', sagte der Gärtner. Dieselbe Bemerkung machte meine Großmutter, als sie einmal vom Balkon aus zusah, wie die Wiese vor dem Schlosse gemäht wurde. Was ihr noch auffiel, war, daß alle anderen Mäher von Zeit zu Zeit einen Schluck aus einem Fläschchen taten, das sie unter einem Haufen abgelegter Kleider hervorzogen und wieder darin verbargen. Mischka war der einzige, der, diesen Quell der Labung verschmähend, sich aus einem irdenen, im Schatten des Gebüsches aufgestellten Krüglein erquickte. Meine Großmutter rief den Kammerdiener. ‚Was haben die Mäher in der Flasche?' fragte sie. – ‚Branntwein, hochgräfliche Gnaden.' – ‚Und was hat Mischka in dem Krug?'

Fritz verdrehte die runden Augen, neigte den Kopf auf die Seite, ganz wie unser alter Papagei, dem er ähnlich sah wie ein Bruder dem anderen, und antwortete schmelzenden Tones: ‚Mein Gott, hochgräfliche Gnaden – Wasser!'

Meine Großmutter wurde sogleich von einer mitleidigen Regung ergriffen und befahl, allen Gartenarbeitern nach vollbrachtem Tagewerk Branntwein zu reichen. ‚Dem Mischka auch', setzte sie noch eigens hinzu.

Diese Anordnung erregte Jubel. Daß Mischka keinen Branntwein trinken wollte, war einer der Gründe, warum man ihn für dummlich hielt. Jetzt freilich, nachdem die Einladung der Frau Gräfin an ihn ergangen, war's aus mit Wollen und Nichtwollen. Als er in seiner Einfalt sich zu wehren versuchte, ward er mores gelehrt, zur höchsten Belustigung der Alten und der Jungen. Einige rissen ihn auf den Boden nieder, ein handfester Bursche schob ihm einen Keil zwischen die vor Grimm zusammengebissenen Zähne, ein zweiter setzte ihm das Knie auf die Brust und goß ihm so lange Branntwein ein, bis sein Gesicht so rot und der Ausdruck desselben so furchtbar wurde, daß die übermütigen Quäler sich selbst davor entsetzten. Sie gaben ihm etwas Luft, und gleich hatte er sie mit einer wütenden Anstrengung abgeschüttelt, sprang auf und ballte die Fäuste ... aber plötzlich sanken seine Arme, er taumelte und fiel zu Boden. Da fluchte, stöhnte er, suchte mehrmals vergeblich sich aufzuraffen und schlief endlich auf dem Fleck ein, auf den er hingestürzt war, im Hofe, vor der Scheune, schlief bis zum nächsten Morgen, und als er erwachte, weil ihm die aufgehende Sonne auf die Nase schien, kam just der Knecht vorbei, welcher ihm gestern den Branntwein eingeschüttet hatte. Der wollte schon die Flucht ergreifen, nichts anderes erwartend, als daß Mischka für die gestrige Mißhandlung Rache üben werde. Statt dessen reckt sich der Bursche, sieht den andern traumselig an und lallt: ‚Noch einen Schluck!'

Sein Abscheu vor dem Branntwein war überwunden.

Bald darauf, an einem Sonntagnachmittag, begab es sich, daß meine Großmutter auf ihrer Spazierfahrt, von einem hübschen Feldweg gelockt, ausstieg und bei Gelegenheit dieser Wanderung eine idyllische Szene belauschte. Sie sah Mischka unter einem Apfelbaum am Feldrain sitzen, ein Kindlein in seinen Armen. Wie er selbst, hatte auch das Kind den Kopf voll dunkelbrauner Löckchen, der wohlgebildete kleine Körper hingegen war von lichtbrauner Farbe, und das armselige Hemdchen, das denselben notdürftig bedeckte, hielt die Mitte zwischen den beiden Schattierungen. Der kleine Balg krähte förmlich vor Vergnügen, sooft ihn Mischka in die Höhe schnellte, stieß mit den Füßchen gegen dessen Brust und suchte ihm mit dem ausgestreckten Zeigefinger in die Augen zu fahren. Und Mischka lachte und schien sich mindestens ebensogut zu unterhalten wie das Bübchen. Dem Treiben der beiden sah ein junges Mädchen zu, auch ein braunes Ding und so zart und zierlich, als ob ihre Wiege am Ganges gestanden hätte. Sie trug über dem geflickten kurzen Rocke eine ebenfalls geflickte Schürze und darin einen kleinen Vorrat aufgelesener Ähren. Nun brach sie eine derselben vom Stiele, schlich sich an Mischka heran und ließ ihm die Ähre zwischen der Haut und dem Hemd ins Genick gleiten. Er schüttelte sich, setzte das Kind auf den Boden und sprang dem Mädchen nach, das leicht und hurtig und ordentlich wie im Tanze vor ihm floh; einmal pfeilgerade, dann wieder einen Garbenschober umkreisend, voll Ängstlichkeit und dabei doch neckend und immer höchst anmutig. Allerdings ist bei unseren Landleuten eine gewisse angeborene Grazie nichts Seltenes; aber diese beiden jungen Geschöpfe gewährten in ihrer harmlosen Lustigkeit ein so angenehmes Schauspiel, daß meine Großmutter es mit wahrem Wohlgefallen genoß. Einen anderen Eindruck brachte hingegen ihr Erscheinen auf Mischka und das Mädchen hervor. Wie versteinert standen beide beim Anblick der Gutsherrin. Er, zuerst gefaßt, neigte sich beinahe bis zur Erde, sie ließ die Schürze samt den Ähren sinken und verbarg das Gesicht in den Händen.

Beim Souper, an welchem, wie an jeder Mahlzeit, der Hofstaat, bestehend aus einigen armen Verwandten und aus den Spitzen der gräflichen Behörden, teilnahm, sagte meine Großmutter zum Herrn Direktor, der neben ihr saß: ‚Die Schwester des Mischka, des neuen Gartenarbeiters, scheint mir ein nettes, flinkes Mädchen zu sein, und ich wünsche, es möge für die Kleine ein Posten ausgemittelt werden, an dem sie sich etwas verdienen kann.‘ Der Direktor erwiderte: ‚Zu Befehl, hochgräfliche Gnaden, sogleich ... obwohl der Mischka meines Wissens eine Schwester eigentlich gar nicht hat.‘

‚Ihres Wissens‘, versetzte meine Großmutter, ‚das ist auch etwas, Ihr Wissen! ... Eine Schwester hat Mischka und ein Brüderchen. Ich habe heute alle drei auf dem Felde gesehen.‘

‚Hm, hm‘, lautete die ehrerbietige Entgegnung, und der Direktor hielt die Serviette vor den Mund, um den Ton seiner Stimme zu dämpfen, ‚es wird wohl – ich bitte um Verzeihung des obszönen Ausdrucks – die Geliebte Mischkas und, mit Respekt zu sagen, ihr Kind gewesen sein.‘»

Der unwilligen Zuhörerin dieser Erzählung wurde es immer schwerer, an sich zu halten, und sie rief nun: «Sie behaupten, daß Sie nicht dabei waren, als diese denkwürdigen Reden gewechselt wurden? Woher wissen Sie denn nicht nur über jedes Wort, sondern auch über jede Miene und Gebärde zu berichten?»

«Ich habe die meisten der Beteiligten gekannt, und weiß – ein bißchen Maler, ein bißchen Dichter, wie ich nun einmal bin –, weiß aufs Haar genau, wie sie sich in einer bestimmten Lage benommen und ausgedrückt haben müssen. Glauben Sie Ihrem treuen Berichterstatter, daß meine Großmutter nach der Mitteilung, welche der Direktor ihr gemacht, eine Wallung des Zornes und der Menschenverachtung hatte. Wie gut und fürsorglich für ihre Untertanen sie war, darüber können Sie nach dem bißchen Gehörten nicht im Zweifel sein. Im Punkte der Moral jedoch verstand sie nur äußerste Strenge, gegen sich selbst nicht minder als gegen andere. Sie hatte oft erfahren, daß sie bei Männern und Frauen der Sittenverderbnis nicht zu steuern vermöge; der Sittenverderbnis bei halbreifen Geschöpfen jedoch, der mußte ein Zügel angelegt werden können. – Meine Großmutter schickte ihren Kammerdiener wieder zu den Eltern Mischkas. Mit der Liebschaft des Burschen habe es aus zu sein. Das sei eine Schande für so einen Buben, ließ sie sagen, ein solcher Bub habe an andere Dinge zu denken.

Der Mischka, der zu Hause war, als die Botschaft kam, schämte sich in seine Haut hinein ...»

«Es ist doch stark, daß Sie jetzt gar in der Haut Mischkas stecken wollen!» fuhr die Gräfin höhnisch auf.

«Bis über die Ohren!» entgegnete der Graf, «bis über die Ohren steck ich darin! Ich fühle, als wäre ich es selbst, die Bestürzung und Beschämung, die ihn ergriff. Ich sehe ihn, wie er sich windet in Angst und Verlegenheit, einen scheuen Blick auf Vater und Mutter wirft, die auch nicht wissen, wo ein und aus vor Schrecken, ich höre sein jammervoll klingendes Lachen bei den Worten des Vaters: ‚Erbarmen Sie sich, Herr Kammerdiener! Er wird ein Ende machen, das versteht sich, gleich wird er ein Ende machen!‘

Diese Versicherung genügte dem edlen Fritz; er kehrte ins Schloß zurück und berichtete, glücklich über die treffliche Erfüllung seiner Mission, mit den gewohnten Kniebeugungen und dem gewohnten demütigen und freudestrahlenden Ausdruck in seiner Vogelphysiognomie: ‚Er laßt die Hand küssen, er wird ein Ende machen.‘»

«Lächerlich!» sagte die Gräfin.

«Höchst lächerlich!» bestätigte der Graf. «Meine gute, vertrauensselige Großmutter hielt die Sache damit für abgetan, dachte auch nicht weiter darüber nach. Sie war sehr in Anspruch genommen durch die Vorbereitungen zu den großen Festen, die alljährlich am zehnten September, ihrem Geburtstage, im Schlosse gefeiert wurden und einen Vor- und Nachtrab von kleinen Festen hatten. Da kam die ganze Nachbarschaft zusammen, und Dejeuners auf dem grünen Teppich der Wiesen, Jagden, Pirutschaden*, Soupers bei schönster Waldbeleuchtung, Bälle und so weiter folgten einander in fröhlicher Reihe ... Man muß gestehen, unsre Alten verstanden, Platz einzunehmen und Lärm zu machen in der Welt. Gott weiß, wie langweilig und öde unser heutiges Leben auf dem Schlosse ihnen erscheinen müßte.»

«Sie waren eben große Herren», entgegnete die

* Ausfahrten im leichten Wagen

Gräfin bitter, «wir sind auf das Land zurückgezogene Armenväter.»

«Und – Armenmütter», versetzte der Graf mit einer galanten Verneigung, die von derjenigen, der sie galt, nicht eben gnädig aufgenommen wurde. Der Graf aber nahm sich das Mißfallen, das er erregt hatte, keineswegs zu Herzen, sondern spann mit hellem Erzählerbehagen den Faden seiner Geschichte fort:

«So groß der Dienertroß im Schlosse auch war, während der Dauer der Festlichkeiten genügte er doch nicht, und es mußten da immer Leute aus dem Dorfe zur Aushilfe requiriert werden. Wie es kam, daß sich gerade dieses Mal auch Mischkas Geliebte unter ihnen befand, weiß ich nicht; genug, es war der Fall, und die beiden Menschen, die einander hätten meiden sollen, wurden im Dienste der Gebieterin noch öfter zusammengeführt, als dies in früheren Tagen bei der gemeinsamen Feldarbeit geschehen war. Er, mit einem Botengang betraut, lief vom Garten in die Küche, sie von der Küche in den Garten – manchmal trafen sie sich auch unterwegs und verweilten plaudernd ein Viertelstündchen ...»

«Äußerst interessant!» spottete die Gräfin – «wenn man doch nur wüßte, was sie einander gesagt haben.»

«O, wie Sie schon neugierig geworden sind! – aber ich verrate Ihnen nur, was unumgänglich zu meiner Geschichte gehört. – Eines Morgens lustwandelte die Schloßfrau mit ihren Gästen im Garten. Zufällig lenkte die Gesellschaft ihre Schritte nach einem selten betretenen Laubgang und gewahrte am Ende desselben ein junges Pärchen, das, aus verschiedenen Richtungen kommend, wie freudig überrascht stehenblieb. Der Bursche, kein anderer als Mischka, nahm das Mädchen rasch in die Arme und küßte es, was es sich ruhig gefallen ließ. Ein schallendes Gelächter brach los – von den Herren und, ich fürchte, auch von einigen der Damen ausgestoßen, die der Zufall zu Zeugen dieses kleinen Auftritts gemacht hatte. Nur meine Großmutter nahm nicht teil an der allgemeinen Heiterkeit. Mischka und seine Geliebte stoben natürlich davon. Der Bursche – man hat es mir erzählt», kam der Graf scherzend einer voraussichtlichen Einwendung der Gräfin entgegen, «glaubte in dem Augenblick sein armes Mädchen zu hassen. Am selben Abend jedoch überzeugte er sich des Gegenteils, als er nämlich erfuhr, die Kleine werde mit ihrem Kinde nach einer anderen Herrschaft der Frau Gräfin geschickt; zwei Tagereisen weit für einen Mann, für eine Frau, die noch dazu ein anderthalb Jahre altes Kind mitschleppen mußte, wohl noch einmal soviel. – Mehr als: ‚Herrgott! Herrgott! o du lieber Herrgott!' sprach Mischka nicht, gebärdete sich wie ein Träumender, begriff nicht, was man von ihm wolle, als es hieß, an die

Arbeit gehen – warf plötzlich den Rechen, den ein Gehilfe ihm samt einem erweckenden Rippenstoße verabfolgte, auf den Boden und rannte ins Dorf, nach dem Hüttchen, in dem seine Geliebte bei ihrer kranken Mutter wohnte, das heißt gewohnt hatte, denn nun war es damit vorbei. Die Kleine stand reisefertig am Lager der völlig gelähmten Alten, die ihr nicht einmal zum Abschiedsegen die Hand aufs Haupt legen konnte und die bitterlich weinte. ‚Hört jetzt auf zu weinen', sprach die Tochter, ‚hört auf, liebe Mutter. Wer soll Euch denn die Tränen abwischen, wenn ich einmal fort bin?'

Sie trocknete die Wangen ihrer Mutter und dann auch ihre eigenen mit der Schürze, nahm ihr Kind an die Hand und das Bündel mit ihren wenigen Habseligkeiten auf den Rücken und ging ihres Weges an Mischka vorbei und wagte nicht einmal, ihn anzusehen. Er aber folgte ihr von weitem, und als der Knecht, der dafür zu sorgen hatte, daß sie ihre Wanderung auch richtig antrete, sie auf der Straße hinter dem Dorfe verließ, war Mischka bald an ihrer Seite, nahm ihr das Bündel ab, hob das Kind auf den Arm und schritt so neben ihr her.

Die Feldarbeiter, die in der Nähe waren, wunderten sich: ‚Was tut er denn, der Tropf?... Geht er mit? Glaubt er, weil er so dumm ist, daß er nur so mitgehen kann?'

Bald nachher kam keuchend und schreiend der

Vater Mischkas gerannt: ‚O, ihr lieben Heiligen! Heilige Mutter Gottes! hab ich mir's doch gedacht – seiner Dirne läuft er nach, bringt uns noch alle ins Unglück ... Mischka! Sohn – mein Junge! ... Nichtsnutz! Teufelsbrut!' jammerte und fluchte er abwechselnd.

Als Mischka die Stimme seines Vaters hörte und ihn mit drohend geschwungenem Stock immer näher herankommen sah, ergriff er die Flucht, zur größten Freude des Knäbleins, das ‚Hott! hott!' jauchzte. Bald jedoch besann er sich, daß er seine Gefährtin, die ihm nicht so rasch folgen konnte, im Stiche gelassen, wandte sich und lief zu ihr zurück. Sie war bereits von seinem Vater erreicht und zu Boden geschlagen worden. Wie wahnsinnig raste der Zornige, schlug drein mit den Füßen und mit dem Stocke und ließ seinen ganzen Grimm über den Sohn an dem wehrlosen Geschöpfe aus.

Mischka warf sich dem Vater entgegen, und ein furchtbares Ringen zwischen den beiden begann, das mit der völligen Niederlage des Schwächeren, des Jüngeren, endete. Windelweich geprügelt, aus einer Stirnwunde blutend, gab er den Kampf und den Widerstand auf. Der Häusler faßte ihn am Hemdkragen und zerrte ihn mit sich; der armen kleinen Frau aber, die sich inzwischen mühsam aufgerafft hatte, rief er zu: ‚Mach fort!'

Sie gehorchte lautlos, und selbst die Arbeiter auf dem Felde, stumpfes, gleichgültiges Volk, fühlten

Mitleid und sahen ihr lange nach, wie sie so dahinwankte mit ihrem Kinde, so hilfsbedürftig und so völlig verlassen.

In der Nähe des Schlosses trafen Mischka und sein Vater den Gärtner, den der Häusler sogleich als ‚gnädiger Herr' ansprach und flehentlichst ersuchte, nur eine Stunde Geduld zu haben mit seinem Sohne. In einer Stunde werde Mischka gewiß wieder bei der Arbeit sein; jetzt müsse er nur geschwind heimgehen und sich waschen und sein Hemd auch. Der Gärtner fragte: ‚Was ist ihm denn? Er ist ja ganz blutig.' – ‚Nichts ist ihm', lautete die Antwort, ‚er ist nur von der Leiter gefallen.'

Mischka hielt das Wort, das sein Vater für ihn gegeben, und war eine Stunde später richtig wieder bei der Arbeit. Am Abend aber ging er ins Wirtshaus und trank sich einen Rausch an, den ersten freiwilligen, war überhaupt seit dem Tage wie verwandelt. Mit dem Vater, der ihn gern versöhnt hätte, denn Mischka war, seitdem er im Schloßgarten Beschäftigung gefunden, ein Kapital geworden, das Zinsen trug, sprach er kein Wort, und von dem Gelde, das er verdiente, brachte er keinen Kreuzer nach Hause. Es wurde teils für Branntwein verausgabt, teils für Unterstützungen, die Mischka der Mutter seiner Geliebten angedeihen ließ – und diese zweite Verwendung des von dem Burschen Erworbenen erschien dem Häusler als der ärgste Frevel, den sein Sohn an ihm begehen konnte. Daß der arme Teufel, der arme Eltern hatte, etwas wegschenkte, an eine Fremde wegschenkte, der Gedanke wurde der Alp des Alten, sein nagender Wurm. – Je wütender der Vater sich gebärdete, desto verstockter zeigte sich der Sohn. Er kam zuletzt gar nicht mehr nach Hause, oder höchstens einmal im geheimen, wenn er den Vater auswärts wußte, um die Mutter zu sehen, an der ihm das Herz hing. Diese Mutter ...», der Graf machte eine Pause, «Sie, liebe Freundin, kennen sie, wie ich sie kenne.»

«Ich soll sie kennen?... Sie lebt noch?» fragte die Gräfin ungläubig.

«Sie lebt; nicht im Urbilde zwar, aber in vielfachen Abbildern. Das kleine, schwächliche, immer bebende Weiblein mit dem sanften, vor der Zeit gealterten Gesicht, mit den Bewegungen des verprügelten Hundes, das untertänigst in sich zusammensinkt und zu lächeln versucht, wenn eine so hohe Dame, wie Sie sind, oder ein so guter Herr, wie ich bin, ihm einmal zuruft: ‚Wie geht's?', und in demütigster Freundlichkeit antwortet: ‚Vergelt's Gott – wie's eben kann.' – Gut genug für unsereins, ist seine Meinung, für ein Lasttier in Menschengestalt. Was dürfte man anders verlangen, und wenn man's verlangte, wer gäbe es einem? – Du nicht, hohe Frau, und du nicht, guter Herr ...»

«Weiter, weiter!» sprach die Gräfin. «Sind Sie bald zu Ende?»

«Bald. – Der Vater Mischkas kam einst zu ungewohnter Stunde nach der Hütte und fand da seinen Jungen. ‚Zur Mutter also kann er kommen, zu mir nicht', schrie er, schimpfte beide Verräter und Verschwörer und begann Mischka zu mißhandeln, was sich der gefallen ließ. Als der Häusler sich jedoch anschickte, auch sein Weib zu züchtigen, fiel der Bursche ihm in den Arm. Merkwürdig genug, warum just damals? Wenn man ihn gefragt hätte, wie oft er den Vater die Mutter schlagen sah, hätte er antworten müssen: ‚Soviel Jahre, als ich ihrer denke, mit dreihundertfünfundsechzig multipliziert, das gibt die Zahl.' – Und die ganze Zeit hindurch hatte er dazu geschwiegen, und heute loderte beim längst gewohnten Anblick plötzlich ein unbezwinglicher Zorn in ihm empor. Zum zweiten Male nahm er gegen den Vater Partei für das schwächere Geschlecht, und dieses Mal blieb er Sieger. Er scheint aber mehr Entsetzen als Freude über seinen Triumph empfunden zu haben. Mit einem heftigen Aufschluchzen rief er dem Vater, der nun klein beigeben wollte, rief er der weinenden Mutter zu: ‚Lebt wohl, mich seht ihr nie wieder!' und stürmte davon. Vierzehn Tage lang hofften die Eltern umsonst auf seine Rückkehr, er war und blieb verschwunden. Bis ins Schloß gelangte die Kunde seiner Flucht; meiner

Großmutter wurde angezeigt, Mischka habe seinen Vater halbtot geschlagen und sich dann davongemacht. Nun aber war es nach der Verletzung des sechsten Gebotes diejenige des vierten, die von meiner Großmutter am schärfsten verdammt wurde; gegen schlechte und undankbare Kinder kannte sie keine Nachsicht ... Sie befahl, auf den Mischka zu fahnden, sie befahl, seiner habhaft zu werden und ihn heimzubringen zu exemplarischer Bestrafung.

Ein paarmal war die Sonne auf- und untergegangen, da stand eines Morgens Herr Fritz an der Gartenpforte und blickte auf die Landstraße hinaus. Lau und leise wehte der Wind über die Stoppelfelder, die Atmosphäre war voll feinen Staubes, den die Allverklärerin Sonne durchleuchtete und goldig schimmern ließ. Ihre Strahlen bildeten in dem beweglichen Element reizende kleine Milchstraßen, in denen Milliarden von winzigen Sternchen aufblitzten. Und nun kam durch das flimmernde, tanzende Atomengewimmel eine schwere, graue Wolkensäule, bewegte sich immer näher und rollte endlich so nahe an der Pforte vorbei, daß Fritz deutlich unterscheiden konnte, wen sie umhüllte. Zwei Heiducken* waren es und Mischka. Er sah aus, blaß und hohläugig wie der Tod, und wankte beim Gehen. In den Armen trug er sein Kind, das die Händchen um seinen Hals geschlun-

* Lakaien oder Gerichtsdiener in Tracht

gen, den Kopf auf seine Schulter gelegt hatte und schlief. Fritz öffnete das Tor, schloß sich der kleinen Karawane an, holte rasch einige Erkundigungen ein und schwebte dann, ein Papagei im Taubenfluge, ins Haus, über die Treppe, in den Saal hinein, in dem meine Großmutter eben die sonnabendliche Ratsversammlung hielt. Der Kammerdiener, von dem Glücksgefühl getragen, das Bedientenseelen beim Überbringen einer neuesten Nachricht zu empfinden pflegen, rundete ausdrucksvoll seine Arme und sprach, vor Wonne fast platzend: ‚Der Mischka laßt die Hand küssen. Er ist wieder da.‘

‚Wo war er?‘ fragte meine Großmutter.

‚Mein Gott, hochgräfliche Gnaden‘, lispelte Fritz, schlug mehrmals schnell nacheinander mit der Zunge an den Gaumen und blickte die Gebieterin so zärtlich an, als die tiefste, unterwürfigste Knechtschaft es ihm nur irgend erlaubte, ‚wo wird er gewesen sein? ... Bei seiner Geliebten. Ja‘, bestätigte er, während die Herrin, empört über diesen frechen Ungehorsam, die Stirn runzelte, ‚ja, und gewehrt hat er sich gegen die Heiducken, und dem Janko hat er, ja, beinahe ein Auge ausgeschlagen.‘

Meine Großmutter fuhr auf: ‚Ich hätte wirklich Lust, ihn henken zu lassen.‘

Alle Beamten verneigten sich stumm; nur der Oberförster warf nach einigem Zagen die Behauptung hin: ‚Hochgräfliche Gnaden werden es aber nicht tun.‘

‚Woher weiß Er das?‘ fragte meine Großmutter mit der strengen Herrschermiene, die so vortrefflich wiedergegeben ist auf ihrem Bilde und die mich gruseln macht, wenn ich im Ahnensaal an ihm vorübergehe. ‚Daß ich mein Recht über Leben und Tod noch nie ausgeübt habe, bürgt nicht dafür, daß ich es nie ausüben werde.‘

Wieder verneigten sich alle Beamten, wieder trat Schweigen ein, das der Inspektor unterbrach, indem er die Entscheidung der Gebieterin in einer wichtigen Angelegenheit erbat. Erst nach beendigter Konferenz erkundigte er sich, gleichsam privatim, nach der hohen Verfügung betreffs Mischkas.

Und nun beging meine Großmutter jene Übereilung, von der ich im Anfang sprach.

‚Fünfzig Stockprügel‘, lautete ihr rasch gefällter Urteilsspruch, ‚gleich heute, es ist ohnehin Samstag.‘

Der Samstag war nämlich zu jener Zeit, deren Sie», diesem Worte gab der Graf eine besondere, sehr schalkhafte Betonung, «sich unmöglich besinnen können, der Tag der Exekutionen. Da wurde die Bank vor das Amtshaus gestellt ...»

«Weiter, weiter!» sagte die Gräfin, «halten Sie sich nicht auf mit unnötigen Details.»

«Zur Sache denn! – An demselben Samstag sollten die letzten Gäste abreisen, es herrschte große

Bewegung im Schlosse; meine Großmutter, mit den Vorbereitungen zu einer Abschiedsüberraschung, die sie den Scheidenden bereiten ließ, beschäftigt, kam spät dazu, Toilette zum Diner zu machen, und trieb ihre Kammerzofen zur Eile an. In diesem allerungünstigsten Momente ließ der Doktor sich anmelden. Er war unter allen Dignitären der Herrin derjenige, der am wenigsten in Gnaden bei ihr stand, verdiente es auch nicht besser, denn einen langweiligeren, schwerfälligeren Pedanten hat es nie gegeben.

Meine Großmutter befahl, ihn abzuweisen; er aber kehrte sich nicht daran, sondern schickte ein zweites Mal und ließ die hochgeborene Frau Gräfin untertänigst um Gehör bitten, er hätte nur ein paar Worte über den Mischka zu sprechen.

‚Was will man denn noch mit dem?' rief die Gebieterin, ‚gebt mir Ruhe, ich habe andere Sorgen!'

Der zudringliche Arzt entfernte sich murrend.

Die Sorgen aber, von denen meine Großmutter gesprochen hatte, waren nicht etwa frivole, sondern solche, die zu den peinvollsten gehören – Sorgen, für die Ihnen, liebe Freundin, allerdings das Verständnis und infolgedessen auch das Mitleid fehlt – Poetensorgen.»

«O mein Gott!» sagte die Gräfin unbeschreiblich wegwerfend, und der Erzähler entgegnete:

«Verachten Sie's, soviel Sie wollen; meine Großmutter besaß poetisches Talent, und es manifestierte sich deutlich in dem Schäferspiel ‚Les adieux de Chloë', das sie gedichtet und den Darstellern selbst einstudiert hatte. Das Stückchen sollte nach der Tafel, die man im Freien abhielt, aufgeführt werden, und der Dichterin, obwohl sie ihres Erfolges ziemlich sicher war, bemächtigte sich, je näher der entscheidende Augenblick kam, eine desto weniger angenehme Unruhe. Beim Dessert, nach einem feierlichen, auf die Frau des Hauses ausgebrachten Toast, gab jene ein Zeichen. Die mit Laub überflochtenen Wände, welche den Einblick in ein aus beschnittenen Buchenhecken gebildetes Halbrund verdeckt hatten, rollten auseinander, und eine improvisierte Bühne wurde sichtbar. Man erblickte die Wohnung der Hirtin Chloë, die mit Rosenblättern bestreute Moosbank, auf der sie schlief, den mit Tragant* überzogenen Hausaltar, an dem sie betete, und den mit einem rosafarbigen Band umwundenen Rocken, an dem sie die schneeigweiße Wolle ihrer Lämmchen spann. Als idyllische Schäferin besaß Chloë das Geheimnis dieser Kunst. Nun trat sie selbst aus einem Taxusgange, und hinter ihr schritt ihr Gefolge, darunter ihr Liebling, der Schäfer Myrtill. Alle trugen Blumen, und in vortrefflichen Alexandrinern teilte nun die zarte Chloë dem aufmerksam lauschenden Publikum mit, dies seien die Blumen der Erinnerung, gepflückt auf dem Felde der Treue

* Schmetterlingsblütler der Gattung Astragalus (Stragel)

und bestimmt, dargebracht zu werden auf dem Altar der Freundschaft. Gleich nach dieser Eröffnung brach ungemessener Jubel im Auditorium los und steigerte sich von Vers zu Vers. Einige Damen, die Racine kannten, erklärten, er könne sich vor meiner Großmutter verstecken, und einige Herren, die ihn nicht kannten, bestätigten es. Sie aber konnte über die Echtheit des Enthusiasmus, den ihre Dichtung erweckte, nicht im Zweifel sein. Die Ovationen dauerten noch fort, als die Herrschaften schon ihre Wagen oder ihre Pferde bestiegen hatten und teils in stattlichen Equipagen, teils in leichten Fuhrwerken, teils auf flinken Rossen aus dem Hoftor rollten oder sprengten.

Die Herrin stand unter dem Portal des Schlosses und winkte den Scheidenden grüßend und für ihre Hochrufe dankend zu. Sie war so friedlich und fröhlich gestimmt, wie dies einem Selbstherrscher, auch des kleinsten Reiches, selten zuteil wird. Da – eben im Begriff, sich ins Haus zurückzuwenden – gewahrte sie ein altes Weiblein, das in respektvoller Entfernung vor den Stufen des Portals kniete. Es hatte den günstigen Augenblick wahrgenommen und sich durch das offenstehende Tor im Gewirr und Gedränge unbemerkt hereingeschlichen. Jetzt erst wurde es von einigen Lakaien erblickt. Sogleich rannten sie, Herr Fritz an der Spitze, auf das Weiblein zu, um es gröblich hinwegzuschaffen. Zum allgemeinen Erstaunen jedoch winkte meine Großmutter die dienstfertige Meute ab und befahl zu fragen, wer die Alte sei und was sie wolle. Im nämlichen Moment räusperte sich's hinter der Gebieterin und nieste und, den breitkrempigen Hut in der einen Hand und mit der anderen die Tabaksdose im Busen verbergend, trat der Herr Doktor bedächtig heran: ‚Es ist, hm, hm, hochgräfliche Gnaden werden entschuldigen', sprach er, ‚es ist die Mutter des Mischka.'

‚Schon wieder Mischka, hat das noch immer kein Ende mit dem Mischka?... Und was will die Alte?'

‚Was wird sie wollen, hochgräfliche Gnaden? Bitten wird sie für ihn wollen, nichts anderes.'

‚Was denn bitten? Da gibt's nichts zu bitten.'

‚Freilich nicht, ich habe es ihr ohnehin gesagt, aber was nutzt's? Sie will doch bitten, hm, hm.'

‚Ganz umsonst, sagen Sie ihr das. Soll ich nicht mehr aus dem Hause treten können, ohne zu sehen, wie die Gartenarbeiter ihre Geliebten embrassieren?'

Der Doktor räusperte sich, und meine Großmutter fuhr fort: ‚Auch hat er seinen Vater halbtot geschlagen.'

‚Hm, hm, er hat ihm eigentlich nichts getan, auch nichts tun *wollen*, nur abhalten, die Mutter nicht ganz totzuschlagen.'

‚So?'

‚Ja, hochgräfliche Gnaden. Der Vater, hochgräfliche Gnaden, ist ein Mistvieh, hat einen Zahn auf den Mischka, weil der der Mutter seiner Geliebten manchmal ein paar Kreuzer zukommen läßt.‘

‚Wem?‘

‚Der Mutter seiner Geliebten, hochgräfliche Gnaden, ein erwerbsunfähiges Weib, dem sozusagen die Quellen der Subsistenzmittel abgeschnitten worden sind ... dadurch, daß man die Tochter fortgeschickt hat.‘

‚Schon gut, schon gut! ... Mit den häuslichen Angelegenheiten der Leute verschonen Sie mich, Doktor, da mische ich mich nicht hinein.‘

Der Doktor schob mit einer breiten Gebärde den Hut unter den Arm, zog das Taschentuch und schneuzte sich diskret. ‚So werde ich also der Alten sagen, daß es nichts ist.‘ Er machte, was die Franzosen une fausse sortie* nennen, und setzte hinzu: ‚Freilich, hochgräfliche Gnaden, wenn es nur wegen des Vaters wäre ...‘

‚Nicht bloß wegen des Vaters, er hat auch dem Janko ein Auge ausgeschlagen.‘

Der Doktor nahm eine wichtige Miene an, zog die Augenbrauen so hoch in die Höhe, daß seine dicke Stirnhaut förmliche Wülste bildete, und sprach: ‚Was dieses Auge betrifft, das sitzt fest und wird dem Janko noch gute Dienste leisten, sobald

* Scheinabgang

die Sugillation*, die sich durch den erhaltenen Faustschlag gebildet hat, aufgesaugt sein wird. Hätte mich auch gewundert, wenn der Mischka imstande gewesen wäre, einen kräftigen Hieb zu führen nach der Behandlung, die er von den Heiducken erfahren hat. Die Heiducken, hochgräfliche Gnaden, haben ihn übel zugerichtet.'

,Seine Schuld; warum wollte er ihnen nicht gutwillig folgen.'

,Freilich, freilich, warum wollte er nicht? Vermutlich, weil sie ihn vom Sterbebette seiner Geliebten abgeholt haben – da hat er sich schwer getrennt ... Das Mädchen, hm, hm, war in anderen Umständen, soll vom Vater des Mischka sehr geprügelt worden sein, bevor sie die Wanderung angetreten hat. Und dann – die Wanderung, die weit ist, und die Person, hm, hm, die immer schwach gewesen ist ... kein Wunder, wenn sie am Ziele zusammengebrochen ist.'

Meine Großmutter vernahm jedes Wort dieser abgebrochenen Sätze, wenn sie sich auch den Anschein zu geben suchte, daß sie ihnen nur eine oberflächliche Aufmerksamkeit schenkte. ,Eine merkwürdige Verkettung von Fatalitäten', sprach sie, ,vielleicht eine Strafe des Himmels.'

,Wohl, wohl', nickte der Doktor, dessen Gesicht zwar immer seinen gleichmütigen Ausdruck behielt, sich aber allmählich purpurrot gefärbt

* Bluterguß im Zellgewebe

hatte. ‚Wohl, wohl, des Himmels, und wenn der Himmel sich bereits dreingelegt hat, dürfen hochgräfliche Gnaden ihm vielleicht auch das Weitere in der Sache überlassen ... ich meine nur so!' schaltete er, seine vorlaute Schlußfolgerung entschuldigend, ein, ‚und dieser Bettlerin', er deutete nachlässig auf die Mutter Mischkas, ‚huldvollst ihre flehentliche Bitte erfüllen.'

Die kniende Alte hatte dem Gespräch zu folgen gesucht, sich aber mit keinem Laut daran beteiligt. Ihre Zähne schlugen vor Angst aneinander, und sie sank immer tiefer in sich zusammen.

‚Was will sie denn eigentlich?' fragte meine Großmutter.

‚Um acht Tage Aufschub, hochgräfliche Gnaden, der ihrem Sohne diktierten Strafe untersteht sie sich zu bitten, und ich, hochgräfliche Gnaden, unterstütze das Gesuch, durch dessen Genehmigung der Gerechtigkeit besser Genüge geschähe, als heute der Fall sein kann.'

‚Warum?'

‚Weil der Delinquent in seinem gegenwärtigen Zustande den Vollzug der ganzen Strafe schwerlich aushalten würde.'

Meine Großmutter machte eine unwillige Bewegung und begann langsam die Stufen des Portals niederzusteigen. Fritz sprang hinzu und wollte sie dabei unterstützen. Sie aber winkte ihn hinweg: ‚Geh aufs Amt', befahl sie, ‚Mischka ist begnadigt.'

‚Ah!' stieß der treue Knecht bewundernd hervor und enteilte, während der Doktor bedächtig die Uhr aus der Tasche zog und leise vor sich hin brummte: ‚Hm, hm, es wird noch Zeit sein, die Exekution dürfte eben begonnen haben.'

Das Wort ‚begnadigt' war von der Alten verstanden worden; ein Gewinsel der Rührung, des Entzückens drang von ihren Lippen, sie fiel nieder und drückte, als die Herrin näher trat, das Gesicht auf die Erde, als ob sie sich vor soviel Größe und Hoheit dem Boden förmlich gleichzumachen suche.

Der Blick meiner Großmutter glitt mit einer gewissen Scheu über dieses Bild verkörperter Demut: ‚Steh auf', sagte sie und – zuckte zusammen und horchte ... und alle Anwesenden horchten erschaudernd, die einen starr, die andern mit dem albernen Lachen des Entsetzens. Aus der Gegend des Amtshauses hatten die Lüfte einen gräßlichen Schrei herübergetragen. Er schien ein Echo geweckt zu haben in der Brust des alten Weibleins, denn es erhob stöhnend den Kopf und murmelte ein Gebet ...

‚Nun?' fragte einige Minuten später meine Großmutter den atemlos herbeistürzenden Fritz: ‚Hast du's bestellt?'

‚Zu dienen', antwortete Fritz und brachte es diesmal statt zu seinem süßen Lächeln nur zu einem kläglichen Grinsen: ‚Er laßt die Hand küssen, er ist schon tot.'»

«Fürchterlich!» rief die Gräfin aus, «und das nennen Sie eine friedliche Geschichte?»

«Verzeihen Sie die Kriegslist, Sie hätten mich ja sonst nicht angehört», erwiderte der Graf. «Aber vielleicht begreifen Sie jetzt, warum ich den sanftmütigen Nachkommen Mischkas nicht aus dem Dienst jage, obwohl er meine Interessen eigentlich recht nachlässig vertritt.»

DIE TOTENWACHT

Es war am Ende eines kleinen Dorfes im Marchfeld, das letzte, das ärmlichste Haus. Seine niedrigen Lehmmauern schienen jeden Augenblick aus Scham über ihre Blöße und all ihre zutage gekommenen Gebrechen in sich zusammensinken zu wollen. Das schiefe Strohdach bot nur noch einen sehr mangelhaften Schutz gegen Hitze und Kälte, Sturm und Schnee. Die Eingangstür, die des Schlosses entbehrte, war mit Stricken an den verrosteten Angeln befestigt, klaffte von allen Seiten und hatte längst aufgehört, eine feste Schranke zu bilden zwischen der Straße und dem einzigen Wohnraume der Hütte. Durch eine seiner Fensterluken drang ein schwach flackernder Lichtschein in das Dunkel der Oktobernacht. Er ging von einer Talgkerze aus, die am Fußende eines Sarges brannte. Der Sarg stand noch offen auf einem Schragen mitten in der Stube, und in ihm ruhte die Leiche einer kleinen, alten Frau. Sorgfältig angetan, mit dem Ausdruck seligen Friedens auf dem greisen Gesichte, nahm sie sich fast zierlich aus in ihrem letzten Bette. Ein weißes Tüchlein war um ihren Kopf gewunden und unter dem Kinn zusammengesteckt; die grauen Haare waren glatt gescheitelt, die Hände über der Brust gekreuzt und mit einem Rosenkranz umwickelt.

Die Wacht am Sarge hielt die Tochter der Verstorbenen, ein nach dörflichen Begriffen altes Mädchen. Dreißig Jahre der Entbehrung und der Arbeit wiegen schwer; aber sie schien ihre Last nicht zu fühlen. Eine trotzige Leidensfreudigkeit sprach aus ihrem dunklen, noch schönen Gesichte; ihre Gestalt war schlank und geschmeidig geblieben.

Die Arme um die Knie gespannt, saß sie auf einem Bänkchen neben der Toten, legte von Zeit zu Zeit den Kopf auf die Kante des Sarges, schloß die heißen, trockenen Augen und murmelte ein Gebet.

Aus der Ferne drangen zwölf schwache Pfiffe; der Nachtwächter zeigte die Mitternachtsstunde an. Im Stalle des nächsten Nachbars meckerte äußerst kläglich eine junge Ziege, und gleich darauf erhob sich ein lautes Brüllen, setzte tief und gewaltig ein und endete mit einem schrillen, sägenden Laut. Das war die Kuh des andern Nachbars, drüben jenseits der Straße, des Huber Georg, die braune, die er um schweres Geld und doch nicht zu teuer gekauft hatte. Sie lag in frischem Stroh bis über die Ohren und ließ sich's wohl sein. Die

Kuh des Huber Georg hat einen guten Pfühl, dachte das Mädchen und sah über den Sarg hinweg nach der elenden Lagerstätte, auf der ihre Mutter gestorben war.

«Meine arme Mutter», flüsterte sie leise, streichelte die wachsgelbe Wange der Toten und vertiefte sich in die Erinnerung an all das Leid, das in wenig Stunden mit der alten Frau ins Grab versenkt werden sollte. Für immer versenkt. Amen.

Eine letzte, schwerste Trennung noch und dann: Leb wohl, Heimat! Grüß Gott, liebe Fremde, in der es keinen Huber Georg gibt, in der man ihm nie begegnen, in der sein blankes Haus einem nicht entgegenprunken kann und man seine verwöhnte Kuh nicht brüllen zu hören braucht.

Alles war wieder still geworden, nicht ein Lüftchen regte sich; die alte Frau im Sarge lag da, jetzt schon von Grabesruhe umgeben.

Plötzlich wurde das Geräusch einer vorsichtig geöffneten und wieder geschlossenen Tür hörbar, und von der Straße her näherten sich, öfters innehaltend, schwere, zögernde Schritte. Nun hielten sie vor dem Hause an, und im nächsten Augenblick trat Georg Huber über die Schwelle.

Er war groß und breitschulterig und hatte einen kleinen Kopf und ein hübsches Gesicht mit niedriger Stirn und schlanker, gerader Nase. Seine blauen, ein wenig vorstehenden Augen schauten unsicher und betroffen drein; trotzdem aber nahm er sich aus recht wie ein Herr in seinen städtischen Kleidern, und seine neuen Stiefel knarrten gar vornehm.

Die Pelzmütze lüftend, grüßte er die Tote, vermied jedoch, sie anzusehen, und brachte ein halb unverständliches «Wünsch guten Abend, Anna» hervor. Die Zunge schien ihm schwer im Munde zu liegen, seine Oberlippe zuckte unter dem Schnurrbärtchen, seine Rechte schob die Mütze weit zurück ins Genick. «Guten Abend, Anna», wiederholte er.

Sie runzelte die Stirn, warf einen Blick voll feindseligen Erstaunens auf ihn und blieb stumm.

Der wenig Beredsame mußte von neuem beginnen: «Dich wundert's, daß ich komm. Ich komm, weil ich gehört hab, daß sie» – er deutete auf die Tote – «mir verziehn hat, eh sie g'storben ist.»

«Wer hat dir das g'sagt?» fragte Anna; heiß aufwallender Unwille trieb ihr das Blut in die Wangen.

«Der Herr Pfarrer hat mir's g'sagt, und dir kann's recht sein», antwortete Georg und nahm, ohne ihre abwehrende Bewegung zu beachten, Platz auf dem Bette, das unter seiner Wucht erzitterte und stöhnte. «Ich komm auch», begann er wieder, da sie in ihrem düsteren Schweigen verharrte, «weil du ganz allein die Totenwacht haltst. Die alten Weiber lassen sich nicht sehn, wenn man keinen Branntwein zahl'n kann.»

«Wenn ich sie eing'laden hätt, wären ihrer gekommen mehr als g'nug. Aber ich hab die letzte Nacht allein bleiben wollen mit meiner Mutter. In ein paar Stunden kommen's ohnehin und tragen sie mir weg.»

Er verstand den Wink nicht, er blieb sitzen. Nach einer Weile mahnte ihn das Mädchen: «Bet ein Vaterunser und geh!»

Er verschränkte die Finger, betete halblaut und sagte am Schlusse: «Gott hab euch selig, Mutter Theres.»

Der Nachtwächter kam jetzt auf seiner Runde in die Nähe des Hauses, entlockte seinem Pfeifchen einen langgezogenen Ton, ging vorbei und pfiff wieder: ein Uhr.

Georg traf noch immer keine Anstalt zum Aufbruch. Er hatte sich tief gekrümmt, die Ellbogen auf die ausgespreizten Knie, das Gesicht in die gefalteten Hände gelegt, und rührte sich nicht.

«Du schlafst!» rief das Mädchen ihn endlich an. «Geh nach Haus schlafen.»

«Ich schlaf nicht», sagte er, ohne seine Stellung zu verändern; «ich denk an deine Mutter. Ich denk, wie sie mir gedroht hat: wenn ich vorm lieben Herrgott stehen werd, werd ich dich bei ihm verklagen. Sie tut's aber nicht.»

«Sie hätt Wort halten sollen, sie hätt dir nicht verzeihen sollen; sie war zu gut, viel zu gut, übergut!» sprach Anna dumpfen Tones.

Georg hob ein wenig den Kopf und warf einen halb kecken, halb scheuen Blick auf sie: «Du meinst halt, grad so wenig hätt sie mir verzeihen sollen, wie du mir verzeihst. Wirst aber schon, wenn du hörst, mit was für Gedanken ich herkomm.»

Sie verzog den Mund zu einem verächtlichen Lächeln; auf eine andere Antwort wartete Georg umsonst und mußte, um das Gespräch nicht ganz fallen zu lassen, wieder beginnen:

«Der Herr Pfarrer meint; wenn er's aber auch nicht meinen möcht, ich mein's von selbst.»

«Ich mein auch was», unterbrach sie ihn: «Daß du daher nicht g'hörst; auch wenn sie dir zehnmal verzieh'n hätt, hättst nicht da zu sitzen. Geh!»

«Weil ich jetzt bleiben möcht», erwiderte er grollend, «heißt's: Geh! Und so warst immer. Alle Schuld liegt auch nicht an mir; du bist bös g'nug.»

«Du hast mir's nicht vorzuwerfen, du nicht! War ich's denn? Nein. Ich bin's durch dich worden.»

«Natürli!» höhnte er. «Alle Schuld wird immer auf mich g'wälzt. Durch mich allein bist bös worden, durch andre nicht; am wenigsten schon durch dein Vatern.»

Sie war wild aufgefahren, warf einen Blick auf die stille Frau im Sarg und bezwang sich. – «Ausg'standen hab ich g'nug durch ihn, bös bin ich durch ihn nicht g'worden», sagte sie. «Was dein Vater tut, muß dir recht sein, hab ich immer von der Mutter g'hört, und vom Herrn Pfarrer: was der liebe Gott tut, muß uns recht sein. Ob also der Vater dreing'schlagen hat oder der Blitz, etwas anderes als: duck dich! ist mir zuletzt dabei nicht mehr eing'fallen. Eine Heimsuchung vom lieben Gott ist das, einen Lumpen zum Vater zu haben, der alles vertut, einem das Dach überm Kopf verspielt und die Kleider vom Leib ...»

«Ehnder noch, weißt noch damal'n», fiel ihr Georg mit naiver Schadenfreude ins Wort, «das Kleid mit die roten Tupfen?»

«Mit die roten Tupfen ... das war was! Und dazu dein ewig's Frozeln*: du hast ja so ein schönes Kleid kriegt, wo is's denn? Hebst dir's auf, auf den Sonntag? Ich hätt von selbst nicht mehr dran gedacht, du hast mich immer g'mahnt ... Auch jetzt mahnst mich wieder ...» Sie schwieg, sie ließ den Kopf auf die Brust sinken. Die Erinnerung an eine der kläglichsten Begebenheiten in ihrem kläglichen Kinderleben tauchte wieder auf. Bild an Bild zog vorüber, deutlich zum Greifen.

Da stand sie eines Winterabends mit anderen armen Kindern in einem großen, herrlichen Saale. Unzählige Kerzen brannten, es war hell und warm wie im Himmel. Und Sachen gab es auf einem Tisch ausgebreitet und aufgestellt, daß einem die Augen übergingen und das Wasser im Munde zusammenlief. Annas Blicke wanderten verzückt

* Hänseln

umher und blieben plötzlich wie gebannt auf einem Kleide haften – ein Bild von einem Kleide, heute noch hätte sie's malen können. Es war grau und ganz besät mit roten Tupfen, nicht größer als Grießkörner, und das Leibchen hatte eine schmale, kirschrote Einfassung und die Schürze einen kirschroten Saum und wirkliche Taschen, und aus der einen guckte ein Tüchlein heraus mit roten Tupfen, und *die* waren linsengroß.

«Du lieber Gott, was bliebe einem noch zu wünschen übrig auf der Welt, wenn man dieses Kleid hätte, diese Schürze, dieses Tüchlein?» fragte sich das Kind und geriet vor lauter Nachdenken, Staunen, Bewundern in einen Zustand des wachen, wonnigen Traumes. Jedes Wunder paßte in den hinein, und das lieblichste begab sich. Eine feine Hand legte sich unter Annas Kinn und bog ihren Kopf sanft zurück, und die Augen des kleinen Mädchens erhoben sich und begegneten einem Paar großer, tiefdunkler Augen voll unsagbarer Güte und unendlicher Traurigkeit. Das waren die Augen der einsamen Schloßbewohnerin, der vielverehrten und vielbedauerten «Komteß», der armen Reichen, die so schweres Herzeleid erfahren hatte und langsam hinschwand und sich zu Tode kränkte.

«Du Kleine», sagte sie, und ihre liebreiche, etwas verschleierte Stimme klang wie gedämpfte Musik, «dieses Kleid gefällt dir. Schau nur, wie gut sich das trifft, ich hab's für dich genäht. Nimm, es ist dein, nimm auch die Stiefelchen und das Tuch. – Nun, Annerl, so nimm!»

Aber Annerl rührte sich nicht; sie fürchtete, durch ein Wort, eine Gebärde den holden Traum zu zerstören, von dem sie sich befangen wähnte.

Da nahm die Komteß ein großes, weiches Umhängetuch vom Tische und wickelte das ganze Kind vom Kopf bis zu den Füßen hinein. Sie zog seine Ärmchen unter dem Tuche hervor und belud sie mit einem Paar warmer, rot gefütterter Stiefel und mit dem von Annerl eben noch gleich einem Märchenbilde angestaunten Kleide. Die Kleine hatte alles geschehen lassen und war stumm geblieben. Jetzt brachen zwei Worte voll des Jubels über ihre Lippen: «Die Mutter!»

Was wird sie sagen, die Mutter, die immer stopft und flickt an des Töchterleins altem «G'wandl» und gestern erst bitterlich geweint hat, weil ihr das morsche Zeug unter der Nadel zerfiel – was wird sie sagen?

Die Kleine war blaß gewesen vor innerster Erregung; auf einmal schoß ihr das Blut ins Gesicht, sie wandte sich und lief davon. Vergeblich wurde ihr nachgerufen: «Warte, du bekommst noch mehr!» Sie lief und lief. Hinter ihr schallte das Gelächter und Geschrei der anderen Kinder. Der Lichterglanz des beleuchteten Schlosses, der sie noch eine kleine Weile begleitet hatte, erlosch; sie preßte ihren Schatz an die Brust und gar oft an den Mund und rannte weiter in die Nacht hinein, längs der Gartenmauer ins Dorf, von dem Gedanken an die Mutter getragen wie von Flügeln.

Der kürzeste Weg führte am Wirtshause vorbei; den schlug sie ein. Wüster Lärm schallte ihr entgegen; es gab wieder Streit in der Schenke. Ein Raufbold oder ein Lump mit leerer Tasche wurde hinausgeworfen. Jetzt stand er unter der Laterne vor der Tür, und voll Schrecken erkannte die Kleine: «Das ist der Vater!»

Es überrieselte sie bei dem Gedanken an die Gefahr, der sie sich mit jedem Schritte näherte, und doch lief sie weiter; ihr fiel gar nicht ein, daß sie gut täte, die Dorfstraße zu vermeiden, um die Ecke zu biegen und auf dem Feldwege nach Hause zu eilen. Nur vorbeihuschen an dem Schimpfenden, Fluchenden, bereits sehr Angetrunkenen wollte sie. Sie lief nicht mehr, sie schlich langsam und leise, drückte sich an die der Schenke gegenüberstehenden Häuser, hoffte schon glücklich zu entkommen im Schutze der Dunkelheit. Fast auch wäre es gelungen, wenn nicht ihr Freund, der Spitz des Wirtes, die Nähe seiner Spielgefährtin witternd, mit lautem Freudengebell auf sie zugesprungen wäre. Sie wich zurück, sie flüsterte ihm zu: «Still, Spitzerl! still, du liebes dummes Tier!» – Der Spitz trieb es je toller, je ängstlicher sie ihn abwehrte, und nun rief auch schon der Vater herüber, streitlustig wie immer bei halb gelöschtem Durste:

«Wer geht da, wer hat da zu gehen?»

Sie gab keine Antwort, sie ergriff die Flucht, und der Hund bellte und sprang, und der Vater stolperte ihr nach und hatte sie bald eingeholt mit seinen langen Beinen. Das Tuch war ihr vom Kopfe herabgerutscht; er erwischte und zerrte sie an ihrem dicken Zopfe.

«Ich bin's, Vater, um Gottes willen, laßt mich!» schrie sie auf und wehrte sich, als er an dem Pack, den sie trug, gierig herumtastete.

«Was hast da? hast was g'stohlen?»

«Bekommen hab ich's! mein ist's, mein!»

«Her damit! Ich leid nicht, daß was g'stohlen wird. Ich bin ein ehrlicher Mensch. Her mit dem G'stohlenen!»

Er wollte alles auf einmal nehmen, aber das gelang ihm nicht. Sie kratzte und biß und verteidigte jedes einzelne Stück ihres köstlichen Eigentums mit verzweifeltem Mute. Aus den Händen, aus den Zähnen mußte der Vater es ihr reißen und tat's, und als sie sich an das letzte, das er ihr abrang, das große Tuch, festklammerte und im Kampfe niederfiel, schleifte er sie unbarmherzig hinter sich her, bis ihre Kraft versagte und sie das Tuch fahren ließ. Blutend und zerschlagen richtete sie sich auf die Knie auf, streckte den Hals und schaute. Der Vater stand wieder unter der Laterne vor dem Wirtshause, klopfte an und rief mit dem Selbstbewußtsein eines Kapitalisten:

«Heda, Jud, abrechnen! Ich bring was! Ich bezahl!»

Man öffnete, man ließ ihn ein, den Dieb und Räuber! Annerl stürzte ihm nach, sie schrie sich heiser, stieß dem Vater abgelernte Flüche vor, polterte in sinnloser Wut mit ihren kleinen Fäusten an die Tür, bis sie endlich aufging und ein Fußtritt, gut gezielt, einer von der wohlbekannten Art, das Kind zum Schweigen brachte. Aber nicht zum Weichen. Annerl blieb auf der Schwelle sitzen, an der Unglücksstätte, wo ihr höchstes, noch kaum genossenes Gut verschachert wurde. Empörung kochte in ihrem Herzen; ihr verzweiflungsvoller Schmerz schrie zum Himmel aus ihrem leisen Weinen, ihrem unterdrückten Schluchzen und wurde nicht gehört, nicht damals – und nie!

Erinnerungen ohne Zahl brachen über sie herein in dunkel wogenden Fluten. Sie preßte die Hände an ihre Stirn und an ihre Schläfen.

«Du hast's anders gehabt, Herr Jesus! wie gut hast du's gehabt», sprach sie tief aufseufzend, «und wie hast du mich drum veracht't!»

Er protestierte ziemlich lau: «Was dir einfallt – veracht't ... Warum denn?»

«Frag nicht, was du weißt! Weil du reich warst, und weil ich arm war, darum. Weil du in Stiefeln gegangen bist von klein auf und ich bloßfüßig gelaufen bin. Weil deine Kleider ganz waren und die meinen zerlumpt. Weil du immer satt warst bis daher» – sie legte den Rücken der flachen Hand an den Hals – «und ich immer ausg'hungert ... so ausg'hungert, daß ich ... Heut noch, wenn ich's denk, schäm ich mich in die Haut hinein ...»

Sie lächelte mit zuckenden, schmerzvoll verzogenen Lippen: «Daß ich aufgepaßt hab jeden Nachmittag, ob du herauskommst mit deiner Jausen. Du richtig gekommen, und ich gewartet und gehofft, jetzt und jetzt krieg ich einen Brokken; und du hineingebissen in dein Butterbrot, das dick beschmierte, und g'schwatzt und herumg'schaut, wer dich bewundert, daß du so reich bist und essen kannst, solang dir's schmeckt. Wenn ich das denk! Ich aber bin g'standen und hab mich nicht g'rührt, bis du g'nug und überg'nug g'habt hast und den lumpigen letzten Bissen übern Zaun hing'worfen hast auf die Straß'n. Der war für mich! über den bin ich herg'fallen wie ein hungriger Hund ... Weißt noch?» fragte sie und maß ihn mit ruhigen Augen, in denen es blinkte, kalt wie Eis und unerbittlich wie Haß. «Ich weiß, und wenn ich mich drauf b'sinn, gibt's auf der weiten Welt unter die vielen schlechten Leut nicht zwei, die mir so völlig z'wider sind wie du und wie ich mir selber.»

Er war ein wenig verlegen geworden und versetzte: «No ja, wir sind halt Kinder g'west. Kinder sind alleweil ungut.»

«Daß ich nicht wüßt. Und du hast zur Ungutheit schon gar keine Ursach g'habt. Aber grad wenn ein'm zuviel Gut's g'schieht, tut man nix Gut's. Deine Eltern waren brav und haben sich geplagt von früh bis abends für dich. Meine Mutter hat sich freilich auch geplagt; aber was hat's g'nutzt? Wenn sie fünfzig Kreuzer verdient hat, hat der Vater sechzig vertrunken ...»

Sie hielt inne, sann nach und fuhr dann eifriger und rascher fort:

«Wie unsre Eltern sich da angebaut haben an der Straß'n, da war, so heißt's, unser Haus das schönere, und das Feld war dabei, das meiner Mutter g'hört hat – g'hört und nicht g'hört; denn was g'hört einer, die einen Lumpen zum Mann hat? –, das Feld, auf das dein Vater immer neidisch war.»

«Neidisch?» rief Georg, «nit im Traum.»

«Warum denn nicht? Er hat's sein dürfen; das Feld is dernach. Du weißt am besten, was 's wert is.»

«Was 's wert is, is wert, und das hat mein Vater dafür 'geben und hat's auszahlt bei Heller und Pfennig.»

«Ich sag's auch nicht anders. Ich sag dein Vatern nix Schlecht's nach. Ich hab ihn gern g'habt; er hat mich oft in Schutz g'nommen, wenn du gedroht hast, du wirst mir's schon zeigen, ich soll nur probieren zu raufen mit einem, der so is wie du, der so eine Kraft hat wie du.»

«Ja, Schläg g'nug hab ich deinetwegen 'kriegt.»

«Hast auch allemal mit Steinen nach mir g'worfen.»

«Und du vielleicht nicht nach mir?»

«Schon auch. Aber ich hab g'fehlt, und du hast getroffen. Das war der Unterschied.»

Georg schmunzelte wohlgefällig: «Schon gar damal'n», sprach er, mit dem Zeigefinger eine Stelle an seiner Stirn bezeichnend, an der die ihre ein Mal trug, rötlich und spitz zulaufend wie ein Flämmchen.

«Grad das hat nix g'macht», entgegnete sie. «Nur was vorhergegangen is: deine Bosheit, garstiger Bub, der du g'wesen bist. Nix hast mir gegönnt. Die liebe Sonn hättst mir verhängt mit einem Kotzen*, wenn du gekonnt hättst. Dein weißes Katzerl, nicht einmal anschaun hab ich's dürfen; wie wenn ich ihm was wegschaun könnt, so hast du's g'trieben.»

Auch diese Erinnerung an seine kindlichen Großtaten ergötzte ihn: «So hab ich's 'trieben?» fragte er.

«Da hat sie einmal mit einer Nuß g'spielt; das war zum Lachen. Immer drauf mit der Pfoten, und die Nuß weggekugelt, und das Katzerl einen Satz g'macht, ihr nach, und ein G'sicht, wie wenn sich's denken möcht: Was bist denn? bist am End lebendig? bist am End gar eine Maus? – Ich g'lacht, daß ich mich g'wunden hab, und höher

* Grobe Wolldecke

hinauf gekraxelt auf unsern Zaun und mich g'streckt, daß ich nur gut seh. – Herr Jesus! da stehst auf einmal du hinter dein'm Zaun und schreist mich ganz pamstig* an: ‚Was schaust? Hast nit zu schaun! Schau nit!', und ich ärger mich: ‚Dummer Bub, jetzt just!' und seh noch, daß du den Arm hebst, und dann seh ich nix mehr, fühl nur, daß mir was Warmes über mein G'sicht lauft und daß ich hinfall wie ein recht Müdes in sein Bett.»

Georg strich sich ein paarmal über den Kopf mit seiner flachen Hand. Er erinnerte sich noch recht gut, wie ihm damals zumute gewesen war nach jenem Steinwurf, als es drüben unheimlich still wurde und er gerufen und keine Antwort bebekommen und nichts andres geglaubt hatte, als daß sie etwas besonders Tückisches gegen ihn aushecke. Er war auf dem Bauche über die Straße gerutscht und hatte durch eines der vielen Löcher im Zaune des Nachbars unten durchgeguckt. Da hatte er die kleine Anna liegen gesehen, regungslos, blutüberströmt, und vor Entsetzen über den Anblick den Kopf verloren und ein Geschrei erhoben, daß die Leute zusammenliefen: «Sie is tot! Anna is tot, ich hab sie tot g'macht!»

«Das war weiter kein Schrocken**», schloß er, und sie sprach:

* klobig

** Schrecken

«Wenn's nur wirklich so g'wesen wär, wenn du mich nur wirklich tot g'macht hättst damal'n, du hättst mir später das viel Ärgere nicht antun können . . .» Die Stimme wollte ihr versagen; schwer atmend fuhr sie fort: «Wenn *das* meine Mutter g'wußt hätt! . . . Aber sie hat's nicht g'wußt; ich hab ihr's nicht sagen können, die Scham hat mir's Wort in der Kehl'n zusammeng'würgt . . . So is 's auf mir sitzen'blieben wie ein Mühlstein. Ich hab's g'schleppt durch mein ganzes Leben. Wie mich jemand ein bissel lang ang'schaut hat, is mir's wie Feuer zum Kopf g'stieg'n: Meinst vielleicht *das*? Aufschrei'n hätt ich mögen: Menschen, Menschen, glaubt's nix Schlecht's von mir, ich bin nicht schlecht! . . . Verkriechen hätt ich mich mögen, so tief, so weit, daß keine Seel mir hätt nachkommen können . . . Was hätt ich nicht alles anfangen mögen? O mein Heiland, der du für uns g'litten hast, mir hast nix wegg'litten, mein Teil is ganz übrig'blieb'n!»

«Was für ein G'red! dös g'hört si nit, so ein G'red», ermahnte Georg, und das Mädchen brach aus:

«Dir war's freilich recht, daß ich g'schwiegen hab, und am liebsten wär's dir, ich schweiget noch. Aber nein! Einmal sag ich's; jetzt sag ich's meinem alten, lieben, kleinen Mutterl, weil sich's drüber nicht mehr zu Tod kränken kann und mich doch hört vom Himmel aus, in den's aufg'fahren is! ... Hör mir zu, Mutter, und klag's dem allgerechten Herrgott, bei dem du bist.»

«Gib Ruh mit die alten G'schicht'n!» rief Georg; sie aber legte die Hand auf das Haupt der Toten:

«Ihr sind's nicht alt und mir auch nicht. Immer neu, immer brechen die versteckten Wunden auf, und einmal solln's ausbluten!»

Halb flehend, halb befehlend, stieß er hervor: «Sei still!»

«Aha, jetzt wird dir bang! – Wär dir damal'n bang worden. Aber vor der Sünd fürchtst dich nicht, nur vor der Straf, und das is sogar dumm; denn die Sünd muß nicht sein, aber die Straf muß sein und is! da verlaß dich drauf!»

«Gib Ruh!» wiederholte er. Seine Augen, die bisher die Tote scheu gemieden hatten, richteten sich flüchtig auf sie; ihm war, als runzle sie die Brauen. «Was ich g'fehlt hab, mach ich wieder gut», murmelte er.

«Meinst denn, das geht? 's geht nicht! B'sinn dich und dann sag, ob so was zum Gutmachen is! B'sinn dich, wie du mir in den Weg getreten bist droben im Wald auf dem einsamen Fußsteig!...» Sie beugte sich; sie suchte seinen Blick, der dem ihren auswich, festzuhalten. – «Abend is g'wesen und doch noch schwül zum Ersticken, und ich bin aus der Arbeit gegangen und war müd. Auf einmal stehst du da. Hast mir g'wiß aufgepaßt.»

«Nein!» unterbrach er sie, «das is mir bei Gott nit eing'fallen.»

«Du bist von einer Hochzeit gekommen und warst lustig und aufg'legt zu jeder Nixnutzigkeit und hast mich so freundlich ang'schaut und ang'redt wie dein Lebtag nicht.»

«Wirst mir das auch noch vorwerfen? Ich hab dich ang'schaut, weil ich mir denkt 'hab: So arm ang'legt, wie's is, is schöner als andre im größten Putz.»

Sie schüttelte den Kopf: «Angetrunken wärst g'wesen, wenn du so was g'funden hättst. Du warst aber nicht angetrunken, und auch ich hab meine fünf Sinn beieinander g'habt und weiß heut noch jeden Gedanken, der mir damal'n durch den Kopf gegangen is. Daß d' ja im Grund kein übler Bursch bist, daß ich dich nur noch nie drauf ang'schaut hab und daß d' auch nicht bös bist gegen wen andern, außer gegen mich. Allerhand, was ich dir angetan hab, hat mich g'reut. Sogar leid hast mir getan, weil ich schon als Kind g'lernt hab: Eher geht ein Kamel durch ein Nadelohr als ein Reicher durchs Himmelstor. Und wie du so gut und herzlich mit mir g'sprochen hast, ist mir ganz merkwürdig worden – völlig mit dir ausg'söhnt. Was liegt dran, wenn man als Kind noch so viel miteinander g'rauft hat, hab ich mich g'fragt. Später kann man doch gut werden. Wer weiß, vielleicht erst recht. So bin ich halt stehn'blieben und hab dir zug'hört und mir erzählen lassen von der Hochzeit. Ein Reicher hat eine Arme g'heiratet; sie haben einander gern gehabt und waren glücklich und froh. Und haben's nicht erwarten können, daß die Gäst fortgehn, damit sie allein bleiben und sich in die Arm fallen und küssen können nach Herzenslust, und hast mir zeigen wollen, wie. Im Spaß nur hast mir's zeigen wollen ... O Herr Jesus, das war ein Spaß! ... Was du wirklich im Sinn g'habt hast, bei Gott und der allerheiligsten Jungfrau Maria, is mir nicht eing'fallen. Wie hätt ich mir vorstellen sollen, daß du willst, was sich nur einer verlangt, der einen gern hat?»

«Ich hab dich auch gern g'habt, schon lang, schon immer; ich hab dir's nur nicht zeigen wollen, daß du dir nix einbildst», erwiderte er. «Du warst mir lieber, wenn du noch so fuchtig* g'wesen bist, als die andern, wenn's mir schön g'tan haben.»

«Geh! Geh!» rief sie aus und ballte die Faust gegen ihn. «Damal'n hast dich an mir versündigt, schrecklich, fürchterlich ... nicht zum Sagen! Just wie ich Vertrauen g'faßt hab, just wie ich g'meint hab: so arg bös is er doch nicht, bist über mich herg'fallen wie ein wildes Tier, daß ich mir nicht hab helfen können, mich nicht hab retten können vor dir und deiner Kraft, deiner verfluchten Kraft, Verfluchter!»

* zornig

«Hör auf, hör auf!» murmelte er; sie ließ sich aber nicht unterbrechen:

«Schandbub du, mit deiner Kraft! O Jesus! daß eins sich wehren kann, wie ich mich g'wehrt hab, und doch ... Is das eine Gerechtigkeit? – Herr, mein Gott, für welche Sünd hast mich so g'straft? Warum hast du das zug'lassen?»

Georg wetzte auf seinem Platze hin und her, machte einen immer runderen Rücken und blickte zur Seite, indes sie fortfuhr:

«Weißt noch, wie du mir am nächsten Tag wieder nachg'stiegen bist, und auch später die ganze Zeit, und wie ich mich hab einsperren müssen vor dir, wenn ich allein war im Haus? Und wie ich mein Unglück erkannt hab, weißt noch, wie ich da gekommen bin und dir's g'sagt hab und wie du mich ausg'lacht hast und mir ausg'wichen bist von dem Tag? Und wie ich mir am End keinen Rat mehr g'wußt und deinen Vater um Hilf ang'rufen hab, da hat er gleich ungläubig g'schmunzelt, und du hast alles g'leugnet mir ins G'sicht!»

Er griff sich an den Kopf: «Ich hab halt so viel Angst g'habt vor mein Vatern; er war gar streng.»

«Angst? Das gibt's, daß einer so eine Kraft hat und doch Angst? Aus Angst hat der Schandbub g'sagt: ‚Ich weiß nix von ihr! ...'»

Sie preßte die Wange auf die Brust der Mutter: «Hörst du mich, ich schwör dir's, meine Hand liegt auf dein'm Kopf, mein G'sicht liegt auf dein'm Herzen. Ich bin ganz unschuldig g'wesen; du kannst auf mich herabschaun vom Himmel und brauchst dich nicht kränken. Tu's nur, schau auf mich herab! Jetzt kann ich zu dir sprechen und werd nicht einmal mehr rot. Wie du g'lebt hast, konnt ich nur sagen: 's is g'schehn, und der Georg hat's getan. – Mehr konnt ich nicht sagen; und du hast g'sehn, wie ich mich herunterkränk, und warst voll Angst, daß ich mir was antu, wenn d' viel fragst ... Und der Vater, der ...» Sie hob den Kopf, verbiß ein Schimpfwort und sprach mit bitterem Hohne: «Dem war's eher recht; er hat einmal einen ordentlichen Grund g'habt, mich durchzupeitschen, und is dann gar nimmer aus'm Wirtshaus gekommen, wo *er* sich Trost g'holt hat für *mein* Unglück ... *Mein* Unglück, das der da verschuldet hat ... O Mutter!» brach sie leidenschaftlich aus, «einmal, ein einzig's Mal noch mach deine Augen auf und schau den an! Sieht er nicht aus wie's böse G'wissen? Nimm deine Verzeihung z'ruck und fluch ihm, wie er's verdient!»

Er bückte sich unwillkürlich unter der Verdammung, die sie auf ihn niederrief.

«Schweig einmal!» sprach er. «Warum mußt mich so niederdonnern? Ich will alles gutmachen, wie g'sagt. Ich nehm dich. Ich hätt dich schon lang g'nommen; aber hatt's denn sein können? Ich hab warten müssen, bis dein Vater nimmer is. Wie der war, hätt er uns an den Bettelstab 'bracht. Dein Vater hat halt zu lang g'lebt.»

Ganz versunken in ihre Gedanken, hatte sie ihn reden lassen, ohne hinzuhören. Bei den letzten Worten wurde sie aufmerksam und nickte zustimmend: «Zu lang g'lebt, wie alle bösen Leut. *Dein* Vater, der hat's g'schwinder g'macht, der hat sich ganz stat* wegg'stohlen, wie du das Alter g'habt hast, Herr zu sein im Haus. Oh!» begann sie nach kurzem Schweigen wieder, «nur ein paar Jahr früher, wenn der meine g'storben wär, wir hätten uns hinaufgebracht, meine Mutter und ich. Wir waren fleißige Arbeiterinnen; um uns is immer ein G'riß g'wesen. Aber Elend und Not und die letzte schwere Pfleg! An der is die Mutter zugrund gegangen. Den ganzen Tag schaffen, die ganze Nacht wachen, das hat sie nicht ausg'halten.»

Georg räusperte sich so gewiß ablehnend und überlegen: «No ja, freili. Jetztunter aber sein's beide tot, und ich nehm dich also. Der Herr Pfarrer verkündigt uns am nächsten Sonntag zum erstenmal, und in drei Wochen hol ich dich zur Trauung. 's is höchste Zeit, daß d' fortkommst. Der Gersthofer, der den Krempel» – er sah sich geringschätzig um – «gekauft hat, kann's eh nit erwarten, daß er leer wird und daß er ihn niederreißen kann.»

* leise

«Ich weiß ohnehin», erwiderte sie. «Ich werd ihm auch nit lang zur Last fallen. Meinem Mutterl geb ich noch 's G'leit, wenn sie's hinaustragen – dann geh ich, gleich vom Friedhof weg.»

Ein Geflunker und eine Drohung erschienen ihm diese Worte, und er brummte verdrießlich: «Such dir einen andern, den d' zum Narren halten kannst! Gehn wirst? Wohin denn? Hast keine Seel auf der Welt, hast nix und niemanden.»

«Da irrst. Zwei gute Freund hab ich – die da!» Stolz und selbstbewußt streckte sie ihre kräftigen Arme aus. «Solang mich die nicht verlassen, bin ich nicht verlassen. Bei uns kommt, Gott sei Dank, noch jeder durch, der nix will und verlangt als Arbeit.»

Er zuckte die Achseln: «Was wirst anfangen? In Taglohn gehn? Oder suchst dir 'en Dienst?»

«Hab schon einen. Heut nacht schlaf ich schon drüben in St. Egyden. Die Weberbäuerin, bei der ich im Sommer im Schnitt g'wesen bin, hat erst gestern wieder um mich g'schickt.»

«Und bei der stehst ein?»

«Bei der steh ich ein.»

«Ich gratulier!» rief Georg, «bei der wirst's gut haben.»

«Wie ich's schon einmal g'habt hab. Streng is sie, das is wahr: was liegt mir dran? Ich bin selber streng, und grad deswegen haben wir uns so gut vertragen miteinander. Die Weberbäuerin is nur verschrien, wie heutzutag jedes, das verlangt, daß seine Dienstleut ihre Schuldigkeit tun.»

Georg hörte ihr aufmerksam zu. Was sie da sagte, gefiel ihm über die Maßen; er ging ja seit einiger Zeit ganz im stillen mit dem Gedanken um, einen Knecht aufzunehmen. Aber nicht nur, was sie sagte, sie selbst, das schöne, tüchtige, kreuzbrave Weib, gefiel ihm, hatte ihm von jeher gefallen. Er hatte sie einmal gern, lieber als alle andern zusammen, die sich um seine Gunst bemühten; er war sich's nie so deutlich bewußt gewesen wie in diesem Augenblick, nie auch hatte ihre verächtlich herbe Art ihn so bitter beleidigt und gereizt. Aus diesem Aneinanderprallen widerstreitender Empfindungen entwickelte sich in ihm ein heißes, heftiges Verlangen nach dem Besitze der – doch wohl nur zum Schein – seiner Bewerbung Widerstrebenden.

«Mach ein End!» herrschte er sie an. «Dich zu bedanken hast, nix andres. Ich nehm dich, wie d' bist; Schulden wirst ja keine haben», fügte er vorsichtshalber bei, beruhigte sich aber selbst: «Und wenn auch, viel wird's nit austrag'n. Was kriegt denn ein Arm's z' leihn?»

«Hast recht», sprach sie. «Ob's aber jetzt ein Guldenzettel is oder ein Kreuzer, *dich* trifft's nicht; ich nehm *dich* und nehm dein Geld nicht.»

«Du nimmst mich nicht? Für so dumm wirst mich doch nicht halten, daß ich dir das glaub!»

«Ich seh schon, du hast nit g'nug an mein'm einfachen Nein», erwiderte sie, wurde leichenblaß, und ihre Augen funkelten. Sie brachte die Worte anfangs entsetzlich mühsam hervor; dann sprach sie rasch und leise, mit gewaltig niedergehaltenem und dennoch auflodderndem Zorn, und warf dabei einen ehrfurchtsvollen, um Verzeihung bittenden Blick auf die Tote.

«Weißt was? Wie das Kind gekommen is, das arme, unglückselige, hab ich, trotz Schand und allem, eine Freud an ihm gehabt. Ich hab nix, hab ich mir gedacht, aber dich hab ich, und dir zulieb will ich leben und mich plagen, und meine Plag soll von jetzt an meine Freud sein. Und mit jedem Tag is meine Lieb zu dem armen Wurm g'wachsen und g'stiegen. Aber es hat schon zu viel g'litten g'habt, bevor's noch g'wußt hat, was leiden heißt. Eh 's Jahr um war, is 's g'storben ... Da liegt mein Mutterl auf dem Schragen, mein altes, liebes Mutterl. Mein ganzes Inwendige is nur eine Wunden, und doch sag ich – wie mein Kind g'storben is, war mir ärger, und ich hab Gott verklagt: Hast mir's gegeben gegen meinen Willen in Not und Verzweiflung, und jetzt, nachdem's mein einzig's Glück worden is, reißt mir's weg! Unbarmherzig hab ich ihn g'scholten, den Höchsten, vor dem ich heut auf die Knie fall und zu dem ich ruf: Barmherziger! Allgütiger, du weißt, was tu tust! Sei gelobt und gepriesen! ... Du hast mein Kind zu dir g'nommen, es ist ein Engel im Himmel, und ich darf – Gott sei Lob und Dank! –, ich darf zu dem Menschen dort sagen: Ich nehm dich nicht; lieber in die Höll als in dein schönes Haus!»

Georg starrte zu ihr hinüber; es lief ihm kalt über den Rücken. Sie saß vor ihm so ruhig wie aus Stein, und doch lebte alles an ihr. Ihre Brust hob und senkte sich, ihre Lippen glühten, es ging eine Macht von ihr aus, die ihn, den sie verwarf, unwiderstehlich anzog, ihn, den Starken, beugte, seinen Willen brach und seinen Hochmut überwand.

«Verschwör's nit!» rief er. «Schau, Annerl, grad deswegen, weil ich immer g'meint hab, heiraten wer'n wir doch einmal, hab ich g'meint, ich muß dir beizeiten den Herrn zeigen. Verzeih mir's, Annerl, und gib mir ein gutes Wort und sei wieder gut!»

«So? – So?» Sie riß die Augen auf und betrachtete ihn mit einem Staunen, wie wenn er das größte Wunder wäre.

«Wieder gut?» sprach sie kaum hörbar. «Nach all'm, was ich ihm g'sagt hab, sagt der Mensch: ‚Sei wieder gut!' Merkst denn nicht, daß ich nicht könnt, auch wenn ich wollt? . . . Verzeihn tu ich dir – in Gottes Namen. Ich bin ja fertig mit'm Leben hier daheim; was vorbei is, is vorbei. Wie wenn eins die Tür von sein'm Haus absperrt, eh's in die Fremd geht, so mach ich's. Abg'sperrt!

Aus is mit jeder Lieb und Freundschaft, und mit unserer Feindschaft auch. Du hast's g'hört, jetzt steh auf und geh!»

Georg stieß einen wilden Schrei aus. «Fangst schon wieder an mit dein'm ‚Geh!' ... Sei g'scheit; ich rat dir's, sonst gibt's ein Unglück!»

«Droh du nur!» Sie zuckte verächtlich die Achseln. «Tot g'macht werden bei der Leich meiner Mutter, das wär mir grad recht.»

Er griff sich in die Haare, stöhnte und schnaubte: «Ich hab dich aber lieb über alles! Ich wär glücklich, wenn ich dich hätt. Ich bitt dich, kniefällig bitt ich dich: werd wieder gut und werd mein Weib!»

«Ich kann nicht», sprach sie. «Jeder Bissen, den ich aus einer Schüssel mit dir essen müßt, schwellet' mir im Mund; ich könnt nicht schnaufen neben dir, und vieltausendmal lieber sterben tät ich, als dulden, daß d' mir in die Näh kommst.»

«Wird sich schon geben, da is mir nit bang», erwiderte der Mann, und ein häßliches Lächeln bog seine Lippen.

Anna warf ihm einen Blick voll Verachtung und kühner Herausforderung zu: «‚Sie haben Ohren und hören nicht', hat der Herr Pfarrer neulich gepredigt. So einer bist du. Geh! Wie oft soll ich's noch sagen? Geh!»

Georg sprang auf. Lichterloh flammte Wut ihm aus den Augen. Mit hoch erhobenen Fäusten stürzte er auf die Närrin zu, die es wagte, ihn so zu reizen, und die jetzt, ohne ein Zucken, ohne einen Laut, seine drohende Gebärde mit einer kalt abwehrenden beantwortete.

Er ließ die Arme sinken. In ihm war ein schwerer Kampf, ein Auf- und Abwogen der widersprechendsten Gefühle. Plötzlich stürmten sie über ihn herein und ergriffen ihn alle mit der gleichen Kraft. Dicht neben dem Sarge war er stehengeblieben; sein Blick glitt unwillkürlich über die Tote. Ein Schauer durchrieselte ihn, aber er wandte die Augen nicht ab. Es war kein Bild des Schreckens, zu dem er niedersah, es war ein verklärtes Bild der Duldung und Versöhnung. Ein tiefes Rühren erwachte in ihm.

«Mutter Theres!» schrie er auf.

Alle seine Härte war verschwunden, zerschmolzen, sein ganzes starres Wesen in Fluß geraten. Wie niedergeworfen, stürzte er auf seine Knie und rief die Tote an.

«Mutter Theres, bitt's für mich! Ihr seid's so gut g'wesen und habt's mir, was Ihr g'wußt habt, verziehn. Verzeiht's mir auch das andre! Ihr wißt's jetzt alles, Ihr wißt's auch, wie gern ich die Anna hab. Bitt's für mich, daß sie mich nimmt! Ein Totes kann sich melden; meld't Euch, Mutter Theres, gebt's ein Zeichen von Euch, daß sie weiß, 's is Euch recht, wenn sie mich nimmt!»

Er beugte sich über die Leiche, er horchte, er

blickte mit unaussprechlicher Spannung in ihr stilles Angesicht. Aber das Zeichen, das er erflehte, blieb aus.

«Sie antwortet dir nicht», sprach Anna mit ernstem Triumphe. «Sie rührt sich nicht. Schau, wie sich's nicht rührt, mein armes Mutterl; horch zu, wie's still is; es weiß schon, was gut is für mich. – Und jetzt . . .» Sie hielt einen Augenblick inne, dann setzte sie gelassen hinzu: «Jetzt zwing mich nicht, daß ich noch einmal sagen muß, was du nicht hören willst. Ich möcht die letzten Stunden allein bleib'n mit meinem Mutterl.»

Georg erhob sich langsam; er begriff endlich, daß alles aus und vorbei war.

Ein rasendes Schluchzen brach aus seiner Brust. Unsicher und fragend streckte er dem Weibe seine Rechte entgegen. Mit abgewandtem Gesichte legte sie die ihre hinein.

«B'hüt dich Gott!» sagte er, und sie antwortete:

«B'hüt dich Gott!» so unwiderruflich abschließend, mit einem solchen Ausdruck seliger Erlösung, daß dem hartnäckigen Werber der letzte Hoffnungsschimmer erlosch.

Er entschloß sich denn, er ging; sie hörte ihn über die Straße schreiten, die Tür des Gartengitters öffnen und ins Schloß werfen. Da atmete sie auf und stieß ein freudiges «So!» aus befreiter Brust hervor.

Der Nachtwächter war schlafen gegangen und hatte den Hunden die weitere Sorge für die Sicherheit des Dorfes überlassen. Fahl und kahl drang die Morgendämmerung durch die Fensterluke, die Kerze erlosch und mit ihr der rötliche Schimmer und der letzte Schein von Leben auf dem Gesichte der Entschlafenen. Anna blickte lange in die teueren Züge. Unauslöschlich sollte die Erinnerung an sie sich ihr einprägen.

«So, mein Mutterl, so, jetzt haben wir beide Frieden», flüsterte sie und küßte die Stirn der erlösten Dulderin und küßte die heiligen Hände, die nur geruht hatten, um sich zum Gebet zu falten oder um sich zum Segen auf das Haupt der Tochter zu legen.

DIE FREIHERREN VON GEMPERLEIN

I

Das Geschlecht der Gemperlein ist ein edles und uraltes; seine Geschicke sind auf das innigste mit denen seines Vaterlandes verflochten. Es hat mehrmals glorreich geblüht, es ist mehrmals in Unglück und Armut verfallen. Die größte Schuld an den raschen Wandlungen, denen sein Stern unterworfen war, trugen die Mitglieder des Hauses selbst. Niemals schuf die Natur einen geduldigen Gemperlein, niemals einen, der sich nicht mit gutem Fug und Recht das Prädikat «der Streitbare» hätte beilegen dürfen. Dieser kräftige Familienzug war allen gemeinsam. Hingegen gibt es keine schrofferen Gegensätze als die, in denen sich die verschiedenen Gemperlein-Generationen, in bezug auf ihre politischen Überzeugungen, zueinander verhielten.

Während die einen ihr Leben damit zubrachten, ihre Anhänglichkeit an den angestammten Herrscher mit dem Schwerte in der Faust zu betätigen und so lange mit ihrem Blute zu besiegeln, bis der letzte Tropfen desselben verspritzt war, machten sich die andern zu Vorkämpfern der Revolte und starben als Helden für ihre Sache, als Feinde der Machthaber und als wilde Verächter jeglicher Unterwerfung.

Die loyalen Gemperlein wurden zum Lohne für ihre energischen Dienste zu Ehren und Würden erhoben und mit ansehnlichen Ländereien belehnt, die aufrührerischen zur Strafe für ihre nicht minder energische Widersetzlichkeit in Acht und Bann getan und ihrer Güter verlustig erklärt. So kam es, daß sich dieses alte Geschlecht nicht, wie so manches andere, eines seit undenklichen Zeiten von Kind auf Kindeskind vererbten Stammsitzes zu erfreuen hatte.

Am Schlusse des achtzehnten Jahrhunderts gab es einen Freiherrn Peter von Gemperlein, der, der erste seines kriegerischen Hauses, dem Staate als Beamter diente und noch am Abende seines Lebens ein hübsches Gut in einer der fruchtbarsten Gegenden Österreichs erwarb. Dort beschloß er hochbetagt, in Frieden mit Gott und mit der Welt, sein Dasein. Er hinterließ zwei Söhne, die Freiherren Friedrich und Ludwig.

In diesen beiden letzten Sprossen schien die im Vater verleugnete Gemperleinsche Natur sich wieder auf sich selbst besonnen zu haben. Sie brachte noch einmal, und zwar, was sie früher nie getan, in dem selben Menschenalter, die beiden Typen des Geschlechtes, den feudalen und den radikalen Gemperlein, hervor. Friedrich, der ältere, war, seiner Neigung folgend, in der Militärakademie zu Wiener-Neustadt zum Waffenhandwerk ausgebildet worden. Ludwig bezog im achtzehnten Jahre die Universität in Göttingen und kehrte im zweiundzwanzigsten, mit einer prächtigen Schmarre im Gesichte und mit dem Ideale einer Weltrepublik im Herzen, nach Hause zurück.

Genau fünfzehn Jahre eines hartnäckigen, mit Kraft und Kühnheit geführten Kampfes brauchten die Brüder, um einzusehen, daß für sie in der Welt nichts zu suchen, daß Friedrichs Zeit vorüber und Ludwigs Zeit noch nicht gekommen war.

Der erste legte sein Schwert nieder, müde, einem Monarchen zu dienen, der in Eintracht leben wollte mit seinem Volke; der zweite wandte sich grollend von seinem Volke ab, das seinen Nacken willig und vergnügt dem Joche der Herrschaft beugte.

Zu gleicher Zeit bezogen Friedrich und Ludwig ihre Besitzung Wlastowitz und widmeten sich mit Liebe und Begeisterung der Bewirtschaftung derselben.

Wenn auch so verschieden von einander wie Ja und Nein, begegneten sich die Freiherren doch in einem Kapitalpunkte: in der unaussprechlichen Anhänglichkeit, die sie nach und nach für ihren ländlichen Aufenthaltsort faßten.

Kein überzärtlicher Vater hat jemals den Namen seiner einzigen Tochter in schmelzenderem Tone ausgesprochen, als sie den Namen Wlastowitz auszusprechen pflegten. Wlastowitz war ihnen der Inbegriff alles Guten und Schönen. Für Wlastowitz war ihnen kein Opfer zu groß, kein Lob erschöpfend. «Mein Wlastowitz», sagte jeder von ihnen, und jeder hätte es dem andern übelgenommen, wenn er nicht so gesagt haben würde.

Bald nach ihrer Ankunft hatten die Brüder beschlossen, das väterliche Erbe in zwei gleiche Hälften zu teilen. Das Schloß mit seinen Dependenzen sollte im Besitze Friedrichs verbleiben, der dafür die Verpflichtung übernahm, für Ludwig inmitten von dessen Grundstücken das Blockhaus errichten zu lassen, in welchem dieser an der Spitze der Familie, die er gründen wollte, zu leben und zu sterben gedachte.

Die Teilung wurde vielfach und hitzig erörtert, sie jedoch wirklich zu vollziehen, hoho! das überlegt man sich. Einen solchen Entschluß faßt man wohl; ihn auszuführen, verschiebt man gern von Jahr zu Jahr. Auf welches Stück, welchen Fußbreit, welche Scholle der geliebten Erde sollte einer der Brüder freiwillig verzichten? Jedem wäre der Grenzstrich, der Mein und Dein voneinander geschieden und das Gut, das als Ganzes einzig und vollkommen war, in zwei unvollkommene Hälften gespalten hätte, mitten durch das Herz gegangen.

Nichtsdestoweniger war seit langer Zeit die Grenze zwischen Ober- und Unter-Wlastowitz in der Katastralmappe verzeichnet, lag der Plan zu Ludwigs Blockhaus wohlverwahrt im Archiv, und einmal geschah es ... aber wir wollen der ohnehin unausbleiblichen Katastrophe dieser wahrhaftigen Familiengeschichte nicht vorgreifen.

Das Leben, das die Freiherren auf dem Lande führten, war ein äußerst regelmäßiges. Schon am frühen Morgen verließen beide das Schloß und ritten zusammen im Sommer auf das Feld, im Winter in den Wald. Doch ereignete es sich gar selten, daß sie auch zusammen heimkehrten. Meistens kam Friedrich zuerst, mit hochgeröteten Wangen und blitzenden Augen, durch die gegen Norden gelegene Kastanienallee im Schritt nach Hause geritten. Sein ehemaliger Privatdiener und jetziger Bedienter, Anton Schmidt, erhielt den Befehl: «Frühstück auftragen!» mit dem zornig klingenden Zusatze: «Für mich allein!»

Anton begab sich an die Küchentür, wartete ein Weilchen und rief dann plötzlich dem Weibervolke am Herde zu: «Das Frühstück für die Herren!»

Das war der Moment, in dem Ludwig auf schaum- und schweißbedecktem Pferde durch das gegen Süden gelegene Tor in den Schloßhof sprengte. Sein schmales, feines Gesicht war so gelb wie eine Weizenähre um Peter und Paul*, die hohe

* 29. Juni

Denkerstirn schwer umwölkt. In gebieterischer Haltung betrat er den Speisesaal. Dort saß Friedrich, viel zu sehr in die «K. K. ausschl. priv. Wiener Zeitung» vertieft, um das Erscheinen seines Bruders wahrnehmen zu können. Dieser entfaltete sofort die «Augsburger Allgemeine» und hielt sie mit der linken Hand vor sich hin, während er mit der rechten den Tee in seine Tasse goß. Eifrig wurde gelesen, hastig gefrühstückt und sodann aus türkischen Pfeifen kräftig geraucht. Die beiden Freiherren saßen einander gegenüber auf ihren steiflehnigen Sesseln, die Zeitungen vor den Gesichtern, vom Wirbel bis zur Sohle eingehüllt in schwere Rauchwolken, aus denen von Zeit zu Zeit ein Fluch, ein zürnender Ausruf als Vorzeichen nahenden Gewitters sich vernehmen ließ.

Auf einmal rief's da und dort: «Oh, diese Esel!», und eine Zeitung flog unter den Tisch. Die politische Debatte war eingeleitet. Gewöhnlich gestaltete sie sich stürmisch und schloß nach etwa viertelstündiger Dauer mit einem beiderseitigen: «Hol dich der Teufel!»

Es gab aber auch Tage, an denen Ludwigs besonders gereizte Laune Abwechslung in die Sache brachte. Da führte er Reden, so persönlich giftig und beleidigend, daß sein Bruder sie zu beantworten verschmähte. Friedrichs offenes, sonst so freundliches Gesicht nahm einen starren Ausdruck an, ein Zug von unversöhnlichem Grimme legte sich um seinen Mund; jedes Haar seines Schnurrbartes schien sich trotzig emporzusträuben. Er stand auf, ergriff seinen Hut, rief seinen braunen, kurzhaarigen Jagdhund und verließ schweigend das Zimmer. Der breite Rücken, die mächtigen Schultern waren etwas gebeugt, als trügen sie eine schwere Last.

Ludwig bemerkte es, obwohl er ihm nur flüchtig nachsah, murmelte einige unverständliche Worte und las seine Zeitung mit all der Aufmerksamkeit zu Ende, die ein Mensch aufwenden kann, dem die Herrschaft über seine Gedanken so ziemlich abhanden gekommen ist. Bald jedoch erhob er sich und begann mit dröhnenden Schritten im Gemache auf und ab zu schreiten. Seine Miene wurde immer finsterer. Er warf den Kopf zurück, er nagte an der Unterlippe, er richtete seine schlanke Gestalt immer kühner und herausfordernder auf.

Wonach verlangte ihn denn noch, als nach Ruhe und Frieden! Hier hatte er gehofft, ihrer teilhaftig zu werden. Ja, eine saubere Ruhe, ein sauberer Frieden! Um *die* zu finden, braucht man sich nicht zurückzuziehen in die Einöde, sich nicht zu vergraben in geisttötende Abgeschiedenheit. Wenn es aber schon nicht anders ist, wenn du recht hast, o Seneka! wenn Leben Kriegführen heißt und durchaus gestritten sein muß, dann sei es auf würdigem Kampfplatze! Dann sei es in der Welt, wohin ein Mann gehört, den das Schicksal mit ungewöhnlicher Ausdauer und mit ungewöhnlichen Geistesgaben gesegnet oder – heimgesucht hat.

Ludwig ging langsam die Treppe hinab. Sein struppiger, immer verdrießlicher Pintscher folgte ihm bellend nach.

Unter dem Tore blieb der Freiherr stehen und sah sich einmal wieder die Gegend an. Die grünen Höhen, die in sanften Wellenlinien den Horizont ziemlich eng umgrenzten, mahnten sie nicht: Stecke dir nicht allzu weite Ziele! Was wir umschließen, ist auch eine Welt, eine stille zwar, aber die deine – laß es dir gefallen in unserer Hut!

Auf einem der Ausläufer des Gesenkes lag der freundliche Hof, der den Stolz des Gutes Wlastowitz, die Elite der Negretti*-Herde, beherbergte. Wie ein Schlößchen, stilvoll und blank, nahm er sich aus inmitten stattlicher Pappelbäume. Die sanft abgleitende Hügellehne nebenan, noch vor dreißig Jahren ödes Land, war jetzt in einen Obstgarten verwandelt. Dank dem treuen Vater, der ihn gepflanzt! Nicht für sich wahrlich; er sollte in seinem Schatten nicht mehr ruhen, sich an seinen Früchten nicht mehr erfreuen! Für die Söhne, deren er stets gedachte und die er so selten sah, für die Söhne, die ferne von ihm ihre ehrgeizigen Ziele verfolgten und – wie vergeblich! – dauerndes Gut, dauerndes Glück im wechselvollen Leben suchten.

* Eine Schafrasse

Nun standen die Birnbäume in der Fülle ihrer Kraft, die Äpfel- und Pflaumenbäume streckten ihre schwerbeladenen Äste breit um sich, und die zierlich schlanken Kirschbäume, was für Früchte hatten die in den letzten Jahren getragen! Groß wie Nüsse und saftig wie Weintrauben. Ja, die Kirschen in Wlastowitz, die schmecken nicht nur den Kindern!

Und die Felder ringsum – im Frühling ein grünes, im Sommer ein goldenes Meer, im Herbst aber erst recht eine Wonne für das Auge des Ökonomen: neue Verheißung nach der reichsten Erfüllung ... Ja, der Boden in Wlastowitz! Gestürzt*, geeggt, gewalzt, so fein wie der des sorglichst gepflegten Beetes in einem Blumengarten, so aromatisch wie Spaniol** ... schnupfen könnt man diese Erde!

Ludwigs Blicke schwelgten in all den Herrlichkeiten, und die Falten auf seiner Stirn, die hochgehenden Wogen in seinem Innern glätteten sich. Ein kurzer Kampf noch, noch ein Versuch, den Zorn, die Entrüstung festzuhalten, die ihm abhanden zu kommen drohten, dann war's vorbei: – «Wo ist mein Bruder?» fragte er den ersten, der ihm begegnete, und machte sich die erhaltene Auskunft schleunigst zunutze.

Um zwei Uhr kamen die Herren, natürlich

* umgepflügt

** Aus Havanablättern bereiteter Schnupftabak

streitend, aber doch zusammen, vom Felde zurück und setzten sich zu Tische. Nachmittags widmeten sie sich der Erziehung ihrer Hunde und Pferde, nahmen eine Rekognoszierung des Gutes oder eines Teiles desselben vor und besprachen mit Herrn Verwalter Kurzmichel das morgige Tagewerk. Den Schluß des heutigen bildete ein allerschwerster, mit der allergrößten Erbitterung geführter Streit über religiöse, politische oder soziale Fragen. Sehr aufgeregt und einander ewigen Widerstand schwörend, gingen die Brüder zu Bett.

Das war im großen ganzen, abgesehen von den Veränderungen, welche die jeweilige Jahreszeit, die Jagden, die Besuche in der Nachbarschaft mit sich brachten, die Lebensweise der Freiherren von Gemperlein.

Einem oberflächlichen Beobachter mochte sie nicht besonders reizend erscheinen, der tiefer eindringende jedoch mußte zugeben, daß sie auch angenehme Seiten habe. Die angenehmste war die hohe Achtung, in der die Brüder bei ihrer Umgebung standen. Mochte sich auch ein gutes Teil Furcht in diese Achtung mischen, das nahm ihr nichts von ihrem Werte. Welcher von den beiden Herren strenger gegen seine Diener sei, hielt schwer zu entscheiden. Sie forderten viel, aber niemals ein Unrecht; sie waren oft unerbittlich hart, aber sie ehrten in dem Geringsten, ja noch in dem Unverbesserlichen – den Menschen.

«Weil ich höher stehe als der arme Teufel, mein Nächster, und in ihm einen Schutzbefohlenen respektieren muß», sagte Friedrich.

«Weil ich seinesgleichen bin», sagte Ludwig, «und sogar in dem verzerrten Ebenbilde meine Züge wiederfinde.»

«Du Spitzbube!» rief Friedrich dem verstockten Sünder zu, «weißt du nicht, was das Gesetz befiehlt? Hörst du nicht, was der Pfarrer predigt? Warte nur, dich kriegt die Gendarmerie und drüben ganz gewiß – die Hölle!»

Ludwigs Ermahnungen hingegen lauteten: «Wann werdet ihr endlich lernen, euch selbst in Zucht zu halten? Wann werdet ihr endlich, ihr Dummköpfe, müde werden, Leute zu bezahlen, die euch überwachen, euch einsperren und manchmal sogar aufhenken? Regiert euch selbst, ihr Esel, dann erspart ihr alles Geld, das euch jetzt die Regierung kostet.»

So eindringliche Vorstellungen blieben nicht ganz ohne Wirkung, und eine viel größere, als sie hatten, schrieben ihnen die Freiherren zu, die überhaupt trotz mancher erlittenen Enttäuschung alles, was sie am innigsten wünschten, auch für das Wahrscheinlichste hielten. Auf diese Weise genossen sie so manches Glück, das sie niemals gehabt, kosteten es in Gedanken durch und empfanden dabei vielleicht ein lebhafteres Vergnügen, als wenn es ihnen in Wahrheit zuteil geworden wäre. Die reiche Phantasie, welche die Natur ihnen geschenkt, entwickelte sich in dem stillen Wlastowitz viel üppiger, als dies im Wirbel des Weltgetriebes hätte geschehen können, und bereitete ihnen eine Fülle reiner Freuden, die nur der belächelt und verschmäht, der nicht fähig ist, sich ähnliche zu schaffen.

Bekanntermaßen fließt das Dasein je einförmiger, desto rascher dahin, und ehe die Brüder sich's versahen, kam der Tag heran, an dem Friedrich sagen konnte: «Ich möchte wissen, ob es jemals einen denkenden Menschen gegeben hat, der nicht schon die Bemerkung gemacht hätte, daß die Zeit doch eigentlich sehr schnell vergeht.»

«Im Gegenteil», sprach Ludwig, «diese Wahrheit ist schon so oft ausgesprochen worden, daß gar nichts daran liegt, sie noch einmal auszusprechen.»

«Würden wir's glauben, wenn wir's nicht wüßten», fuhr Friedrich fort, «es ist jetzt gerade zehn Jahre her, daß wir in Wlastowitz eingezogen sind.»

Ludwig fegte mit der Reitgerte die Spitzen seiner staubigen Stiefel, kreuzte dann die Arme und starrte melancholisch ins Grüne, das heißt ins Gelbe, denn es war Herbst, und sie saßen vor einer Goldesche.

«Zehn Jahre», murmelte er, «ja, ja, ja – zehn Jahre. Hätte ich damals geheiratet, damals, als ich so gute Gelegenheit ... als ich sehr geliebt wurde –»

«Als du geliebt wurdest», wiederholte Friedrich und zwang sich, ein ernsthaftes Gesicht zu machen.

«– So könnte ich jetzt bereits Vater von neun Kindern sein.»

«Von achtzehn, wenn deine Frau dir jedesmal Zwillinge beschert hätte, von noch viel mehr, weil ja die Äpelblüh büschelweise auf die Welt zu kommen pflegen!» sprach Friedrich und lachte.

Ludwig sah ihn von der Seite an. «Es gibt», sagte er wegwerfend, «nichts Dümmeres als ein dummes Lachen.»

«Es gibt nichts Lächerlicheres als einen Mann, der am hellen, lichten Tage träumt und ohne Fieber phantasiert», rief Friedrich. «Zum Kuckuck mit all deinem Wenn und Vielleicht, mit deinen Schimären und Hirngespinsten! Du leidest an fixen Ideen. Halte dich doch endlich einmal an das Reale, an die Wirklichkeit!»

Jetzt schlug Ludwig ein grelles Gelächter auf. Er erhob die Augen und die gerungenen Hände anklagend zum Himmel. «Das Reale! Die Wirklichkeit!» schrie er, «o Gott, der spricht von ihnen… Der!… und war drei Jahre lang in einen Druckfehler verliebt!»

Friedrich senkte zornig-beschämt den Kopf und biß seinen Schnurrbart. Plötzlich fuhr er auf: «Und du – weißt du denn –?»

Ein verhängnisvolles Wort schwebte auf seinen Lippen, doch sprach er es nicht aus, sondern brummte nur leise vor sich hin: «Hol's der Geier!»

II

Schon im ersten Jahre ihrer Niederlassung in Wlastowitz hatten die Brüder beschlossen, sich zu verheiraten, und auch bereits die Wahl ihrer zukünftigen Gattinnen getroffen. Friedrich entschied sich für eine Gräfin Josephe, Tochter des Hochgeborenen Herrn Kàrl, Reichsgrafen von Einzelnau-Kwalnow, und der Hochgeborenen Frau Elisabeth, Reichsgräfin von Einzelnau-Kwalnow, geborenen Freiin von Czernahlava, Sternkreuzordensdame. Ludwig, der längst mit sich darüber im reinen war, daß er lieber zeitlebens in dem ihm eigentlich verhaßten Junggesellenstande verharren als eine Aristokratin heiraten wolle, faßte den Entschluß, Lina Äpelblüh, ein Kaufmannstöchterlein aus dem nächsten Städtchen, zu seiner Frau und zur Mutter einer großen Anzahl freisinniger Gemperleins zu machen.

Daß die Bekanntschaft, die die Brüder mit ihren Auserwählten geschlossen hatten, von sehr intimer Art gewesen sei, ließ sich nicht behaupten. Friedrich war seiner Braut im Genealogischen Taschenbuche der gräflichen Häuser begegnet und wußte nur weniges von ihr, dieses wenige aber mit Bestimmtheit. Sie wohnte in Schlesien, auf dem 1100 Joche umfassenden Gute ihres Vaters, stand im Alter von dreiundzwanzig Jahren, hatte fünf Brüder, von denen der älteste dreizehn Jahre zählte, und bekannte sich zur katholischen Konfession.

Ihre Familienverbindungen waren sowohl väterlicher- als mütterlicherseits äußerst achtbare. Sie gehörte zwar nicht dem höchsten, aber einem guten, erbgesessenen Adel an, dessen Anciennität der des Gemperleinischen nichts nachgab. Einen nicht geringen Einfluß auf Friedrichs Wahl übte der Umstand, daß Josephe nur Brüder und keine Schwestern hatte; so geriet der Mann, der sie heimführte, nicht in Gefahr, seinen häuslichen Frieden durch einige allenfalls zum Zölibat verurteilte Schwägerinnen bedroht zu sehen. Kurz, unter sämtlichen Töchtern des Landes, die das gräfliche Taschenbuch aufzuführen wußte, paßte für Friedrich keine wie Josephe Einzelnau.

Er verfolgte den Lebenslauf seiner Erkorenen mit liebevoller Aufmerksamkeit durch drei Jahrgänge des Almanachs und befestigte sich immer mehr in dem Vorsatze, seinerzeit nach Schlesien zu reisen und sich dem Grafen von Einzelnau als ein von den redlichsten Absichten beseelter Bewerber um die Hand Gräfin Josephens vorzustellen.

Ludwig indessen kannte Fräulein Lina nicht nur von Angesicht zu Angesicht, er hatte sie sogar einmal gesprochen, als sie nach Wlastowitz gekommen war, um ihre Tante, die Frau Verwalterin Kurzmichel, zu besuchen.

«Wie geht's?» fragte er das hübsche Kind, das er im Garten mit einer Stickerei beschäftigt traf. Lina

Äpelblüh erhob sich von der Bank, auf der sie gesessen, machte einen kurzen, resoluten Knicks, den echten Bürgermädchenknicks, der mit reizendster Unbeholfenheit das gediegenste Selbstbewußtsein ausdrückt, und antwortete:

«Ich danke, gut.»

Wie sehr ihn das freute, verriet ihr ein feuriger Blick seiner blauen Augen, und ihre braunen senkten sich.

Eine Pause. – Was soll ich ihr jetzt sagen? … Donner und Wetter! was soll ich ihr jetzt sagen? dachte der Freiherr und rief endlich: «Das macht die Landluft!»

«O, mir geht's auch in der Stadt gut!» versetzte die Kleine mit einem muntern Lächeln.

Die Erinnerung an dieses Gespräch beschäftigte den Freiherrn sehr oft und sehr angenehm; er gab sich ihr ohne Rückhalt hin, und seine Phantasie schmückte das bescheidene Erlebnis mit den anmutigsten Zutaten aus. Der Gruß der lieblichen Jungfrau, ihr Lächeln, ihr Erröten gewannen eine täglich wachsende, für ihn immer schmeichelhaftere Bedeutung.

Eines Tages – an einem Sonntage war's, an dem das Ehepaar Kurzmichel auf dem Schlosse gespeist hatte – wandte sich Ludwig plötzlich mit den Worten zur Frau Verwalterin: «Ein ganz scharmantes Mädchen, Ihre Nichte! Ein schönes, liebenswürdiges Mädchen.»

Frau Kurzmichel hatte eben den Beratungen Friedrichs und ihres Mannes über die bevorstehende Schafschur mit jenem verständnisinnigen Interesse für ernste Dinge gelauscht, dem sie vor allem andern den Ruf einer ausgezeichnet gescheiten Frau verdankte. Sie bedurfte einiger Augenblicke, um ihrem Gedankenfluge die neue Richtung zu geben, die ihm durch Ludwigs wie vom Himmel gefallene Bemerkung vorgeschrieben wurde. Sobald ihr dies jedoch gelungen, verbreitete sich ein Ausdruck zarten Wohlwollens über ihr großes, würdevolles Gesicht. Sie schüttelte beistimmend die Lokken, die, unzertrennlich von der Sonntagshaube, mit dieser zugleich angelegt wurden, und sprach: «Ein braves Kind! Ein wohlerzogenes, häusliches ... Ich darf es gestehen.»

Das Lob der sittenstrengen Dame war ein Moralitätszeugnis von unschätzbarem Werte.

Ludwig sagte nur: «So, so», aber er rieb sich die Hände mit einer Art von Phrenesie, was bei ihm das Zeichen allerhöchsten Behagens, eines wahren Glückseligkeitsrausches war.

Schon einige Monate später kündigte er seinem Bruder eines Abends an, daß es sein ganz bestimmter, unerschütterlicher, durch keine Rücksicht, keinen Widerstand, kein Hindernis, mit einem Worte: durch nichts auf Erden zu besiegender Wille sei, sich mit Lina Äpelblüh zu verheiraten.

Als er diesen Namen nannte, schoß Friedrich

einen Blick nach ihm, geladen mit Entrüstung und wildem Hohne, doch senkte er ihn sogleich wieder auf das Buch, das er vor sich liegen hatte. Es war «Judas, der Erzschelm», sein Lieblingsbuch. Die Ellbogen auf den Tisch gestemmt, die zu Fäusten geballten Hände an die Schläfen gepreßt, setzte er mit leidenschaftlicher Aufmerksamkeit seine Lektüre fort. Auch Ludwig hatte seine Arme, jedoch verschränkt, auf den Tisch gelegt, machte, wie man zu sagen pflegt, einen Katzenbuckel und blickte seinen Bruder scharf und unverwandt an. Dieser wurde immer röter im Gesichte, immer drohender zogen die Falten auf seiner Stirn sich zusammen, allein er las und – schwieg.

Nun stieß Ludwig ein gellendes «Haha!» hervor, lehnte sich zurück und begann zu pfeifen.

«Pfeif nicht!» schrie Friedrich heftig, ohne jedoch die Augen zu erheben.

«Schrei nicht!» entgegnete Ludwig überlaut und setzte rasch und polternd hinzu: «Was hast du gegen meine Heirat? Es ist mir zwar ganz gleichgültig, aber ich will es wissen!»

Friedrich schob das Buch von sich. «Ich hab gegen deine Heirat – nichts!» sagte er, «heirate, wen du magst, meinetwegen eine Taglöhnerin! ... Nur», sein Gesicht nahm einen Ausdruck von kalter Grausamkeit an, er durchschnitt mit einer feierlichen Bewegung der erhobenen Hand die Luft zwischen sich und seinem Bruder, «nur: jedem das

Seine! – Es gibt Stufen im Leben. – Dich zieht's nach den unteren, mich – nach den oberen ...»

«Was?» unterbrach ihn Ludwig mit herausforderndem Spotte. «Was gibt's im Leben? – Stufen?»

Friedrich ließ sich nicht irremachen; er fuhr in dem magistralen Tone fort, den er in entscheidenden Augenblicken anzunehmen wußte: «Meine Frau hüben – die deine drüben. Umgang duld ich nicht. Die Schwelle der geborenen Äpelblüh wird meine Josephe niemals überschreiten.»

«Das hoff ich!» rief Ludwig. «Umgang mit einer hochmütigen Aristokratin – dafür dank ich. Meine Frau soll gar nicht ahnen, daß Närrinnen existieren, die sich für etwas Besonderes halten, weil man ihre Ahnen zählen kann!»

«Warum kann man das?» fiel Friedrich ein. «Weil die Ahnen sich hervorgetan haben, nicht untergegangen sind in der Menge – darum kann man sie zählen.»

«Zufall!» entgegnete der jüngere Freiherr von Gemperlein, «daß sie sich hervortun konnten; Gunst der Verhältnisse, daß die Erinnerung an ihr ehrenwertes oder nichtsnutziges Wirken sich im Volke wach erhielt ... Es gibt Taten genug – lies die Geschichte! –, es gibt weltumgestaltende Ereignisse genug, deren Urheber niemand zu nennen weiß ... Was ist's mit den Nachkommen dieser Männer? Kannst du darauf schwören, daß dein Anton Schmidt nicht von dem Sänger des schönsten deutschen Götterliedes, nicht von einem der Wahlkönige der Goten abstamme? Kannst du darauf schwören?» fragte er und sah seinen Bruder durchbohrend an. Dieser, ein wenig außer Fassung gebracht, zuckte die Achseln und sprach: «Lächerlich!»

«Lächerlich? Ich will dir sagen, was lächerlich ist. Es ist lächerlich, Auszeichnungen zu genießen, die andere verdienten. Es ist mehr als lächerlich, es ist niedrig, den Lohn fremder Mühe einzusäckeln!»

«Fremder? Sind meine Ahnen mir fremd?!»

«Laß deine Ahnen in Ruh! Wirst du denn ewig deinen Anspruch auf das Köstlichste, das es gibt, auf die Achtung der Menschen, aus dem Ekelhaftesten, das es gibt, aus dem Moder, wühlen?... Pfui! mich widert's an!» Ludwig schüttelte sich vor Abscheu und fügte dann ruhiger, in beinah flehendem Tone hinzu: «Wirst du denn niemals einsehen, daß sich zugunsten der Adelsinstitution nichts vorbringen läßt, als was Staatsanwalt Séguier* – lies die Geschichte! – zugunsten anderer Mißbräuche sagte: Ihre lange Ausübung macht sie ehrwürdig... Oder was die Bollandisten** zugunsten des Diebstahls sagten – lies die Acta Sanctorum nur bis zum vierundvierzigsten Band...»

«Bis zum wievielten?» schrie Friedrich, empört über diese hirnverbrannte Zumutung.

* Pierre S. (1588–1672), Präsident des französischen Gerichtshofs

** Herausgeber der Legendensammlung «Acta Sanctorum» (seit 1643)

Sein Bruder lächelte geringschätzig und sprach: «Kennst du den Preis, mit dem du deinen Ahnenstolz bezahlst? Er heißt Selbstachtung! ... Was ich bin, was ich bleibe, wenn man mir meinen Namen, meinen Rang, mein Vermögen nimmt, darin besteht mein Wert, auf den allein bau ich mein Recht, das übrige verachte ich als Geschenk des blinden, sinnlosen Zufalls!»

Beide waren aufgesprungen; der Ältere stürzte auf den Jüngeren los und packte ihn an den Schultern: «Wessen Geschenk sind denn diese Schultern, wem verdankst du diese Brust, den Wuchs, der das Mittelmaß der Menschen um Kopfeshöhe überragt? Und daß in deiner Brust ein redliches Herz schlägt und daß in deinem Kopfe Ideen wohnen – tolle freilich – aber doch Ideen –, wem verdankst du das alles? Hast du's vom Zufall oder hast du's von deinen Ahnen?»

«Ich hab's von der Natur!»

«Jawohl, von der Gemperleinschen Natur!» versetzte Friedrich triumphierend.

«Dein Gedankenkreis», sagte Ludwig nach einer kleinen Pause, «hat nicht mehr Umfang als der eines Perlhuhns. Ein fester Punkt ist da, um den drehst du dich herum wie jenes Tier auf dürrer Heide –»

«Perlhuhn? Tier?» brummte Friedrich; «einmal könntest du aufhören mit deinen Vergleichen aus der Zoologie.»

«Der feste Punkt, von dem aus jeder Esel», Ludwig ließ die Stimme auf diesem Worte ruhen, um zu zeigen, wie wenig er die erhaltene Ermahnung berücksichtige, «von dem aus jeder Esel die vernünftige Welt aus ihren Angeln heben kann, heißt das Vorurteil.»

«Ludwig! Ludwig!» unterbrach ihn hier sein Bruder, «mit erhobenen Händen beschwör ich dich: Taste das Vorurteil nicht an ... Vorurteil!» wiederholte er und legte auf dieses Wort einen unbeschreiblichen, man könnte sagen zärtlichen Nachdruck, «so nennt der Grobian die Höflichkeit, der Egoist die Selbstentäußerung, der Schurke die Tugend, der Atheist den Glauben an Gott, das ungeratene Kind die Ehrfurcht vor den Eltern! Nimm das Vorurteil, du nimmst die Pflicht aus der Welt!»

«Holla! Es ist genug!» sprach Ludwig gebieterisch. «Dir beweisen Gründe nichts, man muß mit Taten kommen.» Er warf den Kopf zurück, sein Blick war prophetisch in die Ferne gerichtet, eine erhabene Zuversicht klang aus seiner Stimme. «*Meine Kinder* werden dich lehren, was es heißt, erzogen sein in Ehrfurcht vor dem Ehrwürdigen, aber – ohne Vorurteil ...»

«Deine Kinder! Bleib mir mit deinen Kindern vom Leibe!» schrie Friedrich auf und focht mit verzweiflungsvoller Hast in der Luft umher, als gälte es, von allen Seiten in hellen Schwärmen heranfliegende kleine, vorurteilslose Gemperleins von sich abzuwehren, «sie dürfen mir nicht über die Schwelle, deine Kinder! Ich verbiete ihnen mein Haus!»

Tief verletzt in seinem etwas verfrühten Vaterstolze wandte Ludwig sich ab.

«Kinder ohne Vorurteile!» fuhr Friedrich empört fort, «Gott bewahre einen vor solchen Ungeheuern!»

«Brauchst Gott nicht anzurufen, bist schon bewahrt», versetzte sein Bruder mit eisiger Kälte. «Das übrigens versteht sich von selbst – an die Tür, die meiner Frau, meinen Kindern gewiesen wurde, werde ich nie pochen. Unsere Wege trennen sich. Wo sind die Schlüssel des Archivs?»

Er holte die Karte von Wlastowitz herbei, breitete sie auf dem Tische aus und begann die Grenzlinie, die das schöne Blatt ohnehin schon traurig verunstaltete, zu beiden Seiten so derb zu schattieren, daß sie jetzt wie ein hoher, unübersteiglicher Gebirgszug erschien, der sich schroff durch die spiegelglatte Ebene, durch die blühendsten Felder und Wiesen hinschlängelte. Friedrich sah ihm traurig und grimmig zu.

«So!» brummte Ludwig jedesmal, wenn er von neuem die Feder eintauchte, «das zwischen uns. Hier bist du – hier bin ich. Gemeinschaft ist gut im Himmel, aber leider! leider! nicht auf der Erde... Die jetzigen Menschen sind noch nicht danach!...»

Nicht so schnell wie mit der längst auf dem Papier durchgeführten Teilung der Gründe konnte Ludwig mit der Wahl des Platzes fertig werden, an dem das Blockhaus zu errichten sei; gegen jeden, für den er sich entschied, machte Friedrich einen triftigen und berücksichtigenswerten Einwand. Ludwig verlor endlich das bißchen Geduld, das er noch zu verlieren hatte.

«Jetzt hab ich's satt. Da wird's stehen!» rief er und bezeichnete mit der in zorniger Hast geschwungenen Feder die Stelle, auf der sein zukünftiges Heim sich erheben solle. Ach! Wie eine schwarze Träne fiel ein großer Klecks auf die Karte von Wlastowitz. Auf die schöne Karte, das treffliche, noch auf Anordnung des seligen Vaters mit wahrem Mönchsfleiße ausgeführte Werk eines ausgezeichneten Ingenieurs ... Friedrich zuckte zusammen, und Ludwig murmelte: «Hunderttausend Millionen Donnerwetter! Die verdammte Feder!» –

Herr Verwalter Kurzmichel war an jenem Abend eben im Begriffe, das eheliche Lager zu besteigen, auf dem seine Gemahlin bereits Platz genommen, als er durch heftiges Pochen am Haustor in seinem Vorsatze gestört wurde. Eilige Schritte auf der hölzernen Treppe, rasch gewechselte Worte – Frau Kurzmichel saß schon aufrecht in ihrem Bette –, die beiden Gatten sahen einander an; er ein Bild der Bestürzung, sie ein Bild der Wachsamkeit. Nun klopft es an die Stubentür: «Herr Verwalter», ruft die Magd, «Sie sollen kommen – ins Schloß – gleich!»

«Um Gottes willen – brennt's?» stöhnte Herr Kurzmichel und stürzte auf die Tür zu. Aber seine Frau kam ihm noch glücklich zuvor: «Kurzmichel – du wirst doch nicht – du bist – in diesem Nichtanzuge ...»

«Wahr, wahr!» entgegnete Herr Kurzmichel mit klappernden Zähnen, eilte an den Nachttisch zurück, setzte für alle Fälle seine Brille auf und machte krampfhafte Versuche, seine Tabaksdose in eine nicht vorhandene Tasche zu versenken.

«Ruhe, Kurzmichel! – in jeder Lage des Lebens Ruhe!» mahnte die Frau Verwalterin und rief nun ihrerseits durch die geschlossene Tür: «Brennt es?» – «Nein – brennen tut's nicht!» antwortete von draußen Antons derbe Stimme. «Aber der Herr Verwalter soll gleich ins Schloß kommen!»

Frau Kurzmichel half dem Gatten in die Kleider. «Was mag's geben? Was mag's nur geben?» fragte ihr Mann einmal ums andere, und innerlich bewegt, äußerlich aber ruhig wie das gute Gewissen, antwortete die große Frau: «Was soll's denn geben? Die Flanelljacke, Kurzmichel! ... Wer hätte uns etwas vorzuwerfen? Was kann uns geschehen? Ich denke, wir stehen da! Nein! nein – ohne Flanelljacke darfst du mir nicht hinaus in die Nacht!»

Eine Viertelstunde verging. Die Frau Verwalterin hatte inzwischen Tee gekocht und die Wärmflasche mit heißem Wasser gefüllt. Der Herr Verwalter mußte, als er zurückkam, vor allem andern ins Bett. Der Tee, den seine Gattin ihm aufnötigte, verbrannte ihm den Gaumen und die Wärmflasche die Fußsohlen. Er klagte ein weniges darüber. Aber seine heilkundige Hälfte belehrte ihn: «Das ist nur die Erkältung, die herausgeht, das tut nichts... Und jetzt sprich: Was hat's gegeben im Schlosse?»

«Befehle, liebe Frau; dringende, strikt zu befolgende Befehle wegen des morgen mit dem frühesten beginnenden Baues von Freiherrn Ludwigs...»

«Blockhaus!» fiel die Frau Verwalterin mit ironischer Schärfe ein.

Ihr Gatte blickte sie voll Erstaunen an: «Woher vermutest du? ...», sagte er.

Die Antwort, die er erhielt, war eine sehr sonderbare. Sie lautete: «Man könnte wahrlich, wenn der Respekt dies nicht verböte, in Versuchung geraten, die Herren Barone trotz all ihrer ausgezeichneten Eigenschaften, die ich verehre, ein bißchen – wie sag ich nur – zu nennen.» Die Frau Verwalterin machte eine Pause, bevor sie wieder die schmalen Lippen zu den aufzeichnenswerten Worten öffnete: «Denke an mich, Kurzmichel, denke in zehn Jahren an mich, wenn du noch lebst, was Gott gebe: Das Blockhaus wird nie gebaut! – Gute Nacht, Mann; lege dich aufs Ohr und schlafe; morgen wecke ich dich nicht!»

Man muß gestehen, die seltene Frau gab in jener Stunde einen durch das Dunkel der Zeiten glänzend leuchtenden Beweis ihres Scharfsinnes, ihrer merkwürdigen Voraussicht und ihrer ausgezeichneten Kenntnis des menschlichen Herzens.

III

Es ist eine ausgemachte Sache, daß Kämpfe, die man mit einem solchen Aufwande an Geist, Ausdauer und Temperament führt, wie die Freiherren von Gemperlein es taten, nach und nach zum Selbstzwecke werden, während die Veranlassung derselben in den Augen der wackeren Streiter immer mehr an Bedeutung verliert. Wenn Friedrich aufrichtig sein wollte, so mußte er bekennen, daß er hundert Josephen für einen zu standesgemäßen Überzeugungen bekehrten Ludwig gegeben hätte. Ludwig hingegen gestand sich, daß es ihm süßer wäre, von seinem Bruder ein einziges Mal zu hören: Du hast recht, als von seiner Lina: Ich liebe dich!

Nur in ganz bösen Stunden, in denen sie definitiv aneinander verzweifelten, rafften sie sich zu entscheidenden Entschlüssen auf. So geschah es, daß Friedrich eines Tages seine Koffer packen ließ und seine Abreise nach Schlesien für den kommenden Morgen festsetzte, während Ludwig mit sich selbst zu Rate ging, in welcher Weise er Frau Kurzmichel am besten von seinen Gefühlen für ihre Nichte in Kenntnis setzen könnte. Aber – mitten in diese Vorbereitungen hinein fiel ein Wink vom Himmel in Gestalt einer Büchersendung aus Wien. Die Sendung enthielt unter anderm den neuesten Gothaischen Almanach und dieser die Nachricht, daß Frau Gräfin Mutter Einzelnau am 3. August des laufenden Jahres auf Schloß Kwalnow verschieden sei.

Friedrich war von dem schmerzlichen Verluste, den Josephe erlitten, tieferschüttert, und auch Ludwig, der doch keine Ursache hatte, seine Schwägerin zu lieben, versagte ihr in diesem ernsten Augenblicke seine Teilnahme nicht.

«Ah ça! ah ça! meine arme Josephe!» wiederholte Friedrich sechsmal nacheinander und schnalzte dabei energisch mit den Fingern. «Ich bedauere nur meine arme Josephe. Sie ist es, die durch diesen Trauerfall am schwersten betroffen wird. Auf wem ruht jetzt die ganze Last der Haushaltung? Wer ist jetzt die Stütze des Vaters? Wer vertritt jetzt Mutterstelle an den jungen Brüdern? Niemand anders als sie – meine arme Josephe!»

Er gab sich eine Weile schweigend seinen Betrachtungen hin und sprach dann mit würdiger Resignation: «Sie stören in der Ausübung so heiliger Pflichten, in diesem Augenblicke mit selbstsüchtigen Absichten vor sie treten, das wäre nicht mehr und nicht weniger als eine Roheit! ... Anton, auspacken!» befahl er seinem Diener, der im Nebenzimmer eben damit beschäftigt war, die Koffer zu schließen.

Ludwig hatte sich in das Studium des Taschenbuches vertieft und rief plötzlich aus: «Sage mir doch nur, wo ist denn deine Josephe hingekommen? Ich finde sie nicht mehr. Ich finde nur noch einen Joseph, Oberleutnant im 12. Dragonerregiment.»

«Ja, du und der Gothaische Almanach!» sprach Friedrich und nahm mit selbstbewußter Kennermiene seinem Bruder das Buch aus der Hand.

Er überflog die betreffende Stelle, er las, er betrachtete, er magnetisierte sie förmlich mit seinen Blicken, aber – auch er fand seine Josephe nicht. Sie war und blieb verschwunden.

«Was soll denn – was soll denn das heißen?» fragte er in großer Bestürzung und antwortete sich selbst endlich: «Es kann nur ein Druckfehler sein!»

Von neuem begann er seine Prüfung: «Hier fehlt das e – es soll stehen Josephe, nicht Joseph. Der Titel Oberleutnant et cetera gehört meinem Schwager Johann, gehört in die nachfolgende Zeile, ist beim Setzen vermutlich nur zufällig hinaufgerutscht ...»

«Dieser Schwager», meinte Ludwig, «ist erst sechzehn Jahre alt und sollte schon Oberleutnant sein? Das wäre doch kurios ... Bei aller Protektion, die der Bursche genießen mag, doch kurios! ... Es hat freilich – lies die Geschichte! – im sechzehnten Jahrhundert einen neunjährigen Bischof von Valencia gegeben ...»

«Glaube doch nicht alle diese Klatschereien!» murmelte Friedrich ärgerlich.

«Dennoch», fuhr Ludwig fort, «halte ich einen sechzehnjährigen Oberleutnant, in unserem Zeitalter, für ein Ding der Unmöglichkeit.»

Sie begannen zu streiten.

Friedrich aber war nicht bei der Sache; er ließ so manche von Ludwigs verwegensten Behauptungen unangefochten und entgegnete auf einen von dessen tollkühnsten Schlüssen:

«Ein Druckfehler ist's. Man täte gut, die Redaktion davon in Kenntnis zu setzen.»

Noch am selben Abend schrieb er vor dem Schlafengehen folgenden Brief:

«Verehrliche Redaktion des Genealogischen Taschenbuches der gräflichen Häuser!

Der Unterzeichnete, ein langjähriger Verehrer und Leser Ihres Almanachs, nimmt sich die Freiheit, Ihnen einen peinlich sinnstörenden Druckfehler zu notifizieren, der sich auf Seite 237 des diesjährigen Jahrganges eingeschlichen hat, indem auf der früher von Gräfin Josephe eingenommenen Zeile ein Oberleutnant im 12. Dragonerregimente steht, der offenbar dahin nicht gehört, wovon Sie sich durch Nachschlagung der drei früheren Jahrgänge zu überzeugen die Freundlichkeit haben und mir eine dringend erbetene Aufklärung mit umgehender Post zukommen lassen wollen. Empfangen Sie usw.»

Nach wenigen Tagen erschien die «erbetene Aufklärung». Sie lautete:

«Verehrter Freiherr!

Kein Druckfehler, sondern – eine Berichtigung. Herr Graf von Einzelnau (der unserer Publikation nur sporadisch Beachtung zu schenken scheint) wies erst bei Gelegenheit des uns mitgeteilten Ablebens seiner Frau Gemahlin auf den bedauerlichen Irrtum hin, der sich leider durch drei Jahrgänge unseres Taschenbuches geschlichen hat. Unserseits ersuchen wir Sie, die früheren Jahrgänge des Almanachs nachzuschlagen, in denen Herr Graf Joseph als Kadett, Leutnant usf. eingetragen steht.

Für Ihre Teilnahme dankend, ergreifen wir diese Gelegenheit, um Sie zu bitten, uns jede in Ihrem werten Hause eintretende Veränderung rechtzeitig bekanntzugeben, und zeichnen usw.»

Die Brüder saßen am Frühstückstische, als die verhängnisvollen Zeilen eintrafen. Lange, nachdem er sie gelesen, hielt Friedrich dieselben vor sich hin und blickte sie an wie ein Landmann seine verhagelte Saat, wie ein Künstler sein zerstörtes Werk. Ludwig, der ihn mit ungeduldiger Bestürzung beobachtete, zog ihm endlich das Blatt aus den zitternden, widerstandslosen Händen, überflog es und brach in ein schallendes Gelächter aus. Plötzlich jedoch hielt er inne, hustete und begann sich mit der «Allgemeinen Zeitung» zu beschäftigen.

Friedrich hatte die Pfeife weggelegt, die Arme über die Brust gekreuzt, die Augen niedergeschlagen. Helle Schweißtropfen standen auf seiner Stirn, die so weiß abstach von seinem übrigen sonnverbrannten Gesicht. Ludwig warf besorgte Blicke nach ihm, räusperte sich immer aggressiver, schleuderte die Zeitung zu Boden und schrie wie besessen: «Das bist halt du! So etwas kann nur dir geschehen! Unter den Millionen, welche die Erde bevölkern, nur dir! ... Wenn ich schon ein Narr sein und mir meine Braut im Gothaischen Almanach suchen will, so tue ich's wenigstens gründlich, gehe ihr nach bis auf ihre Quelle, bis auf ihren allerersten Urprung, kenne ihre Vorvorgroßeltern ungeboren! Aber du! – Was du tust, kannst du nur kavaliermäßig tun, das heißt: – lies die Geschichte! – oberflächlich, leichtsinnig, dumm mit einem Wort! ... Gedankenlosigkeit und Gedankenfaulheit – das ist es ja! Daran geht ihr zugrunde, du und dein ganzer vernunftverlassener Stand!»

Jetzt erhob sich Friedrich brüllend wie ein angeschossener Löwe. Der Bann seines Schweigens war gelöst, und in dem Kampfe, der sich nun entspann, fand er seine Stärke wieder.

Der Einsturz von Friedrichs Luftschlössern

hemmte natürlich den Aufbau von Ludwigs sicherem Hause. Wie konnte einer der Brüder daran denken, sich einen behaglichen Herd zu errichten in einem Augenblicke, in dem der andere vor den Trümmern seines Familienglückes stand? Ludwig verschob die Unterredung mit Frau Kurzmichel auf einen günstigeren Zeitpunkt. In drei, in sechs Monaten, wenn Friedrichs Herzenswunde vernarbt sein würde, dann erst wollte er die eigene Liebesgeschichte mit Eifer betreiben.

Aber – nur zu oft meint der Mensch, über sein Schicksal noch entscheiden zu können, während dieses längst über ihn entschieden hat. Die Erfahrung sollte Ludwig schon am folgenden Sonntage machen.

Da erschien Frau Kurzmichel in großem Staate beim Diner. Sie hatte sich mit ihren berühmtesten Garderobestücken geschmückt: mit ihrem braunen Seidenkleide, dem Hochzeitsgeschenke, das ihr Gatte ihr dargebracht, und mit dem gelben Schal, der noch aus dem Nachlasse der hochseligen Frau Baronin, der Mutter der Freiherren, stammte. Das braune Kleid pflegte die Frau Verwalterin bei jeder feierlichen Gelegenheit anzulegen, den gelben Schal aber nur dann, wenn sie sich in besonders gehobener Stimmung befand. Dies war heute der Fall. Man sah es ihrer verheißungsvollen Miene an, daß sie trotz all der Frische und Originalität, die wie gewöhnlich ihr Gespräch beseelten, das

Beste doch, wie der Feuerwerker das Bukett, für den Schluß der Vorstellung versparte.

Beim schwarzen Kaffee erhob sie denn auch unter allgemeinem Schweigen die Stimme und sagte: «Darf ich mir erlauben, Freiherrlichen Gnaden eine Mitteilung zu machen, die zwar nur eine tief- und fernstehende, aber Freiherrlichen Gnaden doch bekannte Persönlichkeit betrifft: indem dieselbe vor einiger Zeit die Gastfreundschaft des herrlichen Wlastowitz genossen hat?»

«Wen meinen Sie?» fragte Friedrich.

«Sie meinen Ihre Nichte Lina Äpelblüh», sprach Ludwig mit dem devinatorischen Instinkte der Liebe. Frau Kurzmichel verneigte sich beistimmend: «Meine Nichte allerdings – allein nicht mehr Äpelblüh, sondern Klempe, da sie sich vor drei Tagen mit Herrn Notar Klempe in K. verehelicht hat.»

Ludwig fuhr zusammen, und Friedrich rief:

«Was der Teufel! Mit dem? Mit dem alten Griesgram?»

«Griesgram», berichtigte die Verwalterin, «Griesgram ist ein etwas starker Ausdruck, Herr Baron; ich würde kaum wagen, ihn zu gebrauchen. Der Herr Notar hat allerdings viele – Extremitäten, ist aber ein sehr braver Mann, Herr Baron, und wohlhabend ...»

«Darum also», fiel Friedrich geringschätzig ein.

«Nicht darum, Herr Baron – aus Liebe ...»

«Aus Liebe?» schrie Ludwig.

«Aus Liebe», wiederholte Frau Kurzmichel, «zu ihren unbemittelten Eltern und ihren neun unversorgten Geschwistern. Drei davon durfte sie gleich mit ins Haus bringen. Das war ihre Bedingung; sonst hätte sie sich wohl geweigert; denn, du lieber Gott, wenn sie ihrem Herzen hätte folgen dürfen – dies würde wohl anders – einen andern – ganz andern Gegenstand ...» Frau Kurzmichel war bewegt; ihre gewohnte Zurückhaltung verließ sie, und sie schloß, hingerissen von Teilnahme und Rührung: «Ich sollte eigentlich – es ist nicht recht, aber jetzt, wo das Opfer vollbracht ist, alles vorbei, die Pforten der Ehe hinter ihr zugefallen sind..., ihr Herz, Herr Baron – ist hier zurückgeblieben.»

«Wie? Wo? In Wlastowitz?» sprach Friedrich betroffen, und Ludwig stand auf und verließ das Zimmer.

«Aber Frau», sagte der Herr Verwalter, «derlei interne Angelegenheiten haben doch kein Interesse für ...»

«Frau Kurzmichel», unterbrach ihn Friedrich, der sehr ernst geworden war, «ich wünsche Sie einen Augenblick allein zu sprechen.»

Frau Kurzmichel errötete, und ihr Gatte, diskret und taktvoll wie immer, entfernte sich sogleich.

Durch einige Zeit herrschte im Saale eine tiefe Stille. Friedrich rieb sich die Stirn und die Augen, riß unbarmherzig an seinem Schnurrbart und begann endlich: «Können Sie mir sagen ... Nun?»

«Befehlen Herr Baron», sprach Frau Kurzmichel.

«Nun ja», er vermied ihre Augen, «sagen Sie mir – genieren Sie sich nicht: Wer ist denn der Gegenstand, Sie wissen, den Ihre Nichte –.»

«Herr Baron, diese Frage –», stotterte Frau Kurzmichel, ganz erschrocken über die ihr rätselhafte Wichtigkeit, die Lina Äpelblühs Herzensangelegenheiten für den Freiherrn zu haben schienen.

Nach abermaliger Pause sagte Friedrich mit ganz ungewöhnlich sanfter Stimme: «Ich *bitte* Sie, genieren Sie sich nicht, vertrauen Sie es mir an, Frau Kurzmichel ... Wer ist der Gegenstand – Sie wissen –.»

«Herr Baron, Sie haben von Vertrauen gesprochen», entgegnete Frau Kurzmichel, beugte die Schultern etwas vor und legte so recht hilflos und jeden Widerstand aufgebend die Hände in den Schoß ... «Wenn Sie von Vertrauen sprechen, Herr Baron, da ist es aus, da kann ich nur antworten, ganz schlicht und bündig: Es ist der Amtsschreiber ...»

Es war ihm sonderbar zumute. Eigentlich freudig, aber eine getrübtere Freudigkeit kann sich niemand vorstellen. Er atmete tief auf, wie befreit von einer schweren Last, und warf dabei einen Blick voll schmerzlicher Zärtlichkeit nach der Tür, aus der Ludwig soeben getreten war.

«Frau Kurzmichel», sprach er, «wollen Sie mir einen Gefallen erweisen?»

«O, Herr Baron, was irgend in der Macht eines redlichen Weibes ...»

«An ein unredliches würde ich mich nicht wenden», fiel Friedrich ein, rückte seinen Stuhl näher zu dem ihren und blickte sie unbeschreiblich gütig und treuherzig an. «Der Gefallen, um den ich Sie bitte, ist: Wenn mein Bruder Sie fragen sollte: An wen hat denn Fräulein Lina ihr Herz verloren?, so antworten Sie: Das ist ein Geheimnis – und, Frau Kurzmichel, Sie sterben lieber, als daß Sie es ihm verraten. Schwören Sie mir das, Frau Kurzmichel?»

«Ich verspreche es», sagte die große Frau und erhob dabei das Haupt wie ein todesmutiger Soldat im Kugelregen: «Versprechen ist Schwur, Herr Baron.»

«Warum ich das von Ihnen verlange», versetzte er, «das muß ich Ihnen – nehmen Sie es nicht übel – jetzt und immer verschweigen.»

Die Verwalterin erwiderte einfach und edel: «Herr Baron, ich brauche es nicht zu wissen.»

Mit ungeheuchelter Bewunderung reichte ihr Friedrich die Hand: «Ich glaube Ihnen, Sie sind brav!» rief er, sich erhebend; «ich sage es immer, Sie haben so etwas – etwas Antikes, Frau Kurzmichel, etwas Römisches.»

Frau Kurzmichel verbeugte sich und verließ den Saal; in ihrer Brust wogten unendliche Gefühle.

Friedrich begab sich in die Allee hinter dem Schlosse, wo sein Bruder ohne Hut, heftig gestikulierend, auf und ab stürmte und ihn mit den Worten empfing:

«Alles hin! – und wer ist schuld? Du!... Um deinetwillen hab ich mein Glück versäumt, das meine und das Glück des Mädchens, das mich so ungeheuer geliebt hat...»

«Das dich geliebt hat – ja, ja», wiederholte Friedrich und dachte:

Armer Kerl!

IV

Die Nachbarin, mit der die Freiherren am eifrigsten verkehrten, war Ihre Exzellenz die Frau Kanzlerin von Siebert, Herrin von Perkowitz.

Die Dame führte seit fast einem halben Jahrhundert auf ihrem Gute, dem Vermächtnisse ihres verstorbenen Gatten, ein weises Regiment. Sehr jung Witwe geworden, bewahrte sie sich selbst die Unabhängigkeit und dem Andenken ihres «Herrchens» die Treue. Sie verließ den Wohnsitz nicht mehr, an dem sie einige Jahre mit ihm verlebt hatte, und vermählte sich auch nicht wieder, obwohl es ihr an Gelegenheiten dazu nicht gefehlt hatte.

Perkowitz bildete die östliche Grenze des freiherrlich Gemperleinschen Gutes und trieb eine Remise und drei Felder als eben so viele Keile ins

Mark von Wlastowitz hinein. Eine unangenehme Grenze! Eine Grenze, die zeitweilige Reibungen zwischen Nachbarn unvermeidlich macht. Ein verschobener Pfahl, eine schiefgezogene Furche geben auch den Friedfertigsten Anlaß zu Zwistigkeiten und Rivalität. Allein gerade das trug nicht wenig zur Annehmlichkeit des Verkehrs bei, indem es ihm ein prickelndes Interesse verlieh. Die Exzellenz war eine muntere alte Dame von siebzig Jahren, gesellig wie Madame de Tencin*, mit welcher Ludwig sie zu vergleichen liebte. Sie fürchtete nichts so sehr wie die Langeweile, bestimmte den Wert der Menschen nach dem Grade der Huldigungen, die sie ihr darbrachten, und forderte von jedermann die eifrigste Anerkennung ihres nicht gewöhnlichen Verstandes. Hingegen begnügte sie sich, ungleich ihrem berühmten Vorbilde, auch mit anspruchslosem Umgang, wußte einen mittelmäßigen Spaß zu würdigen und kümmerte sich nicht im geringsten um den Verdruß derjenigen, auf deren Kosten er gemacht wurde. Sie befaßte sich überhaupt nicht viel mit Rücksicht auf andere und teilte noch die altmodische Anschauung, «ein guter Mensch» sei nur die höfliche Umschreibung für «Schwachkopf».

In den Augen Frau von Sieberts, die sich gewöhnt hatte, auch in wirtschaftlichen Fragen als das Ora-

* Alexandrine Guérin de T. (1682–1749), von äußerst lockeren Sitten, führte in Paris einen berühmten schöngeistigen Salon

kel der Gegend zu gelten, waren die «jungen Gemperlein» talentvolle Dilettanten. Sie lachte über die Schwärmerei der Freiherren für ihr Wlastowitz, war aber im Grunde den «feindlichen Brüdern» sehr gewogen. Es ereignete sich nicht selten, daß Friedrich und Ludwig heftig miteinander streitend in Perkowitz erschienen, der Exzellenz die Hand küßten, Fräulein Ruthenstrauch, die Gesellschafterin, und Herrn Scheber, den Sekretär, grüßten, eine Stunde lang weiterstritten, wütend aufsprangen, sich empfahlen und streitend abfuhren.

Die Exzellenz, die während der ganzen Zeit Öl ins Feuer gegossen hatte, indem sie jetzt Friedrich und jetzt Ludwig zurief: «Da haben *Sie* recht!» – «Da haben wieder *Sie* recht!», hielt sich die Seiten vor Lachen.

Herr Scheber wirbelte die Daumen, rückte die Perücke, die immer schief auf seinem gurkenförmigen Kopfe saß, in der Absicht, sie gerade zu richten, noch schiefer, schwitzte sehr, nahm eine Prise Tabak und seufzte: «Das ist aber doch – !»

Die wasserblauen Augen Fräulein Ruthenstrauchs drückten hilflosen Unwillen aus, ihre bleichen Lippen sprachen zitternd: «Ich dachte schon, sie würden einander in die Haare fahren; ich habe alle Farben gespielt ...»

«Bilden Sie sich nichts ein!» rief die Exzellenz. «Die interessante Blässe Ihrer Wangen hat die ganze Zeit über nicht die geringste Veränderung gelitten.»

Mit innigem Ergötzen an den verstörten Mienen ihrer Untergebenen fuhr sie fort: «Was habt ihr für Nerven, ihr zwei! – Mir hat der Lärm wohlgetan. Man hört doch einmal wieder, was die menschliche Stimme vermag. Solch ein Gespräch reinigt die Luft, ich fühle mich erquickt wie nach einem Gewitter!»

An dem Tage, an dem die Brüder die Entdekkung gemacht hatten, daß sie bereits seit zehn Jahren in Wlastowitz weilten, statteten sie der Exzellenz einen Besuch ab. Die Gesellschaft hatte sich, wie gewöhnlich, in der Salle à terrain* versammelt. In der rechten Ecke des Kanapees, das vor dem runden Tische stand, saß die Herrin von Perkowitz; Friedrich und Ludwig hatten auf zwei Armstühlen Platz genommen. Fräulein Ruthenstrauch wickelte in der Fenstervertiefung Seide ab, Sekretär Scheber hatte sich auf den Rand eines dünnbeinigen Sessels niedergelassen, in respektvoller Entfernung von den hochgeborenen Herrschaften und in einer Positur, die die Mitte hielt zwischen Schweben und Sitzen. Er blickte die Freiherren von Zeit zu Zeit verstohlen an und dachte: Was wird es heute geben?

Aber es gab nichts. Die Brüder waren in weicher, melancholischer Stimmung. Die Betrachtung

* Saal zu ebener Erde

über die rasche Flucht der Zeit, die Friedrich kürzlich angestellt, hatte einen starken Eindruck in seinem und in Ludwigs Gemüt hinterlassen.

Beide waren sich der entschwundenen Jugend, des versäumten Glücks plötzlich bewußt geworden und fühlten sich eigentümlich bewegt.

Die alte Exzellenz schwang vergebens ihre kleine Erisfackel*; die Funken, die sonst wie in ein Pulverfaß gefallen wären, fielen jetzt wie in nasses Gras.

«Wissen Eure Exzellenz», sagte Friedrich, «wie lange wir nun schon in Wlastowitz leben? – Zehn Jahre sind's! Ja, seit zehn Jahren genießen wir die Ehre, Ihre Nachbarn zu sein!»

«Erst seit zehn Jahren?» erwiderte sie. «Ich hätte geglaubt, unser Krieg wär schon ein dreißigjähriger.»

«So?» – Friedrich ging mit sich zu Rate, ob dies eine Schmeichelei oder das Gegenteil sei. «Sehen Eure Exzellenz! ... und ich machte erst kürzlich meinem Bruder die Bemerkung, daß die Zeit doch eigentlich sehr schnell ... daß ich fände, daß eigentlich – die Zeit – ach, die Zeit ...»

Er wußte nicht mehr, was er sagte, sagte es auch nur noch mechanisch hin und verstummte ganz, bevor er ein Ende seines Satzes gefunden hatte.

Aber wenn die Stimme ihm ausblieb, so führten seine Augen eine um so beredtere Sprache. In Worte

* Eris: Göttin der Zwietracht

übersetzt, würde sie gelautet haben: «O, wie schön!... O, du grundgütiger Himmel, wie teufelsmäßig schön! ... Etwas Schöneres kann man sich nicht denken und gibt's nicht!»

Die Augen aller Anwesenden folgten der Richtung seines verzückten Blickes. In der Tür, die zu den Gastzimmern führte, stand eine hohe weibliche Gestalt. Nicht mehr in der ersten, aber, so wahr einem das Herz aufging bei ihrem Anblicke, in der schönsten Blüte. Sie trug ein einfaches weißes Kleid, die prachtvollen kastanienbraunen Haare waren, in schwere Zöpfe geflochten, um den edel geformten Kopf gelegt. In der Hand hielt sie einen Strohhut, Handschuhe und Sonnenschirm, und so eigentümlich geschmackvolle, ja wirklich allerliebste Dinge wie diesen kleinen schwarzen Strohhut, diese schwedischen Handschuhe und diesen Sonnenschirm aus ungebleichter Seide, meinte Friedrich in seinem ganzen Leben nicht gesehen zu haben.

So hatte ich mir meine Josephe vorgestellt! dachte er. Ludwig dachte: Mit der kann sich nicht einmal meine Lina vergleichen, und beide dachten: Kein Traum kann holder sein! Aber sie hat vor diesem voraus, daß sie nicht zerstiebt beim Erwachen, daß man sie auch mit offenen Augen sehen, ja sogar mit ihr sprechen kann.

Als die Exzellenz ihr die Freiherren nannte und dann zu diesen sagte: «Meine Nichte Siebert», verneigte sie sich, lächelte und versicherte auf das liebenswürdigste, daß sie «sehr erfreut» sei.

Sie setzte sich zu ihrer Tante auf das Kanapee, in die linke Ecke, neben der Friedrichs Armstuhl stand.

Der ältere Freiherr begann sogleich mit dem schönen Gaste des Schlosses ein lebhaftes Gespräch, während der jüngere tiefsinnig schwieg und die Dame mit ausbündiger Bewunderung betrachtete.

Der Eindruck, den die Erscheinung dieses entzückenden Wesens auf ihn machte, war um so überwältigender, als er ihn in einem Augenblicke innerer Wehrlosigkeit empfing; in einem Augenblicke der Wehmut, der Reue – der Schwäche mit einem Wort!

Es gibt aber auch Zufälligkeiten im Leben, derart merkwürdig, daß man sie für Winke des Schicksals halten muß, und wäre man weise wie Kant und aufgeklärt wie Voltaire. Ich möchte den sehen, der in der Stunde, in welcher er den Verlust einer guten Gelegenheit betrauert, eine hundertmal bessere fände und nicht ausriefe:

«Fatum! Fatum!»

Was Ludwig betrifft, er meinte die Stimme zu hören, die ihm zurief: Da hast du's wieder, das Glück – das verloren gewähnte! Und diesmal greifbar genug. Es wohnt in Perkowitz – es ist die Nichte deiner nächsten Nachbarin!

Er beneidete seinen Bruder recht herzlich um die Beredsamkeit, die er entwickelte. Freilich, man muß borniert sein, um vor einem so wunderbaren Wesen mit so hausbackenem Zeuge auszurücken. Es geschah indessen mit hinreißendem Ausdruck. Friedrich sagte: «Solches Wetter im September – das ist ein Segen – da reifen die Trauben – da polarisieren* die Rüben!» und sah sie dabei mit Blikken an, die sie förmlich einhüllten in Wohlwollen, und neigte sich über ihre Hände, die auf dem Tische lagen und mit den schwedischen Handschuhen spielten, so tief, so tief, daß man meinte, er werde sie gleich küssen.

Die Dame schien sich des Zaubers, den sie ausübte, wohl bewußt. Sie hätte eine deutsche Lustspiel-Naive sein müssen, um nichts davon zu merken; doch wurde sie dadurch nicht übermütig, schien eher ein wenig verlegen, ein bißchen unangenehm berührt.

Wer jedoch die Freiherren mit heller Schadenfreude beobachtete, in wessen Miene sich der Ausdruck des boshaftesten Triumphes spiegelte, das war niemand anders als Ihre Exzellenz.

Vorderhand war ihr jedoch daran gelegen, ihre wahren Gefühle zu verbergen, und plötzlich hub sie mit ihrer lauten, gedehnten Nasenstimme an: «Ja, was heißt denn das? mein lieber Ludwig? Ich frage Sie schon dreimal, ob Sie Ihre Wolle endlich verkauft haben, und kriege keine Antwort. Was ist denn überhaupt mit euch beiden? Ich weiß

* kräftig wachsen, bzw. süß werden

nicht, wie ihr mir vorkommt, meiner Treu! ... Der eine sitzt da wie Amadis auf dem Armutsfelsen, und der andere ... Nehmen Sie sich in acht, Fritz, Sie sehen heute wieder aus, so rot, als sollte Sie gleich der Schlag treffen.»

Den Freiherren war zumute, als ob sie durch einen Fußtritt aus dem siebenten Himmel auf die Erde geschleudert worden wären, und zwar dahin, wo sie am miserabelsten ist. Sie hätten in dem Momente die alte Dame ganz gern totgeschlagen.

Diese fuhr fort: «Übrigens haben wir miteinander noch ein Hühnchen zu pflücken. Ich wollte Sie bitten, Ihrem Förster die Erlaubnis zu geben, wenigstens manchmal irgendwo anders als an der Grenze zu jagen.»

«Die Erlaubnis?» murmelten die Brüder. «Exzellenz ... in der Tat ...»

«Als an der Grenze!» wiederholte die Exzellenz scharf und nachdrücklich. «Er patrouilliert Tag und Nacht vor meiner Remise auf und ab und pafft nieder, was sich zeigt – Bock oder Geiß!»

Die Freiherren schrien auf. Die Augen Friedrichs funkelten, und die Ludwigs schossen Blitze. «Ich gebe mein Wort», sprach der letztere, «daß der Förster entlassen ist, wenn mir die Geiß bewiesen wird.»

«Er vaziert*!» rief die Exzellenz und streckte ihre dürre Hand befehlend aus. «Die Geiß ist vorgestern geschossen worden!»

* streift wildernd herum

«Exzellenz!» entgegnete Friedrich, kaum mehr Herr seiner selbst, «ich habe das Stück gesehen, es war ein Bock!»

«Es war eine Geiß!» fiel Ihre Exzellenz mit kalter Bosheit ein, und Friedrich schrie wütend ... das heißt, er schickte sich an, wütend zu schreien, doch blieb es bei der Absicht. Ein Blick seiner schönen Nachbarin verwandelte seine Aufregung in Ohnmacht und seinen Groll in Wonne. Sie sah ihn erschrocken an, flüsterte ihm leise flehend zu: «Ich bitte Sie! Haben Sie Nachsicht mit dem Eigensinn des Alters.»

– Ich bitte Sie! ...

Es klang wie himmlische Musik, hinreißend und unwiderstehlich. Nicht nur beschwichtigt, nein, selig neigte er das Haupt vor Ihrer Exzellenz und sprach mannhaft und begeistert wie ein ritterlicher Märtyrer:

«Wenn Euer Exzellenz befehlen, so war es denn eine Geiß.»

«Da haben wir's!» sagte die Tante; die Nichte jedoch legte die Hände wie applaudierend zusammen: «Bravo! Bravo! Sie sind ja außerordentlich liebenswürdig, Baron Gemperlein!»

«In solcher Nähe bemüht man sich wenigstens ...», sagte er mit gutmütiger Naivität, und überwältigt von seiner großen, rasch entflammten Sympathie, fügte er hinzu: «Bleiben Sie doch recht lange bei uns, Fräulein!»

Sie hob bei diesem Worte errötend und mit schalkhaft protestierender Miene den Kopf. Schebers Augenbrauen fuhren ihm plötzlich vor Entzücken mitten auf die Stirn; Fräulein Ruthenstrauch stieß in ihrer Fensterecke ein Gekicher aus ... Aber die Herrin blickte die beiden Satelliten strafend an. – Schebers Gesicht legte sich sogleich wieder in die gewohnten Angst- und Kummerfalten. Fräulein Ruthenstrauch unterdrückte ihr Gekicher und widerrief es gleichsam durch ein lebhaftes Räuspern.

Die Exzellenz brachte rasch einen neuen Gesprächsgegenstand auf das Tapet und sagte dann, sich an ihren Gast wendend: «Wollen wir den Kaffee im Pavillon trinken, Klara?»

So erfuhren die Brüder, daß die Nichte Frau von Sieberts Klara hieß. Friedrich hatte eine große Freude darüber, begnügte sich aber mit dieser Kenntnis nicht, sondern brachte es, abgefeimt, wie er einmal war, im Laufe des Abends durch geschickt eingeholte Erkundigungen und feingestellte Fragen so weit, daß er erfuhr, Klara sei die Tochter des Schwagers der Kanzlerin, Herrn von Sieberts, Obersten in sächsischen Diensten. Er jubelte über den Erfolg seiner Forschungen. Diesmal wird ihm Ludwig nicht vorwerfen können, daß er sich in ein Phantom verliebt hat, diesmal geht er gründlich, praktisch, besonnen an die Vorbereitungen zu einer künftigen möglichen Werbung.

Der Pavillon, in dem das Abendbrot eingenommen wurde, befand sich auf einer Höhe derjenigen gegenüber, von der aus Schloß Wlastowitz die Gegend beherrschte. Klara erklärte, es sei wunderhübsch gelegen, nehme sich mit seinen weißen Schornsteinen und seinem hohen französischen Dache sehr freundlich, ja, man könne sogar sagen, imposant aus.

Friedrich meinte ganz beseligt, es käme ihm selbst manchmal so vor. Wlastowitz sei überhaupt ein Aufenthalt, der eigentlich nichts zu wünschen übriglasse ... «Eines freilich ausgenommen – eines ja – längst gesucht – nicht gefunden – es fehlt eine ...»

«Halt!» unterbrach ihn Klara, «lassen Sie mich raten!»

«Gut, gut, raten Sie ... Raten Sie», – wiederholte er leise und blinzelte sie erwartungsvoll an.

«Das wäre eine Kunst, das zu erraten!» sprach die Kanzlerin trocken. «Eine Hausfrau fehlt Ihnen, das weiß ja die ganze Welt.»

Klara versicherte, daß sie auf den Gedanken nicht gekommen wäre; sie lachte, sie scherzte, und, harmlos mitlachend, bemerkte Friedrich die Blicke des Einverständnisses nicht, die Tante und Nichte, Sekretär und Gesellschafterin miteinander wechselten.

Ludwigs Angesicht hatte sich verfinstert. Er schämte sich seines Bruders, er mußte sich zusammennehmen, um ihm nicht laut zuzurufen: Man hat dich zum besten! Das aber ging jetzt durchaus nicht an, und so sagte er nur in tadelndem Tone zu Klara:

«Sie besitzen ein sehr heiteres Naturell.»

Sie senkte die Augen und sah plötzlich ganz betroffen aus; erst nach einer kleinen Pause antwortete sie: «Ja.»

Nur: Ja – aber in dem einen Wörtchen lag das freimütigste Eingeständnis, die liebenswürdigste Reue. Ludwig fühlte sich entwaffnet und sagte, schon freundlicher: «Dazu kann man nur gratulieren!»

«Nicht wahr», sprach sie, «es ist gut, zu den Leuten zu gehören, die Gott danken, daß er neben den tiefsten Schatten das hellste Licht gestellt hat?»

Ein Zitat, nicht gerade neu, allein ganz scharmant angebracht; er mußte ihr seine Anerkennung aussprechen, sie fand eine geistvolle Antwort, und die hohe Meinung, die er sich beim ersten Anblick von ihr gemacht, war wiederhergestellt. Wie so ganz anders als mit seinem Bruder sprach dieses himmlische Wesen mit ihm! Wie gut wußte sie, mit wem sie es jetzt zu tun hatte, wie gründlich ging sie auf seine gediegenen Erörterungen ein! Er bewies ihr das Vertrauen, das ihr Verstand ihm einflößte, indem er die tiefsten Fragen berührte, mit denen sein Geist sich beschäftigte. Er stellte die drei Kardinalpunkte seiner Überzeugungen auf:

1. Die einzig sittliche Staatsform ist die Republik.

2. Es gibt keine persönliche Fortdauer nach dem Tode.

3. Die Mutter alles Unheils, das je in die Welt gekommen, ist die Phantasie.

Friedrich rutschte in peinlicher Verlegenheit auf seinem Sessel hin und her. – Ein so gescheiter Mensch, dieser Ludwig! aber wie man mit Frauen umgeht, davon hat er keine Idee! ... Es tut einem leid, Jesus, wirklich leid um ihn ...

Die Kanzlerin fragte laut, wieviel Uhr es sei; Fräulein Ruthenstrauch und der Sekretär gähnten durch die Nase. Es begann kühl und dunkel zu werden; die Gesellschaft begab sich nach dem Schlosse zurück. Im Speisezimmer brannten schon die Lichter, und der Bediente trat an Ihre Exzellenz mit der Frage heran, für wie viele Personen gedeckt werden solle ... «Gedeckt? ... Wozu? ...», fiel ihm die Frau vom Hause ins Wort und wandte sich dann mit unverhohlener Ungeduld zu den Freiherren: «Bleiben Sie auch beim Souper?»

Sie wurde nicht verstanden; denn wie aus *einem* Munde versicherten die Brüder, daß sie nicht vermöchten, einer so gütigen Aufforderung zu widerstehen.

«Jetzt dauert mir der Spaß lange genug!» sagte Ihre Exzellenz so laut zur Ruthenstrauch, daß diese erschrak und einen langen Blick auf die Freiherren warf. Unnötige Sorge! Sie sahen und hörten nur die schöne Klara. Das Souper wurde auf- und wieder abgetragen: die hartnäckigen Gäste rührten sich nicht.

Die Kanzlerin gab endlich den Befehl, den Wagen der Freiherren, der längst angespannt war, anzumelden. Da erwachten sie wie aus einem Traume und empfahlen sich – beide so verliebt, wie sie bisher nicht geahnt hatten, daß man es sein könne.

V

Zum ersten Male seit zehn Jahren brachten die Brüder eine schlaflose Nacht zu. Zum ersten Male unterblieb am folgenden Tage der Morgenritt, zum ersten Male frühstückte jeder von ihnen auf seinem Zimmer und streifte dann allein durch Wälder und Fluren. Sie kamen nicht nach Hause zum Mittagessen, worüber Anton Schmidt beinahe in Verzweiflung und die Köchin in solche Aufregung geriet, daß sie eine spanische Windtorte mit Bratensauce statt mit Schokolade übergoß und dem Küchenmädchen, das ihr Versehen zu belächeln wagte, mit sofortiger Entlassung drohte.

Frau Kurzmichel, von den Vorgängen im Schlosse unterrichtet, brachte den Tag in Angst und Sorge zu und wußte keine Antwort auf die unablässig wiederholte Frage ihres Gatten: «Was tun? Was beginnen?»

Angesichts des Unerhörten steht auch der größte Verstand still.

Abends gegen acht Uhr begab sich der Herr Verwalter gewohntermaßen zum Vortrage in das Schloß. Es war darin so still, als würde es nur von Mäusen bewohnt. Anton hatte sich in höchster Angst aufgemacht, um seinen Gebieter zu suchen. Die übrige Dienerschaft saß wispernd und flüsternd in der hellerleuchteten Küche um den warmen Herd.

Kurzmichel durchwanderte vorsichtshalber zuerst die ganze Enfilade*. Alles leer, verödet und unheimlich dunkel. Der alte Mann nahm endlich Platz auf dem schwarzen Ledersofa im Vorgemache und wartete, seine Wirtschaftsbücher unter dem Arme. Durch das breite Fenster ihm gegenüber blinkte der Abendstern freundlich herein, während hellgraue Nebel langsam emporstiegen aus den Wiesen im Tale und sich allmählich mit dem schweren Wolkenkranze verbanden, der unbeweglich über den Bergen lag. Kurzmichel begann über alles nachzusinnen, was den Herren begegnet sein konnte, und schreckliche Möglichkeiten stellten sich ihm dar. Vielleicht waren beide verunglückt – vielleicht nur einer – vielleicht einer durch den anderen ... Kurzmichel hat so etwas tausendmal befürchtet bei ihrem Temperament,

* Zimmerflucht

bei ihrer nie gestillten Kampflust! ... Vielleicht war es zum Äußersten gekommen; vielleicht ist jetzt einer der Brüder ... Nein, der Gedanke ist nicht auszudenken ... Kurzmichel bemüht sich, die entsetzlichen Vorstellungen, die ihn bedrängen, durch eine friedliche Geistestätigkeit zu beschwören, und beginnt halblaut das große Einmaleins herzusagen. Dabei jedoch lauscht er fieberhaft gespannt gegen die Treppe hin, und endlich ist ihm, als ließen sich Schritte auf derselben vernehmen. Sie steigen langsam herauf; die Türe des Vorsaales öffnet sich, um eine imposante Gestalt einzulassen, und die Stimme des Freiherrn Friedrich spricht: «Wer ist da? Warum zündest du die Lampe nicht an, du Esel?»

Der Verwalter fühlt sich durch den «Esel» nicht getroffen; denn sein Herr hält ihn offenbar für den Hausknecht; doch er kann nicht umhin, zu denken, daß die Freiherren diese für jeden Menschen demütigende Bezeichnung doch etwas seltener gebrauchen sollten.

«Ich bin's, Euer Hochwohlgeboren», spricht er; «ich komme, ich erscheine zum Vortrag.»

Ein unartikulierter Laut – das Wort «Vortrag» nachgemurmelt mit einem Akzente, als bezeichne es etwas Ungeheuerliches, nie Gehörtes. Friedrich fährt Herrn Kurzmichel an: «Sprechen Sie mit meinem Bruder!» und geht an ihm vorüber in den Saal, dessen Tür er kräftig hinter sich zuschlägt.

Mit meinem Bruder! ... Kurzmichel atmet und lebt wieder auf, und als der Hausknecht mit dem brennenden Wachsstock hereinstürzt, die Hängelampe anzündet und forteilt, um weiterhin Licht zu verbreiten, schlägt der Verwalter sich vor die Stirn, als wollte er sie strafen für die tollen Vorstellungen, die sie eben gehegt.

Wieder rasselte die schwere Tür in ihren Angeln, und herein trat Freiherr Ludwig. Er trug den Kopf wie immer hoch und stolz, hatte beide Hände in die Taschen seines langen Überrockes versenkt und schritt gerade so zerstreut wie Friedrich an Herrn Kurzmichel vorüber. «Ich komme zum Vortrage», sprach dieser. «Sprechen Sie mit meinem Bruder!» rief Ludwig, ohne sich aufzuhalten, ohne ihn nur anzusehen, und warf die Salontür noch kräftiger hinter sich zu, als Friedrich getan.

Herr Kurzmichel kannte die barsche Art seiner Herren, wurde aber immer empfindlich durch sie verletzt. Beim Nachhausekommen erklärte er seiner Gattin, man brauche etwas Unangenehmes deshalb noch nicht angenehm zu finden, weil es einem täglich widerfährt. Die treffliche Frau ließ die Richtigkeit dieser Bemerkung gelten und gewährte ihrem Manne den besten Trost, den es gibt: sie bedauerte ihn.

Die Freiherren nahmen das Abendessen schweigend und hastig ein. Nach demselben zündeten sie ihre Zigarren an, rückten beide ihre Stühle vom

Tische weg, wandten einander nicht gerade den Rücken, aber doch die Seite zu und starrten hartnäckig in die Luft. Friedrich war der erste, der einen Laut von sich gab, indem er zu murmeln begann: «Sie–bert – Siebert! … Klara Siebert!»

«Was?» fragte Ludwig.

«Gute Familie», fuhr Friedrich fort. «Gehört dem ältesten Adel Sachsens an.»

Ludwig entgegnete mit unglaublich sanfter Stimme: «Woher hast du das?»

Sein Bruder sah ihn flüchtig an: «Es ist meine Überzeugung», antwortete er.

«Ich glaube, daß du irrst», sagte Ludwig so sanft wie früher. «Die Siebert sind bürgerlich – Papieradel zählt ja in deinen Augen nicht –, ganz bürgerlich.»

Friedrich richtete sich auf, schlug heftig mit der Faust auf den Tisch und rief: «Meinetwegen!»

Es trat eine lange Pause ein. Endlich sprach Ludwig, schwer atmend, allein immer noch mit anbetungswürdiger Ruhe: «Du bist verliebt. Ich bin es auch.»

Schmerzlich bejahend, nickte Friedrich mit dem Kopfe. Das Wort überraschte ihn nicht; es war nur die Bestätigung eines ihm bereits bekannten Unglückes.

«Was ist», fuhr Ludwig fort, «müssen Männer den Mut haben, gelten zu lassen. Nicht wahr?»

«Wahr», lautete die Antwort.

«Heiraten aber – kann sie nur einer.»

«Auch wahr –.»

«Denn – Bruder –» Ludwig stand auf, drückte die Knöchel der geballten Hände auf den Tisch und schien sich anzuschicken, eine längere Rede zu halten. Aber Friedrich hinderte ihn an der Ausführung dieses Vorhabens, indem er sagte: «Lieber Bruder, was sich von selbst versteht, brauchst du mir doch nicht zu erklären.»

«Das ist also ausgemacht. Höre ferner – höre mich ferner geduldig an. Kannst du mich ferner geduldig anhören?»

«Ich werde sehen. Rede!»

«Heiraten kann sie nur einer. Jetzt aber kommt die Frage: Welcher?»

«Das ist es ja!» Auch Friedrich stand auf, fuhr sich mit beiden Händen in die Haare und setzte sich wieder nieder.

«Ich habe gefragt: Welcher?» sprach Ludwig – «die Antwort auf diese Frage ist die selbstverständlichste der Welt und lautet: Derjenige, für den sie sich entscheidet... Überlassen wir ihr die Wahl –.»

«... Ihr – die Wahl?... ihr die Wahl?... Glaubst du nicht, lieber Bruder, daß sie den wählen wird, der am eifrigsten um sie wirbt? Den, der ihr zuerst seine Hand anbietet?»

«Ich glaube, lieber Bruder, daß sie denjenigen wählen wird, der ihr besser gefällt. Was werben!... Wirbt der, der ihr nicht gefällt, so schlägt sie ihn aus ... So schlägt sie ihn aus –», wiederholte er nachdenklich.

Als die Brüder gestern von Perkowitz fortgefahren waren, hatte Ludwig die Überzeugung mitgenommen, bei Klara einen sehr günstigen Eindruck hervorgebracht zu haben. In der schlaflos durchwachten Nacht jedoch, während des einsam verträumten Tages waren allerlei Zweifel in ihm aufgestiegen. Daß sie seine geistige Überlegenheit über seinen Bruder erkannt habe, blieb ihm ausgemacht. Aber konnte nicht gerade diese Überlegenheit erkaltend auf sie wirken? Konnte nicht vielleicht Friedrichs naives und harmloses Wesen ihr sympathischer sein als sein strenges, unbeugsames? Hatte sie sich nicht gesagt: Dir könnte ich Gattin, ihm Herrin werden, und wer weiß es, vielleicht gehört sie zu den Frauen – es soll auch solche geben! –, die lieber herrschen als beherrscht werden...

Der Vorschlag also, den er seinem Bruder machte, Fräulein Klara zwischen ihnen entscheiden zu lassen, kam aus vollkommen ehrlichem Herzen und aus dem redlichen Wunsche, der qualvollen Ungewißheit, in der sie sich befanden, so oder so ein Ende zu machen.

Friedrich jedoch zögerte, dazu ja zu sagen. Er wußte die Antwort im voraus, die Klara geben würde, wenn man ihr die Wahl freistellte; es schien ihm falsch, treulos, hinterlistig, den armen Teufel, den Ludwig, einer sicheren Enttäuschung und Demütigung auszusetzen. Anderseits – wenn man ihm noch so oft wiederholt: Dich nimmt sie nicht! – wird er es glauben? ... Ein schwerer Kampf entspann sich in ihm. Er hätte um alles in der Welt ein anderes Auskunftsmittel finden mögen – aber er fand keines, wie sehr er sich auch quälte. So schwieg er, schwieg um so hartnäckiger, je eifriger und beredsamer Ludwig in ihn drang, entweder seinen Vorschlag anzunehmen oder einen besseren zu machen.

Während er so finster, stumm und gepeinigt dasaß, kam sein Jagdhund, legte ihm den Kopf auf das Knie und begann zu winseln. «Marsch!» rief Friedrich, und als das Tier nicht sogleich gehorchte, gab er ihm einen derben Fußtritt. Der Hund stieß einen kurzen heulenden Laut aus und setzte sich in die Fensterecke; frierend, von Zeit zu Zeit leise winselnd, verfolgte er Friedrich fortwährend mit liebevoll flehenden Augen und trommelte vergnügt mit seinem harten Schwanze auf dem Boden, sobald es ihm gelang, einen Blick seines Herrn zu erhaschen. Dieser brummte: «Verwöhntes Vieh!», erhob sich, holte ein Polster vom Kanapee und schleuderte es dem Hunde zu, der es sogleich mit der Schnauze in die Ecke schob und sich darauf niederlegte.

Ludwig aber brauste plötzlich auf: «Herr Gott im Himmel! ... Da red ich seit einer halben Stunde in diesen Menschen hinein ... Es handelt sich um sein Lebensglück und um meines, und dieser Mensch – spielt mit seinem Hund! ...»

Jetzt flammte auch Friedrich auf: «Habe, was du willst! ... Gut denn, sie mag wählen! Mir ist's recht. Aber wenn die Wahl getroffen sein wird, dann – ein Feigling, wer dann rekriminiert* ...»

«Ein erbärmlicher Feigling!» überbot ihn Ludwig. «Der eine heiratet, der andere sieht zu, wie er mit sich fertig wird.»

«Seine Sache. Mich kümmert's nicht!»

«Mich noch weniger!»

«Merke dir das!»

Die Freiherren blickten einander erbittert an und stürzten in entgegengesetzten Richtungen aus dem Gemache. So zornig sie auch noch immer waren, empfanden sie es doch als eine Erlösung, endlich wieder ihre Herzen entlastet zu haben von der bedrückenden Qual der Ratlosigkeit.

VI

Am nächsten Tage – die Brüder waren eben von ihrem Morgenritte heimgekehrt – ließ der Herr Verwalter sich bei ihnen melden. Er berichtete, daß der Bote des Amtes Perkowitz soeben im Amte Wlastowitz einen Brief unter der freiherrlich Friedrichschen Adresse hinterlegt habe und ...

* Gegenbeschuldigungen erheben

«Brief –», unterbrach ihn Friedrich, «aus Perkowitz – wo? ...»

Kurzmichel übergab einen nett und zierlich gefalteten Zettel und bat, diese Gelegenheit ergreifen zu dürfen, um den gestern versäumten Vortrag ...

Aber der Freiherr hörte ihn nicht an. Er hatte das kleine Schreiben hastig aufgebrochen, in höchster Aufregung in allen seinen Taschen nach seinen Augengläsern gesucht – ach! seit einem Jahre konnte er, fatale Geschichte! nicht mehr ohne Augengläser lesen – und war, da er sie nicht fand, mit Riesenschritten in sein Zimmer gestürzt.

«Von wem – der Brief? ...» fragte Ludwig dumpf.

«Von Ihrer Exzellenz –.»

«Von Ihrer Exzellenz? –», und Ludwig eilte seinem Bruder nach.

«Einladung!» rief ihm dieser zu. «Ihrer Nichte und uns zu Ehren veranstaltetes Gouter im Waldschlößchen Rendezvous! ... Ihrer Nichte *und uns* ... verstehst du? *und uns!*»

«Aha!» sagte Ludwig und nahm das Briefchen aus Friedrichs Händen. Die Schlußzeilen desselben waren viel merkwürdiger als der Anfang. Friedrich hatte sie in seinem Freudentaumel nur nicht recht angesehen:

«Wir haben Ihnen ein Bekenntnis abzulegen; dann trinken wir Kaffee auf fernere gute Freundschaft.»

«Wirklich? Steht das da?» jubelte Friedrich und hüpfte im Zimmer herum wie ein glückliches Kind.

An diesem Tage klagten die Freiherren nicht über die rasche Flucht der Zeit. Eine Stunde lang warteten beide vor dem Schlosse auf den für drei Uhr nachmittags bestellten Wagen. Pünktlich fuhr um diese Zeit die Equipage in den Hof: ein leichter Phaeton, mit Braunen bespannt, die der Kutscher vom Rücksitze aus lenkte. Sobald Friedrich die Pferde erblickte, runzelte er die Stirn. «Die Hannaken*?» fragte er, «wer hat befohlen, die Hannaken einzuspannen?»

«Ich!» antwortete Ludwig, schwang sich auf den erhöhten Kutschersitz und ergriff die Zügel. «Steig ein! Nun – so steig doch ein!»

Aber Friedrich blieb neben den Pferden stehen und musterte sie mit gehässigen Blicken. «Mit denen wirst du Parade machen», sprach er.

Die Braunen waren seit Monaten die Veranlassung lebhafter Streitigkeiten zwischen den Freiherren. Ludwig, der, wie Friedrich sagte, von Pferden so viel verstand wie ein Faßbinder von Spitzenklöppeln, hatte sie von einem Bauern ohne Vorwissen seines Bruders gekauft. Als er sie diesem, voll Stolz auf die getroffene Wahl, vorführen ließ, rief Friedrich schon von weitem: «Nichts daran! Gemein!»

* Pferde aus der Gegend des mährischen Flusses Hanna

«Was gemein? – Nichts ist gemein als der Hochmut. Sie haben Figur!» entgegnete Ludwig.

«Figur – aber kein Blut – und nicht einmal Figur – Beine wie Spinnen – abgeschlagenes Kreuz – Rehhälse – es sind Krampen*!»

Ludwig hatte an die Pferde die unsäglichste Sorge und Mühe gewendet, sie in Stroh stellen lassen bis an die Bäuche, mit Hafer vollgestopft – sie longiert, dressiert, eingeführt – alles umsonst! – Sie waren und blieben schlechte Zieher; faul, wenn's vom Stalle, hitzig, wenn's nach Hause ging; schreckhaft, nervös, bodenscheu – nichtsnutz mit einem Worte.

Allein Ludwigs Herz hing an ihnen, ihm gefielen sie, und weil er hoffte, daß sie auch Fräulein Klara gefallen würden, hatte er sie heute einspannen lassen.

«Steig nur ein!» wiederholte er, und trotz des innigsten Widerstrebens entschloß sich Friedrich dazu. Schwer genug kam es ihn an! Zu einer Gelegenheit, bei der man sich gern im besten Lichte zeigen möchte, bei der alles an und um einen den Stempel der Solidität und Gediegenheit tragen soll, mit solchem Gespann vorzufahren – dazu gehört etwas! ...

Allein er tat's; er gab nach. Der arme Mensch, der Ludwig, dem vermutlich schon in der nächsten Stunde die bitterste Enttäuschung bevorstand,

* Spitzhacken

flößte ihm Mitleid ein, und er ließ ihm denn seinen kindischen Willen.

Sie lenkten durch das Dorf. Trotz Friedrichs dringender Warnung verließ Ludwig am Ausgange desselben die Straße und schlug den Feldweg ein. Der war so schlecht als möglich und wurde im Walde, der den nächsten Bergrücken deckte und hier die Perkowitzer Grenze bildete, sogar gefährlich; da folgte er einem Gerinne und stieg bis zur Erreichung der Wasserscheide steil hinan, rechts vom Hochwalde begrenzt, links jäh abfallend gegen den feuchten Wiesengrund. An seiner schmalsten Stelle war freilich ein Geländer angebracht, doch bestand es nur aus halbvermorschten Birkenstämmen und bedeutete viel eher: Nehmt euch in acht! als: Verlaßt euch auf mich!

Gegen alle Erwartungen Friedrichs hielten sich die Braunen heute merkwürdig gut. Sie liefen leicht und munter in gleichmäßigem Trabe vorwärts, als wüßten sie, daß ihnen die ehrenvolle Aufgabe geworden, ihren Herrn in die Arme des Glückes zu führen. Ludwig betrachtete sie liebevoll und ließ es an schmeichelhaften Zurufen nicht fehlen. Sein Gesicht strahlte vor Freude. Jetzt begann es aufwärts zu gehen, die Last des Wagens wurde den Pferden empfindlich fühlbar; plötzlich drückten beide gegen die Stange, und eines stieß das andere mit dem Kopfe an den Hals, als ob sie sagten: Zieh du!

Friedrich, der bisher schweigend, mit gekreuzten Armen neben seinem Bruder gesessen hatte, sprach nun, ganz ruhig zwar, aber außerordentlich wegwerfend: «Kommen nicht hinauf.»

«Kommen hinauf!» rief Ludwig.

«Im Schritt schon gar nicht.»

«Nun denn, in einem anderen Tempo!» sprach Ludwig und schnalzte mit der Peitsche. Die Pferde sprangen in Galopp ein, und glücklich gelangte man ein Stückchen weiter. Aber nur zu bald erlahmte der Eifer der Hannaken, ein paar Sätze noch, und sie blieben stehen – der Wagen rollte zurück. Friedrich zwinkerte mit den Augen und stieß ein spöttisches «Bravo!» aus. Ludwig strich Rücken und Flanken der Pferde mit wuchtigen Hieben; sie zitterten, schlugen aus und – rührten sich nicht vom Flecke. Der Kutscher stieg ab und schob einen Stein hinter eines der Räder; dabei glitt er aus, fiel, geriet, als er aufspringen wollte, zu nahe an den Wegrand und kugelte den Abhang hinab.

Friedrich lachte, Ludwig fluchte; er warf seinem Bruder die Zügel zu, sprang vom Wagen, schlug wie rasend auf die Braunen los und schrie, vor Wut schäumend: «Bestien! ... Umbringen ... umbringen könnt man sie!»

Die Tiere, stöhnend unter den Schlägen, die auf sie niederhagelten, bäumten sich, ein Ruck – das gegen den Stein gestemmte Rad krachte, der Wagen stand quer über dem Wege.

Jetzt begann Friedrich die Sache nicht mehr ganz geheuer zu finden. «Du Narr, so warte doch!» rief er und wollte sich von seinem Sitze schwingen; aber Ludwig ließ ihm dazu nicht Zeit. Sinnlos vor Zorn, drang er nur wilder auf die Pferde ein. Die warfen sich zurück, prallten an das Geländer; es brach, und die ganze Equipage schlug den Weg ein, den vor ihr schon der Kutscher genommen hatte.

«Prosit!» knirschte Ludwig; aber im selben Augenblicke blitzte das Bewußtsein dessen, was er getan, mit tödlichem Schrecken in ihm auf, und ein fürchterlicher Schrei entrang sich seiner Brust.

Bleich wie eine Leiche, mit aufgerissenen Augen taumelte er zum Rande des Abhanges hin. Unten lagen die Pferde, in Zügel und Stränge verwickelt, lag der Wagen mit den Rädern in der Luft – von Friedrich war nichts zu sehen.

In verzweifelten Sätzen sprang Ludwig hinunter; der Kutscher kam herbeigehinkt: «Jesus, Maria! Jesus, Maria und Joseph!» winselte er und starrte schreckgelähmt seinen Herrn an, der, aussehend wie ein Toter, die Arbeit von zehn Lebendigen verrichtete.

Er durchschnitt und zerriß die Zügel; als ein Strang sich nicht gleich lösen lassen wollte, schlug er die Wage mit einem Stein in Stücke; er führte einen Faustschlag gegen den Kopf eines der Pferde, welches im Emporringen an den Wagenkasten stieß, daß es zurücktaumelte, als wäre ein Blitzstrahl vor ihm niedergefahren ... Nun war der Wagen frei – man sah Friedrich unter demselben liegen, das Gesicht ins Gras gedrückt, das gerötet war von Blut. Ludwig sprang hinzu. Mit Riesenkraft stemmte er sich gegen den Wagen und hob ihn vorsichtig, langsam, half nach mit dem Kopfe, mit den Schultern und schleuderte ihn neben den Mann hin, der bis jetzt seine ganze Last getragen.

Dieser Mann aber atmete tief auf – er lebte! ... Ludwig wollte sich zu ihm niederbeugen, die Arme ausstrecken – sie sanken ihm, seine Knie wankten; statt des Namens, den er auszusprechen suchte, drang nur ein gepreßtes Stöhnen aus seinem Munde ... Plötzlich hob sich Friedrich auf ein Knie empor; er wischte rasch mit der Hand das Blut ab, das ihm von der Stirn über die Augen floß, sah Ludwig vor sich stehen und –:

«Da hast du's! Es geschieht dir recht!» rief er mit einer Stimme, die keinen Zweifel darüber aufkommen ließ, daß der kräftige Gemperleinsche Brustkasten dem erlittenen Schock siegreich widerstanden hatte.

Er richtete sich auf, schüttelte sich, pustete, deutete auf die jämmerlich zerschundenen, mit Blut und Schmutz bedeckten Pferde und sprach: «Die sehen schön aus!»

Ludwig blieb noch immer unbeweglich. Die Augen glühten ihm unter den geschwollenen Deckeln und waren auf seinen Bruder geheftet mit einem Ausdrucke von Wonne und von unaussprechlicher Liebe. «Ist dir nichts?» fragte er heiser und tonlos.

Jetzt sah sich Friedrich den Menschen erst recht an; ein erstauntes und mitleidiges Lächeln glitt über sein Gesicht, er zog das Taschentuch hervor, drückte es an die Stirnwunde und murmelte etwas, das man nicht deutlich verstehen konnte, doch soll das Wort «Esel» darin vorgekommen sein. Dann erfaßte er einen der Hannaken bei dem Zügelreste, der am Kopfgestell hängengeblieben war, und kletterte mit dem erschöpften, bei jedem Schritte stolpernden Tiere die steile Anhöhe hinauf – etwas langsamer, als es an einem anderen Tage geschehen wäre. Der Kutscher folgte mit dem zweiten Pferde; zuletzt kam Ludwig, gesenkten Hauptes, mit einer zerbrochenen Wagenlaterne in der Hand, die er mechanisch aufgehoben hatte und festhielt.

Schweigend zog die kleine Karawane eine halbe Stunde später in Wlastowitz ein. Die Pferde wurden in den Stall geführt; dort traf man Anstalten, den im Tobel zurückgebliebenen Wagen abzuholen.

Friedrich meinte, Ludwig solle sich nur rasch umkleiden und gleich hinüberreiten nach Rendezvous; er selbst werde in einer halben Stunde nachkommen. «Es wäre gescheiter, du gingest heim und machtest dir Eisumschläge», sagte Ludwig.

Friedrich entgegnete sehr barsch, er sei keine Wöchnerin. Sie zankten ein weniges und gingen dann ins Schloß und jeder auf sein Zimmer.

Zehn Minuten später trabte Ludwigs Reitknecht nach Rendezvous, einen Brief seines Herrn an Fräulein Klara von Siebert in der Tasche. Ludwig blieb zu Hause. Er schritt rastlos in seinen Gemächern auf und ab; in seinem Kopfe ging es zu wie in einem Pochwerk. Jede Ader schlug fieberhaft, jeder Gedanke, den das siedende Hirn gebar, war Wirrsal, Qual und Pein! Ein Gedanke – der schlimmste – erdrückte alle anderen: Du hast das Leben deines Bruders gefährdet! ... Wieviel hat gefehlt, und du wärst jetzt ein Mörder! ...

Die Glocke rief zum Souper. Er ging in den Speisesaal, wo ihn Friedrich bereits erwartete. Dieser aß mit gutem Appetit; man sprach, rauchte, disputierte sogar – aber das alles ohne rechte Freude ... Das Herz war nicht dabei.

Viel früher als gewöhnlich stand Ludwig auf und sagte: «Gute Nacht –!» Er hätte so gern hinzugefügt: «Schlaf gut!» oder noch einmal gefragt: «Ist dir nichts?» Aber Friedrich würde sich geärgert oder ihn ausgelacht haben; so ließ er's bleiben und ging schweigend aus dem Saale.

Friedrich sah ihm lange wehmütig nach. Seine Augen füllten sich mit Tränen. «Armer Kerl!» murmelte er leise. Er stützte gedankenvoll den Kopf in die Hände und verharrte so eine geraume Zeit.

Als er sich endlich erhob und mit entschlossenen Schritten sein Zimmer betrat, leuchtete auf seinem Antlitze der Strahl einer hohen und stolzen Freude über einen großen Sieg – einen Sieg der edelsten Selbstverleugnung und des reinsten Opfermutes. So spät es auch war, sandte Friedrich noch an diesem Abend durch einen reitenden Boten ein Schreiben an Ihre Exzellenz, Frau von Siebert, nach Perkowitz.

Indessen saß Ludwig an seinem Schreibtische und schrieb in schwungvollen Zügen, langsam und feierlich, sein Testament. Er ernannte darin seinen Bruder, den Freiherrn Friedrich von Gemperlein, zum Erben seines gesamten Hab und Gutes, falls er (Ludwig) unvermählt und kinderlos bleiben sollte, was, fügte er hinzu, vermutlich geschehen dürfte. Den Schluß des Aktenstückes bildeten die Worte: «Ich wünsche, wo immer ich sterbe, in Wlastowitz begraben zu werden.»

Nach getanem Werke fühlte Ludwig sich etwas ruhiger. Dennoch duldete es ihn nicht länger in der stillen Stube; es trieb ihn hinaus in die atmende Natur, in die freie, kalte Luft. Die Nacht war dunkel, nur einzelne Sterne glitzerten am Himmel, der Wind rauschte in den Bäumen und trieb die dürren Blätter über den weißlich schimmernden Sand der Wege und knisterte in den tiefschwarzen Massen der Gebüsche.

Ludwig ging mit festen Schritten vorwärts.

Noch einmal wollte er jeden Weg im Garten betreten und jeden Lieblingsbaum begrüßt haben, bevor er, schweren Herzens, Abschied nahm.

Dich zuerst, alte Edeltanne auf der Wiese, die letzte von zehn aus dem Walde verpflanzten Schwestern. Hattest lange gekränkelt und ragst jetzt so stolz in der Fülle der Gesundheit. Dich, du edler Walnußbaum, an dem Friedrich nie vorübergeht, ohne zu sagen: «Das ist ein Baum! ...» Dann die Araucaria in der Nähe des Lärchenwäldchens – Respekt vor der! Ein Nadelbaum mit Palmennatur – nordische Kraft, vereint mit südlicher Schöne – es ist ein Wunder! ... Und du, Zeder vom Libanon, junges, schönstes Fräulein, hast einen grünsamtnen Reifrock an, und die neuen zarten Triebe schmücken deinen Wipfel wie Federn das anmutigste Haupt. Endlich der Zürgelbaum. Ein Nichtkenner geht wohl an ihm vorbei und meint, der gehöre zu der Gattung, die Äpfel trägt – aber der Kenner, ja, der reißt die Augen auf. Der bewundert den moosbedeckten eisengrauen Stamm, die schlanken Zweige mit den Ästchen so fein wie Draht, die kleinen, seidenweichen Blätter. «Im Botanischen Garten in Schönbrunn gibt's schönere Zürgelbäume, sonst nirgends!» sagt Friedrich.

Hast recht! – Schöneres mag es geben draußen in der Welt, aber nichts Lieberes, als was hier gedeiht, lebt, blüht und welkt. Schade, schade, daß man es verlassen muß. Aber unter den Umständen, die jetzt – wie bald! – eintreten werden, kann Ludwig in Wlastowitz nicht mehr leben.

Er ersteigt noch die Anhöhe am Ende des Gartens, von der aus man hinüberblicken kann auf die Gruftkapelle, die sein Vater errichten ließ. Durch das Gitter des Fensters glänzt ein kleiner, feuriger Punkt, das Licht der Lampe, die über dem Sarge des Vaters brennt – des ersten, der hier ruht.

Ein trauriges Lächeln tritt auf die Lippen Ludwigs; er freut sich, daß er in seinem Testamente den Wunsch ausgesprochen hat, in Wlastowitz begraben zu werden. Friedrich wird schon verstehen, was das heißt ... Ich kehre zurück, heißt es, zu dir, dem ich so oft wehgetan, dessen Leben ich sogar einmal in Gefahr gebracht – den ich aber doch innigst geliebt habe.

Ganz ruhig, beinahe heiter kam Ludwig nach Hause. Die Fenster von Friedrichs Schlafzimmer waren noch erleuchtet, und an den Gardinen glitt in unregelmäßigen Zwischenräumen ein hoher, dunkler Schatten vorüber. «Auch du wachst – von Sorgen und bangen Zweifeln gequält. Warte! warte! – Nur noch ein paar Stunden, und du wirst glücklich sein!»

Um elf Uhr morgens stieg am folgenden Tage Ludwig vor dem Tore des Schlosses Perkowitz vom Pferde. Ein Diener, der ihn erwartet zu haben schien, führte ihn sogleich durch die Salle à terrain zu der Tür des Gastzimmers, aus dem vorgestern

Fräulein Klara wie eine himmlische Erscheinung getreten war. Der Diener pochte; eine teuere Stimme fragte: «Wer ist's?» und rief, als der Name des Besuchers genannt worden: «Ist willkommen!»

Ludwig stand vor der schönen Klara so beklommen und bewegt, daß es ihm unmöglich war, ein Wort hervorzubringen. Auch sie blieb nicht unbefangen. Der muntere Ton, in dem sie Ludwig gebeten hatte, Platz zu nehmen, verwandelte sich nach dem ersten Blicke in das Angesicht des Freiherrn in einen sehr gedrückten.

Sie senkte die Augen, eine leichte Blässe flog über ihre Wangen, und sie sprach stockend: «Herr Baron – es ist – ich bitte ...»

Ihre Verlegenheit rührte und ergriff ihn auf das tiefste. Ach, die grausame Sitte! Daß sie unerlaubten Empfindungen verbietet, sich zu äußern, das wäre schon recht; daß aber die reinsten, die ein Mensch haben kann, unausgesprochen bleiben müssen, das ist jammervoll! Hätte Ludwig in diesem Augenblick seinem Gefühle folgen dürfen, er würde die Arme ausgebreitet und gesprochen haben: «Komm an mein Herz – liebe Schwester!»

Aber das schickte sich nun einmal nicht, und so reichte er ihr nur die Hand und sagte: «Ich habe mir die Freiheit genommen, Sie um ein Gespräch unter vier Augen zu bitten ...»

«Ja, ja», unterbrach sie ihn hastig, «in einem

Briefe, den ich eröffnete, obwohl er eigentlich nicht an mich gerichtet war.»

«Wie?»

«Ich heiße nämlich nicht Fräulein –.»

«O», rief er, «es handelt sich nicht darum, wie Sie heißen. Heißen Sie, wie Sie wollen. Sie sind die Nichte unserer verehrten Freundin und das liebenswürdigste Wesen, das uns je vorgekommen ist. Sie sind gewiß auch edel und gut und werden das Vertrauen nicht mißbrauchen, das mich zu Ihnen führt und mit dem ich Ihnen sage: Sie haben auf den besten Menschen, den es gibt, einen großen Eindruck gemacht – auf meinen Bruder, Fräulein. – Ich komme hierher ohne sein Vorwissen, in der Absicht, Sie günstig für ihn zu stimmen. Ich meine es mit Ihnen nicht minder ehrlich als mit ihm und beschwöre Sie in Ihrem eigenen Interesse: Lassen Sie sich seine Werbung gefallen...»

Er sprach mit solchem Eifer, daß es ihr, wie oft sie es auch versuchte, nicht gelang, ihn zu unterbrechen. Als er nun schloß: «Versäumen Sie die Gelegenheit nicht, die glücklichste Frau der Welt zu werden!», gab ihre Ungeduld ihr den Mut, mit Entschlossenheit zu sagen: «Diese Gelegenheit ist aber schon versäumt, Herr Baron: ich bin verheiratet!»

Er fuhr von seinem Sessel auf mit einem Entsetzen, das sich nicht schildern läßt. «Sie scherzen», stammelte er; «das kann nicht sein – das ist ja unmöglich!»

«Warum?» fragte sie. «So gut wie Ihr Herr Bruder kann auch ein anderer mich annehmbar gefunden haben, zum Beispiel mein Vetter Karl Siebert, der mich vor etlichen Jahren heimgeführt. Warum glauben Sie, daß ich bis jetzt sitzengeblieben sei? Denn, erlauben Sie mir, für ein Fräulein wäre ich doch etwas bejahrt.»

Ludwig blickte sie wehmütig an und sprach: «So schön, so liebenswürdig, so geistvoll und – schon verheiratet!»

«Und wenn Sie wüßten, wie lange!» versetzte sie, und all ihre Munterkeit und ihr guter Humor hatten sich wieder eingefunden.

«Entschuldigen Sie, gnädige Frau», sagte Ludwig; «es wäre besser gewesen, wenn Sie die Gewogenheit gehabt hätten, uns das früher mitzuteilen.»

«Haben Sie danach gefragt? Mit welchem Rechte durfte ich Sie mit meinen Familienangelegenheiten behelligen?» war ihre schlagfertige Entgegnung.

Er sagte nur noch: «O gnädige Frau!» und empfahl sich ehrerbietig; ihr aber – seltsam! –, ihr verging dabei ganz und gar die Lust, über den sonderbaren Herrn zu lachen.

Sie eilte ihm nach, erreichte ihn, als er eben die Schwelle betrat, und sagte herzlich und warm: «Leben Sie wohl, Herr von Gemperlein!» Sie bot ihm zum Abschied die Hand. Ludwig wandte den Kopf und tat, als ob er es nicht sähe; er grüßte nur noch einmal tief, und die Tür schloß sich hinter ihm.

Im Vestibül kam, aus ihrem zu ebener Erde gelegenen Schreibzimmer tretend, Frau von Siebert dem Freiherrn entgegen.

«Ja, was machen Sie denn hier?» fragte die Exzellenz. «Warum kommen Sie denn selbst? Ihr Abgesandter hat schon Bescheid erhalten.»

«Wen meinen Euer Exzellenz?»

«Den Fritz mein ich. Er war da vor einer halben Stunde – als Freiwerber für Sie.»

«Für mich?»

«Und was für einer! Wenn Sie einmal wieder heiraten wollen – sprechen Sie ja nicht selbst – lassen Sie den Fritz für Sie sprechen. Ich war ganz erschüttert – bedauerte nicht wenig, sagen zu müssen: Es ist zu spät!»

Ludwig faßte sich mit beiden Händen an den Kopf: «Dieser Friedrich! Das ist ein Mensch!» rief er.

Aus seiner Stimme klang eine so mächtige Rührung, daß die Exzellenz förmlich davon ergriffen wurde; sie suchte sich der ihr unangenehmen Empfindung rasch zu entziehen, trat dicht vor Ludwig hin, zupfte ihn am Ohr und sagte: «Nichts für ungut! Fast tut's mir leid, daß wir euch den Streich spielten. Die Klara wollte ohnehin nicht dran; aber ich habe sie gezwungen, ich mußte Rache haben für meine Geiß.»

«Euer Exzellenz!» entgegnete Ludwig, «ich kann Ihnen die Versicherung geben: es war ein Bock.»

«Mag es gewesen sein, was immer – das Jagdvergnügen an meiner Grenze will ich eurem Förster versalzen.»

Damit schieden sie.

Ein paar Monate nach diesem Ereignisse begannen die Brüder abermals allerlei Heiratsprojekte zu schmieden.

«Du solltest doch endlich heiraten!» sagte von Zeit zu Zeit einer zu dem andern. Sie stellten manchmal Betrachtungen über ihr Schicksal an.

«Es ist wirklich sonderbar», meinte Ludwig. «Als ich mit der Äpelblüh Ernst machen wollte, trat sie gerade an den Traualtar, und als wir daran dachten, jene Nichte zu unserer Hausfrau zu machen, war sie bereits seit zehn oder wieviel Jahren verheiratet, und ich müßte mich sehr irren», fügte er geheimnisvoll hinzu, «wenn sie nicht auch schon Nachkommenschaft besaß.»

Friedrich bemerkte, daß sich im Leben, mit mehr oder weniger Unterschied, doch alles wiederhole. Sie seien einmal bestimmt, die erstaunlichsten Liebesabenteuer zu haben; unter den vielen, die ihnen noch bevorständen, werde sich schon dasjenige finden, das in den Hafen der Ehe führt.

Trotz dieser Voraussicht und trotz des guten Vorsatzes, ihren Stamm in Ehren zu erhalten, hat keiner der Brüder sich vermählt. Sie sind hinübergegangen, ohne einen Erben ihres Namens zu hinterlassen, und so ist denn, wie so vieles Schöne auf dieser Erde, auch das alte Geschlecht derer von Gemperlein – erloschen.

DIE SPITZIN

Zigeuner waren gekommen und hatten ihr Lager beim Kirchhof außerhalb des Dorfes aufgeschlagen. Die Weiber und Kinder trieben sich bettelnd in der Umgebung herum, die Männer verrichteten allerlei Flickarbeit an Ketten und Kesseln und bekamen die Erlaubnis, so lange da zu bleiben, als sie Beschäftigung finden konnten und einen kleinen Verdienst.

Diese Frist war noch nicht um, eines Sommermorgens aber fand man die Stätte, an der die Zigeuner gehaust hatten, leer. Sie waren fortgezogen in ihren mit zerfetzten Plachen überdeckten, von jämmerlichen Mähren geschleppten Leiterwagen. Von dem Aufbruch der Leute hatte niemand etwas gehört noch gesehen; er mußte des Nachts in aller Stille stattgefunden haben.

Die Bäuerinnen zählten ihr Geflügel, die Bauern hielten Umschau in den Scheunen und den Ställen. Jeder meinte, die Landstreicher hätten sich etwas von seinem Gute angeeignet und dann die Flucht ergriffen. Bald aber zeigte sich, daß die Verdächtigen nicht nur nichts entwendet, sondern sogar etwas dagelassen hatten. Im hohen Grase neben der Kirchhofmauer lag ein splitternacktes Knäblein und schlief. Es konnte kaum zwei Jahre alt sein und hatte eine sehr weiße Haut und spärliche hellblonde Haare. Die Witwe Wagner, die es entdeckte, als sie auf ihren Rübenacker ging, sagte gleich, das sei ein Kind, das die Zigeuner, Gott weiß wann, Gott weiß wo, gestohlen und jetzt weggelegt hatten, weil es elend und erbärmlich war und ihnen niemals nützlich werden konnte.

Sie hob das Bübchen vom Boden auf, drehte und wendete es und erklärte, es müsse gewiß irgendwo ein Merkmal haben, an dem seine Eltern, die ohne Zweifel in Qual und Herzensangst nach ihm suchten, es erkennen würden, «wenn man das Merkmal in die Zeitung setze». Doch ließ sich kein besonderes Merkmal entdecken und auch später, trotz aller Nachforschungen, Anzeigen und Kundmachungen, weder von den Zigeunern noch von der Herkunft des Kindes eine Spur finden.

Die alte Wagnerin hatte es zu sich genommen und ihre Armut mit ihm geteilt, nicht nur aus Gutmütigkeit, sondern auch in der stillen Hoffnung, daß seine Eltern einmal kommen würden in Glanz und Herrlichkeit, es abzuholen und ihr hundertfach zu ersetzen, was sie für das Kindlein getan hatte. Aber sie starb nach mehreren Jahren, ohne den erwarteten Lohn eingeheimst zu haben, und jetzt wußte niemand, wohin mit ihrer Hinterlassenschaft – dem Findling. Ein Armenhaus gab es im Dorfe nicht, und die Barmherzigkeit war dort auch nicht zu Hause. Wen um Gottes willen ging das halbverhungerte Geschöpf etwas an, von dem man nicht einmal wußte, ob es getauft war? «Einen christlichen Namen darf man ihm durchaus nicht geben», hatte der Küster von Anfang an unter allgemeiner Zustimmung erklärt; aber auf die Frage der Wagnerin: «Was denn für einen?» keine Antwort gewußt. «Geben's ihm halt einen provisorischen», war die Entscheidung gewesen, die endlich der Herr Lehrer getroffen, und die halb taube Alte hatte nur die zwei ersten Silben verstanden und den Jungen Provi und nach seinem Fundorte: Kirchhof genannt. Nach ihrem Tode waren alle darüber einig, daß dem Provi Kirchhof nichts Besseres zu wünschen sei als eine recht baldige Erlösung von seinem jämmerlichen Dasein. Der Armselige lebte vom Abhub, kleidete sich in Fetzen – abgelegtes Zeug, ob von kleinen Jungen, ob von kleinen Mädchen, galt gleich –, ging barhäuptig und barfüßig, wurde geprügelt, beschimpft, verachtet und gehaßt, und prügelte, beschimpfte, verachtete und haßte wieder. Als für ihn die Zeit kam, die Schule zu besuchen, erhielt er dort zu den zwei schönen Namen, die er schon hatte, einen dritten: «der Abschaum», und tat, was in seinen Kräften lag, um ihn zu rechtfertigen.

Da war im Orte die brave Schoberwirtin. Im vergangenen Herbst hatte Provi in einem Winkel ihrer Scheuer eine Todeskrankheit durchgemacht ohne Arzt und ohne Pflege. Nur die Schoberin war täglich nachsehen gekommen, ob es nicht schon vorbei sei mit ihm, und hatte ihm jeden Morgen ein Krüglein voll Milch hingestellt. Die Gewohnheit, ihm ein Frühstück zu spenden, behielt sie bei, auch nachdem er gesund geworden war. Pünktlich um fünf fand er sich ein, blieb auf der Schwelle der Wirtsstube stehen und rief: «Mei Müalch!» Er bekam das Verlangte und ging seiner Wege. Einmal aber ereignete sich etwas ganz Ungewöhnliches. Der Wirt, der sonst seinen Abendrausch regelmäßig im Bette ausschlief, hatte ihn diese Nacht auf der Bank in der Wirtsstube ausgeschlafen und erwachte im Augenblick, in dem Provi auf die Schwelle trat und rief: «Mei Müalch!»

Was sagte der Lackel? Was wollte er? Schober dehnte und reckte sich. Ein verflucht kantiges Lager hatte er gehabt, seine Glieder schmerzten ihn, und seine Laune war schlecht. Der grobe Klotz Provi fand heute an ihm einen harten Keil. «Nicht zu verlangen, zu bitten hast, du Lump! Kannst nicht bitten?»

Der Junge riß die farblosen Augen auf, sein

schmales Gesicht wurde noch länger als sonst, der große, blasse Mund verzog sich und sprach: «Na!»

Die Früchte, die ihm dieses Wort eintragen sollte, reiften sogleich. Schober sprang auf ihn zu, verabreichte ihm sein Frühstück in Gestalt einer tüchtigen Tracht Prügel und warf ihn zur Tür hinaus. Solche kleine Zwischenfälle machten aber keinen Eindruck auf den Jungen. Wie alltäglich fand er sich am nächsten Morgen wieder ein und forderte in gewohnter Weise «seine» Milch. Die Wirtin gab sie ihm, aber eine gute Lehre dazu: «Du mußt bitten lernen, Bub, weißt? – bitten. Bist schon alt genug, bist g'wiß – ja, wenn man bei dir nur was g'wiß wüßt! – g'wiß schon vierzehn. Also merk dir, von morgen an: Wenn's kein Bitten gibt, gibt's keine Milch.» Sie blieb dabei, ob es ihr auch schwer wurde. Wie schwer, sah Provi wohl, und es war ihm ein Genuß, eine Befriedigung seiner Lumpeneitelkeit. Ihm, dem Ausgestoßenen, dem Namenlosen, war Macht gegeben, der reichsten Frau im ganzen Orte Stunden zu trüben und die Laune zu verderben. Sie blickte ihm mit Bekümmernis nach, wenn er ohne Gruß an ihrer Tür vorüberging, zur Arbeit in den Steinbruch.

Dort taglöhnerte er jetzt beim Wegemacher, der ihn in Kost genommen und ihm ein Obdach im Ziegenstall gegeben hatte. Der Wegemacher brauchte nicht, wie die andern Leute, den Umgang mit Provi für seine Kinder zu fürchten. Die fünf Wegemacherbuben konnte der Auswürfling nichts Böses lehren, sie wußten ohnehin schon alles und waren besonders Meister in der Tierquälerei. Die Ziegen, Kaninchen, die Hühner, die ihnen untertan waren, und der Haushund, die unglückliche Spitzin, gaben Zeugnis davon, ihre Narben erzählten davon und ihre beschädigten Beine und ihre gebrochenen Flügel. Provi fand sein Ergötzen an dem Anblick der Roheit, den er jetzt stündlich genießen konnte. Er fing für die kleineren der Buben Vögel ein und gab sie ihnen «zum Spielen», und diese Opfer konnten von Glück sagen, wenn sie kein allzu zähes Leben hatten.

Das ärmste von den armen Tieren der Wegemacherfamilie war aber die alte Spitzin. Sie lief nur noch auf drei Beinen und hatte nur noch ein Auge. Ein Fußtritt des erstgeborenen unter ihren Peinigern hatte sie krumm, ein Steinwurf sie halb blind gemacht. Trotz dieser Defekte trug sie ihr impertinentes Näschen hoch und ihr Schwänzchen aufrecht, bellte jeden fremden Hund, der sich blicken ließ, wütend an, und ihre Beschimpfungen gellten ihm auf seinem Rückzuge nach. Die Söhne des Wegemachers fürchtete, ihn selbst haßte sie, weil er ihr ihre kaum geborenen Jungen immer wegnahm und bis auf ein einziges in den See warf.

Zur Zeit, in der Provi beim Wegemacher Steine klopfte und Sand siebte, bekam die Spitzin noch im Greisenalter abermals Junge, ihrer vier, von denen drei gleich ins Wasser mußten. Sie konnte kaum eines mehr ernähren; sie war zu alt und zu schwach, und es sah ganz danach aus, als ob sie nicht mehr lang leben sollte. Das Geschäft des Ersäufens übertrug der Vater an jenem Tage seinem Ältesten, dem Anton, und dem machte etwas, das einem anderen Geschöpf weh tat, dieses Mal kein Vergnügen. Die Spitzin war bissig wie ein Wolf, wenn sie Junge hatte.

«Der Vater fürcht si vor ihr», sagte Anton zu Provi, «drum schickt er mi. Komm mit, halt sie! wenn ich ihr die Jungen nimm, halt ihr 's Maul zu! daß' mi nit beißen kann.»

Im Holzverschlag neben dem Ziegenstalle, auf einer Handvoll Stroh, lag zusammengeringelt die schwarze Spitzin, und unter ihr und um sie herum krabbelten ihre Kleinen und winselten und suchten mit blinden Augen und tasteten mit weichen, hilflosen Pfötchen.

Die Spitzin hob den Kopf, als die Knaben sich ihr näherten, ließ ein feindseliges Knurren vernehmen, fletschte die Zähne.

«Dummes Viech, grausliches!» schrie Anton und streckte halb zornig, halb ängstlich die Hand nach einem der Hündchen aus. «Halt sie! halt sie! daß' mi nit beißt!»

Schon recht, wenn's di beißt, dachte Provi. Es fiel ihm nicht ein, sich um Antons willen in einen gefährlichen Kampf mit der Hündin einzulassen; nur um die eigene Sicherheit war ihm zu tun, und so nahm er seine Zuflucht zu einer Kriegslist, kauerte auf den Boden nieder und hob mit kläglicher Stimme an: «O die orme Spitzin, no jo, no jo! Ruhig, orme Spitzin, so, so ... ma tut ihr jo nix, ma nimmt ihr jo nur ihre Jungen, no jo, no jo!»

Die Spitzin zauderte, knurrte noch ein wenig, doch mehr behaglich jetzt als bösartig. Die Worte, die Provi zu ihr sprach, verstand sie nicht, aber ihren sanften, beschwichtigenden Ton verstand sie, und dem glaubte sie. Was wußte die Spitzin von Arglist und Heuchelei? Ein Mensch sprach einmal gütig zu ihr, so war auch seine Meinung gütig. Sie legte sich wieder hin, ließ sich streicheln, schloß bei der ungewohnt wohltuenden Berührung wie zu wonnigem Schlafe ihr Auge. Die Schnauze steckte sie in Provis hohle Hand und leckte sie ihm dankbar und zärtlich.

«No – also no!» rief der den Kameraden an: «Pack's z'samm. Mach g'schwind!»

Anton griff zu, und im nächsten Augenblicke sprang er auch schon mit drei Hündchen in den Armen aus dem Verschlag, in großen, fröhlichen Sätzen über die Straße, die Uferböschung zum See hinab. Provi folgte ihm eiligst nach; den

Hauptspaß mit anzusehen, wie die Hündchen ertränkt wurden, konnte er sich nicht entgehen lassen.

Es war merkwürdig, daß von nun an die Nachbarschaft der Spitzin dem Provi völlig widerwärtig zu werden begann. Nur schlechtgefügte Bretter trennten seine Schlafstätte von der ihren, und jede Nacht störte sie ihn mit ihrem Gewinsel. Im Kopfe der Alten war ein «Radel laufet» worden, sonst hätte sie doch nach einiger Zeit begriffen: Die Jungen sind fort und nie, nie mehr zu finden, und man muß endlich aufhören, nach ihnen zu suchen. Dieses Mal hörte sie nicht auf. Sie mußte von einem Tag zum andern immer wieder vergessen, daß sie gestern schon alle Winkel umsonst durchsucht hatte. Sie schnüffelte, sie kratzte an der Tür, scharrte ihr bißchen Stroh auseinander und wieder zusammen, kroch hinter den Holzstoß, drängte sich in die Ecke, in der die Werkzeuge lehnten, warf einmal ein paar Schaufeln um und flüchtete voll Entsetzen. Eine Zeitlang war Ruhe, dann trippelte sie wieder herum und suchte und suchte! Und ihr Trippeln weckte ihn, an dem früher die brüllenden Rinderherden vorübergezogen waren, ohne ihn im Schlafe zu stören. Wenn er schlief, schlief er, verschlief Hunger und Müdigkeit; dazu vor allem brauchte er den bombenfesten Schlaf, um den er plötzlich gekommen war, denn jetzt schrak er auf beim Herumgehen und

Schnüffeln der Alten. Und kalte Schweißtropfen liefen ihm über die Stirn in der «Baracken», der den ganzen Tag die Sonne aufs Dach schien und in der es so heiß war, daß es in der Hölle nicht heißer sein kann ... Ob das auch mit rechten Dingen zuging, ob nicht etwas Übernatürliches dahintersteckte? Freilich, der Anton sagt, es gibt nix Übernatürliches. Aber der Allergescheiteste ist der Anton am Ende doch nicht, und dem Provi ist manchmal sogar vorgekommen, daß er ein großer Esel ist; was man allerdings nicht sagen darf, ohne furchtbar gedroschen zu werden von ihm und von seinem Vater, Provi weiß das aus Erfahrung.

An den Wegemacherleuten hatte er seine Meister gefunden, die bändigten ihn mit Schlägen und mit Hunger. «Sticht dich der Hafer?» hieß es bei der geringsten Widersetzlichkeit, und von der elenden und ungenügenden Ration zog ihm sein Herr die Hälfte ab.

Jeder andre wär schon draufgegangen, sagte er sich selbst; er jedoch wollte nicht draufgehen, er wollte noch viel Zeit haben, um den Menschen alles Böse, das sie ihm getan hatten, mit Bösem zu vergelten. Daß es auch einige gab, die ihm Gutes getan hatten, war längst vergessen; und was die Schoberwirtin betraf, die alte Hex, gegen die hegte er einen unversöhnlichen Groll. Warum schenkte sie ihm nichts mehr, sie, die so viel Geld hatte und so viele Sachen? Sie wußte gewiß nicht, wohin mit ihrem Reichtum, und gab doch nichts umsonst, wollte gebeten werden um ein paar armselige Tropfen Milch. Wie sie ihn ansah, wenn er vorüberging!... Förmlich herausfordernd: So bitt doch! – Die Krot, die! die konnte warten. Einmal hatte sie ihn gar angesprochen: «Du schaust aus! Wie der leibhaftige Hunger schaust aus! Hast noch nicht bitten g'lernt?» Er rief ihr ein freches Schimpfwort zu und schritt weiter.

Eine Woche verging. Immer noch hatte die Spitzin sich nicht ganz beruhigt, suchte und schnüffelte immer noch, besonders bei Nacht, in ihrem Verschlage herum. So geschah es, daß sie den Provi einst zu besonders unglücklicher Stunde weckte. Er hatte sich so spät erst auf seiner Lagerstätte aus Hobelspänen und schmutzigem Heu hinstrecken können, weil er noch, nach beendetem Arbeitstage, die Ziegen, die der Wegemacher ins nächste Dorf verkauft, dorthin hatte treiben müssen. Und auch jetzt kein Ende der verfluchten Plackerei, nicht wenigstens ein paar Stunden ungestörten Schlafes? Die Spitzin scharrte und suchte und suchte, und Provi drohte und polterte mit den Füßen gegen die Bretterwand. Sie gab nach, ein Stück von ihr fiel krachend hinüber ins Bereich der Spitzin. Sie stieß ein erschrockenes Gebell hervor, das Kleine winselte, dann war alles still. «Teixel überananander, wirst jetzt an Fried geben, Rabenviech?» murmelte Provi und legte sich zurecht und zog die Knie bis zum Kinn herauf, denn so «schlief es sich am besten». Aber just jetzt wollte es mit dem Einschlafen nicht gehen, trotz der Stille und trotz seiner Erschöpfung und trotz seiner Schlaftrunkenheit! Allerlei Gedanken kamen einhergeschlichen, ganz neue Gedanken, nie von ihm gedachte. Ja, die Spitzin war ein Rabenviech mit ihrer Sucherei, wenn aber seine Mutter auch so gewesen wäre wie sie und so rastlos nach ihm gesucht hätte, sie hätte ihn gewiß gefunden; er hatte ja in der Zeitung gestanden, er war angeschlagen gewesen auf dem Bezirksamt. Am End hat sie sich's gar nicht verlangt, ihn zu finden. Die Zigeuner haben ihn am End gar nicht gestohlen, seine Mutter – «die Miserabliche!» – hat ihn ihnen am End geschenkt, noch draufgezahlt vielleicht, daß sie ihn nehmen ... No jo! vielleicht wird sie sich seiner geschämt haben, war vielleicht was Hohes, eine Bauerstochter oder eine Wirtstochter ... Verfluchter Kuckuck! wenn sie so eine Wirtstochter gewesen wäre und ihn behalten hätte ... Alle Sonntag würde er sich seinen Rausch angetrunken haben, und den Montag hätte er immer blaugemacht und im Wirtshaus und auf der Kegelbahn geraucht, getrunken, gerauft. Ein Götterleben malte er sich aus, als – verfluchtes Rabenviech! – die Spitzin nebenan wieder anfing zu stöhnen und zu kratzen und ihn aus seinen Träumen riß, die so wonnig gewesen waren. Voll Zorn richtete er sich auf, nahm ein Scheit Holz, trat über die niedergeworfenen Bretter in den Verschlag des Hundes und führte knirschend wuchtige Schläge gegen den Boden, auf dem die Spitzin im Dunkeln ängstlich umherschoß. Er sah nicht, wohin er traf, er drosch zu nach rechts und nach links, vorwärts und rückwärts, und endlich – da hatte er sie erwischt, da zuckte etwas Weiches, Lebendiges unter seinem wütend geführten Hieb. Ein kurzes, klägliches – ein anklagendes Geheul ertönte, gellte grell und förmlich schmerzhaft an Provis Ohr. Es überrieselte ihn. Was für ein seltsames Geheul das gewesen war! ... No jo – das Rabenviech hat jetzt genug, wird Ruh geben, eine Weile wenigstens.

Er kehrte zu seiner Lagerstätte zurück, kauerte sich zusammen und schlief gleich ein.

Nach ein paar Stunden erwachte er plötzlich. Die aufgehende Sonne sandte einen feurigen Strahl aus, der ihm durch eine Luke in der Tür des Verschlages und durch die Bresche in der Wand leuchtend rot ins Gesicht blitzte. Er öffnete die Augen und stand auf. Die Spitzin kam ihm plötzlich und recht unbehaglich ins Gedächtnis. Wenn er sie «so» totgeschlagen haben sollte heute nachts, würde der Wegemacher, der keinen Eingriff in sein Eigentum duldete, schwerlich versäumen, ihn selbst halbtot zu schlagen. No jo! dachte er und fuhr mit den zehn Fingern durch seine staubigen Haare, um die Heustengel zu entfernen, die sich in ihnen verfangen hatten.

Da rührte sich etwas zwischen den Brettern, da kroch es langsam heran. Die Spitzin kroch heran und schleppte ihr Junges im Maul herbei. Sie hatte es an der Nackenhaut gefaßt und benetzte es mit ihrem Blute, denn es floß Blut aus ihrem Maule, ein dünner Faden die Brust entlang. Zu Provi schleppte sie ihr Junges, legte es vor ihn nieder, drückte es mit ihrer Schnauze an seine nackten Füße und sah zu ihm hinauf.

Und ihr Auge hatte eine Sprache, beredter als jede Sprache, die die schönsten Worte bilden kann. Sie äußerte ein grenzenloses Vertrauen, eine flehentliche Bitte, und man *mußte* sie verstehen. Wie das Sonnenlicht durch die geschlossenen Lider Provis gedrungen war, so drang der Ausdruck dieses Auges durch den Panzer, der bisher jede gute Regung von der Seele des Buben ferngehalten hatte.

«Jo! jo!» stahl es sich von seinen Lippen. Er antwortete ihr, die nun hinfiel, zuckte, sich streckte… die er erschlagen hatte und die gekommen war, ihm sterbend ihr Kleines anzuvertrauen.

Provi zitterte. Eine fremde, unwiderstehliche Macht ergriff ihn, umwirbelte ihn wie ein Sturm. Sie warf ihn nieder, sie zwang ihn, sein Gesicht auf das Gesicht des toten Hundes zu pressen und ihn zu küssen und zu liebkosen. Sie war's, die aus ihm schrie: «Jo du! Jo du! – du bist a Muatta g'west!» Sein Herz wollte ihm zerspringen, ein Strom von wildem Leid, von quälender Pein durchtobte es und erschütterte es bis auf den Grund. Ein vom himmlischen Schmerze des Mitleids erfülltes Kind wand sich schluchzend auf dem Boden und weinte um die alte Spitzin und weinte über ihr Kleines, das sich an seine Mutter drängte und sie anwinselte und Nahrung suchte an dem früher schon so spärlich fließenden und jetzt gänzlich versiegten Quell.

«'s is aus, da kriegst nix mehr», sagte Provi, nahm das Hündchen in seine Hände, legte es an seine Wange und hauchte es an; es zitterte und winselte gar so kläglich. «Hunger hast, Hunger hast, no jo! no jo!» – Was anfangen mit dem anvertrauten Gut? Verfluchter Kuckuck, wenn doch noch die Ziegen da wären! Er würde eine melken, er tät's, trotz der schrecklichen Strafe, die drauf steht. Aber die Ziegen sind fort, und bis ihm jemand im Wegemacherhaus einen Tropfen Milch für einen Hund schenkt, da kann er lang warten. «Ins Wasser dermit!» wird's heißen, sobald sie hören, daß die Spitzin tot ist.

«Ins Wasser kummst», sagte er zum Hündchen, das etwas von dem guten Glauben der Mutter an ihn geerbt haben mußte; es schmiegte sich an seinen Hals, saugte an seinem Ohrläppchen und klagte ihm seinen Hunger mit Stöhnen und Wimmern.

No jo! – er wußte schon; nur wie zu helfen wäre, wußte er nicht. Was soll er ihm zu essen geben? Um zu vertragen, was er hinunterschlingt, dazu gehört ein anderer Magen, als so ein Kleines hat ... Aber – verfluchte Krot! – jetzt kam ihm eine Eingebung, jetzt wußte er auf einmal doch, wie zu helfen wäre. Aber – verfluchte Krot! Dieses Mittel konnte er nicht ergreifen – lieber verhungern. Der Entschluß saß eisenfest in seinem oberösterreichischen Dickschädel ... Freilich dämmerte ihm eine Erkenntnis auf, von der er gestern keine Ahnung gehabt hatte – verhungern lassen ist noch etwas ganz anderes als verhungern. Das Kleine gab das Saugen am Ohrläppchen auf; davon wurde es ja doch nicht satt. In stiller Verzweiflung schlossen sich seine kaum dem Lichte geöffneten Augen, und Provi fühlte es nur noch ganz leise zittern.

Gequält und scheu blickte er zur toten Spitzin nieder. Ja, wenn das Junge leben soll, darf man ihm die Mutter nicht erschlagen.

«No, so kumm!» stieß er plötzlich hervor und sprang aus dem Stall in den Verschlag und schritt resolut vorwärts und dem Dorfe zu, biß die Zähne zusammen, daß sie knirschten, sah nicht rechts noch links und ging unaufhaltsam weiter.

Noch rührte sich nichts auf den Feldern, erst in

der Nähe der Häuser fing es an, ein wenig lebendig zu werden. Ein schlaftrunkener Bäckerjunge schritt über die Straße zum Brunnen, der Knecht des Lohbauers spannte einen dicken Rotschimmel vor den Streifwagen. Aus dem Tor des Wirtshauses kam die alte Magd, von jeher Provis erklärte Feindin. Voll Mißtrauen beobachtete sie sein Herannahen, erhob die Faust und befahl ihm, sich zu packen. Ihn störte das nicht, er ging an ihr vorbei wie einer, der mit dem Kopf durch die Wand will. Finster und entschlossen, das Kinn auf die Brust gepreßt, trat er durch die offene Küchentür. Die Wirtin, die am Herde stand, wandte sich … «Grad zum Fürchten» sah der Bub aus, und seine Stimme klang so rauh und hatte etwas so Schmerzhaftes, als ob ihr Ton die Kehle zerrisse, durch die er gepreßt wurde:

«Schoberwirtin, Frau Schoberwirtin, i bitt um a Müalch.»

Das war die Wendung in einem Menschenherzen und in einem Menschenschicksal.

DIE SÜNDERIN

Das Schreiben, selbst an meine liebsten Menschen, ist mir eine Qual», sagte Louise von François, und: Mir auch, mir auch! dachte die alte Baronin, als sie den vierten Brief, den sie heute geschrieben hatte, und jeden an einen ihr sehr lieben Menschen, schwer seufzend schloß.

Kein fauler Student sehnt sich ungeduldiger von der Schulbank fort, als sie sich fortsehnte vom Schreibtisch in den Garten hinaus.

Es war ein Sommermorgen von jauchzender Pracht. Ein Blick ins Freie umfaßte eine Welt von Schönheit: Schauen war Glück und Atmen Genuß. Vom offenen Fenster her kam in lauen Wellen die Luft hereingestrichen über die frisch gemähten Wiesen, durch das Geäste der Fichten, das helle Laub der Tulpenbäume, den Blätterreichtum der Flügelnuß. Und von drüben grüßte die Deucia, die sich aus der Ferne ausnahm wie ein großes, von Künstlerhand gebundenes Bukett und deren einzelne Blüten in der Nähe kleinen Damen gleichsehen in weiß und rosa Ballkleidern.

Die Baronin schob ihre erledigte Korrespondenz von sich und wollte eben aufstehen, als die Kammerjungfer, Fräulein Emilie, erschien. Sie war ältlich, lang und dürr, und ihre Bewegungen hatten etwas Automatenmäßiges. An der Tür blieb sie stehen und meldete kurz und bündig: «Die Fanka ist da!»

«So, so – die Fanka. Was fällt ihr ein? Wer hat sie gerufen?»

«Kommt von selbst. Möcht die Arbeiten für das Armenhaus wieder haben.»

«Möcht sie? Ohne weiter's?»

«Ohne weiter's.»

«Weiß sie nicht, daß sich zwei andere um die Arbeit bewerben? Geschickte Schneiderinnen und brave Mädchen. Weiß sie nicht, daß ich böse auf sie bin?»

Das Fräulein schupfte die rechte Achsel in die Höhe und machte eine äußerst verächtliche Miene. «Scheint nicht. Tut nichts dergleichen.»

«Unglückliches Geschöpf! Hat schon zwei Kinder und muß noch ein drittes bekommen. Und wer ist denn dieses Mal der Vater?»

«Das ist der Marian aus dem Meierhof.»

«Der Witwer, der die vielen Kinder hat?»

«Sieben.» Fräulein Emilie senkte die Arme und machte eine ausbreitende Bewegung, als ob sie der Gebieterin diese ganze Nachkommenschaft zu Füßen legen wollte.

Die phantasiereiche Dame hatte sogleich den Anblick in völliger Leibhaftigkeit vor Augen; er tat ihr weh, und sie murmelte schmerzlich ergriffen: «Arme Würmer!»

«Er taugt nichts, der Marian», setzte sie nach einer Weile hinzu. «Wie seine Frau gestorben ist, hat jeder gesagt: ‚Wohl ihr!' Und mit dem läßt die Fanka sich ein. Es ist unglaublich, empörend ist's! Gehen Sie und sagen Sie ihr, daß ich sie nicht sehen will und in diesem Jahre keine Arbeit für sie habe.»

«Schon recht.» Emilie nickte und wandte sich.

Ihre Eilfertigkeit und ihre Zustimmung zu dem grausamen Ukas mißfielen der Gebieterin. «Geduld!» Sie nahm eine Banknote aus der Schreibtischlade. «Geben Sie ihr das, und sie soll gehen!»

«So viel?» In ihrer eigentümlichen Gangart, einem steifen Hüpfen, war Emilie herangekommen. «Ich werde ihr aber sagen, daß sie davon den Doktor bezahlt. Er hat sie schon klagen müssen.»

«Müssen? Der wohlhabende Mann die armselige Person?»

«Der Doktor will auch leben. Wozu hätte er was gelernt?»

«Ist sie krank gewesen?»

«Sie nicht. Eins von die Buben.»

«Der blonde, der schöne?»

«Weiß nicht, hab mich nicht erkundigt.»

«Sagen Sie mir – wie sieht sie denn aus?»

«Recht abgerackert.»

«Wie geht's dem Vater? Hat sie nichts gesagt?»

«Mein Gott, ja! Daß er alt ist und nicht mehr arbeiten kann.»

«So? Und wer besorgt denn das Stück Feld, das sie wieder gepachtet hat?»

Dieses viele Fragen machte das Fräulein schon ganz nervös. «Natürlich sie! Und sie hat ja den großen Buben.»

«Groß? Ein zehnjähriges Kind.»

«Wer kann dafür, daß er nicht älter ist?» Das war eine recht Emilianische Antwort, und die Ungeduld, der sie entsprungen, nicht mehr zu bemeistern. Das Fräulein wandte sich mit maschinenhafter Geschwindigkeit wie ein Drehkreuz und schritt der Tür zu.

«Warten Sie!» rief die Gebieterin, ärgerlich über dieses selbstherrliche Benehmen. Sie hatte einmal wieder einen ihrer raschen Entschlüsse gefaßt. Daß sie strafen werde, das war gewiß, dabei mußte es bleiben; aber *selbst* strafen wollte sie, nicht strafen lassen durch andere, die vielleicht grausam wären. «Warten Sie, hören Sie! Sie brauchen der Fanka gar nichts zu sagen. Ich will selbst mit ihr reden, sie soll kommen.»

«Selbst reden – no, das wird wieder was werden», murmelte Emilie, aber so leise, daß ihre so ziemlich schwerhörige Herrin den Wortlaut dieses Mißtrauensvotums nicht vernahm. «Und was geschieht damit?» fragte sie, die Banknote an einer Ecke mit zwei Fingern von sich haltend, als ob sie etwas Ekelhaftes wäre.

«Das geben Sie ihr und schicken sie her.»

Das Fräulein entfernte sich wortlos; nur ihre Miene gab kund, daß sie verletzt worden war in irgendeinem besseren Gefühl, und wenige Augenblicke darauf trat die Fanka ein.

Ein heller Freudenschein glitt über ihr Gesicht beim Anblick der Greisin, die dasaß im Lehnstuhl in der Nähe des Fensters. Leise, rasch, völlig unbefangen kam sie auf sie zu, beugte sich und küßte ihre Hand. «Ich danke untertänigst für das Geld, gnädigste Frau Baronin, und ich komme die Arbeit abholen für das Armenhaus.»

Die alte Frau betrachtete sie mit großem Ernste. Verjüngt hatte ihr letzter Fehltritt sie nicht, und Vorteil hatte sie auch nicht aus ihm gezogen, denn so armselig wie jetzt war ihre Kleidung nie gewesen. Aber hübsch war sie noch immer und noch anmutig ihre schlanke Gestalt. Ein kleines weißes Kopftuch umschloß den braunen Scheitel und die Wangen, die sehr schmal geworden waren. Auch das etwas zu kurze Näschen hatte schärfere Linien bekommen, und ganz so hell wie früher leuchteten die dunklen Augen nicht mehr. Unverändert geblieben war nur der ungewöhnlich schöne Mund, dessen volle rosige Lippen so fein geschwungen waren und den ein eigentümlich anziehender

Ausdruck von Lebenslust und Übermut umschwebte.

«Ich komm die Arbeit abholen für das Armenhaus», wiederholte sie nach einer Weile, da die Baronin schwieg.

«So, die Arbeit. Woher wißt Ihr denn, daß Ihr sie wieder bekommt?»

Fanka lächelte freundlich: «Ich denk mir's schon, Euer Gnaden, Frau Baronin.»

Die Unglückliche, die Unverbesserliche! So hatte sie keine Ahnung davon, daß sie einen Vorzug verscherzt haben konnte.

«Ihr seid im Irrtum, wenn Ihr Euch das denkt. Die Arbeit bekommt in diesem Jahr ein braves Mädchen.»

Fanka war einen Augenblick betroffen. Gleich darauf lächelte sie wieder, aber etwas wehmütig, wie über einen schlechten, grausamen Scherz, den man verzeihen muß, und sprach halblaut: «Ach nein, gnädige Frau Baronin.»

«Wieso, nein? Durchaus ja! Ich bin bös auf Euch. Ihr seid unmoralisch. Wieder ein Kind. Schämt Ihr Euch nicht vor Eurem großen Buben?»

«Vor dem Josefek?» Sie schlug die Hände leicht zusammen und blickte die Baronin mit gelassenem Staunen an. «Der hat ja die Brüder lieb; den kleinen schon gar. Den hat er gar lieb.»

«So?... Nun, das ist wirklich ein guter Bub, der Josefek.»

«Ob der gut ist, Euer Gnaden!» beeilte sich Fanka eifrig zu bestätigen. «So gut und so brav. Der Herr Lehrer loben ihn, daß er so brav ist in der Schule, der Allerbeste. Und fleißig ist der! So fleißig! Der Vater sind schon sehr schwach, können nichts mehr tun; da hilft mir mein Bub, was er nur kann. Mein Glück, der Bub; an dem werde ich meine Stütze haben, wenn ich einmal alt bin und mir nichts mehr verdienen kann.»

«Das hat gute Wege; vorher werdet Ihr noch lang für ihn sorgen müssen, und wie lang noch für die andern! ... Fanka, Fanka! Nein, daß Ihr Euch an den Marian weggeworfen habt, das verzeih ich Euch nicht, das ist eine Schande.»

Dieser Vorwurf traf die Sünderin hart, sie errötete bis unter die Haare und sprach langsam und leise mit schmerzhaft vorgezogenen Lippen: «Von dem hab ich geglaubt, daß er mich heiraten wird.»

«Hat er es Euch versprochen?»

«Was soll er's versprechen? Heiraten muß er ja, was möcht er denn anfangen mit den vielen Kindern?»

«Ein Versprechen hat er Euch also nicht gegeben, und Ihr habt keins verlangt, weil Ihr Euch wohl gedacht habt: Wenn er's auch gibt, halten wird er's doch nicht. Ihr habt ihn ja kennen müssen und gewußt, daß er nichts taugt.»

Fanka seufzte tief auf und erwiderte mit grandioser Ergebung: «Er ist halt ein Mann, einer wie der andere; sie sind alle so, alle schlecht.»

Welche Erfahrungen! sagte sich die Baronin im stillen und setzte laut hinzu: «Das denkt Ihr, das glaubt Ihr und trotzdem ... Ich begreif Euch nicht ... Geht, Fanka, geht! Euch ist nicht zu helfen; geht nur weiter ins Verderben, ins Elend mit Euren Kindern.»

Fanka hatte diese harten Worte über sich ergehen lassen und die Sprecherin fortwährend angesehen mit einem Blick, der traurig fragte: Bist du's, die so zu mir spricht? Kann das sein? Bist du's wirklich?

Jetzt zog sie ihr fadenscheiniges Umhängetuch fester um die Schultern, lehnte den Kopf zurück und sagte, ohne die Stimme zu erheben, aber mit einem Anklang von Trotz: «Ich hab noch nie einen Menschen angesprochen um ein Stück Brot für meine Kinder.»

«Gott behüt Euch davor, daß Ihr's je tun müßt», versetzte die Greisin, gegen ihren Willen ergriffen von diesen stolzen Worten.

«Ja, Euer Gnaden, ja, Gott behüt's, daß es nur nicht wieder so wird, wie's im Winter war mit dem Sylvin ... Erinnern sich an ihn, Euer Gnaden? Haben ihn gesehen beim Erntefeste, haben ihn auf den Arm genommen, und er hat sich nicht gefürchtet. Er hat Sie freundlich angeschaut. Erinnern sich?»

Ja, sie erinnerte sich. Ein bildschönes, etwa dreijähriges Büblein. Sie hatte gefragt: «Wem gehört der Blasengel?» Und einige Weiber hatten gekichert: «Der ist ja von der Schneiderin, der Fanka!» Und sie hatte denken müssen: Ihr – wie sollt es anders sein? – zur Last. Und was gäben manche Vornehme und Reiche um den Besitz eines solchen Kindes!

«Der, Euer Gnaden, der war zum Sterben, zum Sterben!» beteuerte Fanka, und hastig, sich überstürzend, sich verwirrend, erzählte sie, wie es so plötzlich gekommen war, im Winter, gerade damals, als sie so viel Arbeit gehabt ... Einmal in der Nacht konnte sie sich vor Schlaf nicht retten ... Da hatte der Vater sie geweckt: «Der Sylvin stirbt, wach auf, komm beten!»

Herr Jesus Christus! Wie? Was? Der Sylvin, ihr Bub, mit dem sie am Abend noch gelacht und gespielt hat? Nein, nein, der stirbt nicht, den läßt sie nicht sterben ... stürzt zu ihm ... Er glüht wie eine Kohle und röchelt.

«Laß ihn!» sagt der Vater. Aber sie hat ihn genommen, ihn gut eingewickelt, daß er nichts spürt, und fort mit ihm zum Doktor ...

«Zum Doktor?» fragte die Baronin. «In der Nacht, im Winter, den weiten Weg?» Sie kannte ihn. Er zog sich durch die flachen Felder, die, kahl und baumlos, von Schnee bedeckt, unübersehbar schienen; sie kannte den mährischen Nordwest, der über sie hin fegt, ihren alten Feind, kannte seinen schneidenden Frost, sah das arme Weib, das sein Kind der Rettung entgegentrug, gegen ihn ankämpfen in Dunkel und Einsamkeit, malte sich alle Schrecken der langen, langen Wanderung aus und sagte: «Unsinn!»

«Ja», gestand Fanka, «der Herr Doktor haben gezankt: ‚Was schleppt Ihr ihn her? Ich muß zu ihm, nicht er zu mir.‘ Sind dann auch gekommen.»

«Wie oft?»

«Fünfmal.» Sie seufzte und fuhr mit der Hand über das Gesicht, als ob sie den Schatten eines sorgenschweren Gedankens wegwischen wollte. «Ich bin ihm noch schuldig, dem Herrn Doktor.»

«Das Kind hat er Euch mit Gottes Hilfe gesund gemacht?»

«O je, Euer Gnaden» – ihre Munterkeit und Zuversicht waren schon zurückgekehrt –, «der lauft jetzt herum, daß der Staub hinter ihm auffliegt. Gott sei Dank, alle sind gesund, und ich hab Zeit, und mit der Arbeit für das Armenhaus kann ich mir helfen.»

«Fanka», sprach die Baronin nach einer Pause und nicht ohne Selbstüberwindung, «mir tut's leid; aber auf die Arbeit für das Armenhaus dürft Ihr in diesem Jahr nicht rechnen. Ihr wißt, warum.»

«Nicht rechnen, Euer Gnaden? Und wem möchten sie denn geben? Es macht sie ja niemand so gut wie ich. Die Frauen sind immer zufrieden, ich weiß schon so gut, wie jede es haben will, sie sind so heikel, die Frauen … Euer Gnaden, Frau Baronin, ich bitte …»

«Bittet nicht, quält mich nicht, und geht jetzt, Fanka!»

Nicht bitten und – gehen! Sollte sie's wirklich glauben, daß sie verstoßen war? Dann aber auch ins Elend. Die Pfändung wird kommen, und die Kinder werden hungern, und die ihr mit Hohn und Spott vorhergesagt: «Betteln wirst gehen!», werden recht behalten. O Herr Jesus Christus, lieber ins Wasser! …

Ihr Kopf brannte, ihre Knie bebten, und plötzlich, von Verzweiflung gepackt, stürzte sie mit einem lauten Aufschrei nieder: «Ich hab nie gebettelt, schicken Sie mich nicht betteln, gnädigste Frau Baronin!»

Die alte Frau war erschrocken in ihren Sessel zurückgesunken und hatte sich dann rasch erhoben: «Steht auf!» rief sie und blickte erschüttert auf das mühselige Geschöpf nieder, das gebrochen vor ihr lag, weil ihm eine neue Möglichkeit, sich zu mühen, verweigert wurde. Zur Strafe – wofür? Wer darf strafen? Trägt ihre Schuld die Strafe nicht in sich? Hat sie ihr nicht Plage und Schande genug gebracht? Freilich, nicht nur die allein – so strafst du, Weisheit, unergründliche, einzig anbetungswürdige Macht! –, freilich auch, strömend aus demselben Quell, Glück und Läuterung durch unendliche Opferkraft und eine tapfere, beschützende Liebe. «Steht auf!» wiederholte sie. «Was fällt Euch ein? Ich kann solche Sachen nicht leiden.»

Langsam und zögernd wurde ihr Befehl erfüllt, und nun standen sie einander gegenüber, beide im Innersten erregt und verwirrt. Fanka wagte kein Wort mehr zu sprechen; sie hatte den Kopf gesenkt, schluchzte, und unaufhaltsam rannen Tränen über ihre Wangen.

Da legte eine Hand, deren leises Zittern sie fühlte, sich sanft auf ihre Schulter, und eine Stimme, aus der jede Spur von Strenge verschwunden war, sagte: «Geht! Jetzt aber wirklich. Ihr sollt Euch helfen können. Seid getrost und weint nicht, ich kann auch *das* nicht leiden.»

DAS SCHÄDLICHE

Lieber Freund!

Wir haben eine Zeitlang im öffentlichen Leben Seite an Seite gekämpft. Du wirst mit den Waffen in der Hand sterben; ich habe mich vom Schlachtfeld abgewandt. Es war Dir unlieb, aber Du ließest die Gründe, die mich dazu bestimmten, gelten und gabst mir recht. Tue das noch einmal, gib mir noch einmal recht. In einer ganz andern Sache.

Unlängst hörte ich eine berühmte Schauspielerin zu einem großen Arzte sagen: «Sie müssen auch manchmal Komödie spielen.» Er antwortete: «Ja, aber wir spielen schlecht.» – Recht schlecht, nach den Erfahrungen, die ich gemacht habe. Schon vor Wochen, als ich nach Wien fuhr, um meinen Arzt zu konsultieren, las ich es ihm vom Gesicht ab: Dir ist nicht zu helfen. Und neulich, da ich ihn wieder aufsuchte und ein schmerzstillendes Mittel von ihm verlangte, verriet mir seine Bereitwilligkeit, mich in die Kunst, ein Morphinist zu werden, einzuweihen, daß er die Gefahr einer zukünftigen Entwöhnungskur für ausgeschlossen hielt.

Finita la commedia. – Eine Komödie war's übrigens nicht.

Wir haben von meinen Verhältnissen nie gesprochen; Du weißt von meinem Privatleben nicht mehr als alle Welt, das heißt: was geschah; nicht, wie es geschah. Ich will Dir meine Geschichte erzählen, ich will eine Generalbeichte ablegen.

Deiner Gerechtigkeit sicher, sehne ich mich nach Deiner Lossprechung.

Ich bin im Jahre 1829 geboren auf unsrem Schlosse Niedernbach.

Ich habe von meinem Vater eine eiserne Gesundheit und eine eiserne Willenskraft geerbt. Meiner Mutter verdanke ich den Abscheu vor allem Unreinen, der mich schon im Obergymnasium dem Spotte fünfzehnjähriger Jungen preisgab.

Sie lachten über mich und nannten mich einen heiligen Antonius; ich verachtete sie und nannte sie angefaultes Grünzeug.

Ich war nicht dumm, aber ich lernte schwer. Gott weiß, welche Mühe es mich gekostet hat, immer der Erste in der Klasse zu sein.

Während der acht ersten Studienjahre (mein Vater hatte mich für die staatsmännische Laufbahn bestimmt) wohnte ich in der Hauptstadt unserer Provinz bei einem Gymnasialprofessor.

Er war ein guter und gescheiter Mann, ließ sich aber ganz beherrschen von seiner hübschen, um viele Jahre jüngeren Frau. Albern und mißgünstig, machte sie ihm und auch mir das Leben schwer.

Die Weihnachts-, die Oster- und die Ferienzeit brachte ich in Niedernbach zu, wünschte die Stunde der Heimkehr jedesmal mit einer Sehnsucht herbei, die mir tagelang und nächtelang vorher den Appetit und den Schlaf raubte, und konnte doch nirgends so unglücklich sein wie zu Hause.

Meine Eltern führten eine traurige Ehe. Die Liebe hatte einmal wieder zwei Leute zusammengeführt, die nicht für einander paßten. Das Lebenselement meiner Mutter war der Friede. Sie strömte ihn förmlich aus. Sie hatte sich ihn errungen nach schweren Leiden, durch die Kraft einer wahrhaft erhabenen Entsagung. Mein Vater besaß eine Kämpfernatur; und während meine Mutter früh alterte, blieb er jugendlich in seiner schönen Erscheinung, seinen Leidenschaften und Neigungen bis an sein Ende. Er starb lange vor dem Eintritt ins Greisenalter. Die Krankheit, die ihn in wenigen Tagen hinwegraffte, trat plötzlich und mit furchtbarer Heftigkeit auf. Sterbend rang er noch wie ein Held mit dem Tode und begriff erst wenige Augenblicke vor dem letzten, daß auch er seinen Meister gefunden hatte.

Da richteten seine Augen sich auf meine Mutter. Wir alle, die sein Bett umstanden, schauderten. In diesem Blick lag ein Ausdruck von unaussprechlicher Reue und Todesangst, ein verzweiflungsvolles Flehen, wie das eines Verdammten zum Urquell des Heils.

Meine Mutter beugte sich über ihn und küßte seinen qualverzerrten Mund und schloß seine armen Augen mit ihren Lippen.

Der Eindruck, den ich in dieser Stunde empfing, hat sich nie verwischt. Ich werde nicht sterben wie mein Vater, ich werde ruhig hinübergehen, trotz des furchtbaren Ereignisses in meinem Leben und obschon ich eigentlich ein Mörder bin.

Ich war sechsundzwanzig Jahre alt, als mein Vater starb, und hatte mir eben auf der Universität Wien den Doktorhut errungen. Mühsam, mit Anspannung aller meiner Kräfte.

Zunächst verstand es sich von selbst, daß ich das Trauerjahr bei meiner Mutter in Niedernbach zuzubringen habe, und nachdem es verflossen war, dachte ich nicht mehr daran, unsern gemeinsamen Aufenthaltsort zu verlassen.

Die Tätigkeit des Landwirts, die paßte mir. Freilich hieß es beim Abc anfangen, und das geschah unter der Leitung meines alten Verwalters, eines ungelernten, aber tüchtigen Ökonomen. Niedernbach war für ihn die Welt, und zwar die denkbar beste, und das Interesse des Herrn dieser Welt das höchste Interesse überhaupt.

Die glücklichste Zeit meines Lebens begann. Bis

jetzt war Lernen für mich eine Plage; jetzt erfuhr ich, daß es ein Genuß sein kann. Ich habe ihn mir gegönnt und wurde mit der Zeit ein Landwirt, zu dem die Leute in die Schule gehen konnten und auch fleißig gegangen sind.

So günstige Verhältnisse wie die, die damals in Niedernbach herrschten, treffen sich freilich selten.

Eine aus arbeitsamen und in der Mehrzahl braven und friedfertigen Leuten bestehende Bevölkerung. Der Pfarrer ein Mann nach dem Geiste des Evangeliums; der Lehrer, zu seinem Amte innerlichst berufen, betrachtete die Kinder nicht nur als Schüler, sondern als Zöglinge. Zum Bürgermeister wurde ich gewählt, und ich hatte weder mir noch den Gemeinderäten das Amt bequem gemacht. Aber Ordnung hielten wir: die ehrlichen Leute waren obenauf, und die Lumpen mußten kuschen.

Das alles ist heute anders geworden.

Abgesehen von meiner amtlichen Tätigkeit, führte ich tagsüber dasselbe Leben wie mein Verwalter. Wenn es dunkel wurde, legte er sich zu Bette, ließ drei lange Pfeifen, drei Glas Bier, den Unterbeamten und den Oberknecht kommen und nahm den Rapport ab.

Ich wechselte die Kleider und ging meine Mutter begrüßen.

Nach dem Abendessen, das wir im Bibliothekszimmer einnahmen, begaben wir uns in die Gesellschaft irgendeines großen Menschen. Um seinen gebannten Geist zu beschwören, brauchte man nur eines seiner Werke aufzuschlagen. Sogleich offenbarte er sich, ließ uns in sein Herz blicken, enthüllte uns seine tiefsten Gedanken.

Schöne, allzu rasch entschwundene Abende, die wir so zubrachten, zu dreien. Die Tage wieder kürzte mir viel zu knapp die gewaltige Zeitvertreiberin Arbeit. Und wenn einem die Tage zu schnell vergehen, wie erst die Jahre!

Ihrer fünf des ungetrübten Glückes rannen dahin; dann begann meine Mutter zu kränkeln. «Der Anfang vom Ende, das aber noch länger auf sich warten lassen kann, als der Leidenden zu wünschen ist», sagten die Ärzte. Ich verfluchte ihre Weisheit, und in Zeiten, in denen das Übel stillstand, hoffte ich immer wieder gegen alle Wahrscheinlichkeit und alle Vernunft auf Heilung.

Während einer solchen Ruhepause meiner Sorgen legte ich den Grund zum Unglück meines Lebens. Ich verliebte und verlobte mich.

In unserer Nachbarschaft hatte sich ein Herr von C., ein ehemaliger Großindustrieller, mit seiner Familie angesiedelt. Er war ein Mann von Geist, Talent und strengster Redlichkeit. Ein geborener Österreicher, der aber viele Jahre in England zugebracht, dort ein ansehnliches Vermögen erworben und eine Familie gegründet hatte. Mit seiner stattlichen, einem alten schottischen Adelsgeschlecht entstammten Frau führte er die beste Ehe. Er war stolz auf seine Lady, und sie liebte ihren munteren, immer gut gelaunten «Sir James» noch viel heißer, als sie selbst passend fand für ihre zweiundvierzig Jahre. Sie hatten drei Töchter, drei Schönheiten. Die älteste und die jüngste waren blond wie die Mutter, die mittlere sah dem Vater ähnlich. Was man so ähnlich sehen nennt. Auch sie hatte braune Haare und einen olivenfarbigen Teint und große tiefblaue Augen. – Aber *ihn* könnte ich deutlich beschreiben; *sie* zu beschreiben wäre sogar einem Dichter unmöglich gewesen. Sie war das verkörperte Geheimnis, ein wunderbares, lockendes Rätsel. Ich habe nie wieder Augen gesehen, die so inbrünstig beschwören, so demütig flehen und so schrecklich drohen konnten, nie eine Stimme gehört von so bestrickendem Wohllaut, solchem Reichtum an Tönen für jeden Ausdruck der Zärtlichkeit und so herbem Klang für den Haß.

Das heißt – doch! *Einmal* lebte das alles wieder vor mir auf mit grauenhafter Treue.

Ich habe Edith geliebt, vom ersten Augenblick an. Ihre Schönheit blendete, ihre Anmut bezauberte mich. Sie war die schönste unter den Schwestern, die begabteste und doch – das zurückgesetzte Kind. In jeder Kleinigkeit, in jedem Blick, den ihre Eltern auf sie richteten, in dem Ton, in dem sie zu ihr sprachen, verriet sich's: an der hatten sie keine Freude.

Und sie schien ein trotziges Gefallen an dem Unterschiede zu finden, der zwischen ihr und ihren Schwestern gemacht wurde. Sie klagte nie darüber, versäumte aber auch nie eine Gelegenheit, ihr Aschenbrödeltum recht ins Licht zu setzen. Das vor allem hätte mich warnen sollen, aber – ich war ja verliebt, mehr als verliebt; ich dreißigjähriger Mann *liebte* zum ersten Male und so blind und heiß wie ein Jüngling. Selbstverständlich wurde meine Mutter meine Vertraute. Sie hatte einen harten Kampf mit sich selbst zu bestehen gehabt, bevor sie sich entschloß, Edith zu sehen.

«Die Tochter eines Großindustriellen und viel zu reich für dich», sagte sie. «Gibt's denn kein armes, schönes Prinzeßchen auf irgendeinem verwunschenen Schlosse mehr?»

Ihre Standesvorurteile und ihr Stolz schwiegen erst, als sie den Ernst und die Tiefe meiner Leidenschaft erkannt hatte.

Frau von C. hielt gute Nachbarschaft. Sie besuchte meine Mutter, die damals schon den Umkreis des Hauses nicht mehr überschritt, sehr oft und war immer willkommen. Von ihren Töchtern hatte sie sich trotz wiederholter Aufforderung noch nie begleiten lassen, und das wurde sehr recht und sehr feinfühlig gefunden von meiner Mutter. Ich mußte lange warten und lange bitten, bis endlich eine so dringende Einladung von ihr an alle Damen C. erging, daß sie nicht mehr ignoriert werden konnte.

Den Brief, der sie enthielt, überbrachte ich selbst. Am 12. Juli 1853 war's. Das Datum bleibt mir unvergeßlich.

Die Familie, regelmäßig bis zur Pedanterie in ihrer Lebensweise, brachte zur Sommerszeit die Vormittage im Maleratelier zu, das sich C. in einem Saale des Halbstocks eingerichtet hatte. Ein schöner, mit großem Luxus dekorierter Raum.

Seiner Begabung nach war C. ein Kaufmann im großen Stil, seiner Neigung nach ein Kleinmaler von peinlichem Bienenfleiß und, wie er offenherzig eingestand, voll Ehrgeiz. Die Bilder, die er auf die Ausstellung schickte, wurden fast immer angenommen und sogar verkauft. Darüber konnte er sich freuen wie ein Kind, und die paar hundert Mark, mit denen er für monatelange Arbeit bezahlt wurde und die er sogleich verschenkte, machten ihn glücklich.

Seine Töchter malten auch. Die blonden – habe ich schon gesagt, daß sie Maud und Ethel hießen? – mit vielem Eifer und wenig Talent, Edith mit großem Talent und ohne Eifer. Sie brachte es nie über einen mehr oder minder flüchtigen Entwurf hinaus. Aber ein solcher Entwurf, an den sie eine Stunde gewendet hatte, war mehr wert als die besten Bilder ihres Vaters zusammengenommen.

Nicht etwa nach meiner parteiischen Meinung, sondern nach der der Künstler, die Herr von C. als gefeierte Gäste in sein Haus zog. Er selbst und seine Frau waren in dem Punkt mit Blindheit geschlagen.

«Sehen Sie doch unsre Maud, unsre Ethel, dieser Ernst! Sie haben das Genie des Fleißes. Edith spielt nur.» – Es hieß überhaupt nur: *Unsre* Maud, *unsre* kleine Ethel und – Edith kurzweg. Das besitzanzeigende Fürwort blieb weg, wenn sie von ihr sprachen. Ich aber dachte im stillen: Je weniger die Eure, um so mehr die Meine.

An jenem Vormittag, an dem ich als Bote meiner Mutter zu den Nachbarn hinüber ritt, fand ich Edith allein im Atelier. Ihre Eltern und ihre Schwestern waren in das «Kostümzimmer» gegangen, dem Auspacken einer längst sehnlich erwarteten Sendung alter Trachten vorzustehen. Edith machte sich ein wenig lustig über die «Anregungen» zu neuen Kunstwerken, die aus diesem Moder steigen würden, und ich segnete im stillen seine Ankunft, der ich das erste Alleinsein mit der Vielgeliebten verdankte.

Sie saß am großen Atelierfenster im vollen Tageslicht und war schön.

Ihr Anzug, ein hellgraues Kleid aus leichtem, weichem Stoff, mit einem einfachen Gürtel um den Leib, erinnerte an die Tunika der römischen Frauen. Sie hatte ihren rechten Fuß auf einen

Schemel gestützt. Auf ihrem erhobenen Knie lag ein Zeichenbuch, in dem sie herumkritzelte in gewohnter nachlässiger Art. Bei meinem Eintreten war sie flammend rot geworden, hatte sich aber in ihrer Beschäftigung nicht unterbrechen lassen.

«Darf man fragen, was da gezeichnet wird?» sagte ich.

Edith überlegte eine kleine Weile und – reichte mir das Buch.

Ich mußte laut lachen. Sie hatte eine Karikatur von mir gemacht, eine geniale. Zum Aufschreien ähnlich meine große Nase, mein großer Mund, mein dicker Schnurrbart. Bei längerem Betrachten dieses durchaus nicht geschmeichelten Ebenbildes fiel mir aber der widerwärtige Ausdruck auf, den sie mir gegeben hatte, und ich fragte: «Komm ich Ihnen wirklich so boshaft vor, wie Sie mich da verewigt haben?»

Sie antwortete ausweichend: «Daß Sie sehr bös werden könnten, das, ja, das glaub ich.»

«Also doch nicht boshaft, nur bös, und bin's noch nicht, sollt's erst werden.»

«Es bleibt nicht aus; alle Menschen sind bös, wenigstens gegen mich», sagte sie in dem unbefangenen und kühlen Ton, in dem man eine im Grund gleichgültige Tatsache bestätigt.

Ich fand das kindisch, und sie fragte:

«Warum denn kindisch? Wenn ich Ihnen sage,

es ist nie jemand durch lange Zeit gut gegen mich gewesen, können Sie mir das Gegenteil beweisen?»

«Gewiß nicht; mir ist auch das Unbegreifliche wahr, sobald Sie es behaupten», erwiderte ich.

Und sie – ja, so ausführlich, wie ich da angefangen habe, kann ich nicht fortfahren. Wenn ich mich noch so sehr bemühen würde, mir jede Einzelheit unseres Gesprächs zurückzurufen, es wäre vergeblich. Tot, tot. Auch Erinnerungen sterben, gottlob!

Nur einige Worte der – am Ende meines Lebens stehend, sage ich: – *armen* Edith und die Art, in der sie geäußert wurden, und die mich bezauberte, sind mir unvergeßlich geblieben.

Sie war nie geliebt worden, sie stand allein mitten unter den Ihren, und es konnte nicht anders sein: ihr «unglücklicher Charakter» verschloß ihr die Herzen auch der «besten und liebreichsten Menschen». Ich natürlich wünschte zu wissen, wie der «unglückliche Charakter» sich betätige. Da erhob sie den Kopf und richtete ihre Augen auf mich. Um ihren rosigen Kindermund spielte ein um Verzeihung bittendes Lächeln.

«Nun», sagte sie, «durch Verleumdung zum Beispiel, durch eine mit dem Bleistift verübte Verleumdung.»

Ich hatte Mühe, nicht aufzuspringen, nicht ihre Hände zu fassen, nicht zu sprechen: «Böses Kind, werden Sie meine liebe Frau. Ich nehm's auf mit Ihrem unglücklichen Charakter.»

Aber ich beherrschte mich, setzte das Verhör fort und kam zur Überzeugung, daß ich ein Opfer der Familie vor mir habe, eines der vielen jungen Wesen, deren Seelenregister, nach einem andern Grundton gestimmt als der ihrer Umgebung, die Dissonanz verursachen im Kreis der Angehörigen.

Eine Frage stellte ich noch, es sollte die letzte sein: «Sie sind also nicht geliebt *worden*; *haben* Sie auch nie geliebt?»

Ohne Zögern, mit immer gleicher Einfachheit, antwortete sie: Doch, sie hätte sich's wenigstens eingebildet. Sie war damals siebzehn Jahre alt, er vierundzwanzig. Sie wußte heute noch nicht, was ihr mehr gefallen hatte an ihm, das Gute oder das Böse: sein Leichtsinn, seine Verschwendungssucht, sein tollkühnes Spielen mit der Gefahr. Sie hatten einander nur in Gesellschaft getroffen und dennoch – wie leicht verständigen sich zwei junge Narren! – Schwüre ewiger Liebe getauscht. Er nannte sie Julia, und sie nannte ihn Romeo – ihre Eltern nannten ihn einen Abenteurer. Mit ihrer Einwilligung hätte sie seine Frau nicht werden können, so forderte er ihr das Versprechen ab, mit ihm zu entfliehen. Sie gab es; sie gab ihm auch den einzigen Schmuckgegenstand, den sie besaß, einen kleinen Ring, einen schmalen Reifen mit einem Rubin.

Kurz vor dem zur Entführung bestimmten Tage beging Romeo eine Unbesonnenheit, das heißt etwas, das dafür gelten sollte. Er schrieb einen Brief an Julia, den sie nie gelesen hat, der in die Hände der Mutter kam. Selbstverständlich bei den klösterlichen Einrichtungen im C.schen Hause.

Edith wurde durch einige Zeit mit besonderer Kälte behandelt und erfuhr erst nach langem Ringen und Bangen in den Qualen der Ungewißheit, daß ihre Eltern den unvorsichtigen Briefschreiber zu einer Besprechung eingeladen und ihn bewogen hatten, vom Schauplatz zurückzutreten, sehr weit, bis nach Kanada. Der Ring war dageblieben und ein kostbares Ding geworden. Nur um hohen Preis hatte der Liebende sich von ihm getrennt. Die Summe, die Romeo dafür forderte, betrug ungefähr soviel wie seine Schulden.

Eine klägliche Liebesgeschichte, die einen entsetzlichen Eindruck auf ein siebzehnjähriges Herz gemacht haben mußte.

So schwer hat das Leben schon an dir gesündigt, du armes Kind. Das Herz wollte mir übergehen, das entscheidende Wort drängte sich auf meine Lippen.

Edith machte eine flehend abwehrende Gebärde, faltete die Hände auf ihrem Schoß und lehnte den Kopf zurück. Ein seltsamer Blick aus ihren halb geschlossenen Augen, hilflos, trostlos, streifte mich.

Im Nebenzimmer wurden Schritte und Stimmen laut.

«Die Eltern kommen. Wollen Sie ihnen eine große Freude machen?» sprach Edith, «werben Sie um Maud.»

Ich machte ihnen diese Freude nicht, ich übergab Frau von C. den Brief meiner Mutter, und die Antwort darauf lautete: «Ich werde die Ehre haben, morgen, mittags um zwölf Uhr, der Frau Gräfin meine Töchter vorzustellen.»

Am nächsten Morgen ging ich wie gewöhnlich an mein Tagewerk. Ich hatte auf einem ziemlich entlegenen Hofe zu tun. Anfangs war ich ruhig und voll Zuversicht. Als die Stunde herankam, in der Edith die Schwelle meines Hauses überschreiten und zum ersten Mal vor meine Mutter treten sollte, wurde ich von einer unbeschreiblichen Unruhe erfaßt. Es klopfte und hämmerte in allen meinen Adern, ich sprach und wußte nicht, was, und gab einen verkehrten Befehl nach dem andern. Die Leute sahen mich ängstlich und verwundert an. Ich hielt's nicht mehr aus, ich ließ mein Pferd vorführen und jagte heim.

Eine furchtbare Hitze herrschte an dem Tag, die Sonne brannte herunter, als ob sie alles in Flammen setzen wollte.

Schweißbedeckt, wie ich war, gestiefelt und gespornt trat ich ins Zimmer meiner Mutter. Sie lag auf ihrem Ruhebett, leichenblaß und erschöpft, ein Bild des Leidens. So hatte ich sie nie gesehen, so mußte ich sie überraschen. Vor mir überwand sie sich; ihr edles, geliebtes Gesicht zeigte sich mir nie anders als beseelt vom Ausdruck sanfter Heiterkeit. In diesem Augenblick aber waren ihre Schmerzen stärker gewesen als sie.

Als sie mich erblickte, machte sie einen verunglückten Versuch, sich aufzurichten, fiel in ihre Kissen zurück und streckte mir stumm die Hand entgegen.

«Der Besuch hat dich ermüdet», sagte ich. «Sind sie zu lange geblieben?»

«Ganz kurz.»

«Nun, Mutter, wie findest du Fräulein Edith?»

Sie sah mich bestürzt an, als hätte sie ein böses Gewissen.

«Mutter, wie findest du sie?»

«Unheimlich. Lieber Franz, nur *die* nicht!»

Das war der erste Eindruck.

Meine Mutter wäre aber nicht die hochherzige und gerechte Frau gewesen, die sie war, wenn sie sich seiner Macht unterworfen hätte. Sie hat ehrlich getrachtet, ihrer Herr zu werden, und oft wiederholt, daß es ihr unmöglich wäre, den Grund des Widerstrebens zu nennen, das ihr Edith bei der ersten Begegnung eingeflößt hatte. Später scherzte sie selbst darüber: «Wer weiß, vielleicht war's Eifersucht auf meinen Einzigen, vielleicht auch regte sich beim Anblick seiner Erkorenen die berüchtigte Schwiegermutter in mir.»

Edith verstand allmählich ihre ganze Liebe zu gewinnen. Um so sicherer, als sie sich weniger darum bewarb, immer den letzten Platz einnahm, immer zurücktrat hinter ihren Schwestern. Sie tat das unauffällig, scheinbar absichtslos, als ob es das Natürliche wäre und nicht anders sein könnte. Ich hatte noch kein Liebeswort mit ihr getauscht, sie nicht wieder allein gesprochen seit unserem Zusammentreffen im Atelier und war doch im stillen ihrer Zuneigung gewiß.

Nicht ängstlich, selig war mir zumute, als ich eines schönen Tages um sie werben ging bei ihren Eltern. Ich wurde ins Schreibzimmer C.s geführt und fand dort das Ehepaar. Sie hielt eine Arbeit, er ein Buch in der Hand, aus dem er ihr vorlas. Vorlesen war auch eine seiner Liebhabereien, und eine der ihren war Zuhören.

Die beiden Leute boten ein friedliches Bild, und ich meinte einen Blick in die Zukunft zu tun und dachte mir: Ein Menschenalter, und wir sitzen ebenso stillvergnügt und glücklich beieinander, Edith und ich.

Bevor ich ein Wort sagte, wußten sie natürlich schon, was mich zu ihnen führte.

Frau von C. senkte den Kopf. Ihr Profil war mir zugewandt; ich sah, daß ihr feiner Nasenflügel bebte und daß sich über ihre Wange ein heller

Streifen zog. C. hielt sich gerade wie gewöhnlich und hatte die Arme auf die Seitenlehnen seines Sessels gestützt. Die Finger seiner herabhängenden Hände, die sich aus seinem schneeweißen Anzug braun wie die eines Inders herausstreckten, zuckten; auf seinem treuherzigen, glattrasierten Gesicht dunkelte ein Schatten von Verlegenheit.

Als ich ausgeredet hatte, was bald der Fall war, trat tiefes, unangenehmes Schweigen ein.

Dann sagte C.: «Sie sind uns ein sehr willkommener Schwiegersohn.»

«Sehr willkommen», bestätigte seine Frau, und ihre noch schlanke und imposante Gestalt emporrichtend, setzte sie hinzu: «Was Edith betrifft, ihres Jawortes können Sie gewiß sein.» Das bestätigte wieder *er*, und das ging so fort. Sie sprachen abwechselnd, und was sie sagten, entsprang einer und derselben Überzeugung. Sie hatten zusammen nur eine Seele, einen Verstand, ein Urteil. Solche Eltern sind schlechte Erzieher; statt der vier Augen, die sie brauchen, haben sie nur zwei.

Als die Ehrenmenschen, die sie waren, teilten sie mir das große Ereignis im Leben Ediths, die geplante Flucht, mit, und daß sie sich darüber nie würden trösten können. Sie legten das beschämendste Geständnis ab, das Eltern tun können: «Wir haben nicht gewußt, das Vertrauen dieser Tochter zu gewinnen.» (Traurig für euch, dachte ich, mir ward es geschenkt.) «Sie ist eben anders als ihre Schwestern, die durch einen Wink zu leiten waren. Bei ihr hieß es biegen oder brechen. Das Kind verschlossen oder eigenwillig, wir streng bis zur Härte ihr gegenüber, weil wir das als unsere Pflicht ansahen. So hat sich allmählich eine Eiswand zwischen uns aufgerichtet. Edith liebt uns nicht, aber wir glauben, nein, wir sind überzeugt und danken Gott dafür, sie liebt Sie, ihr selbst unbewußt verrät sie's, und einmal ist es uns gegönnt, ihr ins Herz zu blicken. Das erste Wunder, das die Liebe an ihr tut. Wer weiß, vielleicht nicht das letzte, vielleicht gewinnen wir an Edith eine Tochter, indem wir sie Ihnen zur Frau geben.»

Sie wurde gerufen. Ein Blick auf ihre Eltern, auf mich, und sie blieb neben der Tür stehen, sie suchte mit beiden Händen eine Stütze an der Wand.

Ich war mir während der Unterredung mit Herrn und Frau von C. wie eingefroren vorgekommen. Als ich Edith so bewegt dastehen sah, übermannte mich mein Gefühl. Ich ging auf sie zu, ich wollte reden, ich konnte nicht; ich öffnete die Arme, und sie stürzte hinein.

Sie sprach zuerst: «Ist's wahr? Ist's möglich, mich? nicht Maud, nicht Ethel – mich!»

Nun kamen Tage, deren ich mit Stolz und Wonne gedächte, wenn sie den Eingang bilden würden zu einem schönen Leben. Jetzt aber eile ich über die Erinnerung an das Glück hinweg, das wie ein Giftpilz rasch emporschoß und rasch verdorrte.

Ediths Eltern und meine Mutter sagten: «Ihr kennt euch kaum», und sie drangen darauf, daß unser Brautstand lange dauere. Mir konnte die Zeit des Hangens und Bangens nicht rasch genug verfliegen, ich wollte sie kurz haben und setzte meinen Willen durch. Wir heirateten, wir reisten, kehrten heim. Ein Kind, ein Mädchen, kam zur Welt und erhielt in der Taufe den Namen meiner Mutter, Eleonore.

An dem Verhältnis zwischen Edith und mir hatte ein Jahr der Ehe nichts verändert. Wonach Edith sich gesehnt, seitdem sie dachte: grenzenlose Liebe, einen Menschen, dessen Abgott sie war, der sie töricht verzog, sie besaß es nun. Mit aller Kraft ihres mächtigen Wesens hielt sie ihr Eigentum fest, wachte mit eifersüchtigem Geiz über jede Regung meines Herzens. Das Gesetz der Gesetze lautete bei ihr: Du sollst mich, deine Frau, lieben, mich allein. Freilich gab auch sie sich ganz, und sie war ein reiches Geschöpf. Ich bin nie wieder einem Weibe von so viel Geist und Verstand, von so unerschöpflicher Einbildungskraft begegnet. Dazu ihr großes Talent, das hingereicht hätte, zwanzig «ewig Strebenden» einen Lebensinhalt zu schaffen, und mit dem sie spielte, das sie verwüstete. Bat ich einmal: «Führe diese Skizze aus, sie gäbe ein hübsches Bild», da hieß es: «Willst du mich los sein? Soll ich tagelang an die Staffelei angenagelt bleiben?» Und wenn ich meinte: «Schade um dein Talent», war ihre Antwort: «Ich will kein Talent haben und ausbilden als das, dich anzubeten.»

Aus der Mappe verschwand die Skizze, die ich gelobt hatte, und ich fand an einem der nächsten Tage ein Stück von ihr neben meinem Papierkorb recht absichtlich hingelegt.

Noch vor meiner Verheiratung hatte sich meine Mutter auf ein kleines Gut, das ihr Eigentum war und unfern von Niedernbach lag, zurückziehen wollen. Ich gab es nicht zu. Sie mußte bei uns bleiben, das Schloß war groß genug, um zwei voneinander unabhängige Haushaltungen zu beherbergen. – «Wir werden uns vertragen», meinte ich und behielt recht. Wir vertrugen uns. Meiner Frau wurde kein Grund gegeben, das landläufige oder, mit einem andern Wort für dieselbe Sache, das ordinäre Vorurteil gegen die Schwiegermutter zu teilen. Die ihre hat auch nicht den Schatten eines Anspruchs an sie erhoben und die geringste, selbstverständliche Rücksicht immer dankbar und fast als Gnade empfunden. Seitdem sie sich in ihrer frommen Menschen*un*kenntnis einbildete, Edith kennengelernt zu haben, hatte sie nur Lob und Liebe für ihre «Tochter».

Die Liebe fand keine Gegenliebe; das Lob zu erwidern, nahm Frau von C. auf sich. Sie sprach es oft mit feierlicher Überzeugung aus, wenn sie zu uns herüber kam aus den Zimmern meiner Mutter. Dabei blickte sie Edith fest und streng in die Augen und pries sie glücklich, in der Nähe einer solchen Frau leben, sich erbauen zu dürfen an diesem Vorbild der heldenmütigen Geduld im Leiden, der Güte gegen die Menschen und der Ergebung in den Willen Gottes.

Diese herausfordernde Bewunderung hat böse Früchte getragen. Sie hat mitgeholfen, das traurige Wunder zu vollbringen, daß eine Frau, der selbst die Fernstehenden, die Stumpfsten, Verehrung und Liebe zollten, nicht vermochte, dem Wesen, das ihr nach mir das teuerste war, die kleinste herzliche Regung abzugewinnen. Sie suchte sich und mich darüber zu täuschen, sie behauptete, Edith gehöre zu den jungen Geschöpfen, die sich schämen, eine warme Empfindung zu zeigen: «Und das sind die Besten, die Stärksten», sagte sie. «Wie sie ist, so ist sie mir recht. Eine Schwiegertochter, die mich mit Aufmerksamkeiten verfolgt, würde mir lästig! Ich bliebe ewig in ihrer Schuld, ich alte, an mein Ruhebett gefesselte Maschine, und käm aus den Gewissensqualen nicht heraus.»

Ich aber dachte bei mir: Warte nur, Mutter, deine Güte wird die Gleichgültigkeit Ediths besiegen, und dann wirst du sehen, wie wohl es tut, von einem Sohn *und* von einer Tochter geliebt zu werden.

In dieser Hoffnung wurde ich betrogen.

Ich kam eines Vormittags früher als gewöhnlich nach Hause. Wir hatten Ethel zu Tische. Als ich ins Speisezimmer trat, hörte ich unsern Gast im Salon nebenan lachen und zugleich schelten: «Pfui, Edith, das ist abscheulich!» Darauf unterdrücktes Gewimmer und wieder Lachen und Schelten. Ich öffnete die Tür und sah Edith auf dem Kanapee ausgestreckt liegen. Sie hatte ihr Spitzentaschentuch wie eine Haube auf den Kopf gestülpt, das Gesicht in Falten gezogen und äffte das Gebaren meiner Mutter nach in einer ihrer schweren Leidensstunden.

Meine Fäuste ballten sich: «Bravo, Komödiantin!» rief ich aus, stürzte auf sie zu und faßte sie hart an beiden Schultern. Die Todesangst, in die Ethel geriet, brachte mich zu mir. Sie war auf die Knie gestürzt und schrie: «Verzeih, verzeih ihr, es war nicht bös gemeint.»

Edith hatte nicht gezuckt unter meiner grausamen Berührung: «Ich hasse deine Mutter», sagte sie langsam und ließ auf jedem Wort die Stimme ruhen und biß die blanken Zähne zusammen. «Ich hasse sie, weil du sie mehr liebst als mich. Ich hab's immer gefürchtet, jetzt weiß ich's.»

Bis hierher bin ich neulich gekommen. Dann wollte ich überlesen, was ich aufgeschrieben habe. Aber das darf ich nicht, sonst lege ich die Feder weg. Sie ist in meiner Hand ein schwaches Werkzeug, und was sie schildert, bleibt gar zu weit hinter der Wirklichkeit zurück. Die Aufzeichnungen erwecken kaum einen schwachen Begriff von dem Wesen Ediths, von der Kraft ihrer Leidenschaft, von der Lieblichkeit ihrer Hingebung, von der Anmut, die ihr treu geblieben ist, durch Irrtum und Sünde bis in die Verworfenheit.

Arme Edith! Wer weiß, wenn meine Liebe zu ihr die Stärke der ihren zu mir gehabt hätte, ebenso ausschließend, rücksichtslos, unbedingt gewesen wäre, vielleicht würde ich sie doch gerettet haben, die arme Edith – und dann auch die andere …

Vielleicht – das ist ein Wort! Ich muß es streichen aus meinem Vokabularium. Ich darf nicht denken: vielleicht, sonst ist mir eins gewiß – der Wahnsinn.

Nach der Rückkehr von unserer Hochzeitsreise hatte ich meine landwirtschaftliche Tätigkeit wieder aufgenommen. Sechs Wochen nach der Geburt des Kindes war Edith schon an meiner Seite gewesen: «Nimm mich mit und kümmere dich nicht um mich, ich werde dir nie lästig werden.» Sie hielt Wort, sie wurde mir nie lästig, im Gegenteil, sie machte sich nützlich durch ihr Interesse an der Sache, ihren scharfen Blick, ihr richtiges Urteil über die Menschen. Wir ritten oder fuhren zusammen aus und kamen zusammen nach Hause.

Ihr war kein Weg zu weit, keine Beschäftigung zu gering, wenn sie nur bei mir sein konnte.

Mit dem Kinde gab sie sich wenig ab. Ich machte ihr Vorwürfe darüber; es war am selben Tag, an dem sie meine Mutter verspottet hatte. «Wenn es dir ähnlich sähe, würde ich's lieben. Aber das bin ja ich, das ist noch einmal die unglückselige Edith», erwiderte sie. «Aus der Art geschlagen, sagten die Eltern. Unfähig, das Ehrwürdige zu verehren, sagst du!»

Weinend, außer sich stürzte sie in meine Arme. «Lehr mich's, lehr mich gut sein, hab grenzenloses Erbarmen! Hab mehr Liebe zu mir als Abscheu vor meinen Fehlern!»

Der Winter kam; C.s reisten mit Ethel nach dem Süden und ließen Maud, die meiner Mutter eine wahrhaft kindliche Zuneigung entgegentrug, bei ihr zurück. Edith und ich sollten den Fasching in Wien zubringen, und täglich mahnte meine Mutter: «Geht, Kinder, geht! Eure kleine Lore bleibt in guter Hut. Ihr habt auch etwas Zerstreuung wohl verdient, genießt sie.» Maud stimmte bei, Edith verhielt sich passiv.

Ich weiß nun schon lange, meine Mutter wollte mich forthaben, ich sollte nicht Zeuge sein ihres letzten Martyriums, dem sie sich nahe fühlte, und gerade um diese Zeit schien sie mir auffallend wohler, und meine Zuversicht wurde durch die des Arztes erhöht.

Wir nahmen Abschied – wir. Ich ging nie mehr allein zu ihr hinüber, um nicht mit der Frage empfangen zu werden: «Wo ist Edith?» Sie gab sich Rechenschaft von der Eifersucht, die sie erregte, so sehr Edith auch bestrebt war, sie vor ihr zu verbergen. Meine Mutter sah alles in zu schönem Licht, und was sie in schönem Licht durchaus nicht sehen konnte, dafür fand sie eine Entschuldigung; aber – sie sah.

Sie hatte Toilette gemacht zu diesem unvergeßlichen Abschied. Man hätte sie für gesund halten können an dem Vormittag; auf ihren Wangen schimmerte ein Anflug von Farbe, ihre Augen glänzten. Wie ein lichter Engel stand Maud neben ihrem Ruhebett. Sie ist gut versorgt, dachte ich, und dennoch überfiel mich's: Du solltest nicht fort von ihr. Aber ich verscheuchte die weichmütige Empfindung, scherzte über die elegante Haube meiner Mutter und über das Spitzenkleid, in das sie sich geworfen hatte, und sie scherzte mit:

«Ich habe auch meine Eitelkeit, ich will euch in angenehmer Erinnerung bleiben.»

Sie küßte Edith und dann mich auf die Stirn; gar gerecht teilte sie die Zeichen ihrer Zärtlichkeit zwischen uns.

Edith wandte sich. Ich aber schloß meine geliebte Mutter noch einmal an mein Herz und preßte meine Lippen auf ihren viel zu früh weiß gewordenen Scheitel und fühlte das Beben ihrer armen wunden Brust an der meinen. «Du leidest, Mutter», sagte ich. Sie schüttelte den Kopf, sie lächelte.

«Sei ganz ruhig; ich verspreche dir, wenn es gegen allen Anschein Ernst werden sollte, rufe ich dich.»

Wir stürzten uns kopfüber in die Weltfreuden. Es ging, wie's immer geht beim Auftauchen einer neuen, die Aufmerksamkeit erregenden Erscheinung. Das Cliquenunwesen, das jetzt in der Wiener Gesellschaft herrscht, begann schon damals sich auszubilden. Viele kleine, streng abgeschlossene Kreise in dem großen Kreis mit den verschwimmenden Konturen. Es gibt keine bestimmbaren Grenzen zwischen denen, die zur Gesellschaft gehören, und denen, die sich zu ihr zählen und von Außerhalbstehenden zu ihr gezählt werden. Aus den kleinen Kreisen gucken sie hinüber, herüber, mißtrauen, lästern, ziehen sich zurück in ihren Bau, aber mit einer Beute, irgendeinem Klatsch, irgendeiner lächerlichen Empfindung. Sie rollt, vergrößert sich, wird durch die Leichtgläubigkeit erhärtet, eine steinerne Legende, an der sich kein Jota ändern läßt.

Von Edith *wußte* man schon nach den ersten Tagen, daß sie eine Kreolin, die einzige Tochter eines unermeßlich reichen Pflanzers auf Barbados war. Ihr grausamer Vater hatte sie gezwungen, zuzusehen, wenn er unbotmäßige Sklaven totpeitschen ließ. In ihrer Heimat nannte man sie die Perle der Antillen.

Diesen Unsinn, der mich ärgerte, fand Edith ergötzlich. «Jetzt brauch ich mich nicht erst interessant zu machen, ich bin's», meinte sie. Die scharfen, eindringenden Pfeile ihres Spottes schwirrten, die Witzworte, die sie sagte, bekamen Flügel, die Karikaturen, die sie zeichnete, hatten einen ganz außerordentlichen Erfolg. Man buhlte um die Ehre, in der Sammlung Edith zu figurieren. Was die Stellung einer jeden andern untergraben hätte, befestigte die ihre. Das alles schmeichelte mir und verdroß mich zugleich. «Dir ist nichts heilig», sprach ich einmal zu ihr, und sie zuckte die Achseln. «Weil ich nichts Heiliges finden kann auf dieser unheiligen Erde.» Empört fuhr ich auf: «Edith!» Da schmiegte sie sich schon an mich, demütig und flehend, die Vielgefeierte. «Verzeih deinem armen, albernen Kinde, glaub ihm nicht. Unsere Liebe ist mir heilig.»

Die Gesellschaftsmenschen nannte sie dumme Awaren, die sich hinter ihre Ringwälle verkriechen und von dort aus die Welt beurteilen. Aber einen Ringwall nach dem andern zu erobern, im Triumph in jeden einzuziehen, das unternahm sie, und das gelang ihr. Es konnte nicht anders sein. Nie hat jemand, den zu gewinnen sie sich bemühte, ihr widerstanden. Sie bezauberte die Männer und gewann die Frauen. Ich habe die Zähesten, die Unüberwindlichsten, die Vorurteilsvollsten klein beigeben gesehen, wenn sie sich herbeiließ zum Kampf mit ihnen. Ihr Verstand besaß im höchsten Grad, was man beim Auge das Akkommodationsvermögen nennt. Sie stellte jeden in die rechte Sehweite und sich neben ihn in seinen Gesichtskreis und war gescheit mit den Klugen, ernst mit den Ernsten, frivol mit den Oberflächlichen.

Bald gab es kein Fest ohne sie, und sie gehörte zu den gefeiertsten Frauen in der «großen Welt». Wenn wir vom Schauplatz eines ihrer Siege nach Hause fuhren, legte sie die Arme um meinen Hals und den Kopf auf meine Schulter und fragte: «Hast du mich wieder recht lieb, weil ich den andern so gut gefalle?» Jede Huldigung, die ihr dargebracht wurde, heimste sie ein mit Entzücken, um sich ihrer vor mir rühmen zu können.

Den letzten Ball im Fasching wollten wir noch mitmachen vor unserer Rückkehr nach Niedernbach, und auf dieses glänzende Abschiedsfest hatte Edith sich besonders gefreut und genoß es mit vollkommener Unbefangenheit.

Am nächsten Morgen, sehr früh, weckte sie mich, stand in Reisekleidern vor meinem Bette. «Wir müssen nach Niedernbach, Lieber, mit dem ersten Zug. Es ist ein Telegramm von Maud gekommen, deine Mutter ist etwas weniger wohl.»

Ich sprang auf, verlangte das Telegramm. Es

war verlegt worden; vielleicht war es in den kleinen Koffer geraten, den Edith und die Kammerfrau in aller Eile gepackt hatten. Niemand nahm sich Zeit, es zu suchen, nur rasch in die Kleider; das Frühstück wartete, der Wagen war bestellt. Meine Frau hatte schon für alles gesorgt.

Eine furchtbare Reise, trotz aller Mühe, die Edith sich gab, mich zu beruhigen. Eine entsetzliche Ankunft. Vor dem Tor trat Maud uns entgegen. Auf ihrem Gesicht las ich: Du kommst zu spät.

Edith sprang aus dem Wagen auf ihre Schwester zu und flüsterte ihr hastig etwas ins Ohr. Maud horchte, ihre Augen wurden starr, sie wich vor Edith zurück, unwillkürlich, mit Abscheu. Sie konnte nicht lügen, sie konnte nicht, die Fähigkeit fehlte ihr. Ich erfuhr alles auf einmal. Meine Mutter war vor einer Stunde gestorben, sie hatte sich in ihren letzten Augenblicken vergeblich nach mir gesehnt. Ich war zu spät gekommen, weil Edith, um den Ball nicht zu versäumen, das Telegramm, das mich nach Hause berief, unterschlagen hatte.

An diesem Verrat starb meine Liebe. Aber – ein Geständnis, schwer abzulegen – die Leidenschaft überlebte den Haß und die Liebe. Der herbe Zusatz, den meine Selbstvorwürfe ihr gaben, vertiefte sie nur; sie wurde so recht eine erniedrigende Wonne, eine selige Bitternis, um so mächtiger, je elender sie macht; denn sie nährt sich von unsrer besten Kraft. Sie ist der aus Nektar und Wermut gemischte Trank, nach dem ewig lechzen wird, der ihn einmal gekostet hat. Er allein löscht den Durst des Erdgeborenen nach Lust und Leid zugleich.

Was heiße Reue – das heißt, nein, dieses Wort muß ich zurücknehmen, eigentlicher Reue war Edith unfähig; sie rühmte sich dessen sogar – was heiße *Liebe* tun kann, um einen Frevel zu sühnen, das hat Edith damals getan. Ich hätte ihr verzeihen oder sie von mir stoßen sollen, fand aber weder zum einen noch zum andern die Kraft. Es war ein gräßliches Wirrsal in mir. In einem Atem verurteilte und entschuldigte ich seine Urheberin. Ich sprach nicht die Verdammnis über sie wie ein Richter, ich fluchte ihr, wie man einem Spießgesellen flucht.

An der Leiche meiner Mutter war mein Gewissen erwacht. Ich lernte alle seine Qualen kennen. Die stummen Lippen der Toten hatten gesprochen: «Schlechter Sohn!»

Wie war's möglich gewesen? Ich begriff's nicht mehr, daß ich mich hatte täuschen lassen durch ihren frommen Betrug, irreführen durch ihre großmütige Verstellung; daß ich nicht erraten hatte, was sie mir verschwieg, den unaufhaltsamen Fortschritt der Krankheit, die an ihr zehrte, daß ich nicht gegeizt hatte mit jeder Minute ihres entschwindenden Lebens. Und sie – die letzten Worte, den letzten Wunsch, alles, was sie aufgespart für den Augenblick, in dem es «Ernst werden sollte», hatte sie nicht aussprechen, mich nicht mehr segnen können.

Sie war so schwer hinübergegangen, hörte ich. Die Sehnsucht nach mir in ihrem mütterlichen Herzen verlängerte den Todeskampf, ließ sie nicht friedlich hinübergehen.

Von der Zeit an habe ich eine reine Freude nicht mehr gekannt, ich war unheilbar verwundet.

Ob der Grund meines veränderten Benehmens gegen Edith ihren Eltern ein Geheimnis blieb, weiß ich nicht. Sie haben darüber nie Rechenschaft von mir verlangt, mir nicht die geringste Unzufriedenheit gezeigt. Im Gegenteil, sie waren rücksichtsvoller und aufmerksamer denn je für mich, kälter denn je gegen ihre Tochter. Auch an ihren Schwestern fand Edith keine Stütze. Maud, so vortrefflich, so pflichttreu, so liebevoll, wenn sie verehrte, war doch nicht ohne die gewisse Härte, die von großer Frömmigkeit unzertrennlich scheint. Diese Härte bekam Edith jetzt zu fühlen. Die kleine Ethel, die vor der unberechenbaren Schwester immer eine instinktive Scheu gehabt hatte, zog sich ganz und gar von ihr zurück, nahm keine Einladung mehr an. Umsonst forderte Edith sie auf, bat (und wie inständig!) umsonst: «Komm zu uns! Bleib bei uns!»

Dagegen empörte ich mich. An mir hatte Edith sich versündigt, mir, nicht den andern kam's zu, sie zu strafen. Einmal stellt ich meine Schwägerin Ethel zur Rede: «Was hat Edith dir getan?» – Nun, ihr nichts; aber was mußte sie *mir* getan haben, daß ich so bös mit ihr sein konnte?

Sie war nur das Echo ihres Vaterhauses, und ich fand die Parteinahme, die mir dort zuteil wurde, sehr unberufen und sehr beschämend für mich.

Das absolute Alleinstehen Ediths erweckte am Ende doch wieder mein Mitleid, und wieder schlichen sich in mein Herz noch andere Empfindungen als die leidenschaftlicher Mißachtung oder leidenschaftlicher Hingerissenheit. Ich konnte nicht ausrufen: «Du irrst», wenn sie sagte: «Hätten wir deine Mutter am Leben gefunden, mein Unrecht wäre dasselbe geblieben, aber wie anders würdest du's beurteilt haben!»

Es ergriff mich, wenn ich meine Schwäche verwünschte nach einer Rückkehr zu ihr und sie dann sprach: «Sei ruhig, ich fühle deine Lieblosigkeit nie demütigender als jetzt in deinen Armen.»

Es rührte mich, wenn sie meine rauheste Abweisung mit der Bitte beantwortete: «Mißhandle mich, je ärger, je besser! Um so früher tilgst du meine Schuld gegen dich und wirst endlich in der meinen stehen. Dann sollst du erfahren, wie die Liebe und was sie verzeiht. Alles, alles! Es gibt nichts im Bereich des Denkbaren, das ich dir nicht verzeihen würde.»

So brachte sie mich langsam wieder in ihren Bann; aber wo blieb das Glück? An eine stille, gleichmäßige Existenz in wohlgeordneter Häuslichkeit war an der Seite Ediths nicht zu denken; ein Haus führen ist eine Mühewaltung, und davor graute ihr. Ihr graute auch vor dem Lesen eines ernsten Buches, und unrettbar lächerlich machte sich in ihren Augen, wer mit ihr ein Gespräch führen wollte, das nicht ausschließend vom Nächsten, seinen Schwächen und Fehlern handelte. Wenn es *etwas* gab, das ihr Interesse und sogar ihre Bewunderung erregte, so war's ein schönes Bild, und wenn es *Menschen* gab, die wenigstens eine Zeitlang von ihren Spöttereien und Lästerungen verschont wurden, so waren es Künstler. Aber Pietät flößte ihr selbst der größte nicht ein. Diese Empfindung ist ihr fremd geblieben bis ins Grab. Sie hatte zu scharfe Augen für alle menschlichen Fehler, ihre eigenen nicht ausgenommen. Ich muß ihr die Gerechtigkeit widerfahren lassen, daß sie zwei große Vorzüge besaß; sie war nicht eitel, und sie kannte sich selbst. Die Stunden der Einkehr kamen selten und hinterließen keinen bleibenden Eindruck; kamen sie aber, dann waren sie furchtbar.

Später noch, in Tagen, in denen ich ihr noch viel schwerere Schuld zu verzeihen hatte, meint ich, sie müsse Erlösung finden können in der Kunst und in der Religion. Sie wollte davon nichts wissen. «Das lebendige Leben interessiert mich, nicht das gemalte», sagte sie; «und beten? Lieber nicht. Mein Gebet wird immer zur Anklage. Warum hat der Ewige ein verpfuschtes Werk, wie ich bin, nicht zurückgeschleudert in das Nichts, da er es geschaffen hatte und sah, daß es nicht gut war?»

Mit der kleinen Lore, die leidenschaftlich an ihr hing, beschäftigte sie sich wenig. Sie hatte kein rechtes Herz für das Kind. «Weil es dir nicht ähnlich sieht», sagte sie zu ihrer Entschuldigung, «sondern mein Ebenbild ist. Sieh nur, Lieber, die Gestalt, die Kopfform, die Augen: die meinen! Ihr Sprechen, ihr Lachen: das meine! Es ist schrecklich. Ich bin hineingeschneit gekommen in die Familie, wer weiß wie? Ich sehe keinem der unsern gleich, erinnere an keinen. Dieses Kind ist Fleisch von meinem Fleisch und Geist von meinem Geist. Es ist noch einmal ich, doppelt ich und wird doppelt unselig sein.»

Sie verfiel in wahnsinniges Schluchzen. Ich ging aus dem Zimmer, ich wollte nicht weich werden.

Eine Viertelstunde später saß Edith am Klavier, spielte einen Walzer und lachte, lachte schallend über die Kleine, die zu tanzen versuchte und alle Augenblicke über ihre eigenen, ungelenken Füßchen stolperte und hinfiel. Endlich hatte sie genug und blieb auf dem Boden sitzen, ganz artig und erschöpft. Edith ließ sie hart an. Sogleich brach das Kind in Schreien aus, strampelte und plärrte und entwickelte so viel Zorn und Bosheit, als einem dreijährigen Ding nur irgend möglich ist. Seine Mutter betrachtete es eine Weile höchlich ergötzt, sprang plötzlich auf, hob's in ihre Arme, überflutete es mit Zärtlichkeiten und drehte sich mit ihm und tanzte und sang dabei ihrem wilden, schönen Kinde ein wildes, schönes Zigeunerlied vor. Jede ihrer Bewegungen, jede ihrer Gebärden paßte zu der Musik, *war* – wenn man so sagen darf – stumme Musik. Sie sah wohl, daß ich dastand und sie beobachtete, tat aber nichts dergleichen. Und das Kind, belohnt für seine Unart, war entzückt und jauchzte laut.

So erzog sie's.

Mein Haus hatte keine Herrin, mein Kind hatte keine Mutter, ich hatte keine Lebensgefährtin, ich hatte – eine schöne Geliebte.

Meine landwirtschaftliche Tätigkeit erweiterte sich von Jahr zu Jahr. Ein gemeinnütziges Unternehmen, das ich ins Leben gerufen hatte, gedieh viel schneller und nahm größeren Umfang an, als ich im Beginne mir hätte träumen lassen. Die leidige Politik erhob auch Anspruch auf einen Teil meiner Zeit; so hatt ich Beschäftigung in Hülle und Fülle. Sie zog mich ab von meiner unfruchtbaren Reue, von der Pein meines inneren Zwiespalts.

Edith war nun oft allein. Sie klagte darüber; ich gab ihr zur Antwort: «Du hast dein Haus, dein Kind, deine sträflich vernachlässigte Kunst, du hast die Nachbarschaft deiner Eltern, nütz all den Reichtum aus.»

Wieder muß ich ihr Gerechtigkeit widerfahren lassen: sie hat sich bemüht, meine Ratschläge zu befolgen.

Über meinem Schreibtisch hängt ein Bild – ich hab's von da nie verbannen wollen –, das stammt aus dieser Zeit und bittet für die arme Edith. Es ist ein Aquarell, mit außerordentlicher Kraft und Leichtigkeit hingeworfen, nicht ausgeführt. Einsam steht ein junges Weib am Rande einer Klippenwand. Tiefer Schatten um sie her, die Nacht bricht an. Aus dem Dunkel leuchtet, von durchsichtigen Schleiern umwallt, der blühende Leib. Hoch am Himmel sind die Umrisse einer dem Wolkendunst entrückten Lichtgestalt angedeutet. Zu der hebt das Weib den Kopf empor, der streckt sie hilferufend die Arme entgegen. Verzweiflungsvolle Sehnsucht glüht und schmachtet in ihren Augen, spannt jede Fiber ihres Körpers. Sie ringt vergeblich. Geister der Tiefe haben ihn in Ketten geschlagen. Gestalten, schön und ungeheuerlich, aus einer selbstquälerischen, einer erfindungsreichen Phantasie geboren, kriechen, stürzen herbei.

Sie zerren an den Fesseln und werden ihr Opfer in den Abgrund reißen. Hilfe! möchte man mit der Unglückseligen rufen.

Aber die Lichtgestalt bleibt abgewendet.

Ein Jahr nach dem Tode meiner Mutter wurde die Verlobung der kleinen Ethel gefeiert. Ein, wie's in Romanen und Novellen heißt, «schmucker Reiteroffizier» hatte ihr Herz und, was viel entscheidender war, die Sympathie ihrer Eltern gewonnen. Die Ehrlichkeit, mit der er ihnen eingestand, daß er sich um die Kleine nicht beworben hätte, wenn sie arm wäre, so sehr sie es ihm auch angetan, gefiel ihnen. Er trug einen großen Namen und hatte von einem kürzlich verstorbenen Verwandten die schwerbelasteten Familiengüter geerbt. Nun hieß es (immer die alte Geschichte!) entweder heiraten und den Dienst verlassen oder ledig bleiben und weiterdienen. Zu dem letzteren erklärte er sich entschlossen, wenn er die kleine Ethel nicht zur Frau bekäme.

Meine Schwiegereltern legten die Angelegenheit in meine Hand, und ich brachte sie zu gutem Ende. Es war ebenso leicht, über die Verhältnisse meines zukünftigen Schwagers ins reine zu kommen wie über ihn selbst. Man brauchte keinen besonderen Scharfblick, um zu erkennen, daß in dem gutmütigen Lebemann, der sein Geld hinauswarf, solange er wenig hatte, ein solider Hausvater und Sparmeister schlummerte.

Die Eltern gaben denn ihren, im Sinne des Wortes, reichen Segen, und Ethel, die Tag und Nacht geweint hatte wie ein Fontänchen, während die Unterhandlungen mit ihrem Karl oder vielmehr mit seinen Gläubigern noch in der Schwebe waren, glänzte jetzt vor Glück an seiner Seite wie eine kleine Sonne.

Das Regiment Karls stationierte in der Nähe; er führte im Hause C. seine Kameraden ein, von denen er bald Abschied nehmen sollte, was ihm und ihnen schwer wurde. Bisher hatte es von Malern gewimmelt, jetzt wimmelte es von Malern und von Offizieren. Sie vertrugen sich vortrefflich miteinander. Schöne Pferde wurden vorgeritten und in allen Gangarten skizziert, gezeichnet und gemalt. Eine Hälfte des Tages gehörte der Kunstbegeisterung und der «Arbeit» (sie nannten das so), die andre der Erholung bei Tisch, im Park oder im Tanzsaal. Es ging heiter her, und der Heiterste der Gesellschaft war mein Schwiegervater.

Eines seiner Bilder, ein spannlanger* Landsknecht, hatte auf irgendeiner Ausstellung irgendeinen Preis bekommen. All sein Ehe- und übriges Glück in Ehren; aber der Augenblick, der die Nachricht der Erfüllung eines jahrelang stillgehegten Wunsches brachte, war doch der schönste seines Lebens. Er kam vielen zugute. Daß ihm das Herz manch-

* balkenlanger

mal schwer war, dafür sorgte Edith, bewußt und unbewußt. Dann hieß es bei ihm: Wenn ich keine Freude habe, sollen doch die andern Freude haben; und er gab und half, wo er konnte. – War ihm aber eine Freude zuteil geworden, dann sollten die andern doppelt Freude haben, und seine Großmut überstieg die kühnsten Zumutungen, die man an sie gestellt hatte.

Die Meistgefeierte bei den Unterhaltungen und Festlichkeiten im Elternhause blieb immer Edith. Es war einmal so. Ob sie's darauf abgesehen hatte oder nicht, sie herrschte, wo sie erschien, und verdrehte den Leuten die Köpfe. Die leichten Siege über junge Künstler- und Soldatenherzen schmeichelten ihr nicht. Sie hatte etwas ganz anderes im Sinn als spielende Eroberungen, wenn sie sich herbeiließ, liebenswürdig zu sein mit diesen (ihr Ausdruck) armen Teufeln. Sie wollte mich eifersüchtig machen. Ich merkte die Absicht und wurde *nicht* verstimmt.

Daß sie selbst von Eifersucht gepeinigt wurde, suchte sie zu verbergen; aber Verstellung war ihre Sache nicht. Einmal eingestanden, wuchs die kläglichste aller Leidenschaften bis an die Grenze des Wahnsinns. «Du liebst mich nicht mehr; wen liebst du?», mit der Frage peinigte sie mich. Sie war eifersüchtig auf ein Buch, das ich las, auf jedes kleine Andenken an meine Mutter, auf eine unsichtbare Geliebte, die ich, sie wußte nur nicht wo, vor ihr verbarg. Sie war eifersüchtig auf Maud, die ich nur zu oft bitten mußte, sich des vernachlässigten Kindes anzunehmen, das der Willkür der Dienerschaft überantwortet blieb.

Eines Abends trat Edith plötzlich bei mir ein und fand mich schreibend. Sie war wie im Fieber, durchstöberte meine Mappe, riß die schon geschlossenen Briefe aus den Kuverts: «An wen adressierst du deine Liebesepisteln, wer vermittelt sie? Ich will's wissen – ich hab das Recht.»

Ihre Aufregung erschreckte mich, und ich sagte: «Lies nur, lies alles, es wird dir als Schlafmittel dienen.»

«Du fängst es eben sehr geschickt an. Ein Zeichen mehr, wie durchtrieben ...»

«Edith!» schrie ich auf – und sie lag an meiner Brust, schmiegte sich an mich, angstvoll und bebend an allen Gliedern.

«Tu ich dir unrecht? Liebst du keine andre? Dann verzeih, und um des Guten, um Gottes willen liebe mich! Liebe mich wieder wie einst, aus ganzem Herzen, aus ganzer Seele. Wenn du mich nicht mehr so lieben kannst, bin ich verloren. Ich hab zu wenig Seele, wie ich glaube, und zu wenig Herz, wie ich weiß. Ich habe keins, außer für dich. Gib mir deine Seele, dein Herz, damit ich wieder lebe. Willst du – willst du?» fragte sie heftig, fast drohend, und ich kämpfte zwischen Zorn und Erbarmen. Was forderte diese Frau? Meine Seele, die sie belastet hatte mit einem Vorwurf, der nicht ruhte, mein Herz, das sie in seiner heiligsten Empfindung verwundet hatte.

«Willst du?» wiederholte sie.

«Wollen ist nicht Können», antwortete ich. Sie sprang auf. Sie sah mich an, mit einem Blick, finster wie die Hölle, kreuzte die Arme über der Brust und sprach: «Auch gut.»

Die zwei Worte sollte ich noch einmal hören.

Sie hatte gesagt: «Ich bin verloren», und sie war's, und ich war blind. Ich ließ mich in Sicherheit wiegen durch die Überzeugung, daß ich von Edith geliebt wurde über alles. Eine Frau, die liebt, wird nicht treulos, bildete ich mir ein. Die Pflicht ist nur ein schwacher Halt im Vergleich zu dem, den die Liebe bietet, die allgewaltige.

Falsch! – falsch, wie das Generalisieren immer ist, dieser trübe Born, aus dem Dummköpfe ihre Weisheit schöpfen.

Als ich die Gewißheit erlangte, daß Edith ihre unsinnige Rache an mir genommen hatte, nahm ich die meine. Die Frau verstand es, mich verrückt zu machen, und noch mehr *ihn*, den «armen Teufel». Ein lieber, braver Mensch, um den einem leid sein konnte. Grausam hatte sie ihn die längste Zeit zum Narren gehalten und, als ich sie deshalb zur Rede stellte, lachend gesagt: «Imperator, dulde, daß deine Sklavin vor dir kämpft und siegt.»

Er war kein unerfahrener Jüngling, er war ein Mann. Vor wenigen Jahren hatte ein Zufall mich in die Lage gebracht, ihm einen wichtigen Dienst erweisen zu können. Als ich es erfuhr ... Nun, wir waren von Sinnen, er und ich, und fürchteten beide, zu früh wieder zu Verstand zu kommen.

Keine Zeugen, eine Pistole geladen, die andre nicht. Übers Taschentuch wird geschossen, zugleich. Das machten wir aus. Er zitterte, er war wie die Wand, indes ich glaubte, mir müsse das Blut bei den Augen herausspritzen. – Eins, zwei, drei – ich drückte los. Ein kurzer, harter Knall, das Zündhütchen war abgebrannt. Er hatte die geladene Pistole. Ja, was ist das? Er läßt den Arm sinken. «Schieß!» ruf ich ihm zu, «schieß, du ...» und geb ihm einen Schimpfnamen, der mich heute noch reut.

«Nenn mich, wie du willst», sagt er, «ich kann auf dich nicht schießen, aber –» und hebt die Pistole und richtet sie gegen sich. Ich schlug sie ihm aus der Hand; unser Benehmen kam mir albern und kindisch vor.

Ich forderte von ihm: «Ertrag dein Dasein, ertrag's, sei's, wie es sei.» Er versprach's, versprach auch, Edith nie wiederzusehen, und hat Wort gehalten.

Maud, zu der Edith nach der Entdeckung ratlos und verzweifelt geflohen war, machte sich zu ihrer

Fürsprecherin. Sie erlangte von mir, was niemand außer ihr erlangt hätte. Ich verzieh.

Soll ich mich deshalb verachten? Verachtet mich, wer diese in Qual, Scham und Zorn hingeworfenen Bekenntnisse kalten Herzens Seite für Seite durchblättert? Ich bin euch ja nur ein Buchmensch, für den ihr eine andere, viel feinere Moral in Bereitschaft habt als für euch selbst und eure Freunde. Seht euch nur um. Wie viele von euch und von ihnen, mit denen ihr in einem Regiment dient, im Landtag sitzt, im Reichsrat, im Klub und so weiter, haben verziehen. Und ihr drückt ihnen die Hand und nennt sie Ehrenmänner.

Nun, ich bin wie sie und kein Buchmensch, ich bin ein lebendiger Mann und schreibe meine lebendige Geschichte.

Ich verzieh also. Einmal – mehrmals. Das erste Mal, weil es ihrem Anwalt, dieser edlen Maud, gelang, Entschuldigungen für sie zu finden. Später, als es für sie keine Entschuldigung mehr gab – aus Verachtung.

Wir lebten in Wien und auf dem Lande unter einem Dache, wir sahen uns vor Fremden und waren dann höflich gegeneinander. Darin bestand unser Verkehr. Das Kind hatte eine verläßliche Wärterin; seine Mutter, die in Weltfreuden unterging, beschäftigte sich fast nie mit ihm, und das war mir recht.

Um der kleinen Lore willen hätte ich einen

Skandal gern vermieden. Edith provozierte ihn. Es war die letzte Probe, auf welche sie meine feige Langmut stellte. Auch die versagte endlich, und wir trennten uns. Sie brachte ihr Leben fortan teils auf Reisen (an aufmerksamer Begleitung fehlte es ihr nicht), teils in Paris zu. Ich löste mein Haus in der Stadt auf und zog mich vom politischen Leben zurück. Der Eigennutz unter der Maske der Fürsorge für das allgemeine Wohl, der mir dort auf allen Gebieten begegnete, ekelte mich zu sehr an.

Beschäftigung hatte ich genug. Mein Schwiegervater übertrug mir die Leitung seines Gutes, und in Niedernbach gab's vollauf zu tun. Die Wirtschaft war zurückgegangen, seitdem mein alter Verwalter unter der Erde schlief, die er geliebt und gepflegt, und seitdem ich meinen kleinen Wirkungskreis vernachlässigt hatte, um in einem großen – nichts zu leisten.

Von Vereinsamtsein war keine Rede. Mein Schwager und Ethel besuchten mich oft und brachten ihre lieben, schönen Kinder mit. Maud, die entschlossen war, unverheiratet zu bleiben, und das Leben einer weltlichen Klosterfrau führte, zog mit Erlaubnis ihrer Eltern nach Niedernbach, nahm sich der Erziehung Lores an und brachte den außer Rand und Band geratenen Haushalt wieder ins Geleise.

Meine Schwiegereltern – seien sie noch im Grabe gesegnet, die Vortrefflichen, sie waren für mich wie Vater und Mutter – sagten: «Jetzt sind wir wieder allein», fügten sich aber in diese Tatsache mit sehr freudiger Ergebung.

An jedem Ersten des Monats schickte Maud einen Bericht über Lore an Edith ab. Es kam manchmal eine höhnische und gehässige, ein andres Mal eine im Sturm des Schmerzes und der Sehnsucht geschriebene Antwort. Es kamen auch Briefe an mich. Ich antwortete nie, las überhaupt nur die ersten; ich litt zu viel dabei.

Ich habe einen guten Bekannten gehabt, der war ein Kinderfeind: «Kinder! Tiere mit menschlichen Angesichtern, egoistisch, gefräßig, grausam! Pfui!» Er ging ihnen aus dem Weg. Fand er bei seinen liebsten Freunden die Kinder im Salon, an der Tür kehrte er um. Er hätte gern geheiratet; aus Angst vor den möglichen Folgen blieb er ledig. Erst als alter Junggeselle verliebte er sich so ernstlich und flößte so ernstliche Gegenliebe ein, daß er sich endlich doch an den Traualtar wagte. Sich und seiner sehr lieben, aber nicht mehr jungen Frau hatte er eingeredet: «Wir kriegen keine Kinder mehr.»

Statt dessen war schon nach kurzer Ehe Aussicht auf Nachkommenschaft vorhanden, und der Kinderfeind geriet außer sich und quälte seine Gattin bis aufs Blut mit den Drohungen, die er gegen das Ungeborene ausstieß. Es erschien, und im Momente erwachte in dem bärbeißigen Manne der zärtliche Vater. Er war nicht wegzubringen von der Wiege, verstand jeden Quietsch, den das Würmchen tat, besser als Hebamme und Wärterin. Wenn er seinen Sprößling für einige Stunden verlassen mußte, sprach er wenigstens von ihm, langweilte damit alle Welt und brachte seine Frau in die größte Verlegenheit.

Ein zweites Knäblein kam, ein drittes, die Leutchen brachten es auf vier, und jeder neue Ankömmling war in den Augen des begeisterten Vaters immer der schönste, der meistversprechende. Bei jedem avancierte der Papa von der Wärterin zur Kindergärtnerin, von dieser zum Lehrer und zum Korrepetitor. «Wo ist jetzt dein Kinderhaß?» fragte ich ihn einmal. «Wo soll er sein? Da ist er, immer der selbe», gab er mir zur Antwort. «Kinder, gräßlich; pfui!» – «Aber die deinen?» Er riß die Augen weit auf und war grenzenlos verwundert. «Die *meinen*? Du wirst doch *meine* Kinder nicht mit andern vergleichen wollen!»

Das Beispiel dieses übrigens ganz tüchtigen und gescheiten Menschen warnte mich. Ich war nur zu sehr geneigt, in seinen Fehler zu verfallen. Mir schien Lore auch etwas ganz Unvergleichliches. Ich setzte mich nur zur Wehre gegen mich selbst, wenn ich spöttelte über das Entzücken, das sie allenthalben hervorrief. Im stillen gab ich ihr süßere Namen, als irgend jemand ersinnen konnte.

Sie war das Licht meines Lebens, Hoffnung und Erfüllung.

Ihr Spielplatz lag den Fenstern meines Arbeitszimmers gegenüber. Das sogenannte Kapuzinergärtchen stieg da terrassenförmig empor, fast bis zur Höhe des ersten Stockes, und gerade vor mir, auf der Wiese, hüpfte die Kleine herum, schlug den Reif, den Ball oder bepflanzte ein Beet mit den winzigsten Blumen, die sie auftreiben konnte: Augentrost, Flor, zwerghafte Hauswurz. Von den großen Blumen sagte sie: «Die sind alt, die mag ich nicht.» Alles Alte flößte ihr Scheu ein, sie fürchtete sich vor alten Menschen, vor alten Tieren. Ich freute mich immer über das gute, frische Aussehen meiner Schwiegereltern; es täuschte das Kind, und sie bekamen nie von ihm den grausamen Ausspruch zu hören: «Ich mag euch nicht, ihr seid alt.»

Ihretwegen hätte Lore ihn freilich ohne weiteres tun dürfen und – was nicht? Ihre Großeltern würden es allerliebst gefunden haben. Über Edith urteilten C.s klar und unbefangen, über die Enkelin waren sie verblendet und blieben es, Gott sei Dank, bis ans Ende. Einen entschuldbareren Irrtum wüßte ich nicht zu finden. Das Kind war wirklich ein holdes, bezauberndes Geschöpf. Ich stand oft stundenlang am Fenster, hinter dem Vorhang versteckt, und sah ihr zu. Alles gelang ihr, alles gedieh unter ihren geschickten Händchen.

Ihr Gärtlein wurde ein Schmuck der Wiese. In ihre Arbeit konnte sie sich versenken bis zur Weltvergessenheit. Da saß sie auf einem Puppensessel unterm Tannenbaum und stickte ein selbsterfundenes Muster auf durchlöchertes Papier oder auf irgendeinen Stoff, ein Kleidungsstück. Eine Mantille Tante Mauds fand man einmal so verziert. «Ich mache kleine, junge Stiche, damit ich nicht so oft einfädeln lassen muß, weißt du, Johanna!» sagte sie zu ihrer Kinderfrau und stichelte und stichelte! Manchmal hielt die eifrige Arbeiterin ihr Werk weit von sich, um zu sehen, wie sich's aus der Entfernung machte, und fuhr dann fort mit einem Fleiß, einer Ausdauer ...

«Nein», jubelte ich, «sie wird *nicht* werden wie ihre Mutter, die Ähnlichkeit ist nur eine äußere. Fleiß, Ausdauer waren Edith fremd.»

Wenn Lore endlich doch arbeitsmüde wurde, sprang sie auf und rief ihrer Johanna zu: «Jetzt schau, jetzt werd ich fliegen wie eine Schwalbe.» Sie breitete die Arme aus und stob über den Rasen hin, leichtfüßig, anmutig, in großen Kreisen, in kleinen Kreisen, geradeaus. Jetzt rasch ein paar Flügelschläge mit den Armen angedeutet, ein Gezwitscher, dem Vogel, den sie nachahmte, abgelernt, eine rasche Wendung und wieder ein sanftes Hingleiten, das wahrlich einem Fluge glich. Ihre dunklen, seidenweichen Haare, die sie halblang und offen trug, flatterten; sie streckte den Kopf vor, richtete ihre Augen aufmerksam und regungslos in die Ferne, drückte den Mund fest zu und hielt in ihrem Flug nur inne, um ihre Johanna anzurufen: «Schau nur, schau, mach ich ein rechtes Schwalbengesicht?»

Ich hätte auflachen und zu ihr stürzen, sie in meine Arme nehmen, ihr Spielgefährte sein mögen, ihr Neger, ihr Hund.

Ich rang mit den zerschmelzenden Gefühlen, die mich beim Anblick dieser Kleinen, meines höchsten, des einzigen mir ganz zugehörenden Gutes, überfielen. Ich beherrschte mich immer. Ich habe das Kind nicht verwöhnt, nicht verzogen, ich bin mir keiner Schuld gegen meine Tochter bewußt, ich war im Anfang nicht zu mild, in der Folge nicht zu streng.

Lore stand im vierten Jahre, als ihre Mutter uns verließ. Sie hatte einen stummen, tränenlosen Abschied von der Kleinen genommen, und diese suchte sie am Abend im ganzen Hause, fragte jeden nach ihr, und als es hieß, sie sei fortgefahren, lief das Kind zum Tor des Hofes und wollte dort auf die Mama warten. Man mußte sie endlich mit Gewalt in ihr Bettchen bringen. Am zweiten Tage war sie halb, am dritten ganz getröstet. Vergessen hatte sie ihre Mutter nicht, ich merkte es oft. Sie sprach nur selten von ihr; sie erriet mit wunderbarem Instinkt, daß sie's nicht sollte, nicht zu Hause und nicht bei ihren Großeltern. Die Anbetung, die sie für Edith gehabt hatte, übertrug sie auf mich – eine Zeitlang. Dann wurde der Großvater von ihr vergöttert. Bei ihm war sie am liebsten, bei ihm unterhielt sie sich am besten, es war nirgends so schön wie bei ihm. Auch diese Begeisterung legte sich, und Tante Maud trat in Gunst, und dann einer ihrer Vettern und dann ihr Pony. Sie trieb stets Götzendienst mit irgendeinem Wesen oder mit irgendeiner Sache, und mir schien die jeweilige Vorliebe immer mehr aus der Phantasie als aus dem Herzen zu kommen. Die Treulosigkeiten Lores beunruhigten mich.

Maud fand das ganz ungerechtfertigt. In ihren Augen war Treue das Höchste, die Blüte und Frucht der edelsten Kräfte im Menschenherzen. Zur Treue wie zur Dankbarkeit müsse man heranreifen; sie von einem Kind verlangen, sei töricht.

Wie gern ließ ich mich beschwichtigen! Doch gab es kein Ende für meine Sorgen; es traten immer neue an die Stelle der alten. Ich mußte der Kleinen nach und nach ihren Hund, ihr Lamm, ihre Vögel wegnehmen, denn sie quälte diese Tiere. Nur dem Pony ließ sie Ruhe, weil es sie einmal tüchtig gebissen hatte. Den Armen ging sie aus dem Wege, nicht nur den greisen, auch den jungen, denn wenn sie selbst nicht alt waren, so trugen sie doch alte Kleider.

Und so schrecklich dies alles mir war, trostlos

machte es mich nicht. Unter den vielen Fehlern Lores entdeckte ich nicht einen von ihrer Mutter ererbten. Angeboren war das Schlechte ihr nicht, es konnte ausgerottet werden. Der Körper des Kindes entwickelt sich nicht gleichmäßig, warum sollten seine Seelenkräfte sich gleichmäßig entwickeln? Lore war gescheit weit über ihre Jahre, gut hatte sie noch zu werden, und gut sollte sie werden. An dieser Hoffnung hielt ich fest.

Eines Tages, eines schönen Sommertags, kehrte ich vom Feld zurück. Ich war nur vergnügten Gesichtern begegnet, die Ernte versprach vortrefflich zu werden. Freudige Erwartung lag gleichsam in der Luft und warf sogar in meine Seele einen Widerschein. Brot für alle. Brot, der Leckerbissen der Armen, Brot, das der Volksmund bei uns mit verkleinerndem Kosenamen nennt. Wahrlich, ein trostvoller Gedanke.

Das letzte Stück Weges führte durch einen ziemlich entlegenen Teil des Gartens, zu dessen Pförtchen ich den Schlüssel bei mir hatte. Beim Einbiegen in einen breiten, dichten Laubgang, wen erblickte ich vor mir? Lore. Sie war allein; ich ging hinter ihr her, ohne daß sie es wußte. Da sah ich, daß sie Studien machte und sehr ernsthaft und unverdrossen wiederholte, was ihr nicht gleich gelang. Sie streckte sich, nahm eine steife Kopfhaltung an, änderte ihren leichten Kindergang. Die

Ellbogen an den Leib gepreßt und ein bißchen zurückgeschoben, schritt sie kerzengerade einher, grüßte nach rechts und nach links mit freundlichem und doch würdevollem Neigen des Hauptes. Sie riß ein Blatt vom Strauch und brachte es dicht vor die Augen und betrachtete es, genau wie die kurzsichtige Tante Maud oft tat, Tante Maud, die sie nachzuahmen suchte – mit dem größten Glück.

Diese kleine Verruchtheit führte sie aus mit einer Anmut, einem Humor, die meine ungelenke Hand nicht schildern kann. Es hätte mich ergötzen müssen, wenn die Komödie nur nicht von der Tochter Ediths aufgeführt worden wäre, wenn sie mir nur nicht die Erinnerung an jene ebenfalls sehr gelungene Nachahmung …

Kein Vergleich! Ich wollte ihn nicht machen, ich wollte auch Herr der Erregung werden, die mich ergriffen hatte, und dann erst dem Kinde die verdiente Strafpredigt halten. Ich blieb stehen, wartete, hörte Johanna rufen und ihren Zögling schelten, weil er ihr davongelaufen war.

Am Abend, als Lore schlief, ging ich, wie so oft, zu ihr hinüber, setzte mich an ihr Bett und versenkte mich in ihren Anblick. Auch im Schlafe wechselte ihr Gesichtchen fortwährend seinen Ausdruck. Es begab sich immer etwas in ihrer Gedankenwelt, ihre junge Phantasie ruhte nicht, und die Bilder, die sie dem schlafenden Kinde vorgaukelte, spiegelten sich in seinen lieblichen Zügen. Es lächelte, es zürnte, die feinen Brauen zogen sich zusammen.

«Wen ahmt sie jetzt nach?» fragte ich die Wärterin und sah sie dabei scharf an.

Sie geriet in Verlegenheit, sie war dem Weinen nahe. Du lieber Gott. Sie hatte sich schon alle Mühe gegeben, es dem Kinde abzugewöhnen, aber umsonst. Lorchen entwischte, lief ins Frauenzimmer, in die Küche und führte dort ihre Komödien auf. Niemand war ihr heilig – die Worte trafen mich ins Herz –, nicht die Großeltern, nicht der ... Johanna stockte. Und die dummen, abscheulichen Dienstleute lachen über sie, muntern sie noch auf.

Auch Maud erschrak, als ich ihr meine Entdekkung und Johannas Geständnis mitteilte. Aber sie riet: «Keine Ermahnung, keine Strafe; Lore soll nicht wissen, wie schlecht das ist, was sie tut. Wir dürfen den bei ihr so mächtigen Widerspruchsgeist nicht wecken.»

Von nun an ließ Maud das Kind nicht mehr von ihrer Seite. Die Stunden ausgenommen, die ihren Andachtsübungen und ihren Armen gehörten, widmete sie Lore ihre ganze Zeit. Sie gab ihr den ersten Unterricht, und bei diesen Lektionen mußte man Lehrerin und Schülerin sehen! Die eine voll Hingebung an die Sache, von der Wichtigkeit ihres Amtes durchdrungen, die andre mit halbem

Ohr hinhörend, immer zerstreut, den Kopf immer von der Tante abgewendet. Sagte die: «Ich bitte dich, Lore, gib acht!», bekam sie zur Antwort: «Sekkier* mich nicht, ich geb genug acht!», und wie's zuging, wer könnte das sagen? Das scheinbar so lässige Persönchen hatte alles gehört, alles verstanden, sich alles gemerkt. Sie fand auch Vergnügen an den Unterrichtsstunden; aber wie hütete sie sich, das zu zeigen! Es hätte Maud Freude gemacht, und die sollte keine haben. Sie war ja selbst eine Freudeverderberin mit ihrer fortwährenden Überwachung der Nichte, mit ihrem langweiligen «Tu das, es ist schön, tu das nicht, es ist nicht schön!»

In Ungnade gefallen bei dem Kind, die Tante Maud! Sie teilte das Schicksal aller, für die sich das wandelbare kleine Ding eine Zeitlang fanatisch begeistert hatte – auch *mein* Schicksal.

Meine Tochter liebte mich nicht. Ich wußte es längst. Indessen – lächerlich, so etwas zu sagen! –, ich wußte es und – glaubte es nicht.

Als ich's endlich doch glauben *mußte*, warb ich um die Liebe meines Kindes, wie man um Liebe nur werben kann. Von Pflicht, von Dankbarkeit nie ein Wort. Sie sollte sich selbst überzeugen, mit ihren eigenen klugen Augen sehen lernen, daß es einen Menschen gab, dem sie und ihr Wohl in Gegenwart und Zukunft alles war. Nichts konnte

* sekkieren: quälen

meine Liebe zu meinem Kind erschüttern. Sie hatte ihre Wurzeln im tiefsten Grund meiner Seele. Väterliche Liebe ist doch noch mächtiger als die Liebe zu einem Weibe.

Lore war sieben Jahre alt geworden, als sie mir zum erstenmal bewies, daß sie des Mitleids fähig sei. Ein Marder, den ich erschossen hatte, flößte es ihr ein. Sie warf sich neben ihn auf die Erde, streichelte, küßte ihn und brach in Anschuldigungen aus gegen mich. «Wie bös bist du, o wie bös! Du hast ihn erschossen, und er war so schön und so jung. Armes Marderl, armes, armes!» klagte sie. «Es ist tot, seine schönen Augen sind tot, es kann nicht mehr herumlaufen, es kann sich sein Fell nicht mehr putzen, sein weiches, feines Fell. Wer hat dir das erlaubt?» schrie sie auf, schlug mit ihrer Faust auf den Boden und funkelte mich mit ihren zornsprühenden Augen an.

Ich zwang sie, aufzustehen, nahm sie bei der Hand, führte sie in den Hühnerhof und zeigte ihr die Verwüstungen, die der Marder dort angerichtet hatte. «Siehst du», sagte ich, «nicht nur erlaubt ist mir's, ein so gefährliches Tier zu töten, ich *muß* das tun, um unsert- und der andern willen. Heute hat es unsre Hennen erwürgt, ihr Blut ausgetrunken und ihre Eier, morgen würde es beim Nachbarn einbrechen. Es ist gut und recht, das Schädliche wegzuschaffen aus der Welt.»

«Das Schädliche?» wiederholte sie. «Nennt man einen Marder das Schädliche?»

«Man nennt in der Jägersprache alle Tiere so, die sich vom Fraße nützlicher Tiere nähren, des guten, armen Federviehs im Haus, im Wald und auf dem Feld, der kleinen Hasen, der jungen Rehe.»

Sie besann sich. Über ihre Stirn flog ein Schatten. Die Augen langsam erhebend, richtete sie ihren erschreckend klugen und durchdringenden Blick zu mir hinauf, und spöttische Schadenfreude lachte aus dem Ton, in dem sie sprach: «Du bist also das Schädliche, und ich bin das Schädliche. Wir essen ja Hühner, Eier, Fasanen, Hasen und Rehe.»

Ich hab ihr nicht geantwortet. Was hätte ich ihr antworten können?

In der Nacht hatte ich einen furchtbaren Traum. Ich lag da, wehrlos und gelähmt an allen Gliedern, und sah einen Marder an mich heranschleichen, mit leisen, leichten Schritten. Es war ein unvergleichlich schönes Raubtier, ich konnt's nicht hassen, ich mußte es bewundern, während es mein Herzblut trank; denn es hatte Lores Augen.

In Angstschweiß gebadet, wachte ich auf...

Maud war, obwohl sie fortfuhr, regelmäßig zu schreiben, lange Zeit ohne Nachricht von ihrer Schwester geblieben. Fast ein halbes Jahr. Endlich, am 12. Mai 18.., kam ein Brief. Die Adresse war von fremder Hand, der eines berühmten Pariser Arztes, der auch ein Krankheitszeugnis geschrieben und beigelegt hatte.

Der Brief war von Edith. Er liegt vor mir, ich habe mich eben wieder in die schattenhaften, hastend und müd hingeworfenen Züge der einst so festen, künstlerisch ausgearbeiteten Schrift versenkt. Der Inhalt lautet:

«Maud, ich richte meinen Brief an Dich, sonst wird er nicht gelesen; ich schicke ein ärztliches Zeugnis, sonst wird mir nicht geglaubt. Du vermagst alles über Franz, bestimme ihn, zu mir zu kommen.

Ich möchte ihn noch einmal sehen vor meinem Tode.

Die Eltern *nicht*, *Dich auch* nicht. Lore ...» Ein Fragezeichen, eine große, leer gelassene Stelle, dann:

«Ich weiß es nicht. Franz soll kommen; er soll nicht Rache dafür nehmen, daß er durch meine Schuld vom Totenbett seiner Mutter ferngeblieben ist. Er soll kommen, es beschwört ihn Edith.»

Karl und Ethel waren bei uns, als dieses Schreiben eintraf. Sie übernahmen es, die traurige Kunde den Eltern mitzuteilen und sie auf alle Fälle abzuhalten, uns zu folgen. Uns, das heißt Lore, Johanna, mir und Maud, die sofort entschlossen war, mitzukommen. Edith konnte vielleicht doch im letzten Augenblick wünschen, Abschied von ihr zu nehmen und ihr eine Botschaft an Vater und Mutter aufzutragen. In zwei Stunden waren wir reisefertig und auf dem Wege zur Eisenbahnstation. Der Kleinen wurde vorläufig das Ziel der Fahrt und auch deren Veranlassung verschwiegen. Sie erriet alles und war während der ganzen Reise von einer ausgelassenen Lustigkeit, die wir an ihr gar nicht kannten. Die sparte sie sonst wohl auf für die Gesindestube.

«Warum bist du so lustig?» fragte ich.

«Nun, weil wir auf der Eisenbahn sind, und ich bin so gern auf der Eisenbahn.»

«Weißt du, wohin wir fahren?»

«Nein», erwiderte sie mit der größten Unbefangenheit, und Johanna platzte heraus:

«Aber Lore, du hast mir doch selbst gesagt: ‚Wir fahren nach Paris.'»

Ich wollte wissen, woher sie das hatte, und sie provozierte förmlich ein Frag-und-Antwort-Spiel und war übermütig und schlagfertig und gab die seltsamsten Einfälle und Beobachtungen zum besten. Maud und ich sahen einander oft ganz verwundert an. Unmöglich, den Spuren der Gedanken nachzugehen, die sich in diesem jungen Kopfe jagten. Und das selbe Kind, das so rasch begriff, für so vieles ein unerhörtes Verständnis besaß, hatte keins für die Gemütsstimmung, in der wir uns befanden, keine Teilnahme, keine Schonung.

«Ich glaube wirklich, du bist lustig, weil du

siehst, daß Tante Maud und ich traurig sind», sagte ich, und sie zuckte die Achseln und tollte herum im Waggon, bis der Abend kam und sie einschlief.

«Du kennst die Kinder nicht», versicherte mir Maud. «Sie sind am muntersten, wenn ihre Umgebung übler Laune oder betrübt ist. Es liegt darin eine Art Notwehr, ein Bedürfnis, die Last abzuschütteln, die sich auch ihnen aufbürden möchte und die ihrer innersten Natur widerstrebt. Das haben die meisten Kinder, beobachte es nur.»

Getreue Maud! Sie wußte, daß mir nichts auf Erden einen größeren Trost gewährte, als zu hören: Dein Kind ist wie andre Kinder. Sie wollte mich beruhigen und beruhigte mich.

In Paris stiegen wir im Hotel du Louvre ab, in unmittelbarer Nähe von Ediths Wohnung.

Als ich die Meinen installiert hatte und mich anschickte, meinen schweren Gang anzutreten, kam es zu einer Szene, die im Hause peinliches Aufsehen erregte. Lore lief mir nach bis zur Treppe, klammerte sich an mich und schrie, ich müsse sie mitnehmen zu ihrer Mama. Ihre Mama sei in Paris, der Großvater habe es ihr gesagt und die Großmutter (das log sie), und nicht mich, o nein, nicht den Papa, sie, ihre kleine Lore, wolle Mama sehen.

Unter Mitleidskundgebungen des Auditoriums, das ihr Toben um uns versammelt hatte, wurde sie ins Zimmer zurückgebracht.

Als ich vor ein paar Tagen diese Erlebnisse aufzuschreiben begann, war ich ein ruhiger Mensch und mit mir selbst im reinen. Jetzt hat meine Ruhe mich verlassen. Zweifel bedrängen mich. Es taugt doch nichts, in Erinnerungen zu wühlen. Wenn ich nicht so innig und so heiß nach deiner Lossprechung verlangen würde, Freund... aber – mich verlangt nach ihr. Sie ist das Letzte, das ich noch ersehne.

Weiter also!

Der Arzt, ein alter, Verehrung einflößender Mann, empfing mich. Unser Gespräch dauerte nicht lange.

«Keine Hoffnung?»

«Keine.»

«Stündliche Gefahr?»

«Nein, es kann noch einige Tage dauern.»

«Wollen Sie ihr sagen, daß ich da bin?»

«Sie erwartet Sie; sie hat den Augenblick Ihres Eintreffens genau ausgerechnet. Ihr Wegbleiben hätte ihr verhängnisvoll werden können, Ihr Kommen wird ihr wohltun.»

Das Krankenzimmer war groß und hell, die Vorhänge waren weit zurückgezogen. Im Sterben noch brauchte Edith das volle Tageslicht nicht zu scheuen. Wir begrüßten einander stumm. Als ich an ihr Bett trat, griff sie nach meiner Hand und wollte sie an ihre Lippen ziehen; die Kraft dazu fehlte ihr. Lange, forschend, mit strengem Ernst sah sie mir in die Augen.

«Ich sterbe», sprach sie endlich, ganz in ihrer alten Art, das Ärgste zu sagen, ohne bewegt zu scheinen.

Ich behielt ihre Hand in der meinen; ihr Anblick tilgte allen Groll aus meiner Seele.

«Ich habe gebeichtet und kommuniziert», sagte sie; «ich habe auch die letzte Ölung empfangen, Gott hat mir verziehen, verzeih mir auch. Ich verzeih dir.»

«Du verzeihst mir – und was?»

«Ich verzeih dir, daß du mich nicht geliebt hast ...»

«Edith!»

«Nicht genug geliebt, nicht so, wie's mich gerettet hätte. Deine Liebe hätte nicht sein dürfen wie die eines Mannes zu einem Weibe – sie hätte sein müssen grenzenlos, göttlich, wie die des Heilands für die Sünderin, für den armen Zöllner. – Vorüber ... Verzeihen wir einander.»

«Ja! ja!»

«Du liebst mich gar nicht mehr?»

«Du tust mir unsagbar leid.»

«Wirst du bei mir bleiben, bis ich sterbe?»

«Du wirst nicht sterben», sagte ich, wie jeder Teilnehmende zu jedem Sterbenden sagt, und bemühte mich, ihr Trost zuzusprechen. Ich sagte ihr auch, daß Maud und das Kind mich begleitet hätten.

Sie bäumte sich auf: «Du hast Maud mitgebracht? Das tust du mir an?»

«Edith, wie versündigst du dich an ihr und an mir. Ich schwöre ...»

«Laß nur – ich hab ja gar kein Recht.»

«So willst du sie nicht sehen?»

«Nein! nein!»

«Und das Kind? Es sehnt sich so sehr nach dir.»

«Liebt es mich denn?... Es soll kommen.»

Ich schickte hinüber. Maud geleitete die Kleine bis zur Tür des Krankenzimmers, kniete dort nieder und betete.

Lore war in die Wohnung Ediths eingezogen wie im Triumph. Ihr Gesichtchen strahlte vor Glück. Sie sah sich um in den reich geschmückten Räumen, sie schwelgte in Wohlgefallen an dem Luxus, der hier herrschte. Beim Anblick ihrer in Spitzen und Seide gehüllten Mutter stieß sie einen Schrei der Bewunderung aus und eilte auf sie zu.

Edith blieb regungslos und starrte sie an: «Mein Gott ... Franz ... das arme Kind», murmelte sie.

«Ich bin nicht arm, ich bin bei dir!» rief Lore, «und bleibe bei dir immer, immer!»

Es war schrecklich. Das Kind vermochte nicht, ihr *eine* mütterliche Regung abzugewinnen. Und wie die Kleine sich mit leidenschaftlicher Zärtlichkeit an sie schmiegte und die Sterbende mit geheimem Grauen zu ihr niederblickte, überlief's auch mich; ich mußte der Worte Ediths gedenken: «Das bin ja ich, das bin noch einmal ich.»

Viel Selbstüberwindung kostete es sie, ihre

Tochter zu küssen und zu segnen. «Werde anders», sprach sie und legte ihr die Hand aufs Haupt, «werde anders als deine Mutter. Leb wohl. Sie soll fort, Franz, und du bleib bei mir.»

Lore bat nicht mehr, sie weinte auch nicht. Sie biß die Zähne zusammen, und ein Ausdruck von unaussprechlicher Bitterkeit verzog ihren Mund. Sie ging, und ich – hätte ihr nacheilen mögen ...

Aber ich blieb den ganzen Tag, die ganze Nacht und noch einen Tag und noch eine Nacht. Edith ist schwer gestorben. Herr, mein Gott, du hast eine Entschädigung für alle Leiden des Lebens, du hast ein Zeichen der Vergebung für alle Schuld. Herr, mein Gott, gönne jedem einzelnen des gequälten Menschenvolkes diese Entschädigung, gib jedem dieses Zeichen – schenke jedem einen sanften Tod.

Meine Schwiegereltern fanden im ersten Augenblick einen Trost in dem Gedanken, daß Edith losgesprochen von ihren Sünden und versöhnt mit Gott gestorben war. Dann aber kam die Reue. Sie nahmen den größten Teil des Unrechts, das ihre Tochter im Leben begangen hatte, auf sich. Edith wäre anders geworden, wenn sie ihr mehr Liebe gezeigt hätten, meinten sie. Dieser Selbstvorwurf vergällte ihnen ihre letzten Jahre.

Es fiel mir auf, daß Karl und Ethel ihre Kinder nicht mehr nach Niedernbach mitnahmen und mich auch nicht mehr aufforderten, Lore zu ihnen zu bringen. Warum? Ich ließ Ausflüchte nicht gelten, fragte ganz bestimmt: «Meint ihr, daß Lore einen schlechten Einfluß auf eure Kinder nimmt?» – «Sie sind ihr zu klein, zu gering, sie neckt und quält sie, ist auch für sie viel zu gescheit, weiß zu viel», lautete die so schonend als möglich hervorgebrachte Antwort. «Laß einige Jahre vorübergehen, der Unterschied im Alter wird sich dann weniger geltend machen. Ganz ehrlich» – damit kamen sie zuletzt heraus –, «es würde einem manches an ihr nicht auffallen oder man würde ihm keine Bedeutung zuschreiben, wenn sie nicht Ediths Tochter wäre.»

Zu gescheit! Lieber Gott, ihre Gescheitheit wäre mir feil gewesen um ein wenig Unbefangenheit, Gedankenlosigkeit, um einen Hauch Wärme und Liebe ... Und: wenn sie nicht die Tochter Ediths wäre! Sie hatte es also schon angetreten, das mütterliche Erbe – die vorgefaßte Meinung ... Wenn ihre Nächsten sich von diesem Vorurteil nicht befreien konnten, was hatte das Kind von der Nachsicht Fremder zu erwarten? Ein namenloses Mitleid erfüllte mich ...

Der Blick getrübt, die Hand unsicher. Ich spähe, ich taste, statt zu schauen, zu greifen. Die Farben des düstern Bildes, das ich zu malen unternommen habe, weil ich mußte, weil ich nach Befreiung lechze, schwimmen ineinander. Hilf nach, wo mein Können versagt! Ordne, stell alles an seinen rechten Platz, wo ich verworren werde!

In dem Jahre, in dem Lore ihren vierzehnten Geburtstag beging, schieden meine guten Schwiegereltern aus dem Leben. Mein Schwiegervater ging zuerst, seine Frau starb ihm nach. Buchstäblich. Man stirbt nicht aus Gram, sagen die Leute. Sie sollten sagen: Es stirbt nicht aus Gram, wer will; den ersten besten trifft's nicht, man muß dazu etwas Rechtes sein. Ich scheine zu jenen ersten besten zu gehören. Beim Tode ihres Großvaters war Lore ganz gleichgültig geblieben. Während ihre Vettern und Basen, die großen und die kleinen, in Tränen schwammen, verbarg sie die Freude nicht, die ihre Trauertoilette ihr machte. Maud sagte nicht mehr: «Das ist Kinderart», sie sagte: «Lore ist ebenso ergriffen wie die andern, sie will's nur nicht zeigen.»

Sie hatte den Toten durchaus nicht sehen und ich hatte sie dazu nicht zwingen mögen. An den Sarg ihrer Großmutter führte ich sie trotz ihres Widerstrebens. Die schöne alte Frau in ihrer tiefen Ruh bot ein edles Bild des Friedens. Der Anblick machte auf Lore keinen andern Eindruck als den einer angenehmen Überraschung. Ich kannte sie nicht ganz, aber doch genug, um ihr den Gedanken vom Gesicht abzulesen: Sieh nur, der Tod ist nicht so häßlich, wie ich geglaubt habe.

«Niederknien!» flüsterte ich ihr zu. Es waren Leute im Sterbezimmer. Sie sah zu mir hinauf mit ihrem ewig verneinenden, ewig rebellischen Blick; er sagte: Ich knie nicht, ich weine auch nicht. Du willst es, ich weiß recht gut, du willst, daß ich weine, aber ich weine nicht. Der Zorn übermannte mich. Ich legte die Hände auf ihre Schultern und zwang sie nieder. Ihre Muskeln waren wie aus Stahl, sie stemmte sich mit ihrer ganzen Kraft ... Heute noch fühl ich den zarten, jungen Leib mit Widerstreben und schmerzlichem Zucken nachgeben unter der Wucht meiner Hände.

Lache mich aus! Ich fühle auch noch, wie damals der Haß des Kindes mich anfiel wie etwas Körperliches und mir zuraunte in lautloser Sprache: Mich überwindest du nie.

Am Abend beim Gutenachtwünschen sagte sie: «Du hast mich gezwungen zu knien, du bist der Stärkere; aber nur meine Knie haben sich gebeugt. In Wirklichkeit beuge ich mich vor keinem Menschen mehr, das habe ich meiner toten Mutter *auf den Knien* versprochen.»

Ich ermüdete nicht im Kampf um diese Seele. Die Nachsicht hatte sich ohnmächtig erwiesen, nun wurde ich streng, streng bis zur Härte.

Sie war immer geistig rege gewesen und blieb es auch. Ihre Gedanken arbeiteten rastlos. Wer ihr aber zumutete, diese Gedanken auf ernste Dinge zu richten, erschien ihr als eine komische Person. Darin glich sie ihrer Mutter und den allergewöhnlichsten Weibern. Das Interesse, das Lore als Kind, ohne es zu wissen und zu wollen, an ihrem Studium genommen hatte, schwand mit den Jahren immer mehr. Sie lernte unglaublich leicht und unglaublich flüchtig. Wenn ich staunte, wie rasch sie vergaß, was sie eben erst gewußt hatte, lachte sie triumphierend.

«Ich wüßt's, wenn ich mir's merken wollte; ich will mir's aber nicht merken. Wozu?» sagte sie mir einmal in einem Anfall von Aufrichtigkeit. «Atme ich lieber und leichter, wenn ich weiß, woraus die Luft besteht? Gefallen mir die Sterne, die Blumen, die Bäume, die Berge und Flüsse besser, wenn man mich in die Intimitäten ihres Privatlebens einführt? Und die Geschichte, mit der ihr mich plagt! Die alte ist gewiß nicht wahr, und die neue erlebe ich. Ich lebe, lebe, will leben, nur leben, mich freuen, mich unterhalten, glücklich sein!»

Als sie so sprach, hatte sie kürzlich ihr sechzehntes Jahr erreicht. Wir standen auf einer Wiese im Garten. Es war ein sonniger Frühlingsmorgen. Die Erde, das feine, üppige Gras, das junge Laub, die jungen Blüten dufteten, der Wasserfall rauschte, die Vöglein sangen ihre verbuhlten Lieder. Und mein Kind, in seinem Trotz und Liebreiz, erschien mir wie eine Verkörperung der blinden, brutalen Lebens- und Triebkraft, die nichts will, das heißt nichts muß, als sich durchsetzen, und dabei nebenher alle die Licht-, Duft-, Klangerscheinungen hervorruft, die uns entzücken.

Eine Libelle kam vom Teiche her geschwirrt und rastete auf einem Grashalm. Vorsichtig hob Lore den Fuß und zertrat sie. «Warum tust du das?» fragte ich. «Weil sie mich ärgert; sie darf tun, was sie will – ich werde wie eine Sklavin gehalten.»

«Aber wartet nur, meine Zeit kommt», hatte sie offenbar hinzusetzen wollen. Es schwebte ihr auf den Lippen. Ich sah's, ich kannte sie so gut. Doch besann sie sich und schwieg und lächelte mich mit spöttischer Drohung an.

Damals hatte sie angefangen, ihr großes musikalisches Talent mit leidenschaftlichem Eifer auszubilden. Ihre Lehrerin war einst eine sehr gefeierte Künstlerin gewesen. Durch eine unglückliche Heirat ins tiefste Elend gebracht, fand sie in meinem Hause eine Zufluchtsstätte und an Maud eine Freundin. Unsere Absicht war, sie bei uns absterben zu lassen, geschützt vor Armut und Not und vor den Erpressungen ihres nichtsnutzigen Mannes.

Lore hatte anfangs Abgötterei mit ihr getrieben und in hellem Entzücken über ihr geniales Klavierspiel mehr als einmal ausgerufen: «So spielen wie Frau Mitter und dann sterben!» Aber sie spielte nicht wie Frau Mitter. Sie spielte wie das frühreife, leidenschaftlich veranlagte Kind, das sie war. Ihr ganzes, zugleich kaltes und unbändiges Naturell kam zutage in ihrem Spiele, damals schon – und später erst … Am Klavier ließ ihr scharfer Verstand sie im Stiche, und sie verriet von ihrem eigensten Wesen mehr, als sie wollte. Große Kälte bei großer Sinnlichkeit. Eine unvergleichliche Kunst, Feuer anzulegen, ohne selbst Feuer zu fangen. Moralische Mordbrennerei.

Um wie vieles schlechter war sie doch als ihre Mutter, die nicht nur hinriß, die sich hinreißen ließ, hingerissen werden konnte.

Ich setzte die Zahl der Stunden fest, die sie der Musik widmen durfte, und wies Frau Mitter an, den Unterricht auf das Studium der Klassiker zu beschränken. Sie tat es, und ihre Schülerin rächte sich dafür. Sie setzte ein System von kleinen raffinierten Quälereien ins Werk, die sich nicht bezeichnen, also nicht rügen ließen. Scheinbar harmlose, in Wirklichkeit bis aufs Blut verletzende Anspielungen, fortwährende Mißverständnisse. Sie brachte die Unglückliche dahin, das Haus zu verlassen und in ihre jammervolle, immer bedrohte Existenz zurückzukehren. Natürlich brachten Maud und ich die alte Dame in Sicherheit; davon aber erfuhr Lore nichts. Maud versuchte eine Regung der Reue in ihr zu wecken und sagte ihr eines Tages plötzlich: «Du hast sie vertrieben; sie wird im Elend untergehen durch deine Schuld.» Aber das Kind ließ sich nicht verblüffen, war gleich bei der Hand mit seiner rohen und altklugen Weisheit: «Warum soll sie nicht einen andern Platz finden? Es gibt noch mehr Leute, die Klavierlehrerinnen brauchen.»

Bald darauf kam eine Zeit, in der sie Fügsamkeit heuchelte. Sie wurde freundlich gegen mich, aufmerksam gegen Maud. Sie protestierte nicht mehr gegen die «eiserne Fuchtel», wie sie sich ausdrückte, unter der ich sie hielt. Sie ließ sich meine Wachsamkeit gefallen und spottete ihrer und durfte ihrer spotten, denn trotz all und allem wußte sie sich ihr zu entziehen. Das einzige, was sie wohl je wirklich geliebt hat, war das Böse. Weil sie aber nicht treu sein konnte, war sie auch dem Bösen manchmal untreu.

Sie hatte Anwandlungen von Frömmigkeit, sie, die Skeptikerin, die an nichts glaubte als an sich, an die Macht ihrer Schönheit und ihres Liebreizes. Manche Menschen hielten sie für gut. Sie hatte eine kühle, überzeugte Art zu schmeicheln, die dem Geschmeichelten wunderbar einleuchtete. Den Spott, der ihr dabei tief innerlich falsch aus den Augen blickte, auf den Lippen tanzte, sah nur ich.

Ich habe noch nicht gesagt, daß Lore einen Spielgefährten gehabt hat, den Sohn unsrer Johanna. Er wuchs in meinem Hause auf; sein Vater, einer meiner Beamten, war früh gestorben. Er hieß oder vielmehr heißt, er lebt ja noch – im Irrenhause –, Rupert. Ein stämmiger, wilder Junge, die verkörperte Unbotmäßigkeit gegen seine Umgebung; aber vor Lore mußte ich ihn schließlich retten, wie ich ihre Hunde und Vögel vor ihr hatte retten müssen. Es gab immer Streitigkeiten zwischen den beiden Kindern, und immer endigten sie mit der Unterwerfung des älteren, starken Buben unter die Tyrannei des kleinen Mädchens. Ein gutes Wort, eine Liebkosung, und er lag auf dem Boden und setzte ihr Füßchen auf seinen Nacken – tat es faktisch.

Sein höchster Wunsch wurde erfüllt, als Johanna ihm erlaubte, Soldat zu werden. Er hat sich brav gehalten und in den Militärschulen immer zu den Vorzugsschülern gehört. Wir ließen ihn während der Erziehungszeit selten nach Niedernbach kommen; seine Mutter brachte die Ferien meist auf kleinen Reisen mit ihm zu. Als er aber Leutnant geworden war und sich als solcher bei uns präsentieren wollte, mochte ich ihm nicht die Tür weisen.

Er war ein hübscher Bursch geworden, etwas klein zwar und untersetzt, sah aber vortrefflich aus in seiner neuen Jägeruniform. Sein etwas zigeunerhaftes Gesicht, seine braunen Augen hatten einen Ausdruck von männlicher Willenskraft und Energie, der mir gefiel. Die Gunst Mauds errang er nicht. Sie sagte: «Der ist vierhundert Jahre alt, der kommt aus der Holkischen Bande* und nicht aus der Militärakademie.»

Anfangs benahm er sich Lore gegenüber sehr gemessen im Gefühl seiner jungen Würde. Allmählich stellte das alte Verhältnis zwischen ihnen sich wieder her. Einmal luden wir ihn zu Tische, Maud und ich, und wollten, daß auch seine Mutter mit uns speise. Sie war nicht dazu zu bewegen. «Was mein Sohn, der Leutnant, an Ehren erfährt, ist für mich Ehre genug», erwiderte sie. Und wir konnten froh sein, daß sie unsre Einladung nicht angenommen hatte und nicht Zeuge der Grausamkeit sein mußte, mit der ihr Rupert von Lore behandelt wurde.

Er aß, wie die Zöglinge unsrer Militärschulen zu essen pflegen, zerschnitt sein Brot, führte sein Messer zum Munde, fiel über sein Roastbeef her und legte es in Stücke. Lore verfolgte jede seiner Bewegungen mit gespannter Aufmerksamkeit und fing an, ihm alles nachzumachen. Höchst diskret, ohne Übertreibung. Plötzlich legte sie Messer und Gabel hin und sprach laut und langsam: «Sie, meine Hund' haben schon gegessen. Wissen Sie, Rupert, wer das gesagt hat?» – «Nein», erwiderte er betroffen. «Ein Feldmarschalleutnant zu einem Leutnant, der das Fleisch just so geschnitten hat wie – ich.»

* Ein Kürassierregiment im dreißigjährigen Krieg unter dem Befehl des Grafen Heinrich Holk; plünderte Sachsen.

Er wußte nicht, was antworten; er wußte auch nicht, was tun. Auf einen Wink Lores redete ihn die französische Lehrerin – auch eine der weißen Sklavinnen meiner Tochter – in ihrer Sprache an. Und er ging ganz naiv in die Falle und gab ein Französisch zum besten, das entsetzlich war. Selbst Maud hatte Mühe, ihren Ernst zu bewahren. Und Lore traf sogleich Ruperts Ton und wiederholte die Ungeheuerlichkeiten, die er sagte, und hob jeden unliebsamen Doppelsinn hervor, ohne eine Miene zu verziehen, indes die Französin sich vor unterdrücktem Lachen wand.

Er begriff endlich, daß man ihn zum besten hatte, und in ihm kochte der Zorn. Zehn Jahre lang heiß nach einem ehrenvollen Ziel gestrebt, es erreicht haben und dort ein junges Ding finden, das einen auslacht, weil man nicht so ißt und nicht so spricht, wie es in dem Kreise des jungen Dings üblich ist, das brächte wohl den Ruhigsten aus dem Geleise. Wie denn nicht diesen nur halb geleckten Bären? Ich konnte kaum den Augenblick erwarten, in dem Maud die Tafel aufhob, winkte Lore heran und befahl ihr leise, auf ihr Zimmer zu gehen und dort den Rest des Tages zu bleiben. Sie wandte sich an Rupert und erwiderte laut: «Sehen Sie, Herr Leutnant, ich bekomme Zimmerarrest, weil ich Sie geneckt habe bei Tische. Mein Vater diktiert mir noch Strafen wie einem kleinen Mädchen.»

Mit unbefangener, höchst drolliger Überlegenheit ging sie auf ihn zu, reichte ihm beide Hände und sprach: «Bitten Sie mich wenigstens für morgen los, und nichts für ungut, Spielkamerad.»

Er faßte ihre Hände und drückte sie, daß sie sich auf die Lippen biß vor Schmerz. Als er das sah, stieg ihm die heiße Röte der Bestürzung ins Gesicht. Er zitterte; er hätte sich vor ihr auf den Boden niederwerfen mögen wie ehemals. Er war noch der selbe, leidenschaftlich und unfähig der Selbstbeherrschung und der Verstellung.

Erbliche Belastung? – Possen! Seine Mutter die langmütige Unterwürfigkeit selbst. Wenn es keine «Herrschaften» mehr geben wird, solche Leute werden sich welche aus einem Bund Stroh zusammenflechten. Sein Vater ein tabakschnupfender fischblütiger Pedant, den nichts aus seinem Gleichmut brachte, der sich weder freuen noch ärgern konnte.

Und dann wieder: Es gibt *keine* erbliche Belastung? – Possen! Edith wiederholte sich in jedem Blutstropfen ihres Kindes. Lores Fehler waren die Fehler ihrer Mutter, nur zur Potenz erhoben ... Die Falschheit zum Beispiel. Das wenige Gute freilich fehlte. Lore war einer großen Liebe unfähig. Bei ihr schlich sich überall Berechnung ein. Wie sie so geworden? Nein, nicht geworden, sie war so geboren, hat sich ihren innersten Gesetzen gemäß entfaltet, wie es in ihrer urkräftigen Natur lag, allen äußeren Einwirkungen zum Trotze. –

Rupert war nicht geheilt von seiner Anbetung für sie, und sie sorgte dafür, daß er's auch nicht wurde. An diesem Menschen hat sie ihre ersten Studien gemacht in der Kunst, sich andere zu unterwerfen. Es war ein erster Waffengang mit einem schwachen Gegner.

Nach acht Tagen blieb mir nichts übrig, als der armen Johanna zu sagen: «Ihr Sohn muß fort.» Sie weinte bitterlich, aber sie gab es zu, tadelte nur ihn. «Warum ist er auch so ein Narr! Was bildet er sich ein, der Narr!»

Der Unglückliche schrieb an Lore, und sie brachte mir den Brief... lachend, wie nur sie lachen konnte. Du warst entsetzt, daß sie lachte, und ihr Lachen gefiel dir doch.

«Eine Erklärung in Militärgeschäftsstil», sagte sie, und wirklich war's ein wunderliches Schriftstück. So blutjunge, heiße, ehrliche, geschmacklos ausgedrückte Leidenschaft, sie brannte manchmal lichterloh durch das Phrasengedrechsel hindurch.

Sie hatten Abschied genommen, und er hatte sie geküßt. Sie gab das zu mit der größten Unbefangenheit. «Er ist ja der Sohn meiner Johanna, und ich bin noch ein kleines Mädchen; als ein solches wenigstens werd ich behandelt.» Der Kuß des «kleinen Mädchens» hatte ihn toll gemacht. Er fühlte sich gefeit, geweiht, es gab nichts Unerreichbares für ihn. Ein Eroberer, ein zweiter Napoleon wollte er werden, und Lore dann zu sich erheben.

Und sie lachte und sagte verächtlich: «Der dumme, dumme Rupert, und wie frech er ist!» Sie begriff völlig, daß er um seiner Dummheit und Frechheit willen noch werde viel leiden müssen, und fand, es geschehe ihm recht.

Die Menschen hinter sich her schleifen, am Leitseil eines Verlangens und einer Sehnsucht, die man nie zu stillen gedenkt, mißhandeln, quälen und dafür vergöttert werden und unumschränkt herrschen über alle – so dachte sie sich ihre Zukunft. Und so schien sie sich auch gestalten zu wollen. Um diese Zeit war's, wenn ich nicht irre, daß Mauds verändertes Benehmen gegen mich mir zuerst auffiel. Sie vermied, mit mir allein zu sein, sie wurde noch zurückhaltender und kühler, als es ohnehin in ihrer Art lag. In ihrer Art, nicht in ihrem Wesen. Sie fühlte tief und warm und treu. Sie sprach wenig, aber sie tat viel; sie bedauerte nicht, aber sie half. Daß sie frömmer wurde von Jahr zu Jahr, das ist die einzige Veränderung, die ich an ihr wahrgenommen habe im Laufe der Zeit. Auch ihr Äußeres veränderte sich wenig. Sie alterte, aber sie gehörte zu den seltenen Ausnahmen unter den Frauen, die auch im Alter schön bleiben.

Es war schon öfters vorgekommen, daß Lore, wenn sie mich im Salon Mauds wußte, eintrat, irgendeine Frage stellte und regelmäßig hinzufügte: «Ich gehe gleich wieder, ich will nicht stören.»

Dabei richtete sie einen Blick auf Maud, unter dem diese regelmäßig errötete.

Einmal rief ich Lore auf mein Zimmer und stellte sie zur Rede. Sie hatte ihre Antwort so bereit, daß mir schien, sie habe nur gewartet auf die Gelegenheit, sie anzubringen.

«Die Tante», sagte sie, «hat mir Vorwürfe gemacht wegen meiner Gefallsucht. Das hätte sie sich schenken können. Ich will der Welt, die mir gefällt, gefallen. Ich bin ihr Kind, ein Weltkind, keine Fromme. Ich bin auch keine Heuchlerin wie die fromme Tante Maud.»

«Wie Tante Maud?»

«Die Eifersucht auf sie hat meine Mutter aus dem Hause getrieben. Meine Mutter hat ihr nicht einmal auf dem Sterbebett verziehen ...»

«Lore!» schrie ich sie an.

Mit Entsetzen, mit Verzweiflung blickte ich in den Abgrund von Schlechtigkeit in dieser jungen Seele. Worte fand ich nicht. Sie feierte einen abscheulichen Triumph.

«Tante Maud ist von jeher in dich verliebt gewesen!» fuhr sie fort, nachlässig, als ob sie von den gleichgültigsten Dingen spräche. «Alle Leute wissen es.»

Ich hatte schon die Hand gegen sie erhoben; ich hätte sie zerschmettern können, ja – mögen ... Ich nahm mich zusammen, wie so oft! wie immer! und wies ihr stumm die Tür.

Vieles wurde mir jetzt erklärt, das mir früher flüchtig aufgefallen war, ohne mich weiter zu beschäftigen. Allerlei Fragen, Anspielungen. Und wer hatte die Gerüchte, die Mauds Frauenehre befleckten, in Umlauf gesetzt? Das Kind – ich zweifelte keinen Augenblick daran –, das Kind, das ihr so viel verdankte.

Damals hatte Maud unter einem schlecht gewählten Vorwand – sie verstand sich nicht aufs Lügen – mich verlassen wollen. Ich sprach offenherzig mit ihr und bestimmte sie, auf dem Posten zu bleiben, den sie selbst erwählt hatte. «Man muß die Verleumdung niederleben», sagt ein englisches Sprichwort.

Sie hat treu bei mir ausgeharrt, meine edle Schwester Maud.

Mein Schwager und Ethel wohnten auf dem Gute meiner verstorbenen Schwiegereltern, und nach wie vor wurde dort Gastfreundschaft im großen Stile geübt. An Umgang das Beste zu haben, was es gibt, war das Ehepaar immer bestrebt und verstand es vortrefflich, Angehörige der verschiedensten Stände, Berühmtheiten und Kapazitäten aller Art um sich zu versammeln und jeden auf den Platz zu stellen, auf dem er sich am behaglichsten fühlte, sich am besten ausnahm und von dem aus er die anderen im besten Lichte sah.

Sie scherzten selbst über ihre «Löwenjägerei». Ich sehe noch, wie fröhlich und stolz uns Ethel eines Nachmittags entgegenkam und uns mit den Worten begrüßte: «Ein großer Fang ist uns gelungen. Werner Klar ist da und bleibt einige Wochen bei uns.»

Du kennst den Mann, dessen wahren Namen zu nennen mir widerstrebt. Er hat einen Weltruhm errungen. Damals begannen die Sehenden unter seinen Freunden und Feinden schon zu ahnen, daß er ihn erringen werde. In jeder Hinsicht ein Auserwählter und Begnadeter, hat er die Not des Lebens nie gekannt. Er ist auf Händen getragen worden von seiner hochgebildeten und wohlhabenden Familie. Er ist nicht durch die Schulen gegangen, er ist im Triumph durch die Schulen gezogen und hat nebenbei immer etwas «ernstlich» getrieben. Musik zum Beispiel oder Malerei oder alle Arten von Sport. Daß auch in dieses glanzvolle Leben ein schwerer Schatten von Schmerz und Schuld fiel, dafür hat Lore gesorgt, und er hat ihr ein Denkmal gesetzt, das sie und – freilich auch ihn verherrlicht. Der große Philologe hat ein kleines Epos geschrieben, in dem die Tote im verklärten Bilde weiterlebt.

Heute noch wird jede Frau, wenn sie nicht ganz schwachen Geistes ist, stolzer darauf sein, seine

Aufmerksamkeit zu wecken als die eines ganzen Zimmers voll Modeherren. Er ist heute noch ein Urbild männlicher Schönheit, und noch machen Maler und Bildhauer Jagd auf ihn. Zu jener Zeit lag auf seinen feinen, von Geist durchleuchteten Zügen der ganze Schmelz der Jugend …

Er war keine sinnliche Natur; die Frauen hatten bisher in seinem Leben nur Nebenrollen gespielt. Er liebte den Umgang mit ihnen, ließ sich ihre Schmeicheleien und Huldigungen gern gefallen. Einfluß nahmen sie auf ihn nicht.

Er war ein entzückender, selbst die Stumpfsinnigen hinreißender Gesellschafter. Es verstand sich von selbst, daß er nur in einen Kreis zu treten brauchte, um sogleich sein Mittelpunkt zu werden. Dabei war er durchaus nicht liebenswürdig. Liebenswürdigkeit bedingt eine gewisse Unterordnung dem Wert, der Stellung, der Ansicht anderer gegenüber. Unterordnung jedoch kannte er nicht. Er fühlte sich hoch erhaben über allen Anwesenden und dachte nicht daran, es zu verbergen, und weder Männer noch Frauen fühlten sich dadurch gedemütigt, alle bewunderten und liebten ihn.

Als Lore und er einander zum ersten Mal entgegentraten und mit befremdeten Blicken maßen, das war merkwürdig.

«Also diesen langen Gelehrten da zu haben, soll Ehre sein und Glück?»

«Also diesem kleinen Mädchen soll man nicht ungestraft in die Augen sehen können?»

Lore ist aus dem Leben gegangen, ohne eine noch so flüchtige Regung des Gefühls gekannt zu haben, das den Menschen am höchsten adelt – der Verehrung.

Das Genie Werner Klars, die großen Gedanken, die er aussprach, imponierten ihr nicht; was sie bezwang, das war seine Schönheit, sein Witz, seine Geschicklichkeit. Beim Fechten, beim Pistolen- und Bogenschießen, beim Wettrudern auf dem Teiche war er der Sieger, immer er. Und daran hatte er eine kindische Freude, erwartete Komplimente und forderte sie heraus. Er hielt sich für einen guten Reiter – aber mit Unrecht, in dieser Kunst hatte er's nicht weit gebracht. Lore machte ihm eine spöttische Bemerkung darüber, und nun mußte mein Schwager ihn täglich auf der Reitschule vornehmen und abrichten wie einen Rekruten. Diesen Menschen!

Ethel ärgerte sich darüber: «Er ist nur unter der Bedingung gekommen, daß ihm nicht der geringste Zwang auferlegt werde in der Verwendung seiner Zeit, und jetzt verliert er alle Vormittage ein paar Stunden, um es im Reiten doch nicht weiter zu bringen als das gewöhnlichste Offizierlein.»

Was mir an Werner Klar immer gefallen hat, war, daß sein eigenes Interesse geweckt wurde, sobald er bei jemand anderem ein Interesse für etwas Ernstes fand, mochte es sich nun um das Abc einer Wissenschaft oder um ihre schwierigsten Probleme handeln. Er war schon sehr verliebt in Lore, und sie war's noch mehr in ihn, als er einmal während eines ganzen Abends mit einer alten gelehrten Philosophin von der Weltentstehungslehre, ich weiß nicht mehr welches griechischen Denkers, gesprochen hat.

Er schien sich der Anwesenheit Lores erst zu erinnern, als wir uns verabschiedeten.

Im Wagen sagte sie dann: «Dieser Werner Klar ist der größte Geck. Ich hasse ihn.» Du liebst ihn, dachte ich und segnete diese Liebe und hoffte, hoffte auf sie.

Standesvorurteil? Plunder für einen in meiner Lage. Nur keine Verantwortung mehr haben, nur erlöst sein. Ich erwartete jeden Tag, daß er kommen und sich erklären würde, aber er kam nicht und liebte sie doch und wurde wiedergeliebt. Er verriet sich manchmal durch ein rasches, unwillkürliches Aufglühen in seinen Augen, durch die selig triumphierende Art, in der er sie ansah. Sie verriet sich nie; sie war auch nie schöner, nie umworbener als in dieser Zeit. Über ihr Wesen waren alle Zauber der Anmut und Holdheit ergossen, sie schwelgte in Freude an sich selbst ... Wer hat damals nicht gerungen um ihre Gunst? wer von allen, die Aufnahme fanden im gastfreien Hause meines Schwagers? Sie entmutigte keinen, sie ließ jedem einen Schimmer von Hoffnung, bis er sie aussprach. Dann war er gerichtet und konnte seiner Wege gehen, leichter oder schwerer verwundet. Nicht alle sind genesen. Da war einer, der einzige Sohn armer Eltern, ihr ganzes Glück, ihre ganze Hoffnung – genug! Unheil und Schuld bezeichnen den Weg, den Lore gegangen ist in ihrem kurzen Leben.

Auf einmal hieß es: Werner Klar unternimmt eine wissenschaftliche Reise nach Indien, und es ist so gut, als wäre er schon fort, man sieht ihn nicht mehr. Seine Wirte haben ihm einen Pavillon am Ende des Parks eingeräumt, und er kommt nicht einmal zu den Mahlzeiten ins Schloß, treibt vorbereitende Studien zu seiner Gelehrtenfahrt.

Eines Tages kommt Fürst Emil Nordhausen, ganz bewegt, ganz ergriffen, der ruhige Mensch, und wirbt um die Hand Lores und hat ihr Jawort.

Du kennst auch den, du weißt von dem jahrelangen Verhältnis, in dem er zu einer liebenswürdigen Frau gestanden hat. Wenn der Ehebruch sich entschuldigen läßt, in dem Falle war er entschuldigt. Sie schmählich verlassen, er frei. Ihren nach menschlichen Gesetzen unrechtmäßigen Bund hat die Treue geheiligt. Nach dem Tode noch hat er sie der Vielgeliebten bewahrt – bis sein Unstern ihn Lore begegnen ließ.

Also, wie gesagt, er kommt, der ernste, besonnene Mensch kommt glückstrahlend und wirbt bei mir um meine Tochter; mit ihrer Zustimmung wirbt er. Das war kurz nachdem Werner Klar sein Einsiedlerleben angetreten hatte.

«Mit ihrer Zustimmung?» fragte ich, und wie er mein Staunen und Zögern sah, wurde sein ehrliches Gesicht rot bis an die Haarwurzeln. «Was hast du dagegen? Findest du mich zu alt für sie? Ich bin jünger als mancher Junge» und er richtete seine Hünengestalt stolz auf. «Es fällt mir nicht ein, zu glauben, daß sie in mich verliebt ist. Liebe fordere ich nicht. Ihre Sympathie und ihr Vertrauen schenkt sie mir.»

So dumm sind wir. Liebe nicht *fordern*. Damit glauben wir etwas Großmütiges und Uneigennütziges zu tun. Was du nicht «forderst», fordert des Weibes innerste Natur.

Ich ärgerte mich und war doch gerührt – von dem Ausdruck seiner Augen. Große Hunde von edler Rasse sehen einen manchmal an, unaussprechlich traurig, ergreifend vorwurfsvoll. Jeder Hundefreund kennt den Blick. Schau nur recht, du findest ihn manchmal bei ganz guten, ehrlichen Menschen.

«Nein, lieber Freund, du bist nicht zu alt, und sie ist noch sehr jung», gab ich ihm zur Antwort, «und deshalb habt ihr Zeit zu warten. Man heiratet nicht Hals über Kopf, man lernt einander kennen. Du kennst Lore nicht.»

Er sie nicht kennen! Da kam ich ihm recht! Er wollte Lore besser kennen als irgend jemand, besser jedenfalls als alle, die ihr zu Füßen lagen. Von denen ließ sie sich huldigen, ja, das tat sie. Ihr Vertrauen besaß er allein. Er wußte alles von ihr, auch von ihrer Schwärmerei für Werner Klar. Von dem war sie geblendet gewesen beim ersten Anblick. Er wäre ihr auch gefährlich geworden, wenn er's dabei gelassen hätte, bei dem einmaligen Blenden. Das aber genügte seiner Eitelkeit nicht, und in einem Zustande immerwährenden Geblendetseins leben hielt Lore für ein zweifelhaftes Glück.

«Ich bin ihrer sicher!» rief er aus. «Eine erste Schwärmerei hat nichts zu bedeuten. Welcher noch so heißgeliebte Mann darf sich rühmen, der erste zu sein, für den seine Frau geschwärmt hat? Und wenn er sie aus der Kinderstube wegheiratet, mit irgendeinem Prince charmant ist ihre Phantasie schon beschäftigt gewesen, mag er ihr nun in Gestalt eines Unerreichbaren erschienen sein, der sein Viergespann an ihrem Fenster vorbeikutschiert, oder in der ihres Klavierlehrers.»

Er geriet immer mehr in Eifer, und ich hörte ihm zu und bewunderte – den Verstand meiner Tochter. *Sie* redete aus ihm; er sah und dachte, wie sie wollte, daß er sehe und denke. Nein, es gibt nichts Schwächeres, nichts Blinderes als einen stark verliebten starken Mann.

Natürlich blieb ich dabei: «Du bekommst keine

Antwort, bevor ich mit Lore gesprochen habe.» Damit mußte er sich bescheiden.

Er einmal fort, und ich ließ sie rufen. «Um alles in der Welt», sagte ich ihr, «du liebst nicht ihn, du liebst Werner Klar.» – Ich höre ihre Antwort noch, ich sehe noch ihre spöttische, unendlich kühle Miene.

«Würdest du mich dem geben? Du hast hochfliegende Pläne mit mir, das muß man dir lassen. ‚Frau Doktor Klar'? Nein, ich danke.»

«Du liebst ihn also nicht, und er liebt dich nicht?»

«Ich glaube kaum.»

Sie war damals schon seine Geliebte und sagte: «Ich glaube kaum. Heiraten würde er mich auf keinen Fall; was sollte er mit einer Frau, wie ich bin, anfangen? Er braucht eine hübsche Wirtschafterin, die aufgeht in der Sorge um sein leibliches Wohl und keine Ansprüche an ihn stellt. Also wisse: ich habe mich für Werner Klar interessiert, werde mich immer freuen, ihn kennengelernt zu haben, weiter nichts. Jetzt ist er untergegangen in seinen Studien, und ich heirate Nordhausen, bin ihm gut und will ihn glücklich machen.»

So sprach meine superkluge Tochter. Was hätte ich für ein paar jugendlich-törichte Worte des neunzehnjährigen Kindes gegeben!

Ich habe Nordhausen eine ebenso treue Schilderung ihres Charakters gemacht wie dir, nichts verhehlt, nichts beschönigt. Die Folge davon war, daß er gegen mich zurückhaltend und mißtrauisch wurde und daß seine Liebe zu dem armen, von ihrem eigenen Vater verkannten Kinde durch heißes Mitleid verstärkt wurde.

Sie verlobten sich. Die Schwester Emils und sein Schwager kamen aus Bayern mit ihrer zahlreichen Familie, und die Familie der Familie folgte nach. Alle vergötterten Nordhausen; er war ihre Stütze, ihre Vorsehung. Sie fanden ihn verwandelt, verjüngt durch das Glück und hüllten Lore, die das Wunder vollbracht hatte, in Weihrauchwolken. Sie schmeichelte sich bei jedem ein und verspottete ihn hinterrücks mit ihrer Französin. Maud machte ihr Vorstellungen darüber; da sprach sie: «Ach was! Sie sollen nur um mich herumhüpfen; wenn ich einmal Fürstin Nordhausen bin, wird einer nach dem andern fliegen lernen – zur Tür hinaus.»

Die Brautzeit sollte nur sechs Wochen dauern. Wir waren im Spätsommer, und Emil hing das Herz daran, seine junge Frau noch vor dem Blätterfall in ihr zukünftiges schönes Daheim einzuführen. Er wünschte, daß sie es kennenlerne und sehe, daß sich's dort leben lasse. Sobald der Herbst anrücken würde, wollten sie nach dem Orient reisen.

Mein Schwager und Nordhausen betrieben eifrig alle geschäftlichen Angelegenheiten, Maud und die Schwester Emils hatten vollauf mit Anordnungen im Hause zu tun. Ethel und mir blieb die Sorge für die Unterhaltung unsrer Gäste überlassen. Ich bin dieser hausherrlichen Verpflichtung schlecht genug nachgekommen. Das lustige Treiben der jungen, die Gespräche der alten Leute waren mir gleichgültig und lästig. Es gab nur eine wichtige Sache für mich: meine Tochter beobachten und – eine unbestimmte, aber namenlose Angst trieb mich dazu – sie überwachen.

Ich muß mich hüten zu überlesen, was ich da geschrieben habe, sonst vergeht mir der Mut, fortzufahren.

Vor zwei Tagen legte ich die Feder weg; heute will ich sie zum ersten Mal wieder aufnehmen. Du wirst vielleicht nicht weniger Mühe haben zu lesen, als ich Mühe habe zu schreiben. Verliere trotzdem nicht die Geduld; ergänze die Lücken in meiner Erzählung, entschuldige die Wiederholungen, berichtige die Widersprüche, suche dich zurechtzufinden, wenn ich verworren werde.

Lore schien nicht nur glücklich, sie war's. Ihr Wille geschah, es ging alles nach ihrem Kopfe. Sich vor den Augen der Welt im Glanze des Ranges und des Reichtums zeigen, jeden Vorteil in Anspruch nehmen, den sie bieten können, und im geheimen die verbotene Frucht genießen und dabei der Narren und Toren spotten, die einen ehren und bewundern, ist genug für den Anfang.

Wie sie Werner Klar dazugebracht haben mag, sich da, wo er Herr sein konnte, zu der Rolle des Günstlings zu erniedrigen? Oder war's, wie sie sagte, *wollte* er sie nicht zur Frau nehmen? Er ist wohl zu stolz, um eine Braut aus der sogenannten Gesellschaft heimzuführen, aber nicht zu stolz, um sich zum gemeinen Diebe zu machen und das Eigentum eines andern zu stehlen …

Werner Klar zeigte sich wieder in unsrem Kreise und wieder bereit, sich von den Frauen anschmachten zu lassen, was sie redlich besorgten. Glänzend, geistsprühend, von sonniger Heiterkeit, mit einem Worte, der selbe in den Augen aller, nur nicht in denen Ethels und den meinen. «Menschen wie der und Lore sind nie ganz zu durchschauen», sagte meine Schwägerin. Sie meinte, Lore hätte die Wahl gehabt zwischen Nordhausen und ihm, und war nun überzeugt, daß er das Äußerste tat, um zu verbergen, wie schwer die erlittene Zurücksetzung ihn traf. Ihm kann ein Weib nicht weh tun und überhaupt niemand, er ist der unverwundbare Herrgott, er steht zu hoch, als daß eine Kränkung ihn erreichen könnte. «Das trägt er zur Schau», meinte Ethel; «was in ihm vorgeht, werden wir nie erfahren.»

Sie behielt recht; Werner Klar gehörte zu denen, die nach der Verlobung am wärmsten und herzlichsten Glück wünschten.

Kurz vor dem Vermählungstage kam noch ein moralisch bis an die Zähne Gerüsteter: Rupert. Er wollte seine ehemalige Spielgefährtin zum letzten Mal im Vaterhause begrüßen und sich vorstellen als gereiften, von einer Jugendtorheit geheilten Mann. Im überfüllten Schlosse konnte er nicht aufgenommen werden und war bei seinem Freunde, dem Oberförster, abgestiegen für einen Tag, hieß es. Er brachte seine Gratulation in guter, natürlicher Haltung vor und empfahl sich.

Das war am Montag. Samstag sollte die Trauung stattfinden. Zwei Tage vorher hatte Emil noch eine Besprechung mit dem Notar und fuhr nach Tische in die zwei Stunden weit entfernte Stadt. Wir alle begleiteten ihn zu seinem Wagen. Er küßte zärtlich die Hände seiner Braut und sagte: «Auf morgen», und als er schon auf dem Kutscherbocke saß und die Zügel in die Hand nahm, kam sie noch heran und reichte ihm eine schöne Rosenknospe. Glückverklärt steckte er sie ins Knopfloch und fuhr davon. Seine Schwester nahm Lore in ihre Arme und küßte und herzte sie.

Ethel und alle anderen gingen zu den Spielplätzen im Garten. Ich begab mich auf mein Zimmer. Ich dachte: vielleicht sucht Lore mich auf. Es bleiben ihr nur wenige Stunden zur freien Verfügung; vielleicht will sie eine davon bei mir zubringen vor der langen Trennung, die uns bevorsteht. Ich wartete und wartete – sie kam nicht. So gab ich denn Befehl, mein Pferd zu satteln. Ein tüchtiger Ritt in solcher Stimmung, wie die meine war, hat sein Gutes.

Dann ging ich aber doch, sie auf ihrem Zimmer zu suchen. Es war leer. Nun stieg ich die Treppe hinunter und ging zu Johanna. Die wußte Bescheid. «Vor einer kleinen Weile ist sie dagewesen und jetzt mit Creschi» – das war ihr Stubenmädchen – «zum Heger gegangen, Abschied nehmen von ihren kleinen Hunden.»

Für diese kleinen Hunde hat sie merkwürdig viel Interesse gehabt, so viel, daß mich's mißtrauisch machte und daß ich ihr schon mehrmals zum Heger nachgegangen war. Sie erriet meinen unausgesprochenen Verdacht und war auf ihrer Hut und war unendlich viel schlauer als ich.

Mein Befehl war mißverstanden worden; statt des Jagdpferdes führten sie mir ein Pony vor, und zugleich kam mein Jäger mit dem Stutzen und der Jagdtasche. Ich hatte nicht beabsichtigt, «auf den Bock» zu reiten, aber gut. Ich tue, was ich in letzter Zeit oft getan habe, passe den Gesellen ab, nehme ihn aufs Korn, wir sehen einander an, und ich denke: Geh deiner Wege, genieß noch eine Weile dein bißchen Leben. Ich ritt dem Walde zu und hatte ihn kaum erreicht, als mir Creschi entgegenstürzte mit zerrissenen Kleidern, zerzausten

Haaren, ganz außer sich, «Ach, Herr, Sie, Sie, Gott sei Dank, Sie! Er hat mich gewürgt; ich hab ihm sagen müssen, wohin sie geht. Ins Waldhaus, Herr, vom Heger aus, durch den Buchenwald. Und er, ich bin's gewiß, Herr, versteckt sich bei den Erlen; jagen Sie zu den Erlen, Herr, Sie kommen noch zurecht, retten Sie ...»

«Wer hat Sie gewürgt? Wer versteckt sich?»

«Rupert – der sie erschießen will ...»

Sie sprudelte alles heraus. Lore war Werner Klars Geliebte, und Creschi – im Hause erzogen, bisher immer brav und treu – war ihre Helfershelferin. Wo Lores Einfluß waltete, da entsprang ein Quell des Bösen. Die Zusammenkünfte hatten stattgefunden da und dort, und Rupert mußte dahintergekommen sein. Er hatte die Gegend nicht verlassen, verbarg sich beim Förster, lauerte ihr auf. Gestern war er ihr in den Weg getreten und hatte sie bedroht. Vor dem Bräutigam streiche er die Segel, vor dem Geliebten nicht. Sie beschwichtigte ihn, sie verstand das, und er versprach zu schweigen unter einer Bedingung. Da lachte sie ihm ins Gesicht. Creschi fürchtete Rupert und hatte Lore beschworen, nicht zur Waldhütte zu gehen, aber die Antwort erhalten: «Weißt du nicht, daß ich den Rupert in der Tasche habe? In einer Stunde bin ich zu Hause. Geh voraus! Wenn sie nach mir fragen, sag nur, daß ich dir langsam nachkomme.»

Das Mädchen ließ die Zügel meines Pferdes los, die sie gefaßt hatte. «Herrgott, jetzt will ich ihr entgegen, sie zu warnen, und, gottlob! treffe Sie, Herr. Reiten Sie zu den Erlen, Sie kommen noch zurecht.» Sie wandte sich und rannte in den Wald, dem Hegerhause zu.

Du mußt wissen, die Laubhütte steht auf einer Anhöhe unter dichten Bäumen. Bei den Erlen trennt sich ein schmaler Pfad, der zu ihr hinauf führt, vom ebenen Waldwege. Wenn Lore aus dem Hegerhause kommt, schneidet sie die Ecke ab, geht schräg unter Buchen, die ziemlich schütter stehen, auf die Erlen zu, dem Mörder gerade in den Schuß. Creschi hat sich das alles ganz richtig ausgedacht; einen besseren Stand auf das Wild, dem er auflauert, konnte der Mörder nicht finden. Ich habe nichts im Kopfe als: vorwärts! Der Waldboden ist weich und elastisch, der Hufschlag meines kleinen Gauls unhörbar. In der Nähe der Erlen steigst du vom Pferde, denke ich, schleichst ihn an und springst ihm an den Hals.

Nur zu, nur zu! Und da seh ich schon die Erlen ihre zarten Wipfel im Winde wiegen.

Du mußt mir alles glauben, was ich sterbender Mann dir sage, so unwahrscheinlich es auch herauskommt, weil ich zur Mitteilung der Gedanken, die ich in einer Sekunde gedacht habe, eine Minute brauche. Wie ich die Erlen erblicke, besinne ich mich, daß Lore als kleines Kind dort immer

Verstecken gespielt hat. «Wo ist sie hingekommen?» – «Fort auf Nimmerwiedersehen», mußte man fragen und antworten, bis ein köstlich nachgeahmter Wachtelschlag sich im Busche hören ließ. Nun galt's staunen: «Eine zahme Wachtel! Sie hört uns und fliegt nicht davon.» – Da trat sie hervor und weidete sich an unserer Überraschung; ihre Augen leuchteten – leuchteten mir Seligkeit ins Herz. Sie war so unsagbar lieblich und so entzückend dumm.

Nein, es ist unmöglich: den Mann, der ihr seine Ehre, sein Lebensglück anvertraut, im voraus betrügen kann sie nicht. Sie ist das Kind ihrer Mutter, aber auch das meine. Hat sie nicht gesagt: «Ich bin ihm gut und will ihn glücklich machen?» … Wie sie ihm eben erst die Rosenknospe in den Wagen hinauf gereicht hat und zu sagen schien: das bin ich und bringe mich dir dar …

Nein, nein, nein! es ist unmöglich. Die Todesangst, die mich quält, ist krankhaft, die Begegnung mit Creschi ein Traum; ich bin im Fieber, Wahnvorstellungen narren mich. Ich stieg ab, band das Pferd an einen Baum, schlich vorwärts und horchte in die regungslose Stille hinein. Ein dürres Blatt fällt von einem Ast zur Erde, ich wende den Kopf und – meine Haare sträuben sich. Nicht viele Menschen haben empfunden, was ich in diesem Augenblick, sonst müßte es mehr Verrückte geben.

Unter den Buchen kommt eine schlanke Gestalt leichten, raschen Ganges einher. Ihr mattweißes Kleid, die weißlich grauen Stämme sind kaum voneinander zu unterscheiden. Ich aber habe Jägeraugen, ich meine auf dem Gesicht der Nahenden helle Freude schimmern zu sehen ... Einmal wieder betrüg ich euch alle. Was ihren Schritt beflügelt, ist ein sieghaftes Glücksgefühl.

Ich wollte aufschreien: «Zurück!», aber das Wort starb mir im Munde. Alle Pein der Vergangenheit und Gegenwart, alle Schauder vor der Zukunft ballten sich in eine Anklage zusammen. Sie lebt zum Unheil eines jeden, der ihr naht, ist das Schädliche; fort mit dem Schädlichen aus der Welt. Das Schicksal walte! Laß es geschehn!

Das ging wie ein Blitz durch meinen Kopf. Im nächsten Augenblick aber stürze ich vor, sie mit meinem Leibe zu decken. Ein Schuß fällt. Kommt nicht von den Erlen her, streift mich. Ich juble: «Gefehlt!» und bin bei ihr.

Sie liegt auf dem grünen Waldesgrund. Ein Blick genügt. Den Schatten, der sich über ihr Angesicht breitet, den wirft der Tod. Mein armes, vielgeliebtes, mein verlorenes Kind!

Ich knie nieder, ich bette ihren Kopf an meinem Herzen. «Einen Gedanken an den Allbarmherzigen, Lore – einen Gedanken der Reue! – du stirbst.»

«Ich sterbe?» Ein furchtbares Entsetzen malte sich in ihren Zügen. Ihre Lippen verzogen sich wie die eines Kindes, das in Weinen ausbrechen wird. Sie sah meine Verzweiflung, hörte mein Beschwören und bezwang sich noch und blieb sich treu bis zuletzt! Ihr Blick richtete sich mit unerbittlichem Trotze auf mich, und sie flüsterte: «Ich sterbe – auch gut.»

Eine seltsame Fügung. An ihrem Todestage hat Lore nur eine Gedankensünde begangen. Werner Klar war zu dem Stelldichein, das ihr das Leben kostete, nicht gekommen. Einige Wochen später fand Maud, in der Laubhütte versteckt, einen Brief von ihm.

«Lore, ich komme nicht. Ich liebe dich mehr, als wir beide ahnten; wenn ich dich heute in meine Arme nehme, gebe ich dich lebend nicht mehr frei. Du warst schon mehr als einmal, wenn du dich von mir losrissest, dem Tode sehr nahe. Leb wohl; ich sage nicht: Auf Wiedersehen, denn ich will nicht teilen, ich will aufhören, dich zu lieben. Leb wohl, Lore. Du hast mich glücklicher gemacht, als ich glaubte durch ein Weib werden zu können.»

Das Gehirn könnt man sich zuschanden denken und fände keine Antwort auf die Frage: Wie war's möglich, daß ich gezögert habe, ihr zu Hilfe zu eilen?

Lieber Freund, ich will dir ein Geheimnis anvertrauen: Es braucht nicht alles möglich zu sein, was geschieht. Kein Logiker wird das gelten lassen, und es ist doch so.

Eine Erklärung dafür, wie ich zögern *konnte*, werde ich nie finden. Die Erinnerung hätte mir nicht kommen dürfen. Die Erinnerung an die holde Kinderzeit Lores, der plötzliche Anblick dieses Geschöpfes auf dem Wege zum schändlichsten Verrat ... Das war's. Und es war gut, sollte mich *nicht* reuen. Wir sind der Schmach entgangen, die sie über sich und uns gebracht hätte. Die wenigen Wissenden schweigen, die übrigen erzählen einander die traurige Geschichte von ihrem Jugendgespielen, dem armen Rupert, der im Irrenhause starb. Er hatte den Verstand verloren aus Liebe zu der Unerreichbaren und sie am Vorabend ihrer Vermählung erschossen.

Nordhausen betrauerte sie lange, nahm dann eine schöne, brave Frau und lebte glücklich. Welche Zukunft hätte ihn an Lores Seite erwartet? Und ihre Kinder – wieviel Unheil hätten die über die Welt bringen können? – können ... Da stehen wir wieder vor einem Fragezeichen. Vielleicht auch Heil. Unzählige Beispiele im Leben und in der Geschichte beweisen ... aber freilich – was sind Beweise? ...

*

Die Erzählung bricht hier ab. Was folgt, ist ein mit verzweiflungsvoller Leidenschaft geführtes Plaidoyer für die Todesstrafe. Es ruft auf zum

Vernichtungskampf gegen das Böse, und der feurige Haß, der aus ihm flammt, hat etwas Hinreißendes.

In diesem Haß hat der Mann Rettung vor dem Zweifel gesucht, der ihn mit wachsender Qual bedrängt haben mag, während er seine traurige Geschichte niederschrieb.

Als sein Freund sie gelesen hatte, eilte er zu ihm, fand ihn aber nicht mehr am Leben.

A N H A N G

APHORISMEN

Ein Aphorismus ist der letzte Ring
einer langen Gedankenkette

Was uns an der sichtbaren Schönheit entzückt, ist ewig nur die unsichtbare.

o

Die verstehen sehr wenig, die nur das verstehen, was sich erklären läßt.

o

Die glücklichen Pessimisten! Welche Freude empfinden sie, so oft sie bewiesen haben, daß es keine Freude gibt.

o

Es hat noch niemand etwas Ordentliches geleistet, der nicht etwas Außerordentliches leisten wollte.

o

Der Zufall ist die in Schleier gehüllte Notwendigkeit.

o

Du kannst so rasch sinken, daß du zu fliegen meinst.

Die einfachste und bekannteste Wahrheit erscheint uns augenblicklich neu und wunderbar, sobald wir sie zum erstenmal an uns selbst erleben.

°

Wie weise muß man sein, um immer gut zu sein!

°

Der Gescheitere gibt nach! Eine traurige Wahrheit; sie begründet die Weltherrschaft der Dummheit.

°

Künstler, was du nicht schaffen mußt, das darfst du nicht schaffen wollen.

°

Je mehr du dich selbst liebst, je mehr bist du dein eigener Feind.

°

Nichts wird so oft unwiederbringlich versäumt wie eine Gelegenheit, die sich täglich bietet.

°

Wenn es einen Glauben gibt, der Berge versetzen kann, so ist es der Glaube an die eigene Kraft.

°

Gebrannte Kinder fürchten das Feuer oder vernarren sich darein.

Ehen werden im Himmel geschlossen; aber daß sie gut geraten, darauf wird dort nicht gesehen.

°

Die meisten Menschen brauchen mehr Liebe, als sie verdienen.

°

Ein Dichter, der *einen* Menschen kennt, kann hundert schildern.

°

Haben und nichts geben ist in manchen Fällen schlechter als stehlen.

°

Der Arme rechnet dem Reichen die Großmut niemals als Tugend an.

°

Vernunft annehmen kann niemand, der nicht schon welche hat.

°

Wenn jemand etwas kann, was gewöhnliche Menschen nicht können, so trösten diese sich damit, daß er gewiß von allem, was sie können, nichts kann.

°

Wenn man nur die Alten liest, ist man sicher, immer neu zu bleiben.

°

Wenn der Kunst kein Tempel mehr offensteht, dann flüchtet sie in die Werkstatt.

Man muß das Gute tun, damit es in der Welt sei.

°

Was du zu müssen glaubst, ist, was du willst.

°

Auch die Tugend ist eine Kunst, und auch ihre Anhänger teilen sich in Ausübende und bloße Liebhaber.

°

Das Alter verklärt oder versteinert.

°

Die Güte, die nicht grenzenlos ist, verdient den Namen nicht.

°

In einem guten Buche stehen mehr Wahrheiten, als sein Verfasser hineinzuschreiben meinte.

°

Wir entschuldigen nichts so leicht wie Torheiten, die uns zuliebe begangen wurden.

°

Sei deines Willens Herr und deines Gewissens Knecht.

°

Wenn die Neugier sich auf ernsthafte Dinge richtet, dann nennt man sie Wissensdrang.

Was für die Gegenwart zu gut ist, ist gut genug für die Zukunft.

°

In jedem tüchtigen Menschen steckt ein Poet; er kommt beim Schreiben zum Vorschein, beim Lesen, beim Sprechen oder beim Zuhören.

°

Man kann viele Dinge kaufen, die unbezahlbar sind.

°

Die Wortkargen imponieren immer. Man glaubt schwer, daß jemand kein anderes Geheimnis zu bewahren habe als das seiner Unbedeutendheit.

°

Es gibt Fälle, in denen vernünftig sein feige sein heißt.

°

Die Bescheidenheit, die zum Bewußtsein kommt, kommt ums Leben.

°

Für das Können gibt es nur einen Beweis: das Tun.

°

Es gibt Menschen mit leuchtendem und Menschen mit glänzendem Verstande. Die ersten erhellen ihre Umgebung, die zweiten verdunkeln sie.

Der am unrechten Orte vertraute, wird dafür am unrechten Orte mißtrauen.

°

Die Menschen, denen wir eine Stütze sind, geben uns den Halt im Leben.

°

Die Sehenden sind es nicht, die sich für sehend halten, immer nur die Blinden.

°

Wenn man das Dasein als eine Aufgabe betrachtet, dann vermag man es immer zu ertragen.

°

Der Gläubige, der nie gezweifelt hat, wird schwerlich einen Zweifler bekehren.

°

Man kann nicht allen helfen! sagt der Engherzige und – hilft keinem.

°

Nichts entfernt zwei innerlich wenig verwandte Menschen mehr voneinander als das Zusammenleben.

°

Der Hochmut ist ein plebejisches Laster.

Verständnis des Schönen und Begeisterung für das Schöne sind eins.

o

Auch was wir am meisten sind, sind wir nicht immer.

o

Um in eine Versammlung feiner Leute treten zu dürfen, muß man den Frack tragen, die Uniform oder – die Livree.

o

Und ich habe mich so gefreut! sagst du vorwurfsvoll, wenn dir eine Hoffnung zerstört wurde. Du hast dich gefreut – ist das nichts?

o

Das Verständnis reicht oft viel weiter als der Verstand.

o

Zwei sehr verschiedene Tugenden können einander lange und scharf befehden; der Augenblick bleibt nicht aus, in dem sie erkennen, daß sie Schwestern sind.

o

Was ein Mensch glaubt und woran er zweifelt, ist gleich bezeichnend für die Stärke seines Geistes.

o

Der herbste Tadel läßt sich ertragen, wenn man fühlt, daß der Tadelnde lieber loben würde.

Der Gedanke an die Vergänglichkeit aller irdischen Dinge ist ein Quell unendlichen Leids – und ein Quell unendlichen Trostes.

°

Die Sittlichkeit verfeinert die Sitte und die Sitte wiederum die Sittlichkeit.

°

Manche Ehen sind ein Zustand, in dem zwei Leute es weder mit noch ohne einander durch längere Zeit aushalten können.

°

Autoren, die bestohlen werden, sollten sich darüber nicht beklagen, sondern freuen. In einer Gegend, in der Waldfrevel nicht vorkommt, hat der Wald keinen Wert.

°

Lieber von einer Hand, die wir nicht drücken möchten, geschlagen, als von ihr gestreichelt werden.

°

Der Schmerz ist der große Lehrer der Menschen. Unter seinem Hauche entfalten sich die Seelen.

°

Eine gescheite Frau hat Millionen geborener Feinde: – alle dummen Männer.

Eine Vernunftehe schließen heißt in den meisten Fällen, alle seine Vernunft zusammenzunehmen, um die wahnsinnigste Handlung zu begehen, die ein Mensch begehen kann.

°

Über das Kommen mancher Leute tröstet uns nichts als – die Hoffnung auf ihr Gehen.

°

Was nennen die Menschen am liebsten dumm? Das Gescheite, das sie nicht verstehen.

°

Ein Gedanke kann nicht erwachen, ohne andere zu wecken.

°

Die unerträglichsten Heuchler sind die, die jedes Vergnügen, das ihnen geboren wird, von der Pflicht zur Taufe tragen lassen.

°

Wenn die Großmut vollkommen sein soll, muß sie eine kleine Dosis Leichtsinn enthalten.

°

Der Verstand, der uns nicht hindert, hie und da eine großherzige Dummheit zu begehen, ist ein braver Verstand.

Die Gedankenlosigkeit hat mehr ehrliche Namen zugrunde gerichtet als die Bosheit.

o

Wenn zwei brave Menschen über Grundsätze streiten, haben immer beide recht.

o

Der Charakter des Künstlers ernährt oder verzehrt sein Talent.

o

Ausnahmen sind nicht immer Bestätigung der alten Regel; sie können auch die Vorboten einer neuen Regel sein.

o

Manche Leute wären frei, wenn sie zu dem Bewußtsein ihrer Freiheit kommen könnten.

o

Der Philosoph zieht seine Schlüsse; der Poet muß die seinen entstehen lassen.

o

So manche Wahrheit ging von einem Irrtum aus.

o

In den meisten Fällen ist die Familie für ein junges Talent entweder ein Treibhaus oder ein Löschhorn.

Ein wahrer Freund trägt mehr zu unserm Glücke bei als tausend Feinde zu unserm Unglück.

°

Manuskripte vermodern im Schranke oder reifen darin.

°

Wer in die Öffentlichkeit tritt, hat keine Nachsicht zu erwarten und keine zu fordern.

°

Mehr noch als nach dem Glück unserer Jugend sehnen wir uns im Alter nach den Wünschen unserer Jugend zurück.

°

Das Tüttelchen Wahrheit, das in mancher Lüge enthalten ist, das macht sie furchtbar.

°

Was ist Reue? Eine große Trauer darüber, daß wir sind, wie wir sind.

°

An groß angelegte Menschen denkt sich's gut, mit fein angelegten Menschen lebt sich's gut.

°

Der Künstler versäume nie, die Spuren des Schweißes zu verwischen, den sein Werk gekostet hat. Sichtbare Mühe ist zu wenig Mühe.

Die Herrschaft über den Augenblick ist die Herrschaft über das Leben.

°

Man darf die Phantasie verführen, aber Gewalt darf man ihr nicht antun wollen.

°

Der Umgang mit einem Egoisten ist darum so verderblich, weil die Notwehr uns allmählich zwingt, in seinen Fehler zu verfallen.

°

Wenn die Zeit kommt, in der man könnte, ist die vorüber, in der man kann.

°

Das Recht des Stärkeren ist das stärkste Unrecht.

°

Der größte Feind des Rechtes ist das Vorrecht.

°

Viele Leute glauben, wenn sie einen Fehler erst eingestanden haben, brauchen sie ihn nicht mehr abzulegen.

°

Beim Wiedersehen nach einer Trennung fragen die Bekannten nach dem, was mit uns, die Freunde nach dem, was in uns vorgegangen.

Sagen, was man denkt, ist manchmal die größte Torheit und manchmal – die größte Kunst.

°

Wieviel Bewegung wird hervorgebracht durch das Streben nach Ruhe!

°

Echte Propheten haben manchmal, falsche Propheten haben immer fanatische Anhänger.

°

Demut ist Unverwundbarkeit.

°

Nicht teilnehmen an dem geistigen Fortschreiten seiner Zeit heißt moralisch im Rückschritt sein.

°

Der Staat ist am tiefsten gesunken, dessen Regierung schweigend zuhören muß, wenn die offenkundige Schufterei ihr Sittlichkeit predigt.

°

Liebhabereien bewahren vor Leidenschaften; *eine* Liebhaberei wird zur Leidenschaft.

°

Heitere Resignation – es gibt nichts Schöneres.

Den Strich, den das Genie in einem Zuge hinwirft, kann das Talent in glücklichen Stunden aus Punkten zusammensetzen.

°

Ein Nichts vermag das Vertrauen in die eigene Kraft zu erschüttern, aber nur ein Wunder vermag es wieder zu befestigen.

°

Vieles erfahren haben heißt noch nicht Erfahrung besitzen.

°

In jede hohe Freude mischt sich eine Empfindung der Dankbarkeit.

°

Nicht was wir erleben, sondern wie wir empfinden, was wir erleben, macht unser Schicksal aus.

°

Wenn mein Herz nicht spricht, dann schweigt auch mein Verstand, sagt die Frau.
Schweige, Herz, damit der Verstand zu Worte kommt, sagt der Mann.

°

Die Ambrosia der früheren Jahrhunderte ist das tägliche Brot der späteren.

Auf angeborene Tugenden ist man nicht stolz.

°

Was Menschen und Dinge wert sind, kann man erst beurteilen, wenn sie alt geworden.

°

Wir hätten wenig Mühe, wenn wir niemals unnötige Mühe hätten.

°

Nichts lernen wir so spät und verlernen wir so früh, als zugeben, daß wir unrecht haben.

°

Jeder Dichter und alle ehrlichen Dilettanten schreiben mit ihrem Herzblute; aber wie diese Flüssigkeit beschaffen ist, darauf kommt es an.

°

Je weiter unsere Erkenntnis Gottes dringt, desto weiter weicht Gott vor uns zurück.

°

Überlege einmal, bevor du gibst, zweimal, bevor du annimmst, und tausendmal, bevor du verlangst.

°

Der Maßstab, den wir an die Dinge legen, ist das Maß unseres eigenen Geistes.

Was noch zu leisten ist, das bedenke; was du schon geleistet hast, das vergiß.

°

Die Welt gehört denen, die sie haben wollen, und wird von jenen verschmäht, denen sie gehören sollte.

°

Wir sind für nichts so dankbar wie für Dankbarkeit.

°

Tiefe Bildung glänzt nicht.

°

Ein Gewaltiger erlebt Gewaltiges in seinen vier Pfählen.

°

Aus dem Mitleid mit anderen erwächst die feurige, die mutige Barmherzigkeit; aus dem Mitleid mit uns selbst die weichliche, feige Sentimentalität.

°

Gemeinsame geistige Tätigkeit verbindet enger als das Band der Ehe.

°

Tue deine Pflicht so lange, bis sie deine Freude wird.

°

Der Spott endet, wo das Verständnis beginnt.

Um ein öffentliches Amt glänzend zu verwalten, braucht man eine gewisse Anzahl guter und – schlechter Eigenschaften.

°

Dem Hungrigen ist leichter geholfen als dem Übersättigten.

°

Das unfehlbare Mittel, Autorität über die Menschen zu gewinnen, ist, sich ihnen nützlich zu machen.

°

Der ans Ziel getragen wurde, darf nicht glauben, es erreicht zu haben.

°

Der Geist einer Sprache offenbart sich am deutlichsten in ihren unübersetzbaren Worten.

°

Wenn wir nur noch das sehen, was wir zu sehen wünschen, sind wir bei der geistigen Blindheit angelangt.

°

Das Gemüt bleibt jung, solange es leidensfähig bleibt.

°

Die Laster sind untereinander näher verwandt als die Tugenden.

Man muß schon etwas wissen, um verbergen zu können, daß man nichts weiß.

°

Die Gelassenheit ist eine anmutige Form des Selbstbewußtseins.

°

Begreifen – geistiges Berühren. Erfassen – geistiges Sichaneignen.

°

Gedanken, die schockweise kommen, sind Gesindel. Gute Gedanken erscheinen in kleiner Gesellschaft. Ein göttlicher Gedanke kommt allein.

°

Es muß sein! – grausamster Zwang. Es hat sein müssen – bester Trost!

°

Als eine Frau lesen lernte, trat die Frauenfrage in die Welt.

°

Eitelkeit ist mächtiger als Scham.

°

Niemand ist so beflissen, immer neue Eindrücke zu sammeln, wie der, der die alten nicht zu verarbeiten versteht.

°

Liebe ist Qual, Lieblosigkeit ist Tod.

Die Sitte ist schon gerichtet, zu deren Gunsten wir kein anderes Argument vorzubringen wissen als das ihrer Allgemeinheit.

o

Erinnere dich der Vergessenen – eine Welt geht dir auf.

o

Alle irdische Gewalt beruht auf Gewalttätigkeit.

o

Am unbarmherzigsten im Urteil über fremde Kunstleistungen sind die Frauen mittelmäßiger Künstler.

o

Im Alter sind wir der Schmeichelei viel zugänglicher als in der Jugend.

o

Feuer läutert, verdeckte Glut frißt an.

o

Der Egoismus glücklicher Menschen ist leichtsinnig, seiner selbst unbewußt. Der Egoismus unglücklicher Menschen ist verbissen und von seinem Recht zu bestehen überzeugt.

o

Genug weiß niemand, zuviel so mancher.

Wo Geschmacklosigkeit daheim ist, wird auch immer etwas Roheit wohnen.

°

Die Menschen der alten Zeit sind auch die der neuen, aber die Menschen von gestern sind nicht die von heute.

°

Die Kunst ist im Niedergang begriffen, die sich von der Darstellung der Leidenschaft zu der des Lasters wendet.

°

Die Genußsucht frißt alles, am liebsten aber das Glück.

°

Frieden kannst du nur haben, wenn du ihn gibst.

°

Die großen Augenblicke im guten wie im bösen Sinne sind die, in denen wir getan haben, was wir uns nie zugetraut hätten.

°

An die Stützen, die wir wanken fühlen, klammern wir uns doppelt fest.

°

Ein böser Mensch vermag leichter einen guten, als ein guter einen bösen Vorsatz auszuführen.

Der einfachste Mensch ist immer noch ein sehr kompliziertes Wesen.

°

Viele Worte sind lange zu Fuß gegangen, ehe sie geflügelte Worte wurden.

°

Wisset, die euch Haß predigen, erlösen euch nicht.

°

Wir werden vom Schicksal hart- oder weichgeklopft; es kommt auf das Material an.

°

Die Heiterkeit des Unglücklichen ist oft rührender als seine rührendste Klage.

°

Kein Mensch weiß, was in ihm schlummert und zutage kommt, wenn sein Schicksal anfängt, ihm über den Kopf zu wachsen.

°

Geniere dich vor dir selbst; das ist der Anfang aller Vorzüglichkeit.

°

«Der Verstand wird meist auf Kosten des Gemütes ausgebildet.» – O nein, aber es gibt mehr bildungsfähige Köpfe als bildungsfähige Herzen.

Der Arbeiter soll seine Pflicht tun, der Arbeitgeber soll mehr tun als seine Pflicht.

°

Die Katzen halten keinen für eloquent, der nicht miauen kann.

°

Das Leben erzieht die großen Menschen und läßt die kleinen laufen.

°

Einen Menschen kennen heißt ihn lieben oder ihn bedauern.

°

Klarheit ist Wahrhaftigkeit in der Kunst.

°

So weit deine Selbstbeherrschung geht, so weit geht deine Freiheit.

°

Der Leichtsinnige kümmert sich nicht einmal um den morgigen Tag, und ihr wollt ihn mit der Ewigkeit schrecken?

°

Wer Gleichheit zu schaffen verstände, müßte der Natur Gewalt antun können.

°

Daß so viel Ungezogenheit gut durch die Welt kommt, daran ist die Wohlerzogenheit schuld.

Nur der Denkende erlebt sein Leben, am Gedankenlosen zieht es vorbei.

°

Es ist unglaublich, was die Welt vergißt und – was sie nicht vergißt.

°

Manche Menschen haben ein Herz von Eisen und drin ein Fleckchen so weich wie Brei.

°

Unbefangenheit, Geradheit, Bescheidenheit sind auch göttliche Tugenden.

°

Mißtraue deinem Urteil, sobald du darin den Schatten eines persönlichen Motivs entdecken kannst.

°

Alle historischen Rechte veralten.

°

Anspruchslosigkeit ist Seligkeit.

°

Der Ruhm der kleinen Leute heißt Erfolg.

°

Freundlichkeit kann man kaufen.

Immer wird die Gleichgültigkeit und die Menschenverachtung dem Mitgefühl und der Menschenliebe gegenüber einen Schein von geistiger Überlegenheit annehmen können.

°

Wir unterschätzen das, was wir haben, und überschätzen das, was wir sind.

°

Die Summe unserer Erkenntnisse besteht aus dem, was wir gelernt, und aus dem, was wir vergessen haben.

°

Begeisterung spricht nicht immer für den, der sie erweckt, und immer für den, der sie empfindet.

°

Eine stillstehende Uhr hat doch täglich zweimal richtig gezeigt und darf nach Jahren auf eine lange Reihe von Erfolgen zurückblicken.

°

Während ein Feuerwerk abgebrannt wird, sieht niemand nach dem gestirnten Himmel.

°

Eine ungeschickte Schmeichelei kann uns tiefer demütigen als ein wohlbegründeter Tadel.

Der Hans, der etwas erlernte, was Hänschen nicht gelernt, der weiß es gut.

°

Das Talent zu herrschen täuscht oft über den Mangel an anderm Talent.

°

Die glücklichen Sklaven sind die erbittertsten Feinde der Freiheit.

°

Die Treue ist etwas so Heiliges, daß sie sogar einem unrechtmäßigen Verhältnisse Weihe verleiht.

°

Überlege wohl, bevor du dich der Einsamkeit ergibst, ob du auch für dich selbst ein heilsamer Umgang bist.

°

Wir sind Herr über unsere gerechtfertigten Neigungen und werden von den ungerechtfertigten am Narrenseil geführt.

°

Nichts schwerer, als den gelten lassen, der uns nicht gelten läßt.

°

Die Großmut ist nicht immer am rechten Platz, der Geiz aber ist immer am unrechten.

Wir sträuben uns gegen das Leiden; wer aber möchte nicht gelitten haben?

°

Nenne dich nicht arm, weil deine Träume nicht in Erfüllung gegangen sind; wirklich arm ist nur, der nie geträumt hat.

°

Am Ziele deiner Wünsche wirst du jedenfalls eins vermissen: dein Wandern zum Ziel.

°

Ihr jubelt über die Macht der Presse – graut euch nie vor ihrer Tyrannei?

°

Ein Blitz vom Himmel – dem steh ich! Eine Schaufel voll Kehricht – der weich ich aus!

°

Menschenverachtung – ein Panzer, der mit Stacheln gefüttert ist.

°

Gleichgültigkeit jeder Art ist verwerflich, sogar die Gleichgültigkeit gegen uns selbst.

°

Der Verstand kann ein Held sein, die Klugheit ist meistens ein Feigling.

Läufer sind schlechte Geher.

°

Auch in ein neues Glück muß man sich schicken lernen.

°

Geistlose kann man nicht begeistern, aber fanatisieren kann man sie.

°

Es ist schwer, den, der uns bewundert, für einen Dummkopf zu halten.

°

Es gibt kein Wunder für den, der sich nicht wundern kann.

°

Eine stolz getragene Niederlage ist auch ein Sieg.

°

Was ein Kind tut, soll nicht als eine Handlung, sondern als ein Symptom aufgefaßt werden.

°

Ohne Phantasie keine Güte, keine Weisheit.

°

Wir müssen immer lernen, zuletzt auch noch sterben lernen.

Gedanken. Einst kamt ihr im Sturm, ihr kamt wie die brausende Flut, wie Blitze aus dunklem Gewölk, wie Morgenlicht, wie dräuender Zorn, ihr kamt wie funkelnder Haß, wie allbezwingende Liebe, in jagender Flucht, in lastender Schwere, ihr kamt quälend, friedensmordend, zu rütteln an den ehernen Pforten des Glaubens, wie scharfes Gift zu nagen an jeder Wurzel schöner Pietät und innigen Vertrauens. Ihr kamt wie Engelsscharen auf regenbogenfarbigen Flügeln und verklärtet mir die Welt, ihr brachtet Wärme, Kampf, Stärke, Begeisterung, ihr brachtet Leben, verlangtet Leben und Gestalt und bekamt Leben und Gestalt.

o

MEINE ERINNERUNGEN AN GRILLPARZER

Daß andere Dinge tun, die uns ganz unbegreiflich erscheinen, darüber wundert und – tröstet man sich. Aber selbst einmal etwas getan haben, das wir heute unbegreiflich, verwegen und lächerlich finden, das ist eine Quelle beständiger Pein.

Ich weiß das aus Erfahrung. Wie war's möglich? Wie hast du es nur tun können? frage ich mich, und so uralt ich bin, steigt mir die Schamröte ins Gesicht.

Ist es eine bei einer Frau im reifen Alter, die ich zu Anfang der sechziger Jahre des vorigen Jahrhunderts doch schon war, unerhörte Naivität gewesen oder die ungeheure Überschätzung eines eben geborenen papierenen Kindes, genug, es ist geschehen: ich habe Grillparzer, den ich erst vor kurzem persönlich kennengelernt hatte, gefragt: «Herr Hofrat, darf ich Ihnen ein Theaterstück, das ich geschrieben habe, vorlesen?»

Ob er ein Zeichen des Unwillens gegeben, ob er mich nur erstaunt angesehen hat, weiß ich nicht mehr. Aber die Erlaubnis, vorzulesen, erhielt ich und erschien denn auch schon am folgenden Tage mit meinem Manuskript.

Und nun, nicht um einen Hauch weniger deutlich als damals, sehe ich ihn vor mir neben dem Schreibtisch sitzen, klein und schmal in seinem alten Lehnsessel, mit dem Rücken gegen das Fenster. In seinem ehrwürdigen Gesicht alle Zeichen überstandener Leiden, einer schmerzvollen Ergebung. Mit ein paar gütigen Worten hatte er mich ermutigt, anzufangen, und ich las und las und wagte kein einziges Mal, ihn fragend anzusehen. Er hatte ein blaues Taschentuch in seinen feinen, schlanken Händen, mit dem er sich fortwährend beschäftigte, das er auf den Schoß legte, entfaltete, zusammenknüllte, wieder entfaltete. Und gerade nur bis zu diesem Taschentuch erhoben sich manchmal meine Augen. Aber mein Herz schwoll vor Entzücken, wenn er von Zeit zu Zeit «gut» oder sogar «sehr gut» sagte. Mehr als einmal fragte ich, ob ich ihn nicht ermüde und aufhören solle. Nein, er wollte das Ganze hören. Am Schluß schlug er einige geringe Veränderungen vor, fällte aber ein Urteil über die Arbeit nicht.

Mit sehr gemischten Gefühlen trat ich den Heimweg an. Sehr bald aber gab es keine Mischung mehr. Die Reue über das Wagnis, das ich unternommen hatte, stellte sich nicht langsam ein, sie kam plötzlich, stürzte über mich her wie ein wildes Tier über einen träumend Dahinwandelnden. Grillparzer hatte mein Stück gewiß miserabel gefunden, und es ist ja miserabel. Wie konnte ich darüber in Zweifel sein?... Ich weiß, daß ich jeden Bettler, dem ich begegnete, um sein gutes Bewußtsein beneidete. Ihm wäre es doch nicht eingefallen, dem größten jetzt lebenden Dichter ein selbstverfaßtes Drama vorzulesen.

Große Menschen, die größten, Goethe an der Spitze, haben gegen die Reue geeifert. Dennoch wage ich meine kleine Stimme zu erheben und zu sagen: Heil dem Herzen, das sie empfinden kann! Ist eine Wendung vom Unrechten zum Rechten denkbar ohne vorhergegangene Reue? Was mich betrifft, unter den vielen Anfällen dieses unschätzbaren Übels, die ich je erlitten, hat der über mein Vorleseattentat auf Grillparzer besonders gute Früchte getragen. Nie mehr ist es mir eingefallen, seine Teilnahme für eine meiner Arbeiten anzurufen, und er wußte, daß es aus Ehrfurcht und Schonung geschah.

Die Zahl der Strebenden, die sich an ihn heran drängten und von denen jeder zu seinem berufensten Nachfolger erklärt werden wollte, war groß, und seine Nachsicht, seine Scheu, weh zu tun, war unermeßlich. Wenn man ihm dann die üblen Folgen dieser Nachsicht vorhielt, wurde er ärgerlich: «No ja, wenn ich einem nicht grad gesagt habe:

‚Sie sind ein Esel!', rennt er herum und erzählt, ich hätt ihn gelobt.»

In seiner Güte fühlte er sich von Zeit zu Zeit bewogen, mich zu fragen, was ich denn jetzt arbeite, gab sich aber stets mit einer ausweichenden Antwort zufrieden.

Ich erinnere mich, ihm einmal erwidert zu haben: «Weiß nicht, weiß selbst nicht, vielleicht eine Novelle. Einige meiner Freunde behaupten, ich hätte mehr Talent zur Novelle als zum Drama.»

Er lächelte. Wie gern sah ich dieses ganz einzige, halb mitleidige, halb sarkastische Lächeln auf seinem teuren, tiefernsten Angesicht!

«Ja, ja. Aus Ihrer alten Haut möchten Sie heraus und wissen noch nicht, in welche Sie hineinkriechen sollen.»

Besuche anzumelden war nicht Brauch im Hause Fröhlich. Die vortreffliche Jungfrau Susanne Kirsch, «der Edelstein» genannt, Köchin und Pförtnerin, öffnete die Tür und hat mich nie anders begrüßt als mit einem Lächeln, das von einem Ohr zum andern schwebte. Sie deutete freundlich nach rechts, wenn ich fragte: «Ist der Herr Hofrat –?», und nach links, wenn ich fragte: «Sind die Damen zu Hause?»

Wie bei ihm, hatte meine Freundin Baronin Knorr mich auch bei ihnen eingeführt, und sie besuchen zu dürfen, war mir ein Glück.

Ein kleines Vorzimmer bildete den Eingang zu ihrem Bereich, in dem eine fast klösterliche Einfachheit herrschte, in dem man sich aber von einem Reichtum umgeben fühlte, den höchste irdische Pracht und Herrlichkeit nicht verleihen können. Man war versetzt in eine Atmosphäre des Wohlwollens, der Güte, des regsten geistigen Lebens und hatte beim Anblick des schlichten Raumes und seiner lieben alten Bewohnerinnen den Eindruck eines nachgedunkelten Gemäldes, in dem das Auge des Verständnisses und der Liebe noch deutlich erkennen konnte, wie hell seine Farbentöne einst gewesen und wie anmutig und hold seine Gestalten. Die drei Schwestern in ihrer übereinfachen Kleidung erschienen mir wie Priesterinnen, denen ich voll Ehrfurcht nahte. Sie sahen ja meinen abgöttisch verehrten Dichter täglich, verkehrten mit ihm, sie sagten: «Der Grillparzer», wenn sie von ihm sprachen. Es geschah offen und herzlich; sie wußten ja, daß mein Interesse für jedes Wort und jede Kunde von ihm der tiefsten Bewunderung und Begeisterung entsprang.

Am liebsten fast hörte ich Anna, die älteste der Schwestern, erzählen. Sie redete gescheit, gut und gern, ohne eine Spur von Geschwätzigkeit, so recht aus der Fülle lebendiger Erinnerungen, wie ein Reicher, der viel gibt und noch mehr zu geben hätte. Irgend etwas zu beschönigen, fiel ihr nicht ein, ebensowenig aber zu tadeln; sie sprach von den vielen Wunderlichkeiten des Dichters beinah so liebevoll wie von seinen großen Eigenschaften. Das schwere Blut hatte er von seiner Mutter geerbt, das war sein Unglück, unter dem er litt und leiden machte. Ein Meister der Selbstquälerei, zerpflückte er eine der kleinen Freudenblüten, die ihm noch geblieben waren, nach der andern.

Was die Musik ihm bedeutete, weiß jeder, der den «rhythmischen Zauber» seiner Verse empfunden hat. «Die Musik der älteren Zeit, das ist für mich nicht Musik, in ihr liegt mein Leben, in ihr rauscht meine Jugend», sind seine eignen Worte. Die Musik hatte ihn mit den Schwestern Fröhlich zusammengeführt. Durch Anna und Josephine, beide hochgeschätzte Gesangs- und Klavierlehrerinnen, hatte er Schuberts Lieder kennengelernt. Er war ein guter Klavierspieler, phantasierte mit sehr viel Talent. Vor einigen Jahren noch hatte es ihm Vergnügen gemacht, täglich eine Stunde mit Anna zu musizieren. Sie kam zu ihm herüber, und sie spielten vierhändig Symphonien von Haydn, Beethoven, Mozart. Einmal nun hatte sie wie gewöhnlich Platz genommen am Klavier, Noten aufgelegt und wartete. Grillparzer blieb an seinem Schreibtisch sitzen, rührte sich nicht, und als sie endlich fragte: «Nun, ist's heute nichts, wird nicht gespielt?», schüttelte er den Kopf: «Heute nicht und überhaupt nicht mehr.» – «Ja, um Gottes willen, warum denn nicht?» – «Meine Finger sind steif geworden, es geht nicht mehr.» – «Und gestern ist's doch noch gegangen. Was Ihnen nur einfallt, Grillparzer!»

Sie lachte ihn aus, wurde im Scherz böse und auch im Ernst, bat innigst, inständigst, doch nicht einer Laune nachzugeben. Schad um jedes Wort. Er hat seine Hände nie wieder aufs Klavier gelegt.

Es war aus von einem Tag zum andern und für immer.

So vergrub er vorzeitig ein Talent, dem er noch manche schöne Stunde hätte verdanken können. Aber das ist der ganze Grillparzer: Der Reichtum im Ausüben einer Kunst hat abgenommen, und auf die Überbleibsel legt er keinen Wert. Nicht anders hält er's mit der Poesie, und ohne die Dazwischenkunft der drei Getreuen wären uns viele seiner geflügelten Worte vorenthalten worden.

Es ist seine Gewohnheit, beim Frühstück allerlei Verse auf Papierschnitzel zu kritzeln, die er jämmerlich zerknüllt und auf das Kaffeebrett wirft. Die Verse haben einer momentanen Stimmung Ausdruck gegeben, ihre Aufgabe ist erfüllt, nun fort mit ihnen. Aber Susanne legt die dem Untergang Geweihten in die Hände ihrer Gebieterinnen; sie werden entfaltet, gelesen, geordnet. Wenn eine hübsche Anzahl beisammen ist, lernt Anna sie auswendig, geht zu Grillparzer hinüber, stellt sich in Positur und spricht: «Der kleine Deklamator ist da.»

Vielen Dank erntet sie für ihren Vortrag nicht, meistens heißt es: «Schon gut, schon gut. Sei'n S' noch nit fertig?»

Aber ein Befehl, die kleinen Dichtungen geheimzuhalten, wurde nicht gegeben; sie dürfen Freunden mitgeteilt werden, und viele von ihnen haben schon bald nach ihrem Entstehen eine Wanderung durch ganz Wien angetreten.

Durch ein schmales Gelaß, in dem zwei Reihen dicht angefüllter Bücherschränke standen, gelangte man in Grillparzers Wohnzimmer. Es war geräumig, bildete ein regelmäßiges Viereck und hatte zwei Fenster, die in die Spiegelgasse sahen. An der linken Wand stand das mit einem dunkelgeblümten Rahmenüberzug bedeckte Bett, und an derselben Seite, in der Nähe des Fensters, schräg ins Zimmer hineingerückt, der große Schreibtisch, *vor* dem ich Grillparzer nie schreibend getroffen habe, immer nur *neben* ihm, lesend, zurückgelehnt in seinen bequemen Lehnsessel. Der Aufsatz des Schreibtisches trug eine Reihe meist alter Bücher und eine Damenuhr in einem kleinen Gestell, ein Wiener Spindelührchen aus den Jahren zwischen 1830 und 1840. Wie kommst du hierher, du einziger Luxusgegenstand, in diese Klause eines Bedürfnislosen? Aus Frauenhand vielleicht? Sollst du im leisen Vorwärtseilen an eine Stunde erinnern, schöner als alle, die du noch anzeigen kannst? So habe ich sie oft dringend gefragt. Aber auf Gedankenfragen geben Uhren selbst ihrer treuesten Liebhaberin* keine Antwort.

An der Wand rechts, unter einem Stiche des schönen Bildes Jenny Linds von Magnus, trauerte seit Jahren schon der verstummte Flügel. Derselbe, auf dem der Dichter vor längst entschwundener Zeit mit seiner musikalisch hochbegabten Mutter Tondichtungen großer Meister gespielt, selbst schaffend, während er ihre Schöpfungen genoß. Da war es auch, daß seine größte Dichtung, die dem Werden entgegenstrebte, «Das goldene Vlies», Gestalt gewann; «die Gedanken-Embryonen verschwammen mit den Tönen in ein nicht beschreibbares Ganzes», heißt es in seiner Selbstbiographie.

An der Wand, den Fenstern gegenüber, lehnte in dunkler Bescheidenheit ein kleines Sofa, im Halbkreis umgeben von seinen Angehörigen, einigen Stühlen und einem schmalen Tische, dem Frühstückstische. Da trank Grillparzer den Kaffee, den er sich selbst bereitete, da schärfte er seine Epigrammenpfeile. Die Morgenstunde war ihm stets die fruchtreichste gewesen und trug ihm jetzt noch manchen Gedanken ein, der ihn und seine Zeit und wohl manche folgende überleben wird.

Fräulein Kathi hatte mir zwar versichert, daß Grillparzer meine unberufene Vorleserei nicht

* Die Dichterin besaß eine ungewöhnlich reiche Sammlung alter Uhren.

übelgenommen habe; aber dennoch ließ ich längere Zeit vergehen, bevor ich es wagte, abermals an seine Tür zu klopfen.

«Herr Hofrat, darf ich kommen?» Keine Antwort. Er war so versunken in das Lesen eines Buches, daß er meine Frage überhörte. Ich wiederholte sie, an der Tür stehenbleibend. Da fuhr er auf, förmlich erschrocken, und ich dachte bestürzt: Bravo, ein neues Unglück, ich habe ihn gestört!

«Verzeihen Sie mir nur, Herr Hofrat ...»

«Nichts zu verzeihen», sagte er freundlich. «Setzen Sie sich!» Er deutete auf einen Stuhl, der ihm gegenüber an der Seite des Schreibtisches stand. «Ich werde Ihnen etwas vorlesen, aus diesem Buche, aus Lope de Vega.»

«Ach, Herr Hofrat, ich Unglückliche verstehe kein Wort Spanisch.» – «Das macht nichts. Hören Sie zu wie einer Musik, hören Sie nur die Melodie dieser Verse.» Er begann zu lesen und las lange, und es war eine Wonne. Weich und bestrickend, leidenschaftlich, ergreifend drang die Melodie der Dichterworte an mein Ohr, ein gesprochener Gesang. Und während der greise Poet vorlas, breitete sich über sein Gesicht, in das vom Leben so tiefe Furchen eingeprägt worden, ein lichter Schein des innigsten Entzückens, ein Ausdruck seligen Genießens des fremden Kunstwerks, wie es nur den ergreifen und erfüllen kann, der selbst ein Schöpfer ist und auch im Nachempfinden schöpferisch.

In meinem hohen Alter halte ich gern Umschau nach den glücklichen Stunden, die das Schicksal mir gegönnt hat, und zähle dann die Stunde, in der mir Grillparzer in einer mir fremden Sprache eine Szene aus einem mir fremden Drama vorlas, zu meinen weihevollsten und schönsten.

Am Ende legte er das Buch auf den Schreibtisch, preßte die Hand darauf und sagte ganz durchdrungen: «Alles, was ich geschrieben habe, gäbe ich um diese einzige Szene.»

Ich war so frei, zu bezweifeln, daß dieser Handel sehr vorteilhaft für ihn wäre, und meinte sogar: «Wer weiß, ob Lope de Vega nicht sagen würde, wenn er noch etwas sagen könnte: Alle meine siebenhundert Komödien gäbe ich um den ersten Aufzug des ‚Ottokar'.»

Grillparzer machte eine abwehrende Bewegung mit der Hand, in der das blaue Taschentuch wieder fähnchenartig flatterte: «Ach was – der ‚Ottokar'. Ich hör, daß der Wagner ihn gut geben soll und daß viel applaudiert wird. Der Anschütz* hat ihn auch gut gegeben, und die Leute haben gelärmt und gejubelt. Aber mir war schon alle Lust an Arbeiten dieser Art genommen worden. Von dem halben Dutzend Stücke aus unsrer Geschichte, die mir im Kopf herumgegangen sind, habe ich kein einziges mehr aufgeschrieben. Wissen Sie denn, wie das gewesen ist mit diesem Premys-

* Heinrich Anschütz und Josef Wagner: Burgschauspieler.

liden*, zu dem mir der Stoff gleichsam mit beiden offenen Händen entgegengekommen war?»

Er begann zu erzählen.

Was wir heute wissen von dem Schicksal, das «König Ottokars Glück und Ende» vor und nach seiner Aufführung auf dem Burgtheater erfahren, war damals teils nur wenigen bekannt, teils vergessen. Die «Selbstbiographie» Grillparzers lag noch eingeschlossen in seinem Schreibtisch, die Literaturgeschichte hatte noch nicht hineingeleuchtet in das Dunkel von Torheit und Böswilligkeit, das dem Dichter die Freude an seinem Werke verdarb und ihn einen Sieg als Niederlage empfinden ließ.

Ich hörte das alles zum ersten Male, hörte es aus seinem Munde, war ergriffen, erschüttert, empört. In ihm wirkten die zahllosen Bitternisse, die er erlitten hatte, lebendig nach; aber in seine Anklagen mischten sich allmählich Selbstanklagen. Einen Teil der Ursachen seines Mißgeschicks lud er seinen eigenen Schultern auf, schob sie auch auf Fehler, die seinem Werk anhafteten, stellte sie ins schärfste Licht und verurteilte sie schonungslos. Den Schlußakkord seiner Schmerzenslieder bildete dann das halb trostlose, halb versöhnliche: «Sei's!», das mich immer mit tiefer Rührung erfüllt hat.

Nach und nach wurde er beinah heiter und erzählte sogar eine Anekdote:

* Böhmisches Königsgeschlecht, dem Ottokar entstammte

Am Tage der ersten Aufführung des «Ottokar» war das Stück auch im Druck erschienen. Man wußte, daß die Zensur es erst nach zwei Jahren, auf speziellen Wunsch der Kaiserin Karolina Augusta, freigegeben hatte, die Neugier war aufs höchste gespannt, und es wurden zwischen Morgen und Abend neunhundert Exemplare abgesetzt. Auf dieser Höhe konnte das Interesse sich natürlich nicht lang erhalten; aber auch später gab es noch Leute, die das Stück gern lesen wollten, wenn sie nur gewußt hätten, wie man sich's verschaffen kann...

Einmal fand ich den Dichter in übelster Laune an seinem Schreibtisch stehend. Er hatte sich beim Rasieren in den Zeigefinger der linken Hand geschnitten, und Kathi Fröhlich war damit beschäftigt, die kleine Wunde zu verbinden. Grillparzer erschwerte ihr diese Aufgabe außerordentlich, mahnte zur Eile, fuchtelte mit dem blessierten Finger hin und her. Kathi sagte nur: «Aber, Grillparzer, sei'n S' doch ruhig!» und wickelte an dem kleinen Verband und knüpfte an ihrem Zwirnfaden. Sie war sehr ärgerlich; doch mir fiel auf, daß sie während der ganzen Prozedur, die eine Weile dauerte und auch für mich etwas peinlich war, kein einziges Mal nach mir hin sah, mich nicht mit einem einzigen Blicke zum Zeugen der Unausstehlichkeit anrief, die unser vielgeliebter Dichter bei einer geringfügigen Gelegenheit zu entfalten imstande war.

Sehr wenig Frauen hätten sich diese Genugtuung versagt. An sie kam offenbar nicht einmal die Versuchung dazu heran, und das war schön und nobel und flößte mir Bewunderung ein.

Überhaupt warf das unbedeutende Erlebnis ein Streiflicht auf die Beziehungen dieser beiden. *Er*, verletzt infolge eigener Ungeschicklichkeit; *sie*, hilfreich und fürsorglich und zum Dank unwillig angebrummt. Ein kleiner böser Zufall vermochte ihn zu verstimmen und widerwärtig zu machen gegen seine Umgebung. Seine Empfindlichkeit war eben beispiellos; ihm tat, was weh tut, ganz besonders weh, und schlimmer noch als mit physischen ging es mit moralischen Leiden. Ihnen standen alle Pforten seiner Seele offen, ungehindert stürmten sie hinein, brannten, wühlten, und ihre Spuren verwischten sich nie. Die Freude und das Glück hingegen konnten ihm nur langsam nahen; denn er verstand es meisterlich, ihnen auf jede Weise den Weg zu kreuzen, zu verlegen. Wenn sie aber trotz allem doch anlangten, da waren und nicht wegzuleugnen, dann wußte er wenigstens irgendein Übles an ihnen zu entdecken, einen Mangel an Lieb' und Güte, einen Stachel im Lorbeerkranz, einen Tropfen Gift im Labetrunk des Ruhmes.

Von der Nachhaltigkeit, mit der ein peinlicher Eindruck auf ihn wirkte, hat Betty Paoli mir erzählt.

Zur Zeit, als Grillparzer noch Gesellschaften besuchte – es war lange her –, fand er sich auch manchmal im Hause Frau von Fleischls ein, wo Betty Paoli, wie ein Familienmitglied aufgenommen, lebte. Im Auftrag ihrer Freundin hatte sie ihn zu einem Abend gebeten, an dem Friedrich Halm einem kleinen Kreise Auserlesener seine letzte Arbeit, ein episches Gedicht, vorlesen wollte. Dabei legte er natürlich den größten Wert auf Grillparzers Anwesenheit, und Betty Paoli war hocherfreut, mitteilen zu können, daß er die Einladung annehme und kommen werde.

Halms Gedicht hieß «Die Brautnacht», und den Stoff dazu hatte ihm eine Begebenheit geboten, die sich einst in Genua zugetragen.

Halms Dichtung wurde eingeleitet durch eine meisterliche Schilderung in hellklingenden Versen.

Die Vermählung der schönen, jungen Orsini mit einem Sohne des Hauses Doria ist glanz- und prunkvoll begangen worden. Die Neuvermählten treten aus der Kirche, vom Jubel Tausender begrüßt. Rauschende Festlichkeiten füllen den Tag aus, am Abend endlich bleibt das junge Paar allein. Zwei selige Menschen halten einander umschlungen und preisen ihr Geschick. Nicht ein Glück von

kurzen Tagen ist ihnen geschenkt – vor ihnen liegt ein ganzes reiches Leben, eine ganze sonnige Zukunft. Unter Küssen und Kosen kommt der jungen Frau ein kindischer Einfall. Sie will noch spielen, erhascht, gefangen werden. «Gute Nacht!» ruft sie lachend und enteilt. Und er geht ein auf ihre mutwillige Laune, gewährt ihr einen Vorsprung und folgt ihr dann nach. Spähend durchschreitet er die lange Zimmerreihe, betritt das Brautgemach – es ist leer. Nun ergreift es ihn: Sie betet in der Kapelle! Er eilt dahin und findet auch hier alles öde und totenstill. Sein Unmut wallt auf, bald auch ein qualvolles Bangen ... Er scheucht die Diener aus dem Schlafe; man sucht, man ruft – allumsonst. Der Tag bricht an, vergeht, ein zweiter ... Sie ist verschwunden, verflogen wie eine Lichterscheinung. In Nähe und Ferne werden Boten ausgesandt, Kundschafter nach allen Weltgegenden, keine Spur von ihr wird entdeckt. Der letzte Hoffnungsschimmer ist erloschen, verzweifelt verläßt Doria seine Heimat, nimmt Kriegsdienste und findet, den er sucht, in der Schlacht – den Tod.

Jahre und Jahre vergehen. Neue Generationen blühen auf; nur noch Sage sind ihnen Glück und Leid der alten. Und wieder soll im Palast Orsini eine Vermählung gefeiert werden. Ein junges Brautpaar durchwandert die Räume, in denen es hausen wird, wählt, bestimmt, ordnet an. Da ist,

anstoßend an das Schlafgemach, ein Erker, ein hübscher Raum, der verdient, geschmückt zu werden; nur beengt ihn eine große alte Truhe, und die muß fort. Sie wird gerückt, der Deckel verschoben, Schloß und Klammern lösen sich aus dem morschen Holz, er birst, und den Augen der Umstehenden zeigt sich ein Gerippe, und –:

Auf dem Scheitel ruht im blonden Haar
Ein Myrtenkranz, zerstäubend im Berühren,
Geschmeide, die Orsinis Wappen führen,
Nehmt funkelnd um den Knochenarm ihr wahr.
Was glänzt am Finger? Ist's des Traurings Schimmern?

Er ist es, und es ist die einst rätselhaft verschwundene Braut ...

... Und dieses ist ihr Sarg.
Sie dachte nicht so lang darin zu liegen,
Als schelmisch lächelnd sie hineingestiegen
Und neckend drin sich vor dem Gatten barg.

Der schwere Deckel war, ihrer Hand entschlüpft, ins Schloß gefallen, und sie lag begraben in dem dunklen Schrein.

Halm hatte, noch warm von «des Schaffens Lust und Qual», sein Gedicht mit verhaltener Empfindung ergreifend vorgelesen. Das Publikum, in äußerste Spannung versetzt und tief erschüttert, brachte ihm begeisterte Huldigungen dar. Nur der *eine*, an dessen geringstem Wort der Zustimmung mehr gelegen hätte als an dem Enthusiasmus der ganzen Gesellschaft – schwieg. Grillparzer saß finster und schweigend da, nahm nicht mehr teil am Gespräch und war einer der ersten, die sich empfahlen.

Als Fräulein Paoli ihn bald darauf besuchte, klagte er bitter über Halm: Eine Vorstellung, die man um jeden Preis von sich abwehren möchte, die Vorstellung einer lieben, jungen, in einer Kiste begrabenen Frau, hat er festgehalten, mit schönen Versen unsrer Erinnerung eingepreßt. Das war in Grillparzers Augen unverzeihlich, eine Sünde gegen den heiligen Geist der Kunst.

Er hat Ida von Fleischl hochgeschätzt, ihren hellen, klaren Verstand bewundert, sich immer gefreut, wenn sie ihn besuchte; aber die Erinnerung an den peinlichen Eindruck, den er in ihrem Hause empfangen, hielt ihn davon ab, es je wieder zu betreten.

Von allen Bildern Grillparzers, die ich kenne, ruft mir nur eins den vollen Eindruck seiner Persönlichkeit hervor; es ist das Aquarellporträt, das Daffinger von ihm gemalt und das ihn in jungen Mannesjahren darstellt. Der Künstler hat seinem Werke das Unvergängliche, die Seele, eingehaucht; sie lebt in diesem Ebenbilde aus längst vergangener Zeit.

Die Statue, die den Mittelpunkt des schönen Hemicykles im Volksgarten bildet, gleicht mehr als dem Dichter selbst seinem Vetter, dem Präsidenten Freiherrn von Rizy. Es bestand viel Ähnlichkeit zwischen beiden; doch war das Gesicht des Freiherrn schmaler, mehr in die Länge gezogen. Als ich den Dichter persönlich kennenlernte, war er ein Greis. Die Gestalt, klein, schmächtig, etwas zur Seite geneigt, schien schwer zu tragen an dem mächtigen Haupte, auf dem die reichen weißen Haare sich noch leicht und fein wellten. Die Stirn prachtvoll, breit und klar und wie umwoben von den Geistern großer Gedanken, größerer vielleicht noch als die, die der Unstern, der über ihm gewaltet hatte, sich ausgestalten ließ, Gedanken auch einer wahrhaft genialen Selbstquälerei und vielleicht nie ausgesprochener Reue über versäumtes Glück. Ich sehe jedem Schmerz bis auf den Grund, sagte der Blick der blaugrauen, von starken Brauen überschatteten Augen; es lag in ihnen etwas schwermütig Mildes, der Ausdruck einer Weisheit, die alles begreift und alles verzeiht. Doch konnten aus ihnen auch Funken einer schalkhaften Heiterkeit sprühen, die hinreißend wirkte. Die Nase war kräftig und wohlgeformt, und längs ihrer Flügel zog sich zu der Unterlippe hin, wie erbarmungslos von grausamer Hand eingeschnitten, die sogenannte Kummerfalte. Was dieser Mann gelitten hatte, verriet am ergreifendsten der auch im Schweigen beredte Mund, mit seinen so deutlichen Spuren verbissener Schmerzen und niedergezwungenen Ingrimms.

Wie viele bittere und ätzende Worte waren über diese Lippen gekommen, bevor sie ihr typisch gewordenes «Sei's!» oder «In Gottes Namen!» aussprechen lernten!

Laube* meint, Grillparzer hätte von Hause aus den Tod im Herzen gehabt, sei verschlossen gewesen auf der Sonnenseite. Nun, wenn die Sonne nur recht hell und warm geschienen hätte, sie würde die Scheidewand durchleuchtet haben, die gegen ein reines Glücksgefühl in ihm errichtet war. Aber jede rauhe Berührung so peinlich empfinden wie er, vom ersten Schritt auf seinem Wege, trotz allem Erfolg und allen Triumphen, in falsches Licht gestellt sein wie er, immer mißverstanden, immer gebeugt werden unter ein unerträgliches Joch, das hieß für ihn ringen, dulden und endlich – verzichten.

Die Geschichte seines Martyriums stand auf seinem Antlitz geschrieben, und ich las sie herab, liebevoll, ehrfurchtsvoll und mit dem schmerzlichen Gefühl, daß da nichts mehr gutzumachen sei.

Die Generation, die vor ihm hätte hinknien und sagen müssen: «Verzeih!», war tot. Nur noch in

* Der Dichter Heinrich Laube in «F. Grillparzers Lebensgeschichte» (1884)

unangenehmer Erinnerung lebten einige einst wichtige Leute, die von ihm hätten lernen sollen, was Patriotismus ist, und die den seinen angezweifelt und seine unerschütterliche Loyalität verdächtigt hatten. *Sie* waren gehört worden, die Saat ihres Mißtrauens war herrlich aufgegangen, für sie gab's keine österreichische Zensur. Dieser, wie Rudolf Valdeck* sagt, «feuerspeiende Drache mit Eselsohren» war anderweitig beschäftigt. Es galt Flecke zu entdecken in einer Sonne, Gefahren auszuschnüffeln in den reinen, hohen Werken, die unser Ruhm sind, unser berechtigter Stolz, die uns einen Ehrenplatz sichern in der Weltliteratur.

Man hat gesagt: Wenn alle Zivilisation, die es auf Erden gibt, vernichtet würde und nichts von ihr übrigbliebe, durchaus nichts als Mozarts «Zauberflöte», könnte man aus diesem Werke alles erkennen und im Geiste wieder aufbauen, was es einst an Kultur in der Welt gegeben hat.

Nun, wenn im Laufe der Zeit, die nie rastet und ewig umgestaltet, die versinken läßt, was durch Jahrtausende bestand, unser Kaisertum aufgehört hätte zu sein und sein Andenken nur noch fortlebte in «König Ottokars Glück und Ende» und «Ein treuer Diener seines Herrn», so würden diese beiden Kunstwerke der Nachwelt von allem noch erzählen, was einst an Österreich groß und gut und herrlich war.

* Deckname des streitbaren Wiener Journalisten Rud. Wagner

Zu einer Akademie*, die zum Besten des Schiller-Denkmal-Fonds veranstaltet wurde, hatte man mich aufgefordert, ein kleines Gelegenheitsstück zu schreiben. Ich war mit großer Freude und Wonne an die Aufgabe gegangen; der Einakter, sehr bald entstanden, war vom Komitee angenommen worden. Er wurde unter dem Titel «Doktor Ritter» ganz ausgezeichnet gespielt und kam bald darauf auch im Burgtheater zur Aufführung. Das Publikum erwies sich gnädig und spendete freundlichen Beifall; die Kritik spöttelte, nörgelte. Ich hatte alles verkehrt gemacht. Ganz anders – das wäre das Richtige gewesen. Beinahe sah ich's ein und war beschämt und betrübt in meiner Seele. So gedemütigt, wagte ich nicht, Grillparzer vor Augen zu treten, bis mir ein erlösender Gedanke kam.

Zwei Dinge hatte ich bei ihm nie gesehen. Nie die Spur eines Stäubchens und nie eine Zeitung; vielleicht liest er gar keine und weiß nichts von den Strafpredigten, die mir gehalten worden sind. So faßte ich Mut und stieg eines Vormittags die vier Treppen des lieben Hauses Nummer 1097 in der Spiegelgasse, wie immer mit einigem Herzklopfen, empor.

Bald darauf gehörte ich zu den Glücklichen der Erde, denn Grillparzer begrüßte mich mit den Worten: «Sie sind's. Nun endlich. Ich hätt Ihnen

* Veranstaltung der Akademie der bildenden Künste

gern schon lange gesagt, daß sich niemand in ganz Wien über den Erfolg von Ihrem ‚Doktor Ritter' so gefreut hat wie ich.»

Ich hätte ihm am liebsten die Hand geküßt, wagte es nicht, kam in Verlegenheit und brachte nur kleinlaut: «Ach, Herr Hofrat, aber die Kritik!» hervor. Das war albern und heuchlerisch, denn in diesem Augenblick lag mir wirklich nichts an der Kritik.

«So? Hab nichts gelesen.» Ein Achselzucken, eine wegwerfende Handbewegung. Machen Sie sich nichts daraus, sagte er nicht, er wußte zu gut, *daß* man sich was draus macht. Wir führten nur ein akademisches Gespräch über die Kritik und schwenkten auch hinüber in das Gebiet der Literaturgeschichte, in dem wir eine Weile spazierten, bis er zu dem Schluß kam: «No ja, Literaturgeschichte – ein gemaltes Mittagessen!»

«Ich habe schon deshalb nicht heiraten können», sagte mir Grillparzer einmal, «weil ich den Gedanken nicht ertragen hätte, daß es einen Menschen gibt, der das Recht hat, wann immer es ihm beliebt, in mein Zimmer zu kommen.» Ein seltsamer Grund, den er sich offenbar als Ehehindernis zwischen sich und seiner «ewigen Braut» ausgeklügelt hatte. Aber in diesem Falle war jeder gut. Die beiden, die einander den Himmel hätten schenken mögen, würden, unauflöslich verbunden, sich die

Hölle bereitet haben. Kathi, nicht viel weniger empfindlich als Grillparzer selbst, litt Qualen unter seiner Rücksichtslosigkeit, man darf wohl sagen, seiner Grausamkeit. Ein Nachtragen jedoch, ein Schmollen kannte sie nicht; es schien vielmehr, als ob jedes Leid, das er ihr angetan, im Feuer ihrer Liebe schmelzend, es nur angefacht hätte. Und wenn einmal sie es war, die sich im Unrecht befand, die gekränkt hatte, dann kam, im heißen Bestreben, wieder gutzumachen, eine Unermeßlichkeit an Hingebung, Selbstüberwindung, Opferfreudigkeit zutage. Wie tief er das empfunden, wie klar es eingesehen, spricht er mit den Worten aus:

Der Zweifel, der mir schwarz oft nachgestrebet:
Ob Güte sei? – durch sie ward er erhellt.
Der Mensch ist gut, ich weiß es, denn sie lebet,
Ihr Herz ist Bürge mir für eine Welt.

Sie hatten sich verlobt und nach schweren Kämpfen – entlobt, und er hatte sie meiden, sich von ihr, die ihm zur Frau nicht demütig genug und zur Geliebten zu heilig war, völlig losreißen wollen. Aber das ging über seine Kraft. Er brauchte den Verkehr mit ihr und ihrer Umgebung, den künstlerischen Geist, der in ihrem Hause wehte, ihr Verständnis, ihre Begeisterung, ihr grenzenloses Mitgefühl, er brauchte die Atmosphäre ihrer unendlichen Liebe. Sie hat sich von ihm nicht beugen und nicht brechen lassen, aber als Entsagende an seiner Seite ausgeharrt, immer treu, wenn auch nicht Treue fordernd.

Sicherlich: Grillparzer durfte nicht fragen: Wer hat geliebt wie ich?, aber er durfte fragen: Wer ist geliebt worden wie ich?

Die Schwestern Fröhlich brachten den Sommer regelmäßig auf dem Lande in der Nähe Wiens zu. Anna fuhr täglich nach der Stadt und begab sich in ihre Wohnung, wohin die Schülerinnen zum Gesangunterricht kamen.

Eines Tages, am 8. Juni 1848, mußten die jungen Damen vergeblich warten; zu allgemeiner Bestürzung fand die sonst so gewissenhaft pünktliche Lehrerin sich nicht zur Stunde ein.

Wieso das gekommen war, habe ich durch sie selbst erfahren.

Auf dem Wege vom Standplatz ihrer Equipage – dem Stellwagen* – zur Spiegelgasse war sie über den Hohen Markt gegangen und hatte in der Nähe der Buchhandlung Wallishausser eine etwas unheimliche Menschenansammlung getroffen. Die Leute umdrängten, sehr aufgeregt, einige perorierende Studenten. Ein Zeitungsblatt ging von Hand zu Hand; Anna hörte den Namen Grillparzer unter Verwünschungen nennen. Sie näherte sich, fragte einen der Umstehenden, was es gäbe. «Nun,

* Fuhrwerk, regelmäßig zwischen bestimmten Haltestellen verkehrend

ein Gedicht hat der Grillparzer drucken lassen, ein niederträchtiges Gedicht* auf den Radetzky. Da schimpft er über unsere Studenten und über die Revolution und katzenbuckelt vor der Armee ...»

Anna erschrak. Sie wußte, was es in diesen Tagen «des tollen Radikalismus» hieß, Sympathien für unsre in Italien kämpfende Armee offen auszusprechen. Die Studenten berieten in steigender Erregung.

«Er muß auf die Aula», beschlossen sie.

Zum Glück war aus den Reden der jungen Leute zu entnehmen, daß keiner wußte, wo er wohnte. Aber sie weiß es, und fort in höchster Eile über das Lugeck und durch die Durchhäuser** zur Grünangergasse, zu seinem Hause. Sie stürmt die drei Treppen empor, reißt die Tür seines Zimmers auf: «Grillparzer, Sie gehen mit mir, Sie müssen fort, gleich fort. Sie kommen zu uns aufs Land.» Hastig, mit wenig Worten, berichtet sie, was sie eben erlebt hat.

Er sträubte sich, er wollte nichts hören von einer Flucht. Anna gab nicht nach: «Wenn Sie auf einen Heldentod hoffen, irren Sie sich. Ermordet werden Sie nicht, aber von exaltierten Studenten auf die Aula geführt und dort zur Rede gestellt – das ja. Ist Ihnen darum zu tun, dann bleiben Sie hier.» Es

* Das den gespreizten Rednern anrüchige Gedicht «An Radetzky»: «Glückauf, mein Feldherr, führe den Streich!»

** Häuser mit Durchgang

kam noch zu einem kurzen, heißen Wortgefecht. Aber die Kämpferin siegte über den Kämpfer, und brummend und murrend ließ er sich entführen.

Er blieb einige Zeit auf dem Lande. Nach Wien zurückgekehrt, erlebte er dort die Greuel der Oktobertage und folgte nun gern den Bitten und Beschwörungen der Schwestern, zu ihnen nach Baden* zu ziehen.

Und nun fühlte er wieder, was ihr Verkehr für ihn bedeutete, wurde sich bewußter denn je, daß ihr Haus doch immer sein wahres Heim in der Heimat war. So kam denn Annas Vorschlag, ihr Hausgenosse zu werden, seinem eignen Wunsche entgegen.

Ein Jahr später, am 27. April 1849, zog als Mieter Fräulein Anna Fröhlichs der k. k. Archivdirektor Franz Grillparzer in den vierten Stock (zweite Stiege) des Hauses Spiegelgasse Nummer 1097 ein.

Am 18. März 1868 empfing mich Grillparzer mit den Worten: «Vergelt's Ihnen Gott, daß Sie den Kranken besuchen, den Toten.»

Ich glaube, daß ich ihm erwidert habe, es gäbe wenig Lebendige, die so lebendig wären und lebendig bleiben würden wie er. Ich glaube auch, daß ich ihm gesagt habe, daß ich eine Beneidenswerteste unter den Beneidenswerten sei, weil ich zu ihm kommen dürfe.

* Stadt und Badeort südlich von Wien

Einige Tage vorher hatte ich die «Ahnfrau» wieder gesehen und tiefer denn je gefühlt, was es doch hieß, mit ihm zu verkehren, der das geschrieben hatte im Sturm und überquellenden Schaffensdrang seiner Jünglingsjahre. Dann mußte ich an alles denken, was ihm angetan worden nach diesem ersten Schritt auf seiner Bahn – und was für ein Schritt war es gewesen, und welchen Widerhall hatte er erweckt! Die Eindrucksfähigen, die Unbefangenen fühlten sich ergriffen und hingerissen, lauschten entzückt und erschüttert der gewaltigen Sprache, in der ein junger Dichter zu ihnen redete, staunten in ehrfürchtigem Grauen die Gestalten an, die er vor ihnen wandeln, tun, kämpfen ließ, sahen mitleidend ihr Geschick sich erfüllen und jubelten ihrem Schöpfer zu.

Aber die Machthaber der schwarz auf weiß gedruckten öffentlichen Meinung stimmten mit diesen spontanen Kundgebungen nicht überein. Die gelehrten Wachsfiguren klebten dem Werke die Etikette «Schicksalstragödie» auf, und ihre Neophyten*, die albernen, die frechen, die vom Gift des Neides geschwollenen, wußten nun, in welchem Register der Name Grillparzer zu suchen sei.

Alle äußeren Erfolge machten den Dichter nicht unempfindlich für die Geißelhiebe der Kritik. Er war gar zu leicht bereit, in den Tadel seiner Arbeiten einzustimmen, er konnte irre gemacht werden

* In einen Geheimbund, Orden usw. neu Aufgenommene

an sich selbst. Nicht andauernd freilich, aber verzweiflungsvoll, und die Narben solcher Wunden brennen. Nachdem ich ihm von der letzten, sehr guten Aufführung seines Schmerzens-, vielleicht seines Lieblingskindes gesprochen hatte, kamen wir Schritt für Schritt zurück und gelangten endlich zur ersten Aufführung der Tragödie im Theater an der Wien. Eine, wie er sagte, unbeschreiblich widrige Empfindung hielt ihn davon ab, sie noch einmal spielen zu sehen.

Erst nach langer Zeit kam der Tag, an dem er sich dazu entschloß. Er war bei einem Ausflug in die Umgebung Wiens durch eine Ortschaft gekommen, wo reisende Komödianten die «Ahnfrau» aufführten. Eine Scheune der Theatersaal, die ländliche Bevölkerung das Publikum. Der Jaromir brüllte wie ein Löwe, die Ahnfrau mußte auf allen vieren aus der Kulisse hervorgekrochen sein, um überraschend und schauerlich hinter dem Sessel des alten Barotin auftauchen zu können. Das störte die Zuschauer nicht und vielleicht nicht allzusehr den Autor. Wer weiß, ob er das Theater in der Scheune nicht mit der Überzeugung verließ, die er später oft ausgesprochen hat: «Das Stück ist gut.»

Wir waren schon lang miteinander bekannt, als mir Grillparzer zum ersten Male von seinem Lustspiel sprach, von «Weh dem, der lügt!».

«Die Leute haben sich darüber aufgehalten, daß der Bischof predigt. Nun, weil er ein Bischof ist, predigt er. Die Rolle der Edrita war falsch besetzt; ich habe sie der Fräuln Gley nur gegeben, weil sie mich so sehr darum gebeten hat. Aus dem Galomir hat der Schauspieler einen Trottel gemacht, er ist aber kein Trottel. Er ist tierisch, ein Tier, könnt ein schönes Tier sein, aber nur kein Trottel.»

Man hat behauptet, Grillparzer hätte sich dadurch, daß er keins seiner späteren Stücke mehr aufführen ließ, am Publikum für den Mißerfolg von «Weh dem, der lügt!» rächen wollen. Das ist ganz falsch. Von Rache war keine Rede, sondern von Ekel. Und mußte er ihn nicht ergreifen, und gab es je eine Empfindung, die berechtigter gewesen wäre?

Allerdings, das Publikum hatte eine Enttäuschung erlebt. Ein Lustspiel ist angekündigt, und ein Koch kommt drin vor, das dürfte etwas werden in der Art von «Wirrwarr» oder «Pagenstreiche»*. Man erwartete einen Spaß, und es kam eine schöne Dichtung; man war erschienen, um zu lachen, und sollte bewundern? – Warum nicht gar! Sie dankten für die schönen Sentenzen, sie waren um ihre Unterhaltung geprellt worden, und die Empörung darüber machte sich in der plumpsten und rohesten Weise Luft.

* Zwei mit billigen Effekten arbeitende Possen August von Kotzebues

Was lag daran, daß der Mann, den sie in seinem Werke beschimpften, Grillparzer hieß, daß sie ihm in diesem Hause so oft voll Entzücken zugejauchzt hatten, daß sie durch ihn begeistert und erhoben worden, hoch hinaus über ihr eigenes kleines Selbst. Jetzt war das alles vergessen, sie besaßen keinen Funken Dankbarkeit und von Ehrfurcht nicht einen Hauch. Sie lachten schallend, lärmten und pfiffen. Die einzelnen anständigen Elemente, die sich bemühten, dem Unfug Einhalt zu tun, blieben machtlos. So wurde das Burgtheater um eins der feinsten und edelsten Kunstwerke gebracht und im Dichter der Wunsch ertötet, jemals wieder mit einer neuen Schöpfung vor dieses Publikum zu treten, das er immer als das empfänglichste und dankbarste gepriesen und das ihm eine so grausame Enttäuschung bereitet hatte.

Mein Vater wohnte dem Durchfall von «Weh dem, der lügt!» bei. Er war kein Literaturkundiger und gestand, daß er von dem «Lustspiel» etwas seltsam angemutet worden. «Aber meiner Wiener», pflegte er zu sagen, wenn er von jenen Abend sprach, «habe ich mich damals geschämt

Als ich Grillparzer im Frühjahr 1870 besuch fand ich ihn übel aussehend und außerordentl verstimmt.

«Sehen Sie, was ich da hergenommen hab meiner Aufheiterung, ein Lustspiel von Sh

speare. Hilft aber alles nichts. Was soll mich noch aufheitern? Wenn Sie einmal kommen und hören, daß es vorbei ist mit mir, dann freuen Sie sich.» Er klagte über seine geistige Abnahme: «Mein Kopf ist wüst, ich vergesse sogar, was ich in der Schule gelernt habe. Neulich will ich im Plautus lesen und merke auf einmal, daß ich nicht mehr Lateinisch kann. Es kommt auch niemand mehr zu mir, Männer schon gar nicht, nur noch Frauen – aus Barmherzigkeit. Ich habe die Verse gemacht:

Die Ähnlichkeit, die ich mit Christus habe:
Die Weiber kommen zu meinem Grabe.»

«Und noch dazu lauter alte Schachteln, nicht wahr, Herr Hofrat?»

Er lächelte und begann die Pilgerinnen zum Grabe zu loben. Ganz besonders und mit dem besten Rechte: Frau Auguste von Littrow-Bischoff, die Gattin des allverehrten Direktors der Wiener Sternwarte Karl von Littrow. Anders als «die Astrologin» nannte er sie aber nicht, und wir wußten sehr gut, daß jede von uns gelegentlich mit einem seiner boshaften Scherzworte bedacht wurde. Das änderte aber nicht das geringste an unsrer Liebe für ihn.

Grillparzer hat, ich zweifle nicht daran, sehr gut gewußt, daß Frau von Littrow sein weiblicher Eckermann war und den Inhalt eines jeden Ge-

sprächs, das sie mit ihm geführt, treulich niedergeschrieben hat. Diese Aufzeichnungen einer vorzüglichen, äußerst verständigen und hochgebildeten Frau sind eine Fundgrube für die Literarhistoriker geworden und ein unschätzbares Gut für die Freunde und Verehrer des Dichters. Auguste von Littrow hat uns von dem pietätvoll gesammelten Reichtum alles geschenkt bis auf eins, das weder sie noch irgend jemand zu geben vermocht hätte: einen Begriff des Reizes, der in Grillparzers Art und Weise, ein Gespräch zu führen, lag. Er beherrschte weite Gebiete des Wissens und der Kunst, er hatte reges Interesse für alle Tagesfragen, für Politik, für Literatur. Seine Urteile waren durchtränkt von Weisheit, immer originell, genial und selten milde. Aber er verstand das Schlagendste und Schärfste mit einer schalkhaften Anmut vorzubringen, die bezaubernd war. Ich habe oft bei seinen Reden an eine schimmernd blanke Toledoklinge denken müssen, so grazienhaft geschmeidig, daß man meint, sie um den Finger wickeln zu können, aber tödlich treffend, wenn zum Stoße gezückt. Am herrlichsten war's, ihn von dem Wesen und den Zielen seiner Kunst sprechen zu hören. Und nie fühlte man sich als ein bloßer Zuhörer, immer zu einer Erwiderung angeregt, zu einem Einwand beinahe herausgefordert. Das ermutigte, weckte Selbstvertrauen, man wagte auch ein Tröpfchen Eigenbau träufeln zu lassen in den

Quell der Weisheit, der da so reichlich sprudelte, kam sich gewachsen vor, war glücklich und dankbar.

Ich glaube, daß Grillparzer selbst Freude fand an der Ausübung seines großen Konversationstalents; doch bedurfte es eines Anstoßes dazu, und selbst der Besucher, der schon wiederholt eine solche Anregung geboten, wurde nur ganz ausnahmsweise willkommen geheißen. Man störte ihn ja immer, fand ihn immer versunken in seine eignen Gedanken oder in die eines seiner Lieblingsautoren, ohne Frage eine bessere Gesellschaft als die, die man ihm zu leisten vermochte. Die Temperatur der Begrüßung war gewöhnlich unter Null; aber allmählich erwärmte er sich, wurde freundlich und mitteilsam, und wie die Gestalten seiner Dramen ihm während des Schreibens wuchsen, sich gestalteten, ihn hinrissen, so wurde, während er sprach, seine Rede immer tiefer und inhaltreicher, und plötzlich, mitten aus dem schweren Ernst, sprühten wie Feuerfunken unvergeßliche Witzworte auf.

Man ging von ihm immer gescheiter fort, als man gekommen war, und wenn gescheiter, dann wohl im höchsten Sinne besser. So ist denn Kathi Fröhlich, die unaussprechlich durch ihn gelitten hat, sehr gut zu verstehen, wenn sie sagt: «Das Beste, das an mir ist, verdanke ich doch dem Umgang mit ihm.»

Der achtzigste Geburtstag Grillparzers nahte heran, und Wien rüstete sich, ihn zu feiern.

Eine Anzahl österreichischer Frauen hatte zwanzigtausend Gulden zusammengebracht, die zur Begründung einer Grillparzer-Stiftung verwendet werden sollten. Doch bedurfte es dazu seiner Erlaubnis, und Bauernfeld* wurde mit dem Auftrage betraut, sie einzuholen. Er brachte die Sache aufs beste vor und bat im Namen der Frauen, ihre gute Absicht ausführen zu dürfen. Die Grillparzer-Stiftung solle ganz und gar nach seinem Wunsche und seinen Bestimmungen ins Leben gerufen werden. Es sei gemeint, daß alles ihm zur Ehre und Freude geschehen solle.

Grillparzer hörte zu. Gar gut kann man sich vorstellen, wie diese Huldigung auf ihn gewirkt, wie er sich bei ihrer Inempfangnahme benommen hat, wie er bedrückt und gequält den Kopf zur Seite geneigt, leise vor sich hin geflüstert und endlich gesagt hat: «Ehre, no ja, schon gut, wir haben in Östreich ohnehin zu wenig Ehre, und was die Freude betrifft, wenn mir die Damen eine Freude machen wollen, dann sollen sie mir drei neue Rasiermesser schenken, weil die meinen schon schlecht sind.»

Ich erfuhr die Geschichte, teilte sie meinem Manne und meinem Vater mit, und beide bemühten sich sofort, mir die vorzüglichsten Rasiermes-

* Der Wiener Lustspieldichter und Salonlöwe Eduard von B.

ser zu verschaffen, die in ganz Wien aufzutreiben waren. Unser geliebter Poet und Jubilar konnte nicht anders als zufrieden sein mit der Art der Erfüllung seines bescheidenen, prosaischen Wunsches. Voll freudiger Zuversicht trat ich meine Wanderung an und fand im Fröhlichheim die drei Schwestern und die treue Susanne in erhöhter Stimmung. Sie waren glücklich über die vielen Zeichen der Liebe und Verehrung, die dem Dichter von weit und breit zugeflogen kamen. Nur er konnte oder wollte einem wohltuenden Gefühl keinen Einlaß in sein Herz gewähren. Er saß still und traurig in seinem niedrigen Lehnsessel und sah, als ich vor ihn hin trat, höchst ungnädig zu mir empor. Ich sagte: «Seien Sie ganz ruhig, Herr Hofrat, ich gehe gleich wieder, ich setze mich gar nicht, ich habe Ihnen nur etwas bringen wollen.»

«Bringen?... Auch Sie?» sprach er vorwurfsvoll.

Ich ließ mich nicht einschüchtern, öffnete das Etui und brachte es ihm respektvoll dar.

Er hatte es nur widerstrebend in die Hand genommen, war aber nach dem ersten Blick auf die blinkenden Messer versöhnt. Der Ausdruck einer wahrhaft kindlichen Freude erhellte sein Gesicht: «Schau'n Sie, das freut mich wirklich. Die sind schön und wohl auch gut.»

Er betrachtete sie wohlgefällig, stand auf, legte den Arm um meine Schulter und gab mir einen langen, ernsthaften Kuß.

Mir war zumute, als hätte ich eine Weihe empfangen, ganz glückselig und ganz feierlich. Ich kann wirklich nicht sagen, ob ich die Stiege hinab gegangen, gelaufen oder geschwebt bin.

Am nächsten Vormittag klopfte ich bei den Schwestern an. Es war nur Anna zu Hause.

«Fräulein, ich komme mich erkundigen, was ist's mit den Rasiermessern? War der Herr Hofrat zufrieden?»

Sie sah mich an, etwas verlegen; aber ihre dunklen, schönen Augen lachten. «Die Rasiermesser? ... Die hat Kathi – sind Sie ihr denn nicht auf der Stiege begegnet? – gerade fortgetragen. Die sind ihm wieder nicht recht, müssen umgetauscht werden.»

«Umgetauscht?! Er kann sie nicht brauchen – und ich habe dafür einen Kuß bekommen. Fräulein Anna, Fräulein Anna, jetzt komme ich mir ja vor wie eine Diebin.»

Der 15. Jänner 1871 war für ganz Wien ein großer Tag. In jedem halbwegs lebendigen Herzen regte sich das Bewußtsein, daß nicht nur zu danken, zu huldigen, daß gutzumachen sei, so viel, so reich und rasch als nur möglich. Dann feierten wir aber auch ein schönes Fest. Keine Störung, nicht ein Mißklang, allenthalben der Triumph einer großen Liebe, die sich äußern wollte. Über jede Auszeichnung, die dem Poeten zukam, wurde gejubelt. Unser Kaiser ehrte ihn, wie noch nie ein Dichter in Österreich geehrt worden war. Kronprinz Rudolf, Ludwig von Bayern sandten wärmste Glückwünsche, die edle Kaiserin Augusta fand in diesen Tagen der großen Versailler Ereignisse Zeit und Stimmung, sich als «Tochter Weimars» unseres österreichischen Dichters huldigend zu erinnern.

Wien war stolz und beglückt. Jedes Zeichen der Anerkennung, jedes Wort des Lobes, das dem Jubilar zuteil wurde, erweckte begeisterte Teilnahme. Man drängte sich in die Theater und Konzertsäle, in denen Grillparzer-Feiern stattfanden, und der Beifall, der gespendet wurde, kam aus warmen, tiefergriffenen Herzen.

Ob es wohl damals in unsrer Stadt einen jungen Künstler gegeben hat, der nicht dachte: Das erreicht, einen solchen Widerhall erweckt haben in den Seelen Tausender, müßte höchste Erfüllung, Inbegriff der irdischen Seligkeit sein.

Weltenfern davon lag freilich alles, was Grillparzer in diesen Tagen empfand.

Ich ging am späten Vormittag zu ihm. Die Treppe herab, die mit Teppichen belegt und mit Blumen geschmückt war, kamen Männer und Frauen; sie hatten freudig-feierliche Mienen, und wir grüßten uns, ohne uns zu kennen. Ihr Gruß sagte: «Wir kommen von ihm», der meine: «Ich gehe zu ihm.»

Auch die Wohnungstür war mit Lorbeergewinden und Blumen umkränzt, und als sie geöffnet wurde, leuchteten mir die Augen der treuen Susanne durch einen Freudentränenschleier entgegen. Was hatte sie nicht alles erlebt! Vorgestern schon, gestern und erst heute! Deputationen waren gekommen, eine nach der andern, und Geschenke, Kränze, Telegramme. Der Fürst Auersperg und Exzellenz Unger sind da gewesen, sie haben das Großkreuz des Franz-Josef-Ordens gebracht.

Ich fand ihn auf seinem alten Platz, in seinem mit Ehrengeschenken überfüllten Zimmer, sehr müde, erschöpft. Was er heute schon vielen gesagt, wiederholte er auch mir: «Früher zu wenig, jetzt zu viel. Es sind Gnadenstöße, die mir versetzt werden.» Nur einen Augenblick blieb ich bei ihm und auch bei den Damen Fröhlich nicht lange. Pepi und Anna erzählten, plauderten, ihnen lachte das Herz. Auf dem noch immer lieblichen Gesicht Kathis lag ein stiller, seliger Triumph.

Grillparzer ist viel besungen worden in diesen Tagen flammender Begeisterung, und manches schöne Gedicht ist damals entstanden ...

Als ich nach dem Feste wiederkam, um mich nach seinem Befinden zu erkundigen, war in seinem Zimmer keine Spur mehr vorhanden von den Kostbarkeiten, die sich vor wenig Tagen darin ausgebreitet hatten. So schnell als möglich hatte alles fortgeschafft werden müssen, was ihn an die empfangenen «Gnadenstöße» erinnerte. Nicht eine Blume im Glase durfte übrigbleiben.

Er sah angegriffen aus und klagte über seine täglich zunehmende Taubheit. Viele, die über ihn geschrieben haben, erwähnten ihrer als eines ernsten Gebrechens. Mir ist sie niemals aufgefallen. Wenn man, ohne die Stimme im geringsten zu erheben, nur deutlich akzentuierte, verstand er jedes Wort. Auch seine Augen, über die er sich oft beschwerte, haben ihm bis zuletzt treue Dienste geleistet. Er selbst gestand, daß er eigentlich den ganzen Tag lese. Eine Brille hat er nur in jüngeren Jahren durch kurze Zeit getragen.

Im Laufe des Winters erholte er sich und war wieder der Alte, er, der sich einen Toten nannte, ein lebendigst Mitlebender, ein gütiger Weisheitspender und – wie oft! – ein Prophet.

Im Frühjahr vor meiner Abreise auf das Land durfte ich beim Abschied mit froher Zuversicht sagen: «Auf Wiedersehn!»

Nach meiner Rückkehr im Dezember konnte ich ihm von meinem Entzücken über eine schöne Aufführung der «Medea», mit Frau Wolter in der Titelrolle, erzählen. Er schien mir unverändert und so geistesfrisch wie je. Bald darauf aber, es war einige Tage nach Neujahr, brachte uns Freund Weilen* die Nachricht, daß es nicht gut stände mit Grillparzer; er sei sehr matt und leide an Schlaf-

* Der Dramatiker Josef Ritter von Weilen

losigkeit. Die Ärzte, sein treuer Doktor Preyß und Doktor Breuning, erklärten, es handle sich nicht um eine Krankheit, sondern um ein Aufhören, ein langsames Erlöschen. Er führte sein gewohntes Leben, stand zur gewohnten Stunde auf, ging zum Mittagessen zu Fröhlichs hinüber, ließ sich nach Tisch von Kathi fünf Patiencen legen und kehrte, von ihr und den Schwestern gestützt, in sein Zimmer zurück. Am Tage seines Todes war er, obwohl die Nacht schlecht gewesen, nicht zu bewegen, im Bett zu bleiben. Nur um eine Stunde später als sonst stand er auf, ließ sich zu seinem Fauteuil am Schreibtisch geleiten und schlummerte ein. Anna und Kathi hatten das Zimmer verlassen, an ein jähes Ende dachte man nicht. Pepi und Doktor Preyß blieben dem Schlafenden gegenüber auf dem Kanapee sitzen. Plötzlich hatte er eine Bewegung gemacht, und sie eilten zu ihm. Er schlug die Augen auf, nahm Preyß bei der Hand und sagte: «Mein lieber Preyß!» Sein Kopf sank zurück; er war ohne Todesangst, ohne Kampf entschlafen, hinübergegangen in den ewigen Frieden.

«Man braucht auch zum Sterben Glück», hat er einmal gesagt. Dieses letzte Glück war ihm zuteil geworden.

Als ich nach seinem Tode Kathi wiedersah, kam sie mir vor wie schon mitgenommen in die Unsterblichkeit. Sie war schwer leidend, kämpfte heldenmütig gegen Krankheit und Schwäche, wollte aufrecht bleiben, leben, ihre Aufgabe lösen und den Nachlaß des Dichters, dessen Erbin sie war, zu seinem Ruhme verwalten...

«Wenn Sie einmal längere Zeit ausgeblieben sind», sagte mir Kathi, «da hat es immer geheißen: Die Ebner laßt sich auch nicht mehr sehn...»

Und wie oft war ich auf dem Wege zu ihm gewesen und hatte, bei seinem Hause angekommen, gezögert, hineinzutreten! Er wollte und verlangte von den Menschen nichts mehr, als in Ruhe gelassen zu werden; durfte ich einbrechen in seine tiefe, stille, ihm so liebe Einsamkeit? Vielleicht wäre ihm mein Besuch heute besonders ungelegen. Ich dachte nach und zählte: Wann war ich zum letzten Male bei ihm? Vor zwei – vor drei Wochen. Darf ich so bald wiederkommen? – Vielleicht doch nicht... Und war vorbeigegangen und hatte mich unwiederbringlich um ein unschätzbares Lebensgut, eine Stunde in der Nähe eines großen Menschen, gebracht.

Ich habe meine törichte Zaghaftigkeit bitter bereut, als mir Grillparzers Worte: «Die Ebner laßt sich auch nicht mehr sehn», wiederholt wurden.

Weilen, Laube, Freiherr von Rizy, Doktor Preyß hatten ihre Aufgabe erfüllt, das Material zu der zehnbändigen Ausgabe von Grillparzers Werken befand sich im Besitz von Cottas Nachfolgern.

Alle Originalmanuskripte waren dem Freiherrn

von Rizy zur Verwahrung übergeben worden und befanden sich vorläufig in seiner schönen, stillen Wohnung im Schottenhof. Einige Monate nach Grillparzers Tode besuchte mich der Baron und lud mich ein, zu ihm zu kommen, um den handschriftlichen Nachlaß unseres Dichters zu sehen.

Ein Tisch, der beinah die ganze Länge und Breite eines großen Zimmers einnahm, war mit Manuskripten bedeckt. Sein Vermächtnis, die Summe seiner Lebensarbeit, die Vertrauten seiner Seele, Zeugen und Früchte der Entzückungen und Qualen seiner Schöpferstunden. Jedes Blatt, jedes Blättchen mit seinen teuren Schriftzügen bedeckt, die fein waren, kräftig und klar und dem Auge ein Labsal, weil sie, wenn auch im Fluge hingeworfen, jedem Buchstaben sein Recht widerfahren ließen und unbewußt, ungewollt, Freude am Bilden einer schönen Form darstellten.

Diese stillen Zeichen, wie sprachen sie so laut! Diese einförmigen schwarzen Linien, was zauberten sie mir vor! Ich sah die Hand, die sie gestaltet hatte, sah das über sie geneigte Haupt. Er war da, ich hatte, in den Anblick seiner Schöpfungen versunken, die volle Empfindung seiner Nähe.

Ein Teil der Schriften war von den übrigen abgesondert. Dieser darf, so hat Kathi Fröhlich es bestimmt, nicht vor dem Jahre 1922, fünfzig Jahre nach dem Tode des Dichters, veröffentlicht werden.

Der Freiherr hielt ein eng beschriebenes Blatt in der Hand, ein Gedicht, sagte er, das aus einer Zeit stammte, in der es zwischen dem Dichter und Kathi zum völligen Bruch gekommen war. Sie verfiel infolge der ausgestandenen Aufregungen in ein schweres Nervenfieber. Grillparzer wußte davon, quälte sich, und als er eines Abends erfuhr, der Arzt habe erklärt, daß sie die Nacht nicht überleben werde, rannte er wie ein Verzweifelter ziel- und planlos in den Straßen umher, kam in den Volksgarten und legte sich dort händeringend, schluchzend auf die Stufen des Theseustempels nieder.

«Von der entsetzlichen Nacht, die er damals durchlitten hat, lebt ein Zeugnis in diesem Gedicht», schloß der Freiherr. «Ich will es Ihnen vorlesen, wenn ich kann.»

Er konnte kaum. Manchmal unterbrach ihn ein schweres Schluchzen, Tränen rannen über sein Gesicht.

Ein lang begrabener Schmerz war aus dem Todesschlaf erweckt worden, bäumte sich auf und weckte in unsern Seelen einen erschütternden Nachhall.

Es war das grausamste Gericht, in das ein Mensch über sich zu gehen vermag; eine Verdammnis des Verbrechers und Toren, der dem Schicksal flucht, wenn es versagt, und sich abwendet, wenn es gibt; des Quälers, der der Geliebten seine Friedlosigkeit einimpfen will, des Mörders, der sie in den Tod gejagt, weil sie sich nicht umschaffen konnte, wie er wollte, sondern bleiben mußte, die sie war.

Dem Dichter hat die Empfindung als Urquell gegolten, dem aller Reichtum der Poesie entspringt. Aus diesen Versen brach sie mit Naturgewalt hervor, zerstörte, riß nieder, wühlte sich in einen Abgrund von Trostlosigkeit hinein. Furchtbar und herrlich, denn die Stimme, die da klagte und anklagte, war eines großen Dichters Stimme; dieselbe, die wie tönendes Erz aus den Schmerzenslauten Medeens erdröhnt und in Wehmut geschmolzen aus Bancbans* Abschiedsworten an unsre Herzen pocht und sie unaussprechlich liebevoll bezwingt.

Es war zu Ende, der Vorleser schwieg. Wir reichten einander die Hand, und ich nahm Abschied und wanderte durch den ruhigen Schottenhof in die lärmende Straße hinaus, an vielen, vielen Menschen vorbei. Und alle, ob im Kleide der Armut auf der Suche nach dem täglichen Brot, ob reich geputzt mit andern Reichgeputzten Grüße, Scherze, Liebesblicke tauschend, ob ernst und würdig auf dem Wege vom Amte oder zum Amte, ob traurig oder vergnügt, frisch und jung oder welk und alt, alle kamen sie mir vor wie Schatten, die fühllos, wesenlos über die Abgründe des Lebens hingleiten.

* Hauptgestalt der Tragödie «Ein treuer Diener seines Herrn»

Erst sechs Jahre nach Grillparzers Tode habe ich, von Anna und Kathi begleitet, sein Zimmer wieder betreten. Josephine, die jüngste der Schwestern, lag dort aufgebahrt im Sarge. Anna und Kathi beugten sich über sie, streichelten ihre Hände und sprachen leise und liebevoll mit ihr. Wie gut sie war, wie hilfreich und unermüdlich und wie hochbegabt und als Sängerin gefeiert zu ihrer Zeit! Aber sie konnte sich ins Theaterleben nicht finden und nicht sein ohne die Schwestern. Sie ist zu ihnen zurückgekommen und Gesangslehrerin geworden wie Anna. Manche ihrer Schülerinnen hat einen großen Namen errungen, und sie war stolz darauf; für sich selbst hatte sie keinen Ehrgeiz.

Weich, leise, liebevoll fielen die Worte der Schwestern auf die Entschlafene nieder. Sie schien zu lächeln, war wie verjüngt und war schön in ihrer erhabenen Todesruhe.

«Der Grillparzer hat sie auch lieb gehabt», sagte Anna, und wir hatten das Gefühl, als stände er an diesem offenen Sarge mitten unter uns, in seinem Ernst, seinem Trübsinn, in der großen unwiderstehlichen Macht, die jeder empfunden hat, der ihm nahetreten und in die Tiefe seines Wesens blicken durfte.

Noch vor Ablauf eines Jahres trug Anna auch ihre Kathi zu Grabe, die ihr mehr als Schwester, die ihr Kind gewesen war, ihr leidengekröntes

Kind. Sie wird nicht vergessen werden. Der Name Kathi Fröhlich ist unauflöslich mit dem Namen Franz Grillparzer verbunden. In einem Punkte hat sie sein Geschick geteilt, die Mit- und Nachwelt hat an ihr nicht viel weniger gesündigt als an ihm. Mißverstand, Vorurteil, Engherzigkeit, Klatschsucht besorgten und besorgen das in einer ihrer würdigen Weise. Wenn ich in einem der zahlreichen Bücher lese, die uns die Grillparzer-Literatur beschert hat, kann ich nicht genug staunen über den niederen Rang, der darin Kathi und ihren Schwestern im Leben des Dichters angewiesen wird. Es ist nicht selten der von drei Haushälterinnen, die seine Zimmer in Ordnung hielten und seine Wäsche besorgten. Erwähnt findet sich auch wohl, daß sie verstanden, ihm Unangenehmes und Peinliches aus dem Wege zu räumen, zudringliche Besuche fernzuhalten, lästige Korrespondenzen für ihn zu führen, ihm viele Sorgen für unerfreuliche Verwandte abzunehmen. Daß übrigens Anna und Josephine höchst musikalisch waren, trug recht viel dazu bei, ihren Umgang mit Grillparzer, der ja die Musik fast höher stellte als die Poesie, wertvoll zu machen. Das wird gnädig zugegeben.

Bauernfeld hat sich viel eingebildet auf seinen Einfall, die Schwestern Fröhlich die Parzen zu nennen, obwohl es doch kein gar zu origineller Einfall gewesen ist. Sie waren drei, sie waren alt, sie waren unzertrennlich; mir scheint, daß man, um den Spitznamen zu erfinden, nur gehörig oberflächlich und boshaft zu sein brauchte.

Was sie für Grillparzer bedeuteten, was er ihnen verdankte, hat Bauernfeld ebensowenig gewußt, wie die Verwandten des Dichters es gewußt haben; alle stellten sein Verhältnis zu diesen seinen Schutzgeistern auf den Kopf. Seine Familie, stolz auf ihren Beamtenadel, sah auf die bürgerlichen Musiklehrerinnen hochmütig herab; ihre Gesellschaft war keine standesgemäße für den Vetter Franz, den Sohn einer geborenen *von* Sonnleitner. Der aber war nicht der Mann, der irgendein Wesen oder irgendein Etwas, das zu ihm gehörte, auch nur in ein halbwegs günstiges Licht zu stellen vermochte. Ebensowenig als sich selbst, als seine eignen Werke. Ich war oft peinlich überrascht durch seine geringschätzige Art, sie zu beurteilen.

Frau von Littrow bemerkt sehr richtig, daß er nie anders als mit einem verkleinernden Adjektiv von den Dingen sprach, die ihn umgaben, die ihm dienten. – Da war zum Beispiel sein braver, sehr anständiger Hausrock, der sich alle möglichen Beschimpfungen gefallen lassen mußte. Und gewiß war er ihm nicht weniger lieb als dem guten Béranger sein «vieil habit», dem dieser heitre Poet ein Lied gesungen hat, das ewig jung bleiben wird. Ebensowenig wie das behagliche Kleidungsstück, ebensowenig wie den Darbringer einer Aufmerksamkeit, den Spender einer Auszeichnung, ebensowenig vermochte er seine guten Hausgenossinnen zu preisen. Eine einzelne nannte er nie. Sie wurden immer nur in corpore erwähnt.

«Die Damen, bei denen ich wohne.» Wenn das Barometer der Stimmung besonders hoch stand, gab es kleine Nachsätze: «Sie sind meine gewöhnlichen Vorleserinnen, sie spielen mir auch vor.» – «Sie sind sehr poetische Naturen und verstehen, sich das Leben schön zu gestalten.» Daß sie auch in das seine Behagen, Heiterkeit, Licht und Wärme brachten und überhaupt das Beste, das ihm je zuteil geworden: kritiklose Liebe und Verehrung, mußte er gefühlt haben, doch blieb es unerwähnt. Dieser große Reichtum war sein unverlierbares Eigentum; sich durch ihn beglückt zu fühlen, lag nicht in seiner Natur. Gewiß kamen Stunden, in denen er sich dessen entsann, was Kathi für ihn getan hatte, für ihn – wenn Liebe für *den andern* etwas tut, wenn nicht, einem unwiderstehlichen Müssen gehorchend, im letzten Grunde alles für sich.

Einmal hatte Sofie Schröder Kathi spielen gesehen bei einer Vorstellung auf einem Liebhabertheater, hatte die junge Dilettantin umarmt und feierlich erklärt: «Fräulein, wenn Sie nicht Schauspielerin werden, begehen Sie einen Selbstmord.»

Aber Grillparzer sagte: «Eine Schauspielerin mag ich nicht», und der Selbstmord wurde begangen. Hat er gefragt, was es sie gekostet hat? Oder lieber nicht gefragt – es war überflüssig, er wußte es zu gut.

Aus einigen seiner kargen, grausam zurückhaltenden Briefe an sie klingt es deutlich heraus, daß er, der sich für unfähig hielt, zu lieben, doch sehr fähig war, eifersüchtig zu sein. Kathi Fröhlich war schön und unbeschreiblich anmutig, sie hatte tiefschwarze, wie Karajan* sagt, «unendliche, eigentlich unergründliche Augen, in die man immer hätte hineinsehen mögen». Sie wurde bewundert, geliebt und umworben. Gelegenheit, eifersüchtig zu sein, hatte Grillparzer in Hülle und Fülle, Grund dazu niemals. Die Huldigungen, die man ihr darbrachte, ließen sie nicht nur kühl, sie empörten sie. «Was wollen diese Leute? Wissen sie denn nicht, daß es für mich nur einen Mann gibt?» schreibt sie an ihre Schwestern.

Und dieser einzige, der geglaubt hatte, in ihr seine Seligkeit zu finden, war schon bald von allen bösen Geistern des Zweifels ergriffen worden. Gab's ein Glück für ihn, gab's überhaupt etwas außer seiner Kunst? Gab's noch ein anderes als dieses unbegrenzte Streben nach ihr und nach allem, was zu ihr gehört? Er könnte wohl – seine Worte! – auch anderes ergreifen, aber festhalten nicht. Mit einem Worte: «Ich bin der Liebe nicht fähig», gestand er dem Freunde. «So sehr mich ein

* Theodor von K. (1810–1873), Germanist, Hofbibliothekar, Freund Grillparzers

wertes Wesen anziehen mag, so steht doch immer noch etwas höher, und die Bewegungen dieses Etwas verschlingen alle andern so ganz, daß nach einem ‚Heute' voll der glühendsten Zärtlichkeit leicht – ohne Zwischenraum, ohne besondere Ursache – ein ‚Morgen' denkbar ist der fremdesten Kälte, des Vergessens, der Feindseligkeit möchte ich sagen.»

Und dennoch vermochte er nicht, sich völlig loszureißen, kehrte zurück, erfuhr Widerstand, ja Härte; denn eine demütige Dulderin war Kathi nicht, verlor aber in diesem schweren Kampfe nie das Bewußtsein ihrer unendlichen Liebe. Sie, ob auch noch so bitter gekränkt, fühlte doch immer tiefer als das eigne Leid die Qual, die ihn zu quälen trieb. Er litt, der Mensch, den sie am höchsten stellte, der ihr das Teuerste war, der Dichter, der sie begeisterte, dem sie die erhebendsten Stunden ihres Lebens verdankte; er war in all seinem geistigen Reichtum, all seiner Schöpferkraft ein armer Ruheloser. Sie wußte auch, daß, soweit der Himmel blaut, kein Wesen lebte, das ihm sein konnte, was sie ihm war in den kurzen Augenblicken der Rast, die sein Unfrieden ihm gönnte. Der Geliebte, der leidet, das ist der Allmächtige. Sie unterwarf sich, sie nahm das Kreuz einer unbeglückten Liebe, die täglich erneute Pein einer falschen Stellung – die ärgste für ein stolzes Herz – auf sich und trug sie kraftvoll und heldenmütig.

So war's ein langes Leben hindurch gewesen, und so sollte es bleiben. Als er ihr in späten Jahren, ein alter Mann der Gealterten, seine Hand und seinen Namen anbot, lehnte sie ab. Seine «ewige Braut» – in Gottes Namen. Seine Frau? Nein. Was sie von ihm ertrug, weil sie wollte, hätte sie nicht ertragen, weil sie mußte.

Was Grillparzer von Kathi Fröhlich gehalten, bezeugte er dadurch, daß er sie zur Herrin seines Hab und Guts wie über seinen poetischen Nachlaß einsetzte. Ihr vertraute er die Verfügung über die Werke, die er seit dem Tage seiner bittersten Enttäuschung vor Aller Augen – die ihren gewiß ausgenommen – verborgen gehalten hatte. Den höchsten Beweis von Liebe und Vertrauen, den er geben konnte, hat sie aus der Hand des Toten empfangen.

Die Sorge für sein Andenken war bis zu ihrer letzten Stunde der Inbegriff ihres Dichtens und Trachtens und der ihrer beiden Schwestern, die sich, wie sie es von jeher getan, mit ihr identifizierten. Das Vermögen des Verstorbenen wurde seinen Verwandten überlassen, die Stiftung des Grillparzerpreises der Wiener Akademie der Wissenschaften wurde durchgeführt, die Schwestern Fröhlich-Stiftung gegründet, der Wiener Zweigverein der Schillerstiftung zum Erben der aus den Aufführungen der Dramen fließenden Tantiemen eingesetzt.

Es haben sich Leute gefunden, die der Lesewelt zur Kenntnis brachten, die Schwestern Fröhlich hätten nach dem Tode Grillparzers in seinen Reichtümern geschwelgt. Nun, in einem etwas andern Sinne, als jene Verständnisvollen es meinten, kann man *das* gelten lassen. Sie haben geschwelgt in einem unsäglich wehmütigen Triumph, als der «Bruderzwist in Habsburg» bei seinen Aufführungen im Stadttheater Stürme der Begeisterung entfesselte. Sie durften reich und beglückt gepriesen werden, als die gesammelten Werke ihres Dichters erschienen und in Deutschland, das sich immer so spröde gegen ihn verhalten hatte, endlich das Eis schmolz, Verständnis, Wärme, Bewunderung ihn begrüßten, und der Rang, der ihm gebührt, ihm eingeräumt wurde, der neben Kleist – vielleicht wohl *vor* ihm –, Goethe und Schiller am nächsten.

Gegen Kränklichkeit und Schwäche ankämpfend, hat Kathi sich aufrechterhalten, bis ihre Mission erfüllt war, dann schloß sie die Augen zur ewigen Ruhe. Ihre treue Anna folgte ihr bald; sie, die Älteste, ging zuletzt, nachdem sie ihre Pflegebefohlenen heimgeleitet hatte. Kurz vor ihrem Tode hatte Anna Fröhlich – gewiß nach reiflicher Überlegung – einen schweren Entschluß gefaßt: sie hatte ihre durch viele Jahre sorgsam geführten Tagebücher verbrannt.

Viele tadeln es, weil sie dadurch «der Welt» die Wahrheit über das Verhältnis Grillparzers zu Kathi

Fröhlich vorenthielt. Die Wahrheit! Und wenn man sie euch sagte, würdet ihr sie gelten lassen und nicht sogleich wieder zu den euch liebgewordenen Irrtümern und Vorurteilen zurückkehren?

Was mich betrifft, ich meine: Anna Fröhlich hat ihre Tagebücher verbrannt. *Sie* hat es getan, folglich war es recht getan.

Einige Tage nach ihrem Tode stieg ich zum letzten Male die vier Treppen zur wohlbekannten Wohnung in der Spiegelgasse empor.

«Susanne, ich komme, Ihnen Lebewohl zu sagen und Sie zu bitten: erlauben Sie mir, die Zimmer des Herrn Hofrats und Ihrer Damen noch einmal zu besuchen.»

Sie geleitete mich und ließ mich dann allein, und ich habe einen langen Abschied genommen und mir die Erinnerung an diese lieben, geliebten Räume und an jeden einzelnen Gegenstand darin tief eingeprägt. Nicht das geringste war verrückt, die gewohnte Nettigkeit und Ordnung herrschte.

«Mir ist ja, als ob sie jeden Augenblick zurückkommen müßten», sagte Susanne, die mich am Eingang erwartet hatte.

NACHWORT

Am Vorabend ihres vierzehnten Geburtstages, am 12. September 1844, schrieb im Herrenhaus des väterlichen Landgutes Zdislawitz in Mähren die Komtesse Marie Dubsky ihrer früheren Erzieherin, sie wolle entweder die größte Schriftstellerin aller Zeiten und Völker werden oder überhaupt nicht leben. Es war mehr als der Ausbruch einer unbändigen Pubertätsphantasie. In den jungen Jahren der Dichterin stoßen wir oft auf hochzielende Aussagen über die Kunst – lauter verkappte Gelöbnisse oder Aufforderungen an sich selbst. Dem Künstler sei ein heiliges Amt auf Erden anvertraut, Natur sei Wahrheit, Kunst die höchste Wahrheit (1862): das hatte programmatische Bedeutung und kam wie jener Satz vom 12. September und wie die eigenen Verse, welche schon die Zehnjährige, klangberückt, vor sich hingesprochen hatte, aus der dunklen Tiefe drängender Gestaltungskräfte. Gestalten aber hieß für diese Dichterin nicht, Gefühle lyrisch aussprechen, sondern Menschen und noch einmal Menschen formen, «möglichst einfach die Lebensgeschichte oder ein Stück Lebensgeschichte eines Menschen erzählen, dessen Geschicke mir besonderes Interesse eingeflößt haben», wie sie viel später einmal mehr als bescheiden sagte, als sie längst nicht mehr überschäumend wie in ihrer Jugend der «Shakespeare des 19. Jahrhunderts» werden wollte, wohl aber die größte Erzählerin Österreichs geworden war.

Der glühende Glaube an eine dichterische Berufung nährte einen Willen zum leidenschaftlichen, das Werk tragenden menschlichen Wachstum, der diese unermüdlichste Lernerin der österreichischen Literatur, dieses Genie des unentwegten Reifens, bis ins höchste Greisenalter nie verließ. Um der Lust des Schaffens willen sich anarchisch über große Lebensordnungen hinwegzusetzen, lag aber nicht in ihrer Art. Opferwillig ordnete sie den unersättlichen Anspruch ihrer Kunst dem größeren Anspruch des Lebens um sie her ein – und dieses forderte unendlich viel von einer Frau, die warmherzig, selbstlos mitzuleben begehrte, wo immer menschliches Schicksal sie berührte: in den Sommern auf dem Gute Zdislawitz und in den Dörfern Mährens oder auf den wenigen Reisen in Nachbarländer; den Winter über in den verschiedensten Kreisen Wiens, und immer wieder in ihrer weitverzweigten Verwandtschaft und in ihrer ein halbes Jahrhundert umspannenden, kinderlosen Ehe mit dem fünfzehn Jahre älteren Vetter Moritz von Ebner-Eschenbach, einem Professor der Physik und hohen Offizier der Genietruppen. Sie nahm den restlos nie zu erfüllenden Doppelanspruch von Kunst und Leben in seiner ganzen Schwere auf sich. «So habe ich meine Hauptbeschäftigung – nebenher treiben zu können gemeint und erleide nun die Strafe dafür: in alten Tagen, bei schon abnehmender Leistungsfähigkeit die Einsicht, daß ich mein Talent zersplittert habe ....», heißt es klagend in einer Aufzeichnung von 1878, aber im gleichen Jahr auch wie triumphierend befreit: «Schreibe ich dieser Kinder (ihrer Neffen und Nichten) wegen um einige Novellen weniger, so ist das Unglück sehr klein; gelingt es mir, etwas beizutragen, daß sie gute, hilf- und liebreiche Menschen werden, so ist das Glück sehr groß.»

Ihr schien, die lautere menschliche Beschaffenheit des Künstlers sei die Grundvoraussetzung für die Reinheit des Werkes, und der als Mensch versagende Künstler müsse sich in Mängeln des Werkes, den trübenden Einschlüssen im gefälschten Edelstein gleich, bis in die Sprache hinein verraten. In der Schöpfung des wahrhaft reifen Dichters aber empfange der Leser neben der Ausstrahlung der Gestalten und Ideen noch die heimlichere Ausstrahlung eines integren Menschen. «Sie waren eine ausgezeichnete Erzählerin; aber das Schönste, das unangreifbar und ohne Vorbehalt Verehrungswürdige, Hilfreiche, ja Große in diesen sieben Bänden, das sind Sie selbst», so dankt ihr über Generationen hinweg Gertrud Bäumer für solch beglückende Gegenwart («Gestalt und Wandlung», Berlin 1939).

Die junge Dichterin griff mit einer Reihe von Dramen, von Schillers Idealismus entflammt, nach den höchsten Zielen. Ihr Vater, so kunstfremd er war: die autonome österreichische Lust an der Schaubühne besaß er doch, und während die Familie im Winter ihr Wiener Stadthaus bewohnte, wurden die Kinder oft in die Dubskysche Loge im Burgtheater mitgenommen. «Eine neue Welt ging mir auf, und doch war mir, als befände ich mich in meinem eigentlichen Element.» Höheres Dasein, leidenschaftlich ersehnt, schien hier verwirklicht, und Menschen zu gestalten, schien vor allen andern Dichtern dem Dramatiker vorbehalten. So entstanden in den sechziger Jahren historische Tragödien, darunter eine «Maria Stuart in Schottland», dazwischen einige Gesellschaftsstücke.

Der künstlerische Wille der jungen Adligen schäumte um so höher empor, als sie auf feindliche Widerstände stieß. Sie litt unter der Verachtung der Kunst, welche im österreichischen Adel jener Zeit gang und gäbe war; selbst unter ihren Nächsten fand sie wenig Ermutigung. Ihre Dramen, Träger ihrer heißen Hoffnungen, wurden von fast allen Bühnen, ungeachtet ihrer Verdienste, zurückgewiesen, und die aufgeführten verfielen einer böswilligen, demütigenden Kritik von seiten bürgerlicher Literaten, die sich an einem Mitglied des verhaßten Adels ihr Mütchen kühlen wollten.

Noch schlimmer: Marie von Ebner-Eschenbach bekam es mit den Gegnern der Frau zu tun in einer Zeit, als eine Schriftstellerin noch weit herum als unerwünschter Eindringling und als Zerstörerin der patriarchalischen Weltordnung galt. «Bei uns hat eine neu erfundene Naturgeschichte die Entdeckung gemacht, daß die Frau an und für sich nichts ist, daß sie nur etwas werden kann durch den Mann, dem sie in Liebe angehört, dem sie sich in Demut unterwirft, in dessen Leben das ihre aufgeht. Ein so unvollkommenes Wesen besitzt selbstredend kein vollkommenes Talent», klagt sie 1879 verbittert. Sie ließ sich dadurch nicht in die damals entstehenden Kampforganisationen der deutschen Frauen drängen, sosehr sie die Idee der Gleichberechtigung bejahte. Sie fürchtete die menschliche und die Deformation der Ideen im Parteienkampf: «Ich selbst bin der Meinung, daß wir schweigen sollen und nicht durch Geschrei und Geschreibe, sondern durch unser Tun so manchen Irrtum, der über uns im Schwange ist, besiegen.» Dennoch: als sie, bereits über fünfzigjährig, nach schweren Kämpfen als Erzählerin sich endlich durchsetzte, bis man die Greisin schließlich eine Matriarchin des österreichischen Schrifttums nannte, da war sie sich freudig bewußt, daß mit ihrem Sieg auch ein Sieg für alle errungen war, die gegen die weitverbreitete Mißachtung der geistigen Arbeit der Frau kämpften.

Nicht umsonst begreift sie den verkannten und verbitterten Grillparzer in der Tiefe. Aber ihr Wille zum Wachstum war stark genug. Sie fand den Mut, in ihrem dreiundvierzigsten Lebensjahr in einer andern Richtung weiterzugehen. Ihre erste Erzählung, «Ein Spätgeborener» (1875), ist ihre Auseinandersetzung mit ihrem bisherigen Schicksal als Künstlerin. Allein auch als Erzählerin war sie in den ersten Jahren eine Enttäuschte. Eine ihrer besten Schöpfungen, «Die Freiherren von Gemperlein», wurde von fünf hochangesehenen Verlegern nacheinander zurückgewiesen. Es geschah mitten in der bittersten Leidenszeit ihres Lebens, nachdem ihr Vater und ihre zweite, sehr geliebte Stiefmutter gestorben waren, 1874 ihr Gatte vorzeitig und ungerecht pensioniert wurde und auch Grillparzers Tod sie «um ein unschätzbares Lebensgut, eine Stunde in der Nähe eines großen Menschen» gebracht hatte. 1878 schien selbst ihr übermenschlich geprüfter Glaube an ihre Berufung gebrochen zu sein: «Ich habe ein Ende gemacht mit dem Schreiben von Theaterstücken, ich werde hoffentlich die Kraft haben, mit der Schriftstellerei überhaupt ein Ende zu machen», schreibt sie in ihr Tagebuch – und fügt einige Jahre später hinzu: «Die ersehnte Kraftprobe wurde nicht abgelegt.» 1880 brachte ihr die Erzählung «Lotti, die Uhrmacherin», die Rodenberg in seiner «Deutschen Rundschau» veröffentlichte, den entscheidenden Erfolg. Wenn man weiß, mit welchem Aufwand an seelischer Kraft ihr Werk erkauft wurde, so begreift man ihren dankbaren Überschwang für die wenigen, die wie ihre Freundin Ida Fleischl den Glauben an sie nicht verloren oder wie Paul Heyse eine Geste der Anerkennung für sie fanden: «Geweint habe ich vor Glückseligkeit» (über Heyses Vorwort zu den «Freiherren»). «Ich verdanke Ihnen eine Freude, die, solange ich lebe, nicht erlöschen wird. Von nun an bin ich gefeit gegen Gleichgültigkeit und Mißgunst, und unmöglich scheint es mir, daß ich je wieder den Mut sinken lasse.»

Das jahrelange Ringen um das Drama erwies sich nicht als sinnlos. Es war im Gegenteil die große Vorschule ihrer erzählerischen Kunst. Auf Schritt und Tritt ist es zu spüren: das ist Epik aus dem Geiste des Dramas. Fast alle ihre Erzählungen sind szenisch aufgebaut. Auf weite Strecken herrscht das Gespräch. Mitunter wird eine Erzählung in eine einzige Szene zusammengedrängt – so in der «Totenwacht», wo aus dem mit lapidarer Wucht geführten Dialog, aus der Abrechnung des Opfers mit dem Verführer, düster der Schatten erlittenen Unrechts heraufsteigt. Mit dem festen Zugriff des Dramatikers werden die Geschehnisse vor den Peripetien steil emporgeführt, Kontraste gesetzt, bald die grotesken der Komödie, wie im ungleichen

Brüderpaar der Freiherren von Gemperlein, bald die unbarmherzigen der Tragödie, wie in «Er laßt die Hand küssen», wo leichtsinniges Schäferspiel im Schloß um so erschütternder den elenden Todeskampf eines Wehrlosen im Dorf hervortreten läßt. Das Ohr vernimmt die Sprechprosa des Dramatikers, die erst im Vorlesen ihr geheimstes Leben entfaltet.

Der Reiz des Ebnerschen Stils liegt darin, daß sich hier eine männlich-herbe, lapidare dramatische Kraft mit einem zarten, verfeinernden Element mischt. Alle guten Geister der österreichischen Grazie sind zu Gast, wenn der Humor der Dichterin eine Gestalt oder auch nur ein Wort umspielt. Sie liebt es, von verschiedenen Seiten das Licht auf ihre Menschen zu werfen und sie damit zu differenzieren. Das technische Mittel dazu ist die Abtretung der Erzählerfunktion an einen oder mehrere Sprecher. Gern verwickelt sie einen Erzähler in Kontroversen mit seinen Zuhörern oder zeigt ein Geschehen in den Spiegelungen eines Briefwechsels. «Das Schädliche» gibt sich als die Niederschrift eines auf Entsetzliches Zurückblickenden. Man beachte, wie seine Haßliebe und seine Gewissenspein in die Darstellung eingehen und ein in einer Seele sich spiegelndes Geschehen vertieft und verfeinert erscheint.

Gelegentlich mag die Freude des Makart-Zeitalters an melodramatischen «lebenden Bildern» einen heute befremdenden Zug in diese Kunst, die ohne Falsch ist, hineinbringen – wir denken an das Aquarell, auf dem Edith in der eben genannten Erzählung eine Frau dargestellt hat, die ihre Arme hilfesuchend einer Lichtgestalt am Himmel entgegenstreckt.

Davon abgesehen, finden wir überall ein sensibles

Sprachgewissen, ein Leben lang bewußt geschult, am Werk. Solange sie noch einen Korrekturbogen im Hause habe, könne sie nicht schlafen, sagt die Dichterin einmal. Welche Kunst des letzten Schliffs in ihren Aphorismen! «Treue üben ist Tugend, Treue erfahren ist Ehre», schreibt sie, zögert, streicht «Ehre» und setzt statt dessen das wahrhaft krönende Wort «Glück». Den Aphorismus «Der ans Ziel getragen wurde, darf nicht glauben, es erreicht zu haben» hat sie aus der schwerfälligeren Form «Derjenige, der ans Ziel getragen wurde ...» herausgeschliffen. Sie verschmähte es nicht, an den Verstößen der Zeitungsschreiber ihr Sprachgefühl zu schärfen, und aus Mosenthals Roman «Der Dorflehrer» notiert sie sich belustigt: «Mehr gegen die Mitte sitzt die Baronin, emsig strickend, einen großen Sonnenschirm in der Hand haltend ....»

Am 9. Juni 1875 liest sie Gottfried Keller. «Welch ein Meister! Marie Ebner, da lerne, lerne, lerne!» steht in ihrem Tagebuch. Das gilt für jede wesentliche Begegnung der unermüdlichen Leserin und ist keineswegs bloß im technischen Sinne gemeint. Sie lebt in einer europäischen République des lettres. Die Franzosen Mérimée, George Sand, Germaine de Staël haben genau so wie George Eliot oder der vielverehrte Turgenjew oder Goethe und Grillparzer ihre Existenz reicher gemacht. Ihre Dankbarkeit ist ungemessen. Am augenfälligsten hat sie sie außer Grillparzer dem Russen bezeugt; denn neben der Französin George Sand hat er die Österreicherin in ihrer großen künstlerischen Wende bestärkt, als sie nach dem jahrelangen Ringen um das Drama mühsam den Weg zum noch genauer beobachteten Leben suchte und auch unter den kleinen

Leuten ihrer Zeit nicht minder gestaltenswerte Schicksale fand als bei den Königen der Vergangenheit.

Nichts hat diese unermüdlich an sich selber Arbeitende reicher angeregt als das gelebte Leben selbst. Drei Generationen lang ist sie, mitleidend und mitergriffen, eine leidenschaftliche Beobachterin des Menschen. Hunderte von kleinen Porträts in ihren Notizbüchern zeugen für die Wahrheit ihres Ausspruchs, sie habe die Anregung, ein Buch zu schreiben, nie durch ein Buch, sondern immer nur durch einen Menschen empfangen. «Mit ihrem Helden», schreibt sie beispielsweise, auf die Dorfgeschichte «Unverbesserlich» anspielend, «bin ich persönlich bekannt und habe die Beichtstuhlszene aus seinem eigenen Munde.» Wo sie einmal eine unvertraute Welt schildert, da wird sie unsicher – an der Erzählung «Agave», die in der italienischen Renaissance spielt, wird es deutlich. Das Kleine Welttheater ihrer Erzählungen bevölkern Gestalten, die aus dem Raum der österreichisch-ungarischen Doppelmonarchie stammen, und die zeitliche Schranke liegt an den Anfängen ihres Jahrhunderts, in den Zeiten, ehe 1848 die Erbuntertänigkeit der mährischen Bauern, von der in «Er laßt die Hand küssen» die Rede ist, aufgehoben wurde. Dieses Reich überschaut sie weiten und großen Blickes, und unverzerrt erscheint die ländliche Figurenwelt Mährens vom Landjunker und der Edelfrau bis zum Schloßpförtner und zur Gesellschaftsdame, vom rohen Dorfprotzen bis zum Verdingkind, vom Pfarrer bis zur Wirtin, und daneben, etwas zurücktretend, die städtisch-wienerische, vom Hofadligen bis zum neureichen Industriellen und vom Gelehrten bis zum Handwerker und zum Straßenarbeiter. So ist in diesem

Gestaltenvolk, das kein Welken kennt, doch noch der Traum vom «Shakespeare des 19. Jahrhunderts» wahr geworden, wenigstens für die Welt innerhalb der Grenzen, in denen Franz Josef sein langes Regiment führte.

Ihr menschliches Verstehen ist weit und unvoreingenommen wie bei allen großen Realisten des 19. Jahrhunderts. Aber am nächsten sind ihr doch die mit dem geraden seelischen Wuchs und den inneren Überschüssen, die Erprobten, welche die Menschengemeinschaft tragen und bereichern. Es sind die mit der «monistischen Einrichtung», bei denen Wort und Gedanke und Tat, Natur und Leben ungeteilt eins sind. So sind die beiden Freiherren von Gemperlein, mögen ihre Weltanschauungen auch himmelweit auseinandergehen, doch urverwandt in der heimlichen grundlauteren Noblesse ihres Charakters, und Charakter stellt die Erzählerin über Ideologie und letztlich auch über Genie. Das Mädchen Anna in der «Totenwacht», der Arzt in «Er laßt die Hand küssen», der Pfarrer in «Unverbesserlich», sie alle tragen die Zeichen dieser Aristokratie des Charakters.

Und andrerseits haben die Wehrlosen und Mißhandelten die Liebe der Dichterin. «Ich stehe im Banne aller, die leiden», schreibt sie an Hieronymus Lorm. Von hier aus wird sie zur Anklägerin, nicht zuletzt gegen ihren eigenen Stand. Der heimliche Empörer in jedem großen Realisten, bei Keller wie bei Storm, bei Vischer wie bei Turgenjew, kommt zum Vorschein. Und die Wehrlosesten der Wehrlosen, die Tiere, nimmt die Dichterin in ihren besonderen Schutz.

Zur subtilen Kenntnis des Menschen gesellt sich ein

äußerst fein entwickeltes Gewissen. Wenn das Schicksal zwischen ihren Gestalten zu spielen beginnt, ist bald die Frage der Schuld gegenwärtig. Eine Welt ohne sittliche Ordnung kann sie sich nicht denken. Aber Marie von Ebner-Eschenbach ist keine orthodoxe Moralistin. Den schlimmen, aber gutherzigen mährischen Taugenichts und Eulenspiegel Edinek läßt sie in einer starken symbolischen Szene auf der Flucht, am Wegrand an das Holz eines Kruzifixes gelehnt, «unter den ausgebreiteten Armen einer göttlichen Liebe» friedlich einschlafen. Wie empfindlich das Zünglein ihrer Waage zwischen der Achtung vor der verletzten sittlichen Ordnung und dem Erbarmen mit dem schuldlos-schuldhaften Menschen spielen kann, läßt sich an der Geschichte der «Sünderin» ermessen. Nur eine einzige Wurzel alles wahrhaft Bösen scheint es für die Verfasserin zu geben: die Verhärtung der Seele im Egoismus und des Geistes in der Selbstgerechtigkeit. Die Gegenspieler der Anna in der «Totenwacht» stehen tief unter der «Sünderin»: in dem Maße, als Egoismus und Selbstgerechtigkeit das menschliche Handeln regieren, wird das sittliche Urteil der Dichterin strenger. Wie aber richten, wenn heillose Verstrickungen aus ursprünglich dem Blick kaum erkennbaren menschlichen Fehlbeschaffenheiten, halb schuldlosen, halb schuldhaften, hervorgehen, wie etwa im Schicksal der Edith («Das Schädliche»), deren tief verschüttete Liebeskraft von keiner bedingungslos großen Liebe mehr vor dem letzten Verkümmern bewahrt wird? In dieser erstaunlich «modernen», quälenden Erzählung stehen wir schon nicht mehr allzu weit von jener entscheidungslosen Ambivalenz des sittlichen Denkens, in welche weniger als ein Menschenalter später die überfeinerten Wiener Dekadenten sich flüchteten.

Zweifel vermochten nie auf die Dauer die große Urzuversicht Marie von Ebners zu vernichten: die unvollkommene Welt *kann* verwandelt werden. Der archimedische Punkt ist nicht eine Religion oder eine Ideologie oder eine Gesellschaftsordnung, sondern der Charakter des Menschen und als dessen Mitte ein autonomes, mutiges, verfeinertes Gewissen. Begeistert begrüßte sie ein Buch, das in ähnlichem Sinne eine undogmatische, humane Ethik verkündete: des Amerikaners William Mackintire Salter «Religion der Moral» (deutsch 1885), das sie am 26. November 1886 ihrer Freundin Louise von François mit der Widmung zusandte: «Kein Philosoph, ein Prophet – dessen demütigste Jüngerin Marie von Ebner-Eschenbach.» So sprang der Funke über von der Welt der von Amerika und England nach Europa wirkenden «Gesellschaften für ethische Kultur».

Dieser Fortschrittsglaube blieb nicht unerschüttert. Die schwersten Bedrohungen erwuchsen ihm aus zwei starken geistigen Lagern des späten 19. Jahrhunderts. Die Auseinandersetzung mit dem einen, der Vererbungslehre der deterministischen Naturwissenschaft, hat tiefe Spuren in die Erzählung «Das Schädliche» eingegraben. Das Pendel schlug weit aus: von der Annahme einer vollen Wirkung der Vererbungsgesetze, welche autonome sittliche Entscheidungen ausschließen, bis zur vollen Ablehnung des Determinismus. Schließlich blieb die Frage offen, und mit ihr der unbehinderte Blick in die vielfach verschlungene Wirklichkeit.

Marie von Ebners Ringen um Wahrheit und Irrtum

des andern Lagers, des Pessimismus, der in Wien einen günstigen Boden fand, läßt sich aus dem packenden Briefwechsel mit dem Schopenhauerianer Hieronymus Lorm erschließen. Es endet mit der vertieften Einsicht in die abgründigen Aspekte des Lebens und mit einem verstärkten Glauben an den Menschen trotz des Menschen, ähnlich wie bei Theodor Fontane. «Glauben Sie mir, glauben Sie mir, es ist unsere eigene Schuld, wenn wir auf Erden nicht recht glücklich sind ... Und wenn ich Ihnen auch von ganzer Seele zustimme, wenn Sie finden, daß es hier auf Erden nicht auszuhalten ist, so setze ich auf eigene Faust hinzu: Es ist gewiß gut, daß es nicht auszuhalten ist.» (An Lorm, Herbst 1868.)

Das Werk Marie von Ebner-Eschenbachs ist ein Denkmal der das Tragische großartig mitumfassenden Lebensbejahung. In der Skizze «Schattenleben» stimmt sie das Lob der so gesehenen irdischen Existenz an: «Das Glück, zu sein, unausrottbare Lust am Dasein!... Wie gut, zu sein, wie gut auch, zu vergehen. Ins Nichts? O nein. Das hab ich gelernt: alles ist, nur nicht das Nichts ... Wie der Weg auch sei, Allweisheit hat ihn vorgezeichnet, Allwissenheit kennt das Ziel.»

Ein metaphysischer Weltgrund wird sichtbar. In ihrer Kindheit nahm Marie Dubsky empfänglichen Gemüts die Lehren des Katholizismus in sich auf. Auf der langen Mittelstrecke ihres Lebens trat das Religiöse zurück, die Kritik an kirchlichen Einrichtungen wurde lebhafter. Sie nahm eine menschlich weite Position der Mitte ein: gegen Gottesleugnung sträubte sich ihr empfindlicher Sinn für Wahrheit, der letzte Fragen lieber offen ließ, als sie vorzeitig zu tilgen; gegen das theologische Wissen und Besserwissen sträubte sich derselbe Sinn für das Wahre. Im Alter aber, nach dem langen Romaufenthalt von 1898, wurde sie wieder eine positiv, nie aber engsinnig Glaubende. Im Werk behandelt sie das Religiöse zumeist verhalten, etwa so wie in «Unverbesserlich», wo ein zarter Widerschein jenseitigen Lichts verklärend über dem greisen Priester Emanuel liegt.

«Ich glaube nicht an den Tod der Verstorbenen» – darin bestärkt sie des Philosophen Theodor Fechner Büchlein über das Leben nach dem Tode. Die Spukgeschichte «Der Säger» ist nicht bloß Ausdruck der Künstlerfreude am raffinierten Aufbauen einer unheimlichen Handlung, sondern auch ein Blick auf Wirkliches wie jede ihrer Erzählungen. In der Tat vermag der mitgeteilte Fall von sogenannten Mimikrygeräuschen auch vor dem Urteil der ernsthaften modernen Parapsychologie durchaus zu bestehen.

«Wenn man mich fragt, was bist du, so muß ich die Antwort schuldig bleiben. Ich kann nur sagen, was ich nicht bin, kein Anarchist, kein Papist, kein Sozialist, kein Aristokrat, kein Plebejer, kein Bruttomensch. Mit einem Wort: vielleicht ein Nettomensch.» Das ist Marie von Ebners Bekenntnis zur Freiheit von allen Richtungen, die den Menschen geistig vereinseitigt zu leben zwingen. In politischen Dingen war ihre Einstellung entsprechend die des gemäßigten europäischen Liberalismus, wie ihn in ihren Augen vorbildlich der österreichische Admiral Wilhelm von Tegetthoff verkörperte. Ihr Leben deckt sich auf das Jahr genau mit demjenigen ihres Kaisers Franz Josef; sie erlebte, wie unter ihm die nationalistischen Unabhängigkeitsbewegungen der Balkanvölker das äußere und das Gegeneinander der Kräfte der politischen Linken und Rechten das soziale Gefüge des Staates aufzulösen begannen. In ihrem Blut mischte sich das slawische väterliche mit dem mütterlichen deutschen Element, so wie in ihrem Werk (und in ihrem Wortschatz) das Leben der östlichen mit dem der westlichen Bezirke. Zu erleben, wie diese Einheit, die in ihr erlesen verkörpert erscheint, auseinanderbrach, blieb ihr erspart.

Eine Gestalt der ausgleichenden, freien, humanen Mitte ist sie auch in ihrem Jahrhundert. Wie eine Offenbarung kam es über sie, als sie Wilhelm Windelbands Buch «Die Philosophie im Geistesleben des neunzehnten Jahrhunderts» las. «Lies! lerne! du wirst mehr, du bist gewachsen, wenn du seine klare Weisheit in dich aufgenommen hast.» Was fand sie darin? Daß der Sinn ihrer Epoche im schöpferischen Übergang von dem auf transzendenten Werten gegründeten Geist zum Glauben an die Wahrheit des ausschließlich Diesseitigen liege. Sie vereinte auch hier wesentliches Gut beider Teile und lehnte die Extreme an beiden Jahrhundertenden ab, den romantischen Selbstgenuß des exaltierten Geistes und das materialistische Versinken in ahnungsloser niedriger Wirklichkeit, beziehungsweise die frevelhaften Verkündungen des Übermenschen. Die schönste Frucht ihrer Haltung ist jene überlegene, weite Humanität, aus der auch ihr Humor gewachsen ist und die nicht in Gedankensystemen, sondern in einer reifen Natur wurzelt, so wie es das Menschenbild des Realismus zeigt. Ihre Aphorismen sind ein unvergängliches Dokument der Weltweisheit dieser Humanität der Mitte.

Der Weg zu ihr war weit und schwer gewesen. Marie von Ebner-Eschenbach ist ihn mit einer großartigen Treue zu sich selbst gegangen. Als nach ihrem fünfzigsten Jahr ihr erzählerisches Schaffen hinauszudringen begann, wurde ihr Leserkreis weit und vielfältig. Ihr zu danken, vereinten sich zu ihrem siebzigsten Geburtstag, wie die Huldigungsadresse zeigt, Adel und Volk, Staatsmänner und Gelehrte, Arbeiter und Bürger, Nahe und Ferne.

Sie überlebte viele, den Gatten, die nächsten Freunde, die großen Zeitgenossen des Realismus; Nichten, Neffen, Frauen der neuen Dichtergeneration umgaben sie, die unablässig arbeitend und wachsend, dem frühen 20. Jahrhundert ein exemplarisch schöpferisches Alter vorlebte.

Einige Wochen vor ihrem Tode ließ sie den Priester mit den Sterbesakramenten kommen. Als er ihr Schlafgemach betrat, sagte sie mit schwacher Stimme zu ihrer Nichte Marianne: «Bitte, sage dem geistlichen Herrn, er soll achtgeben, wenn er hereinkommt, die Tür ist niedrig, er könnte sich anstoßen und sich wehtun.» Und von der letzten Stunde erzählt ihr Neffe Franz Graf Dubsky: «Am 12. März 1916 starb sie bei vollem Bewußtsein, nachdem sie von allen, die ihr im Leben nahegestanden waren, in Erwartung ihres Todes Abschied genommen hatte, aufrecht in ihrem Kissen – mit einem klaren, in die Ewigkeit gerichteten Blick.»

Albert Bettex

Einige der im Nachwort zitierten Briefstellen waren bisher unveröffentlicht; der Verfasser dankt der Wiener Stadtbibliothek für die Erlaubnis zum Abdruck.